Ramona Zürcher

Beolania

2

Es gibt (k)einen Planeten B

AF286280

Ramona Zürcher

Beolania

Es gibt (k)einen Planeten B

Urban Fantasy

Bibliografische Information der Deutschen Nationalbibliothek:
Die Deutsche Nationalbibliothek verzeichnet diese
Publikation in der Deutschen Nationalbibliografie;
detaillierte bibliografische Daten sind im Internet
über http://dnb.dnb.de abrufbar.

Lektorat & Korrektorat: Gesine Stolp
Coverdesign: Lilly C. Zwetsch

Verlag: BoD · Books on Demand GmbH, In de Tarpen 42,
22848 Norderstedt, bod@bod.de
Druck: Libri Plureos GmbH, Friedensallee 273,
22763 Hamburg

ISBN: 978-3-7693-5053-1

Danke, dass du mit mir geträumt hast.
In Gedenken an Paul.

Dieser Roman beginnt da, wo der erste Band aufgehört hat:
Auf der 65. Geburtstagsparty von Tom.
Ich wünsche dir spannende Lesestunden.

-

Um gewisse Zusammenhänge besser zu verstehen, empfehle ich dir,
den ersten Teil »Beolania – Zwischen zwei Welten« zu lesen, bevor
du deine Aufmerksamkeit diesem Buch schenkst.

-

Gewidmet ist dieses Werk meiner geliebten Familie.
Danke, dass es euch alle gibt.

-

In Liebe, Ramona

1.

»Wie viel Zeit ist auf Beolania schon vergangen, seit ihr dort angekommen seid?«, fragte Sam neugierig und nahm einen großen Bissen vom Risotto.

Leona lächelte, als sie antwortete: »Ihr werdet es uns nicht glauben, aber das waren gerade mal zwei Tage.«

»Zwei Tage?«, fragte Tiffany unglaubwürdig und musste aufpassen, sich nicht zu verschlucken. »Meine Güte … Ich denke immer, die Zeit rast an mir vorbei. Ich werde immer älter und dann kommt ihr und … wie zum Teufel geht das?« Tiffany war sichtlich verwirrt.

»Die Zeit ist relativ Tiff«, sagte Leona zu ihrer besten Freundin. »Ich kann dir nicht sagen, wie das alles funktioniert. Aber ist das nicht wunderschön? Wie oft hast du dir schon gewünscht, dass der Tag endlich endet? Entweder weil du Stress bei der Arbeit hattest oder du einfach nur müde bist und schlafen gehen willst. Oder du bist ungeduldig und wartest darauf, dass deine neue Modekollektion endlich auf den Markt kommt.«

»Ja schon, aber was willst du mir damit sagen, Süße?«

»Denk doch in solchen Situationen an Beolania. Während du das Gefühl hast, der Tag will nicht enden, sind auf Beolania gerade einmal ein paar Sekunden verstrichen. Sei dankbar für jeden Tag und mach das Beste daraus, denn die Zeit gleitet dir sonst aus den Händen.«

Alle am Tisch starrten Leona mit weit aufgerissenen Augen an und hörten ihr gespannt zu, was sie zu sagen hatte.

Tiffany klimperte mit ihren langen Wimpern und riss sich aus ihren Gedanken. »Du bist eine geborene Göttin, ohne Scheiß.«

Wie auf Knopfdruck begannen alle am Tisch lauthals zu lachen und stimmten ihr zu. »Das ist meine Tochter!«, rief Tom stolz, zeigte mit der Gabel auf Leona und zwinkerte ihr liebevoll zu. Alex strich mit seiner warmen Hand über ihren Rücken und drückte ihr einen sanften Kuss auf die Schläfe.

Als alle mit dem Hauptgang fertig waren, begann Alex die Teller vom Tisch zu räumen.

»Warte, ich helfe dir«, sagte Leona und wollte gerade von ihrem Stuhl aufspringen, als ihr Alex liebevoll befahl, sitzen zu bleiben.

»Ich mach das schon, mein Schatz. Dann kannst du dich in der Zwischenzeit mit deiner Familie unterhalten.«

Leona neigte ihren Kopf zur Seite und lächelte dankend. Gerade begann sie mit ihren Halbgeschwistern Sam und Lexi zu plaudern, als sie im Augenwinkel sah, wie Alex ihren Vater bat, mit ihm mitzukommen. Verunsichert runzelte sie die Stirn und fragte sich, was dies zu bedeuten hatte.

Einige Minuten später kamen Alex und Tom wieder aus dem Haus in den Garten. Während Alex einen seriösen Gesichtsausdruck aufgesetzt hatte, grinste Tom breit.

»Über was wolltest du mit ihm sprechen?«, fragte Leona neugierig, als sich Alex wieder neben sie setzte.

»Wie kommst du darauf, dass ich mit ihm gesprochen habe? Ich habe ihm nur mit der Torte geholfen.«

»Mit der Torte ...«, wiederholte Leona zögerlich, da sie ihm nicht glaubte. Sie verstand ihn mittlerweile so gut, dass sie erkannte, wann er sie anlog. Alex zuckte mit den Schultern.

Leona sah ihn noch immer misstrauisch an, wechselte dann aber das Thema. »Sam hat mir von seinen Zwillingen erzählt. Sie hassen es anscheinend, dass sie gleich aussehen.«

Alex lachte und fragte Sam: »Tatsächlich? Kann dann nicht der Eine für den Anderen in die Schule? Sie könnten sich doch immer abwechseln.«

»Auf diesen Gedanken sind sie auch schon gekommen. Nur wäre dies etwas auffällig, da sie sich in derselben Klasse befinden.«

»Ich verstehe. Dann würde mich das auch nerven, glaube ich.« Alex lachte.

»Immerhin hassen sie sich nicht. Auch wenn es manchmal so aussieht.« Sam deutete mit einer Kopfbewegung zur Wiese, wo sich seine beiden neunjährigen Kinder mit Bällen beschmissen. »Das ist so eine Art Machtkampf zwischen ihnen. Wenn sie schon gleich aussehen, müssen sie sich wenigstens beweisen, wer der Stärkere ist.« Sam zuckte mit den Schultern und nahm einen Schluck Bier aus der Flasche.

»Yaris, Marlec, jetzt hört aber mal auf. Ihr habt schon genügend blaue Flecken!«, rief ihnen ihre Mutter Mirella zu. »Es ist für sie bereits zu einer Art Spiel geworden, nach den Kämpfen ihre blauen Flecken zu zählen. Wer mehr hat, ist der Verlierer.« Mirella war ein lebensfroher Mensch und passte perfekt zu Sam, welcher sich nach außen immer sehr korrekt zeigte, innerlich aber eine kleine Rampensau war.

Leona erinnerte sich gerne an den Tag im Freizeitpark, als sie als Teenager gemeinsam mit Sam und ihrem Vater Tom die Achterbahn heruntergesaust war. Mirella kitzelte bei ihm diese

Fähigkeit des „Einfach mal machen" immer wieder gekonnt heraus.

Sie hatte seidenglattes, braunes Haar mit vereinzelten blonden Strähnchen und ihre karamellfarbene Haut war so eben, als hätte man sie per Photoshop bearbeitet.

»Ist das nicht einfach eine Phase?«, fragte Leona.

»Wir hoffen es. Drückt uns die Daumen!« Mirella lachte.

»Happy Birthday to you. Happy Birthday toooo yooou …!« Amanda kam mit einer riesigen, dekorierten Torte aus dem Haus gelaufen und animierte mit ihrem Gesang die anderen Gäste. Alle stiegen in das Lied ein und sangen lautstark mit.

Bei der letzten Strophe stellte Amanda die Torte vor ihren Mann auf den Tisch und drückte ihm nach dem Beenden des Liedes einen dicken Kuss auf die rechte Wange. »Alles Gute zu deinem 65. Geburtstag, mein Liebling.«

»Vielen Dank, mein Schatz. Du bist die Beste.« Tom setzte die Lesebrille auf, um erkennen zu können, was sich auf der Torte für ein Kunstwerk offenbarte. Er lachte begeistert auf.

Sein neuster Wagen war mit Marzipan auf der Torte nachgebaut worden. Mit den dominanten, goldenen Felgen und Flügeltüren, welche sich wie bei jedem seiner Modelle pompös zur Seite öffneten. Dies sollten die Flügel symbolisieren, mit denen man durch den *Heaven*, also den Himmel, fliegen konnte - im übertragenen Sinn natürlich.

Das neuste Modell änderte je nach Lichtverhältnissen seine Farbe, was für mehr Sicherheit im Straßenverkehr sorgte und gleichzeitig ein echter Hingucker war. Während der Wagen bei strahlendem Wetter die gewohnte, luxuriöse, schwarze Farbe trug, leuchtete der Wagen im Dunkeln in einem sportlichem Orange. Im Nebel und wenn es regnete, nahm er ein knalliges Gelb ein.

»Ihr seid ja unglaublich, wer hat diese Torte angefertigt?«

»Ich habe diese Firma beauftragt, die uns vor kurzem ein Kunde empfohlen hat. Weißt du noch?«

»Ja genau. Unfassbar!«

»Puste die Kerzen aus!«, rief Yaris, welcher ungeduldig auf dem Stuhl umherturnte. Mirella bat ihn sich hinzusetzen, um ein Tränen-Drama zu vermeiden.

»Ich dachte, du hast ihm vorhin mit der Torte geholfen?«, fragte Leona Alex leise, welcher sie nur kurz anschaute und sich dann räusperte. Sie runzelte die Stirn und wandte den Blick wieder ihrem Vater zu.

»Ich soll die Kerzen auspusten meinst du?«, fragte Tom.

Yaris nickte hektisch und blickte ungeduldig auf die immer noch flackernden Kerzen, die sein Opa scheinbar runterbrennen lassen wollte.

»Na gut, aber ich muss mir zuerst noch etwas wünschen.« Tom sah einen Moment zu Leona rüber, lächelte und pustete dann alle Kerzen auf einmal aus. Die Familie klatschte und Sam pfiff feierlich auf den Fingern.

»Wird Dad wohl jemals in Rente gehen?« Leona zwinkerte ihm neckisch zu.

»Das, meine Liebe, ist keine Arbeit. Ich gehe dann in Rente, wenn ich tot umfalle.« Amanda tätschelte ihm die Wange.

Als jeder ein großes Stück der herzhaften Torte auf dem Teller hatte, klimperte Alex mit seiner Dessertgabel ans Wasserglas. Leona schaute irritiert zu ihm hoch, als er aufstand und mit der einen Hand in seiner Hosentasche etwas suchte.

»Was wird das?«, fragte Leona perplex. Sie begriff noch immer nicht, was sich direkt vor ihrer Nase abspielte.

»Nach was sieht es denn aus, mein Schatz?«, fragte Alex liebevoll und mit einem breiten Grinsen im Gesicht, als er sich vor ihr auf dem Boden kniete. Im Hintergrund hörte man Tiffany quietschend »Oh mein Gott wie süß« sagen, während Leona für einen Moment aufhörte zu Atmen und dann abrupt ihre Hände vor den Mund hielt.

»Alex, ist das etwa … fragst du mich …?«

»Meine Leona. Wir sind uns vor zwanzig Jahren in Rom begegnet und als du mir zum ersten Mal in die Augen geschaut hast, bist du direkt zu meinem Herzen durchgedrungen. Du bist das Beste was mir je passiert ist und ich möchte keinen Tag ohne dich verbringen. Du bist nicht nur die beste Frau, sondern auch eine wundervolle Göttin von Beolania.« Alex hielt kurz inne, um sich eine Träne aus dem Gesicht zu wischen. »Deshalb frage ich dich, meine geliebte Leona, willst du mich heiraten?« Alex öffnete die kleine, schwarze Schatulle. Ein feiner Diamantring funkelte ihr entgegen.

Leona wischte sich eine Träne aus dem Gesicht, so gerührt war sie von seiner Ansprache. Sie nickte eifrig »Natürlich Alex, ja, ich will dich unbedingt heiraten! Ich liebe dich so sehr.« Sie schluchzte und lachte zugleich, während er ihr den Ring vorsichtig über den zittrigen Finger schob.

Er stand auf, nahm ihr Gesicht behutsam in seine warmen Hände und flüsterte: »Danke, dass du bei mir bist.« Er küsste sie zärtlich auf den Mund.

»Na das wurde aber auch mal Zeit!«, rief Tiffany und riss damit die beiden aus ihrer Welt. Sie hatten alles um sich herum vergessen, sogar, dass sie die Familie bei ihrem innigen Kuss beobachten konnte.

Leona sah verlegen in die Runde. »Ihr seid ja auch noch da.«

Die Familie lachte und ihr Vater kam als erster auf sie zu. »Ich gratuliere euch. Ihr seid so ein schönes Paar und euch verbindet eine ganz besondere Geschichte. Wer sonst kann von sich behaupten, das Universum von einem Fluch befreit zu haben.«

Leona fiel in seine ausgestreckten Arme und drückte ihm einen Kuss auf die stoppelige Wange. Er roch nach dem Eukalyptus Parfüm, das sie so an ihm mochte. »Danke Dad.«

Als sich Leona aus der Umarmung löste, ging Tom auf Alex zu und klopfte ihm auf die Schulter. »Du bist ein toller Mann. Danke, dass du so gut auf meine Tochter aufpasst.«

»Und ich verspreche dir, dass ich das auch in Zukunft immer machen werde.«

»Das weiß ich doch, mein Junge.«

Alex wurde sentimental, denn »Mein Junge« hatte ihn früher sein Vater Brad genannt.

»Ach komm schon her, Tom.« Er schlang seine Arme um ihn und hielt Tom für einen Moment in einer festen Umarmung. Er war für ihn wie ein Vater geworden.

In den letzten Jahren waren sie oft bei ihm zu Hause zu Besuch gewesen. Mehrmals am Tag auf Beolania hatten sich Leona und Alex Zeitslots freigehalten, in denen sie durch das Portal auf die Erde reisten. Clemens hielt in der Zwischenzeit jeweils die Stellung. Sie waren nie lange weg, stets ein paar beolanische Sekunden bis Minuten.

»Ihr seid so süß. Bin ich froh, solch wundervolle Männer in meinem Leben haben zu dürfen«, sagte Leona, während sie sanft über Alex' Rücken strich.

»Wann findet die Hochzeit statt?«, fragte Lexi aufgeregt dazwischen und wippte das schlafende Baby im Arm.

Leona stupste sie an. »Da hat es wohl jemand eilig.«

»Bei euch weiß man ja schließlich nie, wann man euch wiedersieht. Da müssen wir schon Fakten erhalten. Nicht, dass ich mit dem Rollator auf eurer Hochzeit erscheinen muss«, sagte Lexi lachend.

Alex löste sich aus der Umarmung mit Tom. »Ihr werdet die Ersten sein, die das erfahrt. So lange müsst ihr nicht warten.«

»Ich nehme dich beim Wort, lieber Alex!«

Als es allmählich dunkler wurde, verabschiedeten sich die Gäste und bedankten sich für die schöne Feier.

»Bis bald meine Süße. Wir hören voneinander«, flüsterte Tiffany in Leonas Ohr, als sie sich mit einer herzlichen Umarmung verabschiedeten.

»Schön, dass du hier warst. Das hat mir viel bedeutet.«

Tiffany drückte ihr einen dicken Kuss auf die Wange und winkte ihr zum Abschied zu.

»Du hast hier was«, hauchte Alex, als sie nebeneinander auf dem Queen Size Bett im Gästezimmer saßen, in dem sie übernachten durften, wenn sie bei Tom und Amanda zu Besuch waren.

»Was denn?«

»An dir klebt noch ein bisschen Tiffany.« Er wischte mit seinem Daumen den pinken Lippenstift von Leonas Wange.

Sie kicherte leise. »Vielleicht wollte ich das so lassen?«

»Ups, schon zu spät.«

Sie schwiegen einen Moment.

»Ich danke dir für alles, mein Schatz. Das war heute eine besondere Überraschung.«

Alex' Gesichtsausdruck war entspannt und seine haselnussbraunen Augen funkelten sie an. »Ich liebe dich, meine Leona. Du bist es, die meinem Leben einen Sinn gibt. Ich weiß nicht, was ich ohne dich tun würde.«

»Wahrscheinlich würdest du noch immer durch die Welt reisen und unzählige Menschen mit deinem Gesang begeistern.«

»Schon möglich. Aber was ist ein Applaus gegen das wert, was mir diese wundervolle Frau geben kann?« Er stupste ihre

Nase mit seinem Zeigefinger sanft an, worauf sie diese rümpfte und verlegen kicherte.

»Sag du´s mir.«

Er sah sie verliebt an und näherte sich ihren Lippen. Leona atmete seinen warmen Duft ein und spürte seinen Atem auf ihrem Mund. Seine weichen Lippen berührten ihre, was in ihr ein zufriedenes Gefühl auslöste. Sie griff in sein lockiges Haar, während er sie aufhob, um sie behutsam rückwärts auf die Matratze sinken zu lassen.

Seine warme Hand glitt unter ihre Bluse, wo er sie sanft berührte. Es kribbelte an ihrem ganzen Körper und ihre Wangen wurden warm. Es fühlte sich wundervoll an und sie hatte das Gefühl, mit ihm in eine andere Welt einzutauchen.

Er küsste ihre Lippen, die nach dem süßlichen Kirsch Lipgloss schmeckten, und als sie ihre glasklaren, blauen Augen für einen Moment öffnete, machte sein Herz einen Sprung.

Ich liebe diese Frau, schoss es ihm durch den Kopf. Er zog ihre Bluse aus und küsste sie zärtlich ihren Hals entlang. Alex spürte, wie ihre weichen Hände hastig nach seinem T-Shirt griffen, um es ihm auszuziehen.

Sie lagen Haut auf Haut, bloß der schwarze Spitzen BH von Leona trennte sie noch. Die Bewegungen wurden immer weicher, jeder Atemzug tiefer und leidenschaftlicher, bis sie miteinander verschmolzen.

Die Fenster waren geöffnet. Die langen, weißen Gardinen wurden vom Wind in weichen Bewegungen hin und her bewegt und eine leichte Brise wehte sanft über ihre Haut. Sie lagen dicht nebeneinander im Bett. Die Decke war längst auf dem Fußboden gelandet.

Zufrieden lächelte sie ihn an »Das war wunderschön. Träum süß«, flüsterte sie müde. Alex hatte seine Augen bereits geschlossen und zog Leona an sich heran. Kurz darauf tauchten sie in das Land der Träume ein.

2.

Am nächsten Morgen erwachte Leona wegen lauten Stimmen, die durch das offene Fenster zu ihr hindurchdrangen. Genervt kämpfte sie sich aus dem Bett, um das Fenster zu schließen.

Gerade wollte sie auch die Gardinen zuziehen, als etwas aufblitzte. Sofort riss sie ihre Augen auf und starrte auf den Vorplatz runter, wo sich unzählige Paparazzi tummelten, um ein Foto nach dem anderen zu schießen, nachdem sie Leona entdeckt hatten. Hastig zog sie die Gardinen mit einem Ruck zu und atmete schnell.

»Was ist das für ein Lärm, mein Schatz?«, knurrte Alex, rieb sich die Augen und sah Leona verschlafen an.

»Sie sind da. So viele! Wie konnten die wissen, dass wir hier sind?«, Leona war sichtlich aufgewühlt.

»Ganz ruhig. Wer ist hier?«

»Die Paparazzi, Alex!«

»Ach so. Dann lass die doch. Die verschwinden schon wieder.« Er drehte sich zur Seite und kuschelte sich wieder in das dicke Kopfkissen.

Als er jedoch spürte, dass Leona noch immer wie versteinert im Raum stand, drehte er sich zu ihr um. »Leg dich zu mir.«

»Du verstehst nicht, Alex. Die werden nicht verschwinden. Bis jetzt konnten wir den Medien immer ausweichen. Doch die wollen mehr erfahren. Mehr über uns, mehr über Beolania. Wir sind verpflichtet, unseren Planeten zu schützen. Ich kenne die Medien. Die geben keine Ruhe, bis sie Antworten haben, die sie befriedigen.« Verzweifelt griff sie sich in ihr zerzaustes, blondes Haar und ließ sich auf die Bettkante sinken.

Alex richtete sich auf, robbte sich neben sie und nahm sie in die Arme. »Wir finden schon einen Weg. Mach dir keinen Kopf, ja?«, liebevoll lächelte er sie an. »Wie hast du geschlafen?«

Leonas Gesichtsausdruck entspannte sich. Noch immer fand sie es faszinierend, wie schnell er sie beruhigen konnte. Er war ihr Ruhepol. »Du hast ja recht. Ich reagiere wahrscheinlich etwas über.« Sie sah ihm in die Augen und schmolz innerlich dahin. »Ich habe geschlafen wie ein Baby. Es war so schön gestern Abend.«

Er strich ihr eine Haarsträhne aus dem Gesicht. »Das war es.«

Leona lächelte. »Hast du Hunger?«

»Ich sterbe vor Hunger«, sagte Alex, wie aus der Pistole geschossen. Beide hüpften aus dem Bett, zogen sich etwas Lockeres über und verließen das Zimmer.

»Ihr seid auch schon wach?«, fragte Tom verwundert, der am Küchentisch saß und seinen Laptop vor sich aufgeklappt hatte. Unzählige Dokumente türmten sich neben ihm. Er nahm seine Computerbrille von der Nase, legte sie auf den Tisch und rieb sich die Augen.

»Bei diesem Krach kann man ja auch nicht schlafen. Seit wann sind die hier?«, fragte Leona.

»Ungefähr seit sechs Uhr morgens«, sagte Tom, rollte mit den Augen und klappte den Laptop zu.

»Dad, arbeitest du sogar in deinen Ferien?«

»Natürlich, du kennst mich. Aber nun essen wir erst einmal in Ruhe Frühstück.«

»In Ruhe wäre wirklich schön.« Amanda torkelte seufzend die Treppe runter. Ihr krauses Haar stand in alle Richtungen, vergebens versuchte sie das Desaster mit einem Haargummi zu zähmen.

»Na schön. Ich werde mit ihnen sprechen.«

»Das kannst du schön lassen, Tom. Du weißt was passiert, sobald du diese Tür öffnest«, sagte Amanda in bestimmendem Tonfall.

»Das ist mir unter diesen Umständen völlig egal.«

»Tom ...«, Amanda wollte ihn aufhalten, doch da öffnete er bereits im Morgenmantel die Haustür.

»Mr. Parker stimmt es, dass Ihre Tochter mit dem Straßenmusiker durch ein Portal auf einen anderen Planeten geflohen ist, oder waren diese Aufnahmen vor zwanzig Jahren ein Fake?«

»Wie sieht dieser Planet aus, weshalb genau Ihre Tochter? Waren Sie auch schon auf diesem Planeten?«

»Können wir mit Ihrer Tochter sprechen?« Eine laute Stimme nach der anderen stellte Fragen und Tom wurde einem Blitzlichtgewitter der Kameras ausgesetzt.

»Dazu geben wir keine Aussagen. Bitte verlassen Sie auf der Stelle mein Anwesen oder ich muss zu härteren Maßnahmen greifen!«, rief Tom bestimmt.

»Wissen Sie in dem Fall mehr über den Planeten?«

»Verschwinden Sie auf der Stelle!«, schrie Tom, verschwand wieder im Haus und schleuderte die Tür vor den unzähligen Paparazzi zu.

»Meinst du, das hat etwas gebracht?«, fragte Amanda mit hochgezogenen Augenbrauen, als der Lärm nicht geringer wurde.

»Einen Versuch war es Wert«, brummte Tom, ging genervt in die Küche und bereitete Kaffee zu.

Als Alex gerade nach dem letzten Bagel griff, da alle anderen am Tisch bereits satt waren, klingelte das Telefon.

»Entschuldigt mich.« Tom erhob sich vom Stuhl.

Einen Moment lang hörte ihm Leona zu, wie er seinem Gesprächspartner etwas umständlich zu erklären versuchte, bis er es aufgab und Leona das Smartphone entgegenstreckte.

Sie hatte gerade einen Schluck Kaffee genommen, der beinahe in der Luftröhre gelandet wäre. Sie hustete und nahm die transparente Plexiglasscheibe entgegen. »Hallo?«, fragte sie und hustete erneut, da das Kaffeepulver im Hals kratzte.

»Leona, weshalb weiß ich nichts davon, dass du hier bist? Ich musste dies über die Medien erfahren! Kannst du mir das erklären?«

»Mom?«, fragte sie irritiert.

»Ja genau, ich bin's, deine Mom. Diese Frau, welche dich auch gerne ab und zu einmal sehen würde.« Sie klang eingeschnappt und fast schon ein wenig wütend.

Hilfesuchend sah Leona zu Alex, welcher flüsterte: »Sag ihr, dass wir heute zu ihr fahren.«

Leona räusperte sich, bevor sie stotterte: »Mom, das … tut mir jetzt leid. Wir wollten dich eigentlich überraschen.« Sie blickte zu Alex, welcher nickte und den Daumen in die Luft hielt.

»Wir sind schon fast auf dem Weg zu dir.«

Nun verzog Alex sein Gesicht abrupt zu einer Grimasse und machte vor dem Hals eine Handbewegung, die aussagte, dass sie nicht weitersprechen sollte - doch da war es bereits zu spät.

»Ach wirklich? Das ist ja süß von euch!« Auf einmal hörte sich Liz erfreut an und sie quietschte glücklich in den Hörer. »Wann seid ihr bei uns?«

20

»Ähm … so in ungefähr …«, hilfesuchend sah sie zu Alex, welcher vier Finger in die Luft hielt.

Vier Minuten? Die Worte formte sie stumm mit ihren Lippen.

Alex sagte leise: »Vierzig, Leona. Nicht vier.«

»So … ungefähr in vierzig Minuten bei euch. Passt das?«

»Hervorragend, habt ihr schon gegessen? Ach wisst ihr was, ich bereite euch einen Rohkostsalat zu. Bis bald meine Liebe, ich freue mich ja so!« Kaum hatte Liz fertig gesprochen, hatte sie den Anruf auch schon beendet.

»Heute werden wir definitiv nicht hungern.« Leona setzte ein eingefrorenes Lachen auf.

»Na toll«, brummte Alex und stieß sich mit seiner Hand vor die Stirn.

»Wolltet ihr sie nicht besuchen? Ich dachte, ihr hättet es gut miteinander?«, fragte Amanda irritiert.

»Doch, wollten wir natürlich, aber wir haben ihr gesagt, dass wir erst später eintreffen würden. Sie wusste nicht, dass wir schon seit gestern da sind.« Leona seufzte. »Sie freut sich immer so sehr uns zu sehen, dass sie es ein wenig übertreibt. Beim letzten Mal hat sie ein riesiges Willkommensschild über der Garage aufgehängt, dass auch ja alle sehen konnten, dass wir kommen. Obwohl wir nicht wollen, dass irgendjemand Fremdes weiß, dass wir hier sind.«

»Ich verstehe.« Amanda kicherte.

»Also Alex, wir müssen uns noch umziehen.« Er ließ den angebissenen Bagel auf den Teller fallen und rannte mit Leona die Treppen zum Zimmer hoch.

Bereits fünf Minuten später trampelten sie die Stufen wieder hinunter. *Das ging ja schnell,* dachte sich Tom und starrte verwundert zur Haustür.

Leona drehte sich hastig zu ihm und rief: »Bis dann!«

»Durch die Garage, Leona! Ihr könnt das Modell aus der letzten Saison nehmen«, rief Tom, da sie wohl vergessen hatten, dass vor der Haustür ungebetene Gäste nur darauf warteten, dass sie aus der Tür spazierten. Wie eine Katze, die vor einem Mauseloch lauert. Stunden lang.

»Danke Dad!«, sofort nahm sie die Hände von der Türklinke und verschwand mit Alex im Aufzug, der in die Garage führte.

»Sieht aus wie in einem Museum, wow.« Alex staunte. Schon lange war er nicht mehr in dieser Garage gewesen und seit dem letzten Mal waren einige Modelle dazu gekommen – die neuen Modelle waren allesamt elektronisch betrieben. Acht der besten Modelle standen angewinkelt, symmetrisch nebeneinander und wurden von unten mit einem weißen Licht beleuchtet. Die schwarzen, matten Wände verliehen dem Raum eine Dominanz und der spiegelglatte, graue Boden rundete das Gesamtbild ab.

Ein Traum. Alex sog diesen Anblick in sich auf, während Leona in den mattschwarzen *Heaven* stieg und den Elektromotor startete. »Steig ein, Alex. Wir müssen uns beeilen!«

»Bin schon unterwegs.« Er war von der Olivenleder-Ausstattung beeindruckt. Das Material sah dem gewohnten schwarzen Leder verblüffend ähnlich und ihm war es sehr sympathisch, dass sich Tom für das Thema Nachhaltigkeit einsetzte. Denn gerade an jenem Morgen war eine Nachricht auf seinem Handy aufgepoppt. Es hieß, dass erneut ein großer Teil des Amazonas in Flammen stand. *Beängstigend, was auf der Welt vor sich geht.*

»Ready?«, fragte Leona und zwinkerte ihm zu. Alex wurde aus seinen Gedanken gerissen und lächelte sie an. Es war für

ihn ein wunderschöner Anblick, Leona am Steuer dieses sportlichen Wagens zu sehen, und sie seine Verlobte nennen zu dürfen.

Ich bin der glücklichste Mann im Universum. »Sowas von
ready.«

Das ließ sich Leona nicht zweimal sagen und drückte auf das
Gaspedal. Das mächtige Garagentor öffnete sich automatisch
und sie flitzten auf die Straße. Von links und rechts stürmten
Paparazzi auf sie zu und rannten dem Wagen hinterher, was
die beiden nicht kümmerte. Sie drehten die Musik laut auf und
sangen lauthals mit.

Leona streckte ihre linke Hand aus dem Fenster und ließ sie
vom Wind auf und ab gleiten. Sie sausten durch die Straßen
von Los Angeles und bestaunten die riesigen, schmalen Pal-
men, am Straßenrand. Ihre blonde Mähne flatterte im warmen
Fahrtwind und die Locken von Alex wurden zerzaust.

»Ich liebe diese Stadt!«, rief er glücklich aus dem Fenster.

»Ich habe dir damals doch gesagt, dass du unbedingt einmal
nach Amerika reisen musst.« Sie zwinkerte ihm zu.

»Da hast du recht. Hätte mir damals jemand gesagt, dass ich
mit dir zusammen hierherkomme, hätte ich demjenigen nicht
geglaubt.«

»Wieso?«

»Ich dachte immer, ich bin nicht gut genug für dich. Du bist
so perfekt und ich wollte dir nicht im Weg stehen.«

»Ach Schatz, du bist so süß. Dabei bist du mein Weg. Ohne
dich wüsste ich nicht, wohin ich gehe.«

»Nun werde ich ja noch ganz verlegen.«

Leona lachte und bog links ab.

_3._

»Da wären wir. Pünktlich wie ein Schweizer Uhrwerk«, sagte Leona, als sie langsam auf das mächtige, silberne Eingangstor zurollten.

Sie streckte ihren Arm aus dem Fenster und drückte den Knopf unter der Gegensprechanlage. »Hi Mom, wir sind´s.«

»Kommt herein!« Ein Surren ertönte und das Tor öffnete sich gemächlich.

»Sollen wir vor unserem Palast auf Beolania auch so eine Gegensprechanlage anbringen?«, fragte Alex ironisch und brachte Leona damit herzlich zum Lachen. Sie fuhren auf einen großen, mit weißen Steinen gepflasterten Platz, in dessen Mitte ein breiter Springbrunnen mit einer nackten Frauenskulptur zu sehen war.

Alex kniff die Augen zusammen, als er die Skulptur begutachtete. »Ist das Liz?«

»Ach du meine Güte, du hast recht! Jetzt dreht sie aber langsam komplett durch.«

Alex rümpfte die Nase und blickte hastig von der Skulptur weg. Er schüttelte seinen Kopf und hoffte dadurch, dieses Bild irgendwie wieder aus seinem Gedächtnis streichen zu können.

»Hi meine zwei Süßen!«, quietschte Liz, während sie aus der Villa gestöckelt kam. Sie trug ein hautenges, pinkes Kleid mit riesigen Rüschen auf den Schultern, goldene High-Heels und eine weiße Sonnenbrille, die sie sich soeben in ihr schulterlanges, blondgefärbtes Haar gesteckt hatte.

»Erzähl mir nicht, dass die zuhause immer so rumläuft«, flüsterte Alex, als sie Hand in Hand auf Liz zuliefen.

Leona lachte, rammte ihm dann aber den Ellbogen in die Rippen, um ihm zu signalisieren, dass er still sein sollte. »Hi Mom. Schön dich zu sehen.«

»Ihr seht einfach bezaubernd aus. Ein wunderschönes Paar.« Liz schloss ihre Tochter in die Arme und drückte ihr einen dicken Kuss auf die Wange.

Nicht schon wieder einen Abdruck. Leona wischte sich über die Haut, kaum hatte sich Liz um den Hals von Alex geworfen.

»Mein lieber Alex. Sieh dich an, so ein schöner Mann und kein Tag älter. Ich bin ja ganz neidisch.« Liz war sichtlich erfreut über den Besuch. »Habt ihr meine neue Skulptur schon gesehen?«

»Ja, Liz. Sehr schön. Wir haben soeben darüber gesprochen«, sagte Alex, räusperte sich und warf Leona einen verschmitzten Blick zu.

Sollte die Midlife-Crisis mit 64 Jahren nicht schon längst vorbei sein? Leona musste sich zusammenreißen, um keinen Spruch zu machen. Schließlich war es nicht zu übersehen, dass das Motiv der Skulptur nicht aus diesem Jahrzehnt stammte. Zwar hatte sich ihre Mutter gut in Form gehalten, doch offensichtlich hatte sie an den einen oder anderen Stellen operativ nachgeholfen.

Die Fältchen auf der Stirn und neben den Augen waren wie durch ein Wunder verschwunden und ihre Lippen sahen fülliger aus als beim letzten Besuch. *Sagte sie nicht, sie wolle niemals zu dieser Sorte Frau gehören? Na gut, so kann man sich täuschen ...*

»Sehr schön. Dann kommt doch herein.« Liz stöckelte ihnen voraus und öffnete die riesige Tür aus dunklem Holz.

Was sich ihnen offenbarte, war eine Oase. Die Innendekoration war reduziert und wirkte durch die Möbel aus Holz, der weichen, grauen Wandfarbe und den großen Fensterfronten hell und freundlich. Das breite, weiße Sofa vor dem Kamin stand auf einem flauschigen Teppich und an vereinzelten Wänden hingen ästhetische schwarz-weiß Bilder von Liz.

»Wow. Als hätte man die Villa so im Katalog bestellt«, entfuhr es Leona.

»Ach, wie entzückend, dass du das sagst! Ich habe eine wundervolle Innendekorateurin. Sie bringt mir jede Woche frische Blumen und nimmt gewisse Änderungen an der Einrichtung vor.«

Alex nickte beeindruckt und schritt an die großzügige Fensterfront, wo er draußen einen riesigen Infinity-Pool entdeckte. »Ihr lebt wirklich sehr schön.«

»Ja Mom, es ist ein Traum hier.« Leona strich sich mit ihrer rechten Hand eine Strähne aus dem Gesicht.

»Ich danke euch … Moment, ist das etwa … seit wann … seid ihr verlobt?« Liz begann wie wild mit den Händen vor ihrem Gesicht zu fächern, als sie den funkelnden Diamanten an Leonas Ringfinger entdeckte und konnte nicht mehr aufhören zu grinsen.

»Deshalb wollten wir dich überraschen, Liz. Ich habe Leona gefragt, ob sie mich heiraten will. Und wie du siehst, hat sie *ja* gesagt.« Alex grinste bis über beide Ohren und zog Leona zu sich heran.

»Das sind ja wundervolle Neuigkeiten, ich gratuliere euch! Oh mein Gott, das muss ich gleich William erzählen.« Liz schob die Fensterfront zur Seite und bat die beiden, ihr zu folgen.

»Will, komm her, ich habe schöne Neuigkeiten!«, schrie sie, während sie sich umsah und auf den Pool zulief. Sie wackelte mit ihrem Hintern wie eine kleine Ente, da sie nur knapp einen

Fuß vor den anderen setzen konnte. So eng war ihr Kleid. Ihre rechte Hand hielt sie über die Stirn, um von der Sonne nicht geblendet zu werden.

Es plätscherte im Pool, denn William schwamm seine Längen. Da er Liz nicht hören konnte, griff sie kurzerhand nach einer aufblasbaren Ananas, in die man Drinks für Poolpartys stellen konnte, und schmiss sie ihm beim Vorbeischwimmen an den Kopf. William erschrak und unterbrach sein Workout.

»Um Himmels willen Liz, hast du mich erschreckt!« Er schwamm nun gemächlich auf sie zu und schwang sich elegant aus dem Wasser. Er hatte einen gut trainierten, behaarten Oberkörper, trug eine Glatze und einen schneeweißen Bart.

»Will, schau wer da ist«, quietschte sie. Aufgeregt zeigte sie auf Leona und Alex.

»Was für eine Überraschung! Euch habe ich nun auch schon eine halbe Ewigkeit nicht mehr gesehen. Was führt euch denn hier her?«, fragte er erfreut.

Gerade wollte Leona nach Luft schnappen, um ihm zu antworten, als ihr Liz bereits zuvorkam. »Sieh dir ihren Ringfinger an!«

»Neuer Nagellack?«, fragte William, wohlwissend dass seine Frau auf etwas anderes hinauswollte. Doch er liebte es, ihre Nerven hin und wieder etwas zu strapazieren.

Dafür kassierte er von ihr einen Klaps auf die Brust. »Männer merken aber auch gar nichts. Hallo? Der Ring? Hast du den nicht gesehen?«

»Ach so, der Ring! Was ist denn mit dem?« William zwinkerte Leona zu, welche sich auf die Lippen biss, um nicht lauthals zu lachen. Auch Alex kämpfte dagegen an.

»Will, sie werden heiraten! Mein Baby wird ein wundervolles Kleid tragen, ich kenne eine hervorragende Designerin, die wird eine märchenhafte Robe für sie kreieren. Das wird eine riesengroße Feier, ich sehe schon alles vor mir: weiße Tauben, eine Sängerin, Tänzer … Das wird ein unvergesslicher Tag!«, plapperte sie wild darauf los.

Hat diese Frau Kiemen? Alex schaute Leona mit hochgezogenen Augenbrauen an. Sie zuckte bloß mit den Schultern. Sie war nicht verwundert, dass ihre Mutter so reagieren würde.

»Ach so, jetzt habe ich das auch verstanden«, sagte William schließlich und ging grinsend auf Leona zu. »Ich gratuliere euch. Ihr seid füreinander geschaffen.« Er strich ihr übers Haar und lächelte stolz.

Anschließend klopfte er Alex auf die Schulter. »Gut gemacht. Solch eine tolle Frau musst du festhalten. Sie hätte jeden Anderen haben können, aber hat sich für dich entschieden. Sei dir dessen immer bewusst.«

»Danke William. Glaube mir, ich kann es noch immer nicht fassen, dass sie sich ausgerechnet für mich entschieden hat. Aber das Schicksal wollte es wohl so.«

Leona mochte William. Er arbeitete nicht nur in derselben Branche wie Tom, sondern hatte auch diese ruhige Art, wie ihr Vater und immer einen witzigen Spruch auf Lager.

Anscheinend stand Liz auf einen bestimmten Männertyp, der sie beruhigen konnte und nicht genauso hysterisch war, wie sie selbst. Sie ergänzten sich hervorragend und Leona war froh, dass ihre Mutter glücklich verheiratet war. Sie hatte sich für sie nie etwas anderes gewünscht.

»Legt euch doch in die Sonne und ich bereite in der Zwischenzeit noch den Rohkostsalat fertig zu.«

»Du musst dir nicht solch große Mühe machen, Mom. Setz dich doch einfach zu uns.«

Liz winkte ab. »Das sind doch keine Umstände. Wenn ihr schon hier seid, möchte ich euch verwöhnen. Ich bin gleich bei euch.«

Sie lächelte verkrampft. Auch wenn Leona absolut keinen Hunger hatte und Gurken nicht ausstehen konnte, die ihre Mutter jedes Mal wieder aufs Neue in diesen Salat schnetzelte, fand sie es süß, wieviel Liebe Liz in die Arbeit steckte.

Das war der Grund, weshalb sie es irgendwann aufgegeben hatte, Liz zu sagen, dass sie den Salat nicht ausstehen konnte und würgte ihn widerwillig herunter. Schließlich konnte ihre Mutter nicht nachvollziehen, dass man Gurken nicht mögen konnte, weil diese ihrer Meinung nach doch nur nach Wasser schmecken würden. *Würde Wasser wie Gurken schmecken, könnte ich Wasser nicht trinken,* hatte sich dann Leona immer gedacht.

Alex nahm sie an die Hand und schaute sie mit einem Blick an, der so viel sagte wie: »Tut mir leid.« Er wusste nun mal, was sie dachte.

Gemeinsam gingen sie auf die Sonnenliegen zu, die nahe dem Infinity-Pool nebeneinander aufgereiht waren.

»Chloé, sieh mal wer da ist«, sagte eine schwarzhaarige, junge Frau herabschätzend, die auf einer der Sonnenliegen lag und auf ihrem Telefon herumtippte. Jedes Mal, wenn sie den Bildschirm berührte, ertönte ein klickendes Geräusch, da die künstlich spitzen, Fingernägel auf den Bildschirm einhämmerten. *Armes Telefon,* dachte Leona.

»Omg, die schon wieder«, schnaubte Stella. Sofort legte sie ihr Magazin zur Seite und setzte ein künstliches Lächeln auf, als sie quietschte: »Hey, setzt euch doch zu uns!«

»Spinnst du?«, zischte Chloé leise.

»Sei still.«

Alex drückte die Hand von Leona einen Moment lang etwas stärker, damit sie wusste, dass er ihre Gedanken teilte. Sie hassten diese beiden selbstverliebten Tussen. Dies war der einzige Nachteil, der William mit sich brachte. Seine Töchter.

»Schon lange nicht mehr gesehen, wie geht es euch?«, fragte Alex, während er so tat, als hätte er nicht mitgekriegt, was für Blicke sie sich zugeworfen hatten.

»Uns könnte es nicht besser gehen. Hab soeben gehört, dass ihr heiraten werdet. Glückwunsch!«, quietschte Stella in einer Frequenz, die einem das Trommelfell zertrümmern konnte.

»Genau. Vielen Dank. Wo sind eure Typen?«, fragte Leona kurz angebunden. Sie hasste es künstliche Konversationen zu führen, bei denen sowieso niemand sagte, was er wirklich über den anderen dachte.

»Aus dem Staub. Wussten nicht zu schätzen, was wir zu bieten hatten. Ist nicht so harmonisch, wie bei unsrer Little-Miss-Sunshine«, zickte Chloé, warf ihr langes, rotes Haar mit viel Schwung über die Schultern und setzte die olivgrüne Sonnenbrille wieder auf.

Leona zuckte zusammen und war überrascht über diese Reaktion. Normalerweise konnte Chloé ihre Fassade ziemlich lange aufrechterhalten, doch dieses Mal blitzte ihre wahre Persönlichkeit ein bisschen zu schnell durch.

»Schluss jetzt. Zeigt gefälligst Respekt!«, sagte William in strengem Tonfall, als er neben Leona und Alex stehen blieb. »Ihr seid nicht mehr fünf, oder?«

Leona musste ein Kichern unterdrücken. Sie fand es toll, wie schnell er seine beiden Töchter zum Schweigen bringen konnte. Sie folgten ihm wie junge Schafe ihrem Hirten.

»Tut uns leid, Daddy.« Chloé wählte mit Absicht eine kindliche Stimme und las danach in ihrem Magazin weiter.

Im Alter von beinahe dreißig Jahren sollte man doch eigentlich mittlerweile erwachsen sein. Leona setzte sich demonstrativ auf den Stuhl neben Stella und sagte freundlich: »Schöner Lippenstift.« Diese warf ihr einen genervten Blick zu und tippte weiter auf ihr Telefon ein.

»Ach wie schön. Die ganze Familie sitzt beisammen. Essen ist fertig!«, trällerte Liz erfreut, als sie mit der Salatschüssel in den Händen auf die fünf zu gestöckelt kam.

In welche Realityshow sind wir hier nur reingeraten, dachte sich Alex.

Nachdem der Rohkostsalat mehr oder wenig genüsslich verspeist wurde, entspannten sich alle auf den Sonnenliegen und schwammen einige Längen im Pool.

Als das Telefon von Liz klingelte, entschuldigte sie sich für einige Minuten und verschwand in der Villa. Sie musste ein Interview über ihre neue Modekollektion geben, die soeben erschienen war.

»Immer beschäftigt, was?«, sagte Leona zu William. Sie saßen nebeneinander am Poolrand und badeten die Füße im Wasser. Sie schlürften an ihrem Mojito und blickten über Los Angeles. Unglaublich, was für eine atemberaubende Aussicht sie von dieser Villa hatten.

»Du sagst es. Ich bin unheimlich stolz auf sie. Sie macht das, was sie liebt«, sagte William mit einem Lächeln.

»Du bist ihr ein guter Ehemann. Habt ihr aber auch genügend gemeinsame Zeit? Meine Eltern hatten sich früher wegen ihrem beruflichen Erfolg auseinandergelebt.«

William strich ihr über die Schulter. »Ich weiß, Leona. Dieses Problem hatte ich in meiner früheren Ehe auch. Liz und ich haben aus unseren Fehlern gelernt. Wir kriegen das soweit ganz gut hin. Klar, wir könnten mehr gemeinsame Zeit haben, aber manchmal geht es nun mal nicht anders. Deshalb schätze ich solche Tage wie heute umso mehr.«

»Es ist wirklich schön, Zeit mit der ganzen Familie verbringen zu können.«

»Du sagst es.«

»Für Mom muss sich das immer enorm lang anfühlen, wenn wir weg sind. Für uns sind es jeweils nur einige Stunden, bis wir euch wieder sehen. Doch für euch sind es Monate oder Jahre.«

»Sie hat gute und schlechte Tage. Vermissen tut sie dich jeden Tag.« William neigte seinen Kopf zur Seite.

»Das glaube ich.« Leona seufzte gequält. Noch immer fühlte sie sich zwischen diesen zwei Welten hin und her gerissen. In keine der beiden konnte sie ihre volle Aufmerksamkeit investieren. Trotzdem war sie dankbar, keine der beiden Welten verloren zu haben. An dieser Dankbarkeit hielt sie fest und tat ihr Bestes, um beiden gerecht zu werden.

»Wie lange werdet ihr dieses Mal bleiben?«

»Das wissen wir noch nicht genau. Vielleicht eine Woche, bestimmt nicht länger, denn wir müssen wieder zurück.«

»Verstehe. Wieder zurück in euren Palast.« William zwinkerte ihr neckisch zu. »Du weißt, wie ich das meine. Wie lebt es sich dort so?«

Leona musste lachen. »Wie egoistisch das klingt. Es ist schon ziemlich cool. Ich liebe diesen Planeten. Ich glaube, Alex und ich schlagen uns ziemlich gut durch. Beolas sind dankbare Wesen.«

»Werden wir deine andere Familie auch mal kennenlernen?«

»Tut mir leid, nein. Wir wollen unseren Planeten schützen. Du weißt ja, zu was Menschen in der Lage sind. Wenn diese Informationen zu den falschen Personen gelangen, ist Beolania in Gefahr.«

»Du hast recht.«

Leona grinste William an und sah dann zu Alex, der sich friedlich im Wasser treiben ließ und in den Himmel hinaufschaute. Sie hielt ihren Zeigefinger vor den Mund und stand auf. Will musste lachen. Sie stellte das leere Mojito Glas auf den Tisch hinter sich und hüpfte mit viel Schwung in den Pool. Alex erschrak, als er mit einer Wasserfontäne überschwemmt wurde. Sie schwamm auf ihn zu und klammerte sich an seinen Rücken.

»Du Biest«, rief er lachend.

»Ich liebe dich«, flüsterte sie beschwichtigend in sein Ohr.

»Danke.«

»Danke? Das ist das Einzige, was dir dazu einfällt?« Leona prustete los und versuchte ihn unter Wasser zu drücken. Vergebens, denn Alex war stärker, wandte sich flink, hob sie auf und ließ sie dann ins Wasser plumpsen.

Als Leona wieder auftauchte, strich sie sich das Wasser aus dem Gesicht und schwamm auf ihn zu. »Das wirst du büßen!«

Beide lachten herzlich.

Chloé war genervt vom Gekicher der beiden, weshalb sie aus dem Wasser stieg. Sie trocknete sich ab und warf einen Blick auf ihr Handy.

»Na toll«, schnaubte sie. »Kaum seid ihr wieder auf der Erde, muss sich alles nur um euch drehen.«

»Von was sprichst du?«, frage Leona und ließ es sein, Alex Wasser ins Gesicht zu spritzen.

»Lies doch selbst«, zischte sie und streckte ihr das mit pinken Steinchen verzierte Smartphone entgegen. Leona runzelte die Stirn und schwamm auf Chloé zu. Alex folgte ihr.

Bereits die Schlagzeile des Artikels entfachte in Leonas Bauch ein Feuer:

Es läuten die Hochzeitsglocken.

Nachdem Tom Parker heute Morgen keine Auskunft über den geheimnisvollen Planeten geben wollte, haben wir neue Informationen von seiner Exfrau Liz Parker erhalten. Ihre Tochter, Leona Parker, ist zurzeit in Los Angeles auf Besuch und wird bald den Straßenmusiker Alex Miller heiraten! Wann und wo ist noch nicht bekannt, doch wir können uns auf eine große Feier freuen. Liz Parker hatte bereits in der Vergangenheit pompöse Geburtstagspartys für ihre Tochter organisiert. Es muss für sie als Mutter eine große Ehre sein, eine Tochter zu haben, die auf einem fernen Planeten lebt. Werden wir bald mehr über diesen geheimnisvollen Ort erfahren?

Leona riss ihre Augen weit auf und warf ihrer Mutter einen mürrischen Gesichtsausdruck zu, als Liz aus der Villa kam und sich zufrieden lächelnd mit Sonnencrème einstrich.

»Mom, was um alles in der Welt hast du getan?«, schrie sie.

Liz zuckte vor Schreck zusammen und sah sie verdattert an. »Was ist denn auf einmal los, meine Liebe?«

Leona streckte ihr das Handy entgegen. Mit zusammengekniffenen Augen las Liz den Artikel. »Tu nicht so unschuldig, du weißt genau, wovon ich spreche! Dir kann man aber auch gar nichts anvertrauen. Alles für den Ruhm, was? Bin ich dir denn nichts mehr wert? Deine eigene Tochter?«

Alex warf Liz einen wütenden Blick zu.

»Ich schwöre euch, ich weiß nicht, von wem sie diese Informationen haben. Ich würde doch nie …« Gerade wollte Liz weitersprechen, als es um die Villa herum immer lauter wurde. Stimmen ertönten und von weitem hörten sie das Brummen eines Helikopters.

»Ach ja? Und weshalb wissen die, wo der Helikopter hinfliegen muss?«, fragte Leona gereizt.

»Ich … ich … weiß nicht …« Liz stand wie versteinert da und starrte in den Himmel.

»Stimmt es, was Leona da sagt? Hast du mit den Medien gesprochen?«, fragte William zögerlich. Er wollte es nicht wahrhaben, konnte es sich aber insgeheim gut vorstellen. Sie hatte oft ein loses Mundwerk. Nicht böswillig oder absichtlich, sondern es war einfach ein unvorteilhafter Charakterzug.

»Ich habe doch nicht …«, stotterte Liz. Aus dem Helikopter schossen Lichtblitze und ein Kamerateam filmte das Ereignis aus höchster Höhe.

»Komm Leona, wir müssen auf der Stelle verschwinden!«, rief Alex, während der Lärm immer unerträglicher wurde.

»Kann ich euch irgendwie helfen?«, fragte Liz überfordert.

Leona blitzte sie mit ihren Augen an und fauchte: »Du hast schon genug getan. Geh mir aus dem Weg.« Leona zog sich hastig den Jeansrock über ihre nasse Haut und auch Alex kleidete sich ein. Danach schnappte er Leonas Hand und rannte mit ihr ins Haus.

Sie griff nach dem türkisfarbenen Stein, den sie stets an der Kette um den Hals trug, und begann ihn schnell im Kreis zu drehen, um das Portal zu öffnen. Leona blickte kurz über ihre Schulter zurück und sah ihre Mutter mit Tränen in den Augen hinter der Glasscheibe stehen.

Wie konntest du nur. Ich dachte, du hast dich geändert.

»Komm Leona. Wir müssen los!«

Sie löste sich vom Blick ihrer Mutter und schritt mit Alex zusammen durch das Portal. Es wurde dunkel.

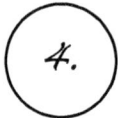

Auf Beolania

»Uuund genau 26.63 Sekunden. Ein neuer Rekord würde ich sagen. Otis, Liv, warum seid ihr so schnell wieder zurück?«, fragte Clemens munter. Seine Augen, mit dem goldenen Ring um die grünen Iriden, strahlten sie an.

»Liz hat bei den Medien über uns gesprochen«, sagte Otis.

Clemens runzelte verwundert die Stirn. »Und was genau hat sie ihnen erzählt?«

»Dass wir heiraten werden.«

Clemens lachte. »Und das ärgert euch? Ihr heiratet doch gar nicht. Warum ärgert ihr euch über etwas, das nicht relevant ist … oder … Moment.« Er hielt inne, als er bemerkte, mit welch merkwürdigem Blick ihn die beiden anschauten.

»Ihr heiratet?«, jauchzte er erfreut auf.

Otis nickte.

»Das sind ja fantastische Neuigkeiten. Ich gratuliere!«

»Danke Clemens.«

»Ich kann es nicht fassen, dass sie uns das angetan hat«, schluchzte Liv. Dicke Tränen kullerten über ihre goldenen Wangen.

»Komm her, mein Engel.« Otis nahm sie in seine beschützenden Arme und strich über ihr dunkelblondes Haar. Er stützte sein Kinn auf ihre Schulter und blickte über das Land. »Dreh dich um. Schau dir diesen magischen Sonnenuntergang an.«

Langsam löste sie sich aus seiner Umarmung und legte ihre Hände auf das warme Steingeländer des Balkons. Der laue Wind wehte über ihr Gesicht und trocknete die Tränen. Sie sah über die Dächer ihrer Stadt, auf dessen Glaskuppeln das orangene Licht der Sonne reflektiert wurde. In der Ferne hörte sie den Wasserfall rauschen und kleine Vögel flatterten umher. *Ich habe dich vermisst, mein geliebtes Beolania. Du würdest mich niemals verraten.*

»Wir sind zu Hause«, flüsterte Otis.

»Singst du für uns ein Lied? Die Beolas werden sich bald schlafen legen.« Sie sah ihn mit ihren weit aufgerissenen, haselnussbraunen Augen an und klimperte mit ihren langen Wimpern.

»Ja, bitte sing etwas«, bat ihn nun auch Clemens, der noch immer neben ihnen auf dem Balkon stand.

Otis lächelte, stellte sich dicht an Liv, schlang die goldenen Arme um sie und legte seine Hände auf die ihre. Leise begann er mit seiner warmen, tiefen Stimme zu summen, bis er immer lauter wurde und das Lied sang, welches Ava früher abends für ihre Bewohner gesungen hatte.

Es war ein Lied, das für die Beolas Heimat bedeutete, ihnen Sicherheit und Geborgenheit gab – und das war es, was sie brauchten. Denn es waren erst zwei Tage vergangen, seit auf Beolania der Fluch von Aaron behoben wurde. Sie brauchten diese Sicherheit – etwas, das sie an das schöne Beolania erinnerte, wie es früher einmal war. Dank diesem Lied wussten sie, dass sie ihre Heimat wiederhatten. Ihr friedlicher Platz im Universum existierte wieder. Sie konnten lachen, weinen und Gefühle in ihrem Herzen wahrnehmen. All dies, was ihnen in den letzten fünf langen Jahren genommen wurde, konnten sie nun nachholen. Sie waren so dankbar für ihr schönes Leben, wie noch nie zuvor. Denn den Beolas wurde bewusst, dass sich von einem Moment auf den anderen alles ändern konnte. Und auch wenn das schon immer so war, sich ständig alles ändern konnte, war ihnen dies nun bewusst geworden.

Als die letzten Sonnenstrahlen hinter den grünen Hügeln verschwunden waren, küsste Otis seine Liv behutsam auf den Hinterkopf, nahm sie an der Hand und schritt mit ihr gemeinsam über den Balkon.

Kaum setzten sie einen Fuß in den Palast, entdeckten sie zwei große Augen, die neugierig um die Ecke spähten.

»Suri? Warum bist du denn nicht zu uns gekommen?«, fragte Otis lachend. Er mochte die Mutter von Liv. Sie war anders als seine Eltern. Eine zarte Persönlichkeit mit unzähligen kleinen, schwarzen Zöpfen auf dem Kopf. Suri war eine liebevolle, einfühlsame und geheimnisvolle Beola. Nie wusste man, was sie dachte. Ständig schwebte sie in Gedanken und verlor sich oft im Moment. Doch was sie immer wieder auf den Boden der Tatsachen holte, war ihre geliebte Tochter Liv. Sie vergötterte ihr einziges, geliebtes Kind und sie war unbeschreiblich dankbar, sie wieder bei sich zu haben und die gemeinsam verlorengegangene Zeit allmählich aufzuarbeiten.

»Ich … wollte euch nicht stören. Du hast so schön gesungen, Otis. Danke.«

Otis lächelte und schloss sie in die Arme. Gefühlt spürte er jeden einzelnen Knochen an ihrem Körper, so dünn war sie. Sie trug ein olivgrünes Seidenkleid, das prächtig mit ihrer violetten Haut harmonierte.

Suri lächelte, als sie sich aus der Umarmung löste und Liv in die haselnussbraunen Augen blickte. »Du siehst aus wie ein Engel, mein Kind«, sagte sie leise, während sie langsam auf sie zuging. Suri kullerte eine Träne über die Wange.

»Mama, warum weinst du denn?«, fragte Liv verwundert und tupfte ihr die Tränen trocken.

»Ich bin so glücklich, weißt du? Glücklich, solch eine wundervolle Tochter wie dich zu haben.«

Nun wurde auch Liv sentimental. Ihre Augen waren glasig.

»Nein, nein, nein. Stopp. Jetzt weine nicht du auch noch, Liv.« Clemens rannte lachend auf sie zu und kitzelte an ihrem Bauch. Liv quietschte vor Schreck auf, begann zu kichern und flehte ihn an, damit aufzuhören.

»Erst wenn du mir versprichst, nicht mehr zu weinen. Du weißt, dass ich das nicht mit ansehen kann. Du hast dann immer so einen Hundeblick und steckst alle damit an.«

Liv lachte und schnappte nach Luft, während sie versuchte seine Hände von ihrem Bauch weg zu stoßen. »Na gut Clemens, du hast mein Versprechen!«, schrie sie kichernd, worauf er seine Hände von ihr nahm. »Das war nun mal ein sentimentaler Moment. Tut mir leid, wenn das nicht bis zu dir durchgedrungen ist.« Sie zwinkerte ihm neckisch zu.

»Du bist witzig, Clemens. Eigentlich wollte ich euch sagen, dass wir essen können. Almina hat für uns eine Wurzelsuppe gekocht.«

»Ach wie lecker, das ist mein Lieblingsessen«, sagte Otis erfreut und leckte sich über seine goldenen Lippen.

Otis und Liv hatten sich dafür entschieden, ihre Eltern im Palast wohnen zu lassen. Schließlich hatten sie genügend Platz und sie fanden es wichtig, dass sich ihre Eltern gegenseitig kennenlernen konnten.

Gemeinsam gingen sie durch die breiten Gänge des Palasts, schritten die lange Wendeltreppe aus weißem Marmor hinunter und traten in den Speisesaal.

Der lange, gläserne Tisch war mit sechs goldenen Tellern, Kelchen und Suppentellern aus Stein bedeckt. Der Vater von Otis zündete gerade die Kerzen auf dem Tisch an, als Almina mit dem großen Suppentopf aus der Küche gelaufen kam, um diesen inmitten des Tisches zu platzieren.

»Da seid ihr ja endlich. Ich dachte schon, wir müssten ohne euch essen«, sagte Almina lächelnd und bat sie zu Tisch.

»Eigentlich hätten sie ja länger auf der Erde bleiben wollen«, sagte Clemens und zuckte mit den Schultern.

»Und weshalb seid ihr dann schon früher zurück?«, fragte Miko neugierig, der sich eine blond gekrauste Haarsträhne aus dem Gesicht strich und ungeduldig darauf wartete, endlich mit dem Essen beginnen zu können. Almina schöpfte jedem eine gute Portion Wurzelsuppe in die Teller und setze sich dann auch auf den Platz neben ihrem Mann.

»Meine irdische Mom hat uns hintergangen«, sagte Liv und nahm einen ersten Schluck von der Wurzelsuppe. Sie schmeckte wundervoll saftig, leicht erdig und süß. Abgeschmeckt war die Suppe mit einigen frischen Kräutern und die kleinen, roten Nüsse verliehen der Suppe den nötigen Biss.

»Was hatte Liz denn für einen Anlass dazu?«, fragte Almina verwundert. Sie konnte sich laut der Erzählungen noch kein eindeutiges Bild von ihr machen. Doch sie wusste, dass Liv ihr viel bedeutete, weshalb es ihr leidtat, solch eine Nachricht zu hören.

»Damit ihr die ganze Geschichte versteht, müssen wir euch erst noch etwas beichten.« Liv blickte verlegen zu Otis.

Er strahlte übers ganze Gesicht. »Willst du es ihnen sagen?«

»Was soll sie uns sagen? Bist du etwa schwanger, Liv?«, fragte Miko wie aus der Pistole geschossen.

»Das wäre der nächste logische Schritt«, spottete Clemens, welcher von Liv unter dem Tisch mit dem Fuß getreten wurde.

»Was weiß Clemens, was wir nicht wissen?«, fragte Almina, legte den Löffel aus ihrer Hand und wartete gespannt auf die Antwort.

»Sie mögen mich nun mal«, sagte Clemens neckisch, während er Liv schulterzuckend anschaute.

Otis lachte vergnügt und stellte sich hinter den Stuhl von Liv. Behutsam legte er seine Hände auf ihre Schultern, bevor er in die Tasche seiner weißen Seidenhose griff und ihr eine Kette um den Hals legte. Liv zuckte kurz zusammen, als sie auf ihrem Brustkorb einen kühlen Gegenstand spürte. Sofort schaute sie nach unten und nahm die Kette in ihre Hände. Es war ein kleiner, gelber Stein auf dessen, durch das Beleuchten des Kerzenlichts, ein Herz zu erkennen war.

»Ist das ein Miovit?« Suris Augen glänzten.

Otis nickte.

»Woher hast du ihn?«, fragte Liv verblüfft, da dieser Stein nur selten zu finden war. Sie war überglücklich und hätte nicht erwartet, dass er sie nach dem wundervollen Diamantring auf der Erde gleich noch ein zweites Mal überraschen würde. Doch eigentlich hätte sie es wissen müssen, denn das Portal verwandelte Leona und Alex nicht nur in Beolas, sondern ließ auch alle Gegenstände, welche sie auf der Erde an sich trugen, zurück.

»Das ist mein kleines Geheimnis«, flüsterte er sanft in ihr Ohr und küsste sie auf die Schläfe. »Liv und ich werden heiraten. Wir haben uns auf der Erde verlobt.«

Seine Eltern und Suri verschlug es die Sprache, während sich auf ihren Gesichtern die Mundwinkel erfreut nach oben zogen.

»Wie schön! Wir gratulieren euch!«, jubelte Almina.

»Ich danke dir, Otis. Danke, dass du so ein guter Mann für meine Liv bist.« Suri war ganz aus dem Häuschen und ihre Hände zitterten vor Aufregung, die sie vor ihren Mund hielt.

Nachdem Otis ihnen erzählt hatte, wann und wie er um ihre Hand angehalten hatte, wurde die Familie immer neugieriger, weshalb nun Liz ihre Tochter verraten hatte.

Als ihnen Liv die Situation mit den Hubschraubern und der Flucht durch das Portal erzählt hatte, schüttelte Suri ungläubig den Kopf. »Ich glaube nicht, dass eine Mutter dies ihrer Tochter antun könnte. Also ich könnte das nicht, das weißt du.«

»Mama, es sind nicht alle wie du. Liz ist eine eigene Persönlichkeit. Sie liebt die Aufmerksamkeit und tut alles dafür, um Gesprächsthema Nummer eins der Menschen zu sein.«

Suri seufzte. »Ach, wie gerne ich eure Welt einmal mit eigenen Augen sehen würde. Es wäre mein Wunsch, deine anderen Eltern kennenlernen zu dürfen. Schließlich sorgen sie sich um mein Baby. Tom würde ich einfach nur drücken und mit Liz würde ich ein langes Gespräch führen, um sie besser kennenzulernen.«

»Du bist süß, Mama. Glaube mir, sie wollen euch auch kennenlernen. Aber das geht nicht. Wir dürfen unsere zwei Welten nicht vereinen.«

»Aber warum eigentlich nicht?«, fragte Miko, der seine Suppe schon längst ausgelöffelt hatte.

»Menschen sind nicht wie wir. Wir leben in Harmonie, achten auf unsere Umwelt, auf unsere Tiere. Menschen haben zwar ein gutes Herz, zumindest die meisten, doch sie orientieren sich an anderen Dingen.«

»Aber an was denn? Was könnte schöner sein, als sich an den kleinen Dingen im Leben erfreuen zu können?«, fragte Miko, der nicht verstand, was ihm sein Sohn erklären wollte.

»Menschen wollen immer mehr. Und wenn sie ein Ziel erreicht haben, streben sie bereits nach einem Neuen. Macht und Geld regieren die Welt. Klar, es sind nicht alle gleich. Es gibt durchaus Erdbewohner, die ähnlich denken wie wir. Doch diese werden von den mächtigen Personen unterdrückt und ausgenutzt.«

»Das ist ja grauenvoll. Weshalb geht ihr dann immer wieder dorthin zurück? An solch einen Ort, an dem nie vollkommener Frieden herrscht?«, fragte Almina fassungslos.

»Das ist ein Teil unseres Zuhauses«, sagte Liv. »Wir sind dort aufgewachsen. Wir wissen was es heißt, Mensch zu sein. Es ist nicht leicht. Doch wir haben es geschafft auf unser Herz zu hören und dadurch den Fluch gebrochen. Das haben wir als Menschen geschafft. Und ich bin mir sicher, dass dort noch einige Menschen leben, die von ihrem Verstand geblendet werden. Nicht wissen, was sie eigentlich erreichen könnten. Sich von anderen kleinmachen lassen. Nicht an sich glauben. Ich mag die Menschen.«

»In diesem Falle könnten sie sich ändern?«, fragte Suri, die das Gesagte in sich aufsog wie ein Schwamm.

Otis zuckte mit seinen Schultern. »Vermutlich schon. Wenn sie wollen. Aber das klingt einfacher als es ist. Glaub mir, Suri.«

Sie senkte den Kopf und ließ den letzten Bissen der Suppe zurück in den Teller tropfen. Ihr war der Appetit vergangen. *Wie kann man nicht in Harmonie leben wollen? Das ist doch das Schönste was es gibt.* Es machte sie traurig, zu wissen, dass es einen Planeten im Universum gab, auf dem Menschen leben mussten, die nicht glücklich sein konnten, nur weil sie von mächtigeren Menschen unterdrückt wurden.

»So, und nun kommen wir wieder zu einem schöneren Thema. Wie geht es euch? Nun durften wir schon den zweiten Tag mit all unseren Emotionen erleben. Ist das nicht schön?«, fragte Clemens, der mal wieder für gute Stimmung sorgen wollte.

Liv warf ihm einen dankenden Blick zu.

5.

»Suri hat das Thema *Erde* recht mitgenommen, findest du nicht auch?«, fragte Otis, als er gemeinsam mit Liv im Wasserbett lag und durch die Glaskuppel zum Himmel hinaufschaute. Die Sterne funkelten und gelegentlich flitzte eine Sternschnuppe über das Himmelszelt. Das Wasser plätscherte beruhigend an der gegenüberliegenden Wand entlang herunter, ansonsten herrschte im Palast eine angenehme Stille.

»Ich denke auch. Sie ist eine gutgläubige Beola und kann sich nicht vorstellen, dass es andere Welten als diese gibt. Das können wir ihr nicht übelnehmen«, flüsterte Liv.

»Das denke ich auch. Bist du müde?« Als er einen Moment keine Antwort erhielt, drehte er seinen Kopf zur Seite, wo Liv mit geschlossenen Augen lag. Sie war eingeschlafen. Zufrieden lächelte er und zog die Bettdecke über ihren schlanken, goldenen Körper. Er schmiegte sich an sie, legte seinen Arm um sie und schlief kurz darauf ein.

»Wo ist meine Kette? Otis, wach auf!«

Er zuckte vor Schreck zusammen. Liv hatte ihn mitten aus dem Tiefschlaf gerissen. »Um Himmels Willen, was ist denn los?«

»Meine Kette ist verschwunden!«, schrie Liv hysterisch. Sie rannte im Zimmer umher, sah unter das Bett und fand aber nichts.

Otis kniff seine Augen zusammen und knurrte: »Mein Schatz, der Miovit hängt um deinen Hals. Du hast ihn nicht verloren. Komm und leg dich wieder zu mir.«

Sie blieb stehen und starrte ihm mit einem versteinerten Blick in die Augen. »Nicht diese Kette, Otis. Unser Stein, um das Portal zu öffnen ist verschwunden«, zischte sie genervt.

»Das ist ein schlechter Scherz, oder?« Ihm gefror das Blut in den Adern.

»Denkst du ernsthaft, ich würde bei diesem Thema scherzen? Ich hatte ihn gestern Abend beim Einschlafen unter meinem Schlafgewand hängen. Ich habe ihn sogar noch angefasst!« Liv war verzweifelt.

»Lass uns einmal in Ruhe nachdenken. Wo könnte er hinge-fallen sein …« Otis versuchte ruhig zu bleiben, obwohl sein Herz wie verrückt pochte.

»Ich habe schon überall nachgeschaut.« Liv fasste sich ins Haar und ließ sich rückwärts auf die Matratze fallen. »Was machen wir nun? Wir hätten nicht gedacht, dass dieser Fall einmal eintreffen würde.«

»Nun ja, wir haben nur diesen einen Stein. Wir müssen ihn finden. Irgendwo muss er doch sein.«

»Ach wirklich? Wenn du das doch so viel besser weißt, dann sag mir doch bitte, wo er ist!« Liv kochte vor Wut und blickte Otis genervt in die Augen. Kurz darauf sprang sie vom Bett und öffnete die Tür zum Bad. Dort hatte sie noch nicht nachgesehen.

Plötzlich schrie sie vor Schreck auf.

»Was ist?« Otis stürmte zu ihr.

Ein riesiges, türkisfarbenes Portal tauchte im Badezimmer auf. Die Lichter wirbelten im Kreis umher und Livs langes Haar flatterte im Wind.

Plötzlich hechteten ein Mensch und eine Beola durch das Portal und prallten mit einem mächtigen Knall auf den Boden.

»Hilfe!«, schrie eine ängstliche Frauenstimme. Der Mann hatte ein Messer über die Kehle der Beola gezogen, worauf das weiße Blut aus ihren Adern spritzte. Auf dem Marmorboden breitete sich eine riesige Blutlache aus.

Ohne zu zögern, stürzte sich Otis auf ihn und schlug mit seinen geballten Fäusten auf den Mann ein. »Lassen Sie sie sofort los!«, brüllte er. Dieser lockerte den Griff um den Hals der Beola, als Otis auf dessen Nase einschlug. »Was verdammt machen Sie auf unserem Planeten?« Otis starrte dem Menschen nun direkt in sein aufgequollenes, dunkelrotes Gesicht, das allmählich blau wurde. Der Mann konnte sich nicht wehren und ließ seine Hände neben sich zu Boden sinken. Sein Brustkorb bebte rasant auf und ab, während es pfiff, wenn er einatmete. Er erhielt nicht genügend Sauerstoff.

»Krieg …«, keuchte der Mann.

Otis rüttelte ihn an seinen Schultern und brüllte ihn an: »Was willst du mir damit sagen, verdammt? Spuck es schon aus!«

Der Mann wollte gerade nach Luft schnappen, um etwas zu sagen, als sein Atem stockte. Seine Augen rollten nach außen und sein Körper blieb regungslos am Boden liegen.

»Sprich mit mir! Was bedeutet Krieg?«, schrie Otis.

»Er ist tot! Hilf mir lieber hier drüben!«, rief Liv verzweifelt, welche über den schwachen Körper der violetten, zierlichen Beola gebeugt war. Aus dessen Hals spritzte unermüdlich weißes Blut. Die Beola keuchte, rang nach Luft. Ihre Kiemen flatterten wie wild auf und zu, während Liv ihre Hand auf die verletzte Stelle legte, um diese zu heilen.

»Suri?«, rief Otis erschrocken und stürmte zu ihr. Er hielt ihre Hand. Sie war eiskalt. »Wird sie es schaffen?«

Liv hielt ihre Augen geschlossen, um sich darauf zu konzentrieren, die Wunde zu heilen. Sie war noch nicht so geübt wie Ava. Zwar besaß sie ihre Kräfte, musste aber noch lernen, richtig damit umzugehen. »Sei still«, flüsterte sie. Sie war auf absolute Ruhe angewiesen.

Otis blickte besorgt zu Suri hinunter und strich über ihre zarte Hand. *Was hast du bloß angestellt, liebe Suri.*

Plötzlich zuckte Suri zusammen und ihr Oberkörper sprang auf. »Böser Mann, böser Mann!«, schrie sie panisch.

Otis atmete erleichtert aus, als er die vernarbte Stelle an ihrem Hals, nahe dem Kehlkopf sah. Liv hatte es geschafft.

»Ja Mama, das war ein böser Mann. Was ist passiert?«, fragte sie aufgewühlt.

»Suri wollte … Familie treffen.« Sie hatte Mühe zu sprechen und hustete fast nach jedem Wort. »Wollte … helfen Menschen vereinen … zwei Welten vereinen …« Liv konnte zwar die Wunde am Hals heilen, doch ihre Stimmbänder schienen beschädigt worden zu sein.

»Mama! Wir haben doch darüber gesprochen. Das geht nicht. Menschen sind nicht wie wir!«

»Ich lag falsch. Hätte euch … glauben müssen … fühle mich furchtbar.«

Otis schüttelte ungläubig den Kopf. »Wie bist du an unseren Stein gekommen?«

Suri stürzte ihr Gesicht in die Hände, sie weinte und ihre Schultern zuckten. »Ich habe ihn genommen, während ihr … geschlafen habt … wollte nur helfen.«

»Suri, wir haben dir vertraut! Was ist auf der Erde passiert?«, schrie Otis. Ihm war die Angst ins Gesicht geschrieben.

»Viel Feuer … viel Trauer … böser Mann!«

»Feuer? Liv, wir müssen umgehend auf die Erde. Wir müssen sehen, was dort vor sich geht!«

»Du hast recht. Wir müssen Clemens aber zuerst noch informieren.«

»Mach das. Ich gehe schon einmal vor, wir dürfen keine Zeit verlieren«, sagte Otis bestimmt.

»Nein, ich kann dich nicht allein auf die Erde lassen. Wer weiß, was dort vor sich geht. Sie wissen, wer du bist!«

»Vertrau mir, mein Liebling. Ich kenne da jemanden, der mir helfen kann.« Er blickte ihr tief in die Augen.

Sie wusste, wen er meinte. Liv atmete nervös, griff dann nach dem Stein, welcher um den Hals ihrer Mutter hing, und rappelte sich auf.

»Versprich mir, dass du auf dich aufpasst«, sagte sie besorgt, als sie Otis in seine grünen Augen blickte.

»Ich verspreche es dir. Komm so schnell du kannst, ja? Ruf mich an, sobald du auf der Erde bist. Du hattest dein Handy bei dir, als wir durch das Portal gingen, oder?«

Liv nickte hektisch. Sie wusste, dass sie es kurz davor in ihren Jeansrock gesteckt hatte.

»Gut«, flüsterte er. »Ich liebe dich.« Er zog sie an sich und küsste sie zärtlich auf die Lippen. Sie griff ihm hastig in sein blond gelocktes Haar und wollte ihn nicht mehr loslassen. Sie sog seinen warmen Duft in ihre Nase auf, in der Hoffnung, diesen bald wieder riechen zu dürfen.

»Ich muss jetzt los, auf der Erde ist schon fast ein Monat verstrichen, seit Suri zurück ist«, sagte Otis, als er sich langsam und zögerlich aus dem Kuss löste.

Liv rannte aus dem Bad, stellte sich vor dem Himmelbett breitbeinig hin und begann den Stein hastig im Kreis zu bewegen. Das Portal erschien und Otis lief darauf zu.

»Bis bald.« Er hörte sich zuversichtlich an.

»Ich liebe dich«, flüsterte Liv und winkte ihm zu. Er schritt in das Portal, worauf sich dieses kurz darauf wieder verschloss und verschwand. Liv starrte in die Luft. Den Stein hielt sie fest umschlungen in ihrer rechten Hand.

»Entschuldige mich … mein Kind«, keuchte Suri.

»Du kannst dich entschuldigen, wenn alles vorbei ist«, knurrte Liv und stürmte aus dem Zimmer.

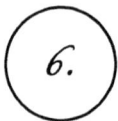

6.

Liv rannte so schnell sie konnte. Die Wachen, welche an ihr vorbeischritten, blieben irritiert stehen und fragten, was los ist. Doch sie nahm nichts um sich herum wahr, alles schien in Zeitlupe zu verlaufen.

Sie dachte an Otis, der auf der Erde war. In dieser Zeit, als sie durch die breiten Gänge rannte, zogen Stunden an ihm vorbei. Stunden, in denen er auf sich selbst gestellt war - sie ihm nicht helfen konnte.

»Clemens!« Liv stürmte durch die Gänge des Palasts und schrie verzweifelt seinen Namen. Sie rannte auf eine mächtige, weiße Tür mit verschnörkeltem Muster zu. Hinter ihr verbarg sich sein Schlafgemach. Mit viel Schwung sprang sie auf die Tür zu und wollte gerade Anlauf nehmen, um mit ihrer Hand an die Tür zu hämmern, als diese geöffnet wurde, sie durch den Bogen ins Gemach stolperte und auf dem Boden prallte.

»Da hat wohl jemand Sehnsucht nach mir«, sagte Clemens lachend und streckte Liv die Hand entgegen, um ihr beim Aufstehen zu helfen.

»Clemens, mir ist nicht nach Scherzen zu Mute.« Hastig blickte sie auf ihre zarte, silberne Armbanduhr an ihrem linken Handgelenk. Sie hatten sich diese anfertigen lassen, um stets zu wissen, wieviel Zeit auf der Erde vergangen war. Nur so konnten sie jeweils zum richtigen Zeitpunkt auf die Erde gelangen, denn sonst wäre dies ein Ding der Unmöglichkeit gewesen. Der Zeiger zog unfassbar schnelle Kreise auf dem Ziffernblatt.

Schon eine Minute war auf Beolania vergangen, was bedeutete, dass Alex bereits zweieinhalb Tage auf der Erde war. *Hoffentlich geht es ihm gut.*

»Was ist denn los, meine Liebe?«, fragte Clemens verwundert, da sie sonst über seine Sprüche stets lachen musste.

Als sie ihm erzählt hatte, was vorgefallen war, schlug er seine Hände erschrocken vor den Mund. »Das heißt, auf der Erde herrscht Krieg?«

»So hat es der Mann zumindest gesagt.« Liv atmete schnell, ihr Herz pochte vor Panik.

»Komm mit mir mit. Ich zeige dir etwas.« Clemens stürmte in den Gang. Liv folgte ihm, ohne zu zögern.

Während sie rannte, hörte sie in ihren Ohren das Ticken einer Uhr. Ein Geräusch, das immer lauter wurde. Eines, das sie antrieb. Adrenalin schoss durch ihren gesamten Körper und sie war sich bewusst, dass jede Sekunde zählte. Clemens' rotes Haar flatterte in der Luft umher, während er eine Abkürzung nach der anderen durch den riesigen Palast nahm. Er kannte sich viel besser aus als Liv. Schließlich hatte er bereits vor ihrer Zeit in dem Palast gelebt und sie konnte ihn erst seit zwei beolanischen Tagen ihr Zuhause nennen. Liv hatte noch viel zu lernen und war auf die wertvolle Hilfe von Clemens angewiesen.

Eine gefühlte Ewigkeit und unzählige Treppenstufen später, stürmten sie in einen riesigen Saal mit schwarzen Wänden und einer grauen Säule, über welcher ein grüner, leuchtender Stein schwebte.

»Das ist der Ort, an dem die Welten miteinander verbunden werden«, flüsterte Clemens und schritt langsam auf die Säule zu. Liv folgte ihm und war fasziniert von diesem wundervollen Stein, welcher sich in ihren wässrigen Augen spiegelte.

»Auf wie vielen Planeten herrscht Leben?«, fragte sie neugierig.

»Das wissen wir nicht. Wir kannten auch die Erde nicht. Aaron hatte die Macht, Welten zu erschaffen, dies aber nie getan.«

»Aber warum denn nicht?«

»Er sagte mir damals, als sein Wesen noch voller Liebe und Harmonie gewesen war, dass ich dies nie verstehen würde. Dass nur ein wahrer Gott dieses Wissen in sich tragen würde. Ich konnte dieses Geheimnis niemals lüften.«

Liv hing an seinen Lippen - sog jedes Wort, das er sagte, in sich auf und war fasziniert von der Weisheit, die Aaron einst hatte. Einmal mehr fragte sie sich, wie sein Wesen sich damals so drastisch verändern konnte.

»Und was machen wir nun hier, Clemens? Wir müssen uns beeilen. Ich kann Otis nicht zu lange warten lassen.«

»Halte den Stein vor die Scheibe.« Er wollte dem Saal seine Würde erweisen, weshalb er leise sprach.

Liv streckte den Arm nach dem grünen Stein aus und nahm ihn behutsam in ihre Hände. Sie schritt etwas näher an die gläserne Wand und folgte seiner Anweisung.

»Zeige uns die Erde«, flüsterte Clemens. Er stand dicht hinter Liv. Plötzlich begannen grüne Lichter wild umherzuschwirren, worauf ein grüner Lichtkreis entstand. In dessen Mitte war eine schwarze Fläche abgebildet.

»Merkwürdig«, murmelte Clemens und bat Liv den Vorgang zu wiederholen. Doch erneut war dasselbe Bild zu sehen.

»Was stimmt denn nicht, Clemens?«, fragte sie verunsichert. Dieser runzelte seine Stirn und hielt einen Moment inne.

Einige Sekunden später zuckte er zusammen und sagte wie aus der Pistole geschossen: »Benutze deinen Stein. Ich denke, dass Ava diesen als einzigen Schlüssel zur Erde erschaffen hatte.« Liv nickte hastig, zog den türkisfarbenen Stein unter ihrem weißen Seidenkleid hervor und hielt ihn vor die gläserne Wand. Kurz darauf erschien ein blauer Kreis.

Gespannt starrten sie auf das Innere des Kreises. Langsam wurden farbige Umrisse erkennbar. Zu Beginn waren sie unscharf, mit der Zeit konnten sie immer mehr Details erkennen.

Liv zuckte vor Schreck zusammen. »Die Regenwälder, sie brennen«, stotterte sie ungläubig.

Clemens stand dicht neben ihr, hielt seine Hand in die Luft und machte eine Bewegung nach links. Das Bild wurde geschwenkt, schweifte über das Land. Sie sahen, wie Frauen mit schreienden Kindern aus brennenden Häusern stürmten, Tiere aus den Wäldern flüchteten und Rettungswagen durch die Städte rasten. Sie hörten die Sirenen heulen und das Knistern des Feuers. Die Feuerwehr tat alles, um die Brände einzudämmen, doch ihr Bemühen war wie ein Tropfen auf heißem Stein.

»Was ist bloß mit meiner Heimat passiert«, schluchzte Liv, während die Bilder auf sie einprasselten. Clemens verschlug es die Sprache, einzig seine Hand bewegte er, um neue Bilder empfangen zu können. »Stopp«, sagte sie plötzlich. »Geh ein bisschen zurück.«

Clemens bewegte seine Hand langsam rückwärts, um an den Ort zu gelangen, den Liv sehen wollte.

»Zoom etwas näher heran.«

Während das Bild stetig grösser wurde, pochte ihr Herz immer schneller. Sie blickten auf den Time Square in New York. Unzählige Menschen hatten sich dort versammelt und starrten auf einen Bildschirm. Liv kniff ihre Augen zusammen, um besser erkennen zu können, was auf der riesigen Anzeigetafel zu sehen war. Es lief ein Film mit Bildern von brennenden Wäldern und schmelzenden Eisbergen.

Während ein tragisches Bild nach dem anderen erschien, sprach eine ruhige weibliche Stimme: »Das Leben auf der Erde hat sich verändert. Unsere Wälder drohen zu schwinden und unsere Luft wird von Tag zu Tag schmutziger. Jahrelang suchten wir von *Planet-B-Industries* nach einer Lösung. Und nun ist es soweit. Dank der Kooperation mit einer Bewohnerin des Planeten Beolania waren wir im Stande, uns auf eine Umsiedelung vorzubereiten. Unsere Raumschiffe und Anzüge werden Sie sicher auf unseren neuen Planeten bringen. Wir träumen von einer Zukunft, in der sich unsere Kinder nicht fürchten müssen und wir in Frieden mit den Bewohnern von Beolania zusammenleben können. Vergessen Sie die Sorgen über unseren Planeten. Begleiten Sie uns und werden Sie Teil unser aller Zukunft.«

»Verdammt, was hat Suri da nur angerichtet«, fluchte Clemens. »Sie ist so naiv. Sie hätte auf euch hören müssen. Ohne ihre Hilfe hätten sie bestimmt keine Raumschiffe erbauen können, da wir doch damals wieder alle Maschinen auf Beolania zurückgeholt haben. Genau aus diesem Grund.«

»Planet-B-Industries«, flüsterte Liv, während sie einen angestrengten Gesichtsausdruck aufgesetzt hatte. Sie war dabei, ihr Gehirn nach nützlichen Informationen zu durchforsten.

Verdattert schaute Clemens sie an. »Was ist? Kennst du diese Organisation?«

Liv fasste sich an die Stirn, wo sich ihre Hörner befanden. »Es kommt mir so bekannt vor. Irgendwo habe ich schon einmal davon gehört. Aber mir fällt nicht ein, wann das war.« Ihre kleinen Kiemen über dem Schlüsselbein hoben und senkten sich hastig und die Lippen zuckten.

»Was willst du nun tun? Ich lasse dich nicht auf die Erde. Wenn du durch das Portal gehst, kannst du dort nicht von deinen Kräften Gebrauch machen. Ich könnte das«, sagte Clemens besorgt.

»Da hast du recht, aber ich kann Otis nicht im Stich lassen«, murmelte sie und lief nervös im Kreis umher. Plötzlich blieb sie stehen. »Ich brauche ein Raumschiff! Wie Aaron und du damals. So würde ich als Beola auf die Erde gelangen.«

»Liv, ich lasse das nicht zu. Beolania braucht einen Gott, der auf sie aufpasst.«

»Aber du bist doch hier, Clemens. Dir vertraut unser Volk und du kannst sie beschützen.«

Er atmete tief, überlegte einen Moment und sagte dann: »Du hast recht.« Er machte einen Schritt auf sie zu und fiel ihr um den Hals. Sie spürte seine Kraft und es tat ihr unheimlich gut zu wissen, dass er an sie glaubte.

»Pass auf Beolania auf, ja?«, schluchzte Liv.

»Das werde ich«, sagte Clemens und drückte ihr einen Kuss auf die Wange. »Und es tut mir leid.«

»Was tut dir leid?« Liv war irritiert und blickte in seine grünen Augen. Die goldenen Ringe um seine Pupillen funkelten.

»*Das* tut mir leid.« Clemens riss den Stein aus ihrer Hand und rannte aus dem Saal.

Liv konnte nicht glauben, was er soeben getan hatte und rannte ihm ohne zu zögern hinterher. »Wag es ja nicht!«, schrie sie, während sie ihm folgte, so schnell sie konnte. Clemens' oranges Seidengewand sah sie weit vor sich durch die Gänge flitzen. Ihr liefen Tränen über die Wangen und ihre Beine trugen sie, ohne dass sie darüber nachdenken musste.

»Soldaten, folgt mir!«, schrie Clemens.

»Nein!«, brüllte Liv.

»Beolania braucht einen Gott, der alle beschützt. Das kannst nur du!«, rief Clemens. Seine tiefe Stimme hallte durch die Gänge. Die schweren Schritte der Soldaten stampften auf den steinigen Boden - der Palast schien zu beben. Clemens und sein Gefolge stürmte in die Raumschiffgarage, dicht gefolgt von Liv.

Ihr dunkelblondes Haar verschleierte ihr die Sicht, als sie auf die sich langsam schließende Glastür zu rannte. Gerade hätte sie hindurchschlüpfen können, als sich diese verschloss und sie Clemens von innen verriegelte.

»Wieso?«, schrie Liv und hämmerte an die Scheibe. Ihr goldenes Gesicht war Tränen durchnässt und sie atmete schnell.

Clemens trat an die Tür heran und presste seine Handfläche an die Glasscheibe. »Ich habe versprochen, euch stets zur Seite zu stehen und ich habe mir geschworen euch zu beschützen, was auch kommen möge.« Seine Stimme hörte sich durch die Trennung der dicken Scheibe dumpf an. Doch sie verstand jedes einzelne Wort.

»Ich dachte, du würdest an mich glauben. Dass ich kämpfen könnte«, schluchzte Liv.

Sein Gesicht veränderte, entspannte sich. »Meine liebe Liv. Denke niemals, dass ich nicht an dich glauben würde. Ich lasse dich hier auf unserem Planeten, weil ich eben gerade weiß, dass du kämpfen und uns alle beschützen kannst. Du bist stark. Eine starke Beola. Das wusste ich ab dem ersten Tag, als ich dich als kleines Mädchen zum ersten Mal gesehen habe.«

Liv starrte ihm in seine Augen, ihr Puls beruhigte sich und sie atmete langsamer. Ein Lächeln huschte über ihre Lippen. *Er glaubt an mich*. Sie legte ihre goldene Hand auf die Glasscheibe, genau an diese Stelle, wo Clemens seine auf der anderen Seite ruhenließ. »Danke für deine Worte, Clemens. Dann geht, aber pass auf dich auf. Ich weiß nicht, was wir hier ohne dich tun würden. Und achte auf Otis. Ihm darf nichts passieren, hörst du?«

Clemens lächelte. »Aber natürlich, meine Teure. Ich werde dir deinen Otis wieder heil zurückbringen. Du hast mein Versprechen.«

Sie nickte, denn sie wusste, dass sie ihm vertrauen konnte. Auf ihn war Verlass. »Und jetzt geh. Ihr dürft keine Zeit verlieren. Auf der Erde sind bereits knapp vier Wochen vergangen. Beeilt euch!«, sagte sie bestimmt.

»Pass auf unseren Planeten auf!« Clemens lächelte ein letztes Mal, drehte ihr seinen Rücken zu und stieg in ein großes Kampf-Raumschiff. Kurz darauf öffnete sich die Luke und er flog in das sonnige Wetter hinaus. Dicht gefolgt von seiner Armee.

»Seid vorsichtig«, flüsterte Liv, während sie beobachtete, wie das letzte der acht Raumschiffe emporstieg und im Portal am Himmelszelt verschwand.

Nun ist es an der Zeit zu beweisen, dass du ein Gott bist, sprach sie sich innerlich zu und lief zügig durch die Gänge, um ihr Volk über das Geschehen zu informieren.

Suri

Sie müssen falsch liegen. Das kann nicht sein. Jeder kann sich ändern.
Suri hatte noch lange Zeit nachdenklich am Esstisch gesessen und über das Gesagte nachgedacht.

»Hast du noch Hunger?«, fragte Almina und riss sie damit aus den Gedanken.

»Nein, danke Liebes. Ich lege mich bald schlafen.«

Almina lächelte sie liebevoll an und verschwand dann in der Küche, um den Abwasch zu tätigen.

Gemächlich lief Suri durch die Gänge, blickte zur Decke und betrachtete die riesigen Kronleuchter. Die unzähligen Kristalle reflektierten das warme Licht in alle Richtungen. Ihre nackten Füße nahmen den kühlen Steinboden wahr und in ihren Gedanken ließ sie das Lied, welches Otis auf dem Balkon gesungen hatte, in Dauerschleife abspielen.

Als sie auf der Höhe des Schlafgemachs ihrer Tochter und Otis angelangt war, blieb sie einen Moment stehen und lauschte den Stimmen. Sie konnte nicht verstehen, was sie sagten, doch selbst der melodische Klang der Stimmen ließ sie zufrieden lächeln.

»Guten Abend, Suri«, sagte eine Wache, als sie an ihr vorbeischritt.

Suri zuckte zusammen, da sie nicht bemerkt hatte, dass sie beobachtet wurde. »Entschuldige. Ich wollte nicht lauschen.«

»Das weiß ich doch. Schön, dass eure Familien nun beisammen sind. Es ist mir eine Ehre, euch dienen zu dürfen.«

Suri lächelte erfreut, worauf die Beola in der schwarzen Seidenuniform nickte und weiter den Gang entlang schritt.

»Gute Nacht Otis und Liv«, flüsterte Suri so leise, dass sie sich selbst kaum hören konnte und machte sich dann auf den Weg zu ihrem Schlafgemach.

Eine ganze Weile lag sie mit weit aufgerissenen Augen in ihrem Bett und beobachtete durch die Glaskuppel das Himmelszelt.

Wie schön es doch wäre, wenn ich die Erdmenschen mit meinen eigenen Augen sehen könnte. Wenn ich den guten Menschen Hoffnung schenken und ihnen Geschichten von unserem schönen, harmonischen Planeten erzählen könnte - oder noch besser, wenn ich ihnen Beolania zeigen könnte. Ja, vielleicht, wenn die herrischen Menschen diesen wunderschönen Fleck im Universum mit eigenen Augen sehen könnten, würden sie ihr Denken ändern. Bestimmt würden sie das. Wer könnte denn nicht von Harmonie träumen? Von Frieden und Gleichberechtigung aller Rassen? Die Wertschätzung gegenüber unseren Tieren und der Natur, welche täglich neue Wunder erschafft?

Suri war sich sicher. Sie könnte etwas ändern. Und nebenbei würde sie die irdischen Eltern ihrer Tochter kennenlernen. Sie könnte sich ihren größten Traum erfüllen, indem sie mit ihnen sprechen würde. Und vielleicht konnte sie sogar den Streit mit Liz beheben? Ein vermeintlich guter Einfall nach dem anderen flitzte durch ihren kleinen Kopf.

Abrupt setzte sie sich auf und warf einen Blick auf das große, goldene Ziffernblatt an der gegenüberliegenden Wand.

Elf Uhr. Um diese Zeit müssten bereits alle eingeschlafen sein. Nervös knabberte sie auf ihren violetten Fingernägeln.

Soll ich es wagen? Das wäre meine Chance, etwas Gutes für unsere beiden Welten zu tun. Liv wäre bestimmt stolz auf mich. Und dankbar. Einen Moment lang starrte sie noch auf die Uhr, bevor sie ihren Mut zusammenriss und ihre Füße auf den Boden klatschen ließ.

Langsam und vorsichtig öffnete sie die Tür und spähte in den Gang. Keine Wache war zu sehen. Ohne zu zögern, schlüpfte sie durch den Türspalt und sauste auf ihren Zehenspitzen durch den dunklen Palast. Nur vereinzelte, schummrige Lichter wiesen ihr den Weg.

Als sie vor der Tür zum Schlafgemach von Liv und Otis stand, atmete sie schneller. *Hoffentlich schlafen sie tief und fest.*

Sie tänzelte nervös auf ihren Zehenspitzen hin und her, während sie sich mental darauf vorbereitete, ihre Tochter zu bestehlen. *Ist es stehlen, wenn ich ihr den Stein wieder zurückbringe? Nein. Ich leihe ihn mir lediglich aus. Das ist nicht stehlen … bestimmt nicht. Sie wird es gar nicht bemerken, dass er einmal weg war. Ich kann ihr dann von meinem Abenteuer erzählen und sie wird mir gar nicht böse sein, dass ich den Stein genommen habe. Sie wird stolz auf mich sein. Genau. Stolz auf ihre Mama.*

Schritte ertönten.

Suri zuckte zusammen und starrte in die Richtung, von der das Geräusch herkam. Von weitem sah sie eine Lichtkugel durch die Gänge schweben, hinter dessen Umrisse einer Wache zu erkennen waren.

Ohne zu zögern, drückte sie die goldene, geschwungene Türklinke nach unten und schlüpfte in das Zimmer. Die Tür schloss sie vorsichtig und leise.

Erleichtert atmete sie aus. Fast hätte man sie dabei ertappt in das Schlafgemach ihrer Tochter zu schleichen. Sie lächelte, als sie die beiden friedlich in ihrem Himmelbett schlafen sah. Otis hatte seine Hand an Livs Schulter gelegt, während sie die gesamte Bettdecke für sich beanspruchte. *Sie ist genau wie ich.* Suri musste schmunzeln. Vorsichtig näherte sie sich ihrer Tochter und kniete sich neben das Bett. Wäre Liv in diesem Moment erwacht, hätte sie ihrer Mutter direkt in die Augen geblickt.

Suri hielt ihren Atem an und streckte ihre zittrige Hand langsam Richtung Kette aus. Sie griff nach dem Stein, welcher aus Livs Schlafgewand gerutscht war, und zog die Kette langsam über ihren Kopf.

Suris Herz blieb stehen, als sich Liv in genau diesem Moment räusperte und auf die andere Seite drehte. Zum Glück hielt sie den Stein bereits in den Händen. Erleichtert atmete sie aus und schlich wieder Richtung Ausgang, als sie hörte, wie sich zwei Wachen leise vor der Tür unterhielten. Sie konnte nicht aus dem Gemach, denn jede Nacht war eine Wache für die Sicherung des göttlichen Paares zuständig. Niemand konnte mehr rein oder raus.

Somit blieb Suri nur eine Möglichkeit übrig. Sie musste das Portal in diesem Zimmer öffnen. Sie betete, dass der Schlaf der beiden so tief war, dass sie nichts davon mitbekommen würden. Um weniger Aufmerksamkeit zu erzeugen, schlich sie ins Bad, schloss die Tür hinter sich und stellte sich breitbeinig auf den Boden. Sie zückte den Stein und begann ihn im Kreis zu bewegen - genau so, wie sie es bei ihrer Tochter schon einige Male beobachten konnte.

Das türkisfarbene Portal erschien, worauf sie ihren ganzen Mut zusammenriss und hineinschritt. *Bring mich zu Tom nach Hause*, dachte sie.

Dann wurde es dunkel.

LIV

»Meine geliebten Beolas«, rief Liv, als sie auf dem Balkon stand. »Bitte hört mir alle genau zu.«

Sie fing neugierige Blicke ein. Die Kinder hatten aufgehört zu spielen und unzählige Beolas kamen aus ihren Häusern, um sich auf den Straßen zu versammeln. Jeder wollte wissen, was ihnen ihre Göttin zu sagen hatte.

»Ich muss euch warnen ... in der Hoffnung, dass dieser Fall nicht eintreffen wird.« Liv tat sich mit den Worten schwer. Sie war es noch nicht gewohnt, solch wichtige Ansprachen zu halten. Bloß auf sich selbst gestellt zu sein und zu wissen, dass das Wohl ihres geliebten Planeten in ihren Händen lag, bürgte ihr eine riesige Last auf.

»Der Planet Erde wird von Naturkatastrophen geplagt. Wälder brennen nieder und schon bald haben die Menschen nicht mehr genügend Luft zum Atmen.« Liv erkannte, wie sehr die Beolas von dieser Nachricht ergriffen waren. »Wir haben die Befürchtung, dass die Menschen unseren Planeten stürmen werden. Sie haben von uns erfahren und erhoffen sich dadurch, einen neuen Heimatplaneten zu erlangen. Also bitte ich jeden von euch, wachsam zu sein. Lernt zu kämpfen, euch zu verteidigen. Wir hoffen, dass wir davon nicht Gebrauch machen müssen, doch wer weiß, zu was die Menschen fähig sind. Ich werde für euch sorgen, euch beschützen. Ihr habt mein Versprechen.«

Die Beolas wurden unruhig und schauten sich gegenseitig ängstlich an. Es musste hart für sie gewesen sein, diese

Nachricht zu erhalten. Schließlich waren sie sich sicher, dass all das Übel, der Vergangenheit anbelangte. Doch ehe sie sich versahen, schwebten sie erneut in Gefahr, ihr geliebtes Beolania zu verlieren.

»Wo ist Otis?«, fragte Almina besorgt, welche zusammen mit Miko auf den Balkon schritt. Liv atmete schwer, als sie in ihre ängstlichen Augen blickte.

»Wo sind Otis und Clemens?«, rief ein Beola aus der Menge. Die Frage war berechtigt, denn das Volk verließ sich darauf, dass sie von der göttlichen Familie beschützt wurde. Und da sie nur Liv zu Gesicht bekamen, musste ihnen dies ein mulmiges Gefühl im Magen verursacht haben.

Liv räusperte sich. »Ihr habt die Wahrheit verdient, aber bitte versprecht mir, dass ihr uns vertraut. Wir wissen, was wir tun. Alles, was wir unternehmen, dient zu eurem Schutz.«

»Liv, bitte sag wo unser Sohn ist«, flüsterte Miko mit zittriger Stimme. Seine blaue Haut schimmerte vor Sorge nicht.

»Otis und Clemens sind auf der Erde und sorgen dafür, dass der schlimmste Fall nicht eintreffen wird.«

Die Beolas wurden von Sekunde zu Sekunde nervöser. Sie hatten Angst, zwei weitere wundervolle Beolas zu verlieren. Genau wie Ava.

»Bitte sag mir, dass das nicht stimmt«, stotterte Almina.

Liv flüsterte: »Für mich ist das genauso schwer. Glaubt mir.« Ihre Augen wurden wässrig, als sie darüber nachdachte, wie es den beiden wohl gehen möge. Sie durfte sich dies nicht vorstellen.

Miko strich ihr sanft über den Arm und sprach dann zum Volk: »Ich vertraue Liv. Sie hat eine reine Seele und will nur das Beste für uns alle. Also bitte ich euch, macht was sie sagt. Lernt euch zu verteidigen, helft einander und bleibt wachsam. Das ist das Einzige, was wir momentan tun können.«

Liv griff nach den Händen ihrer künftigen Schwiegereltern, hielt diese in die Luft und rief: »Gemeinsam schaffen wir alles, gemeinsam sind wir stark!« Die Beolas blickten zu ihnen hoch und hielten einen Moment inne.

Auf einmal begannen sie sich ebenfalls an den Händen zu halten, knieten sich hin und streckten zusammen ihre Hände in die Luft. Im Chor riefen sie: »Gemeinsam!«

Liv lächelte erleichtert und blickte über die unzähligen Beolas. »Ich danke euch. Ihr seid mein Zuhause. Und wir sorgen dafür, dass dies auch immer so bleiben wird!«

Gerade kehrte Liv ihrem Volk langsam den Rücken zu und wäre gemeinsam mit Almina und Miko in den Palst zurückgekehrt, als sie ein Geräusch aufhorchen ließ.

Hastig drehte sie sich wieder um und starrte auf die türkisfarbenen Lichter, welche am Himmel wie im Kreis umherschwirrten.

Otis, Clemens, ihr seid zurück. Ihr habt es geschafft.

Ein Lächeln zierte ihr schönes Gesicht, als sie gespannt zum Portal emporblickte.

Ein Brummen hallte durch die Stadt. *Komisch, dieses Geräusch kenne ich nicht. Unsere Raumschiffe sind viel leiser.* Sie kniff ihre Augen zusammen und hielt sich die Hand über die Stirn, da sie von der Sonne geblendet wurde. *Verdammt. Das sind nicht Otis und Clemens.*

»Verschwindet sofort in eure Häuser! Sie kommen!«, schrie Liv so laut sie konnte. Die Beolas verfielen in Panik und stürmten so schnell sie konnten davon, um sich zu verschanzen.

Eine Maschine nach der anderen tauchte aus dem Portal am Himmel auf. Es waren dunkle, dominante Kampfraumschiffe. Solche, die Liv in dieser Ausführung noch nie zuvor gesehen hatte. Sie ähnelten ihren Raumschiffen, doch mit so vielen Waffen waren ihre eigenen nicht ausgerüstet.

Was zum Teufel? Wie hypnotisiert starrte sie zu den Maschinen empor, die sich über die Stadt wie Hornissen verteilten.

Und dann, wie aus dem Nichts, fielen die ersten Schüsse.

OTIS

Alex griff erschrocken an seine Brust, als er aus dem Portal schritt. Die Hitzewelle stieß ihm wie eine Wand vor die Stirn. Er hustete, denn der Rauch in der Luft reizte seine Atemwege und die grelle Sonne ließ seine Augen zusammenkneifen.

Bin ich am richtigen Ort? Er war sich nicht sicher, denn er hätte sich anhand der Temperatur gefühlt auch in der Wüste befinden können.

Die Aussicht hätte wundervoll sein können, wären da nicht überall dieser Rauch gewesen, der aus den Wäldern in den Himmel qualmte. Er legte sich wie eine Nebeldecke über die sonst so wundervolle Stadt. Bestimmt hätte Alex ohne den Rauch die Berge von weitem viel besser bestaunen können, auf dessen Gipfeln früher selbst im Sommer ein kleinwenig Schnee zu sehen gewesen waren.

»Kann ich Ihnen behilflich sein?«, fragte eine Frauenstimme in lieblich klingender Sprache. Hastig drehte er sich zu ihr um und blickte einer Dame mittleren Alters in die Augen. Sie trug einen blauen Kittel und lächelte ihn freundlich an.

»Sorry, do you speak english?«, fragte Alex verlegen. Er wünschte sich in diesem Moment die Fähigkeit der Beolas zu beherrschen, jede Sprache sprechen und verstehen zu können. Doch als Mensch war ihm diese Fähigkeit verwehrt.

»Of course. Sind Sie zum ersten Mal hier? Ich habe Sie gar nicht kommen sehen.«

»Nein, ich möchte gerne jemandem einen Besuch abstatten.« Alex lächelte nervös und kratzte sich am Nacken.

»Aber natürlich. Kommen Sie doch erst einmal herein. Hier draußen ist es viel zu heiß.« Die Frau winkte einladend und lief auf die Schiebetür zu, welche sich automatisch öffnete, als sie sich ihr näherten.

Ein vertrauter Duft stieg ihm in die Nase, als er im Eingangsbereich des Altenpflegeheims stand. Ein Parfüm, das früher seine Großmutter jeden Morgen im Badezimmer auf ihren Nacken gesprüht hatte, weckte in ihm diese Erinnerung.

»Haben Sie Durst?«, fragte die Dame freundlich und machte eine Kopfbewegung Richtung Wasserspender.

Alex bedankte sich, füllte den Becher und trank diesen in einem Schluck aus. Diese Temperaturen waren ohne Wasser kaum auszuhalten. Alex hatte sich erhofft, dass die Räumlichkeiten klimatisiert waren, doch leider war die Klimaanlage außer Betrieb. Bloß vereinzelte Ventilatoren standen in den Ecken, welche für eine leichte Erfrischung sorgten.

»Wen möchten Sie gerne besuchen?« Die Frau setzte eine schmale, dunkelblaue Lesebrille auf und tippte auf der Tastatur ihres Computers umher.

»Herr und Frau Meier.«

Die Frau runzelte die Stirn. »Sind Sie mit ihnen verwandt?«

»Nein, sie sind … alte Bekannte.«

»Komisch. Sie hatten schon lange keinen Besuch mehr.« Die Frau hatte aufgehört auf der Tastatur ihres Computers zu tippen und starrte Alex eine Weile schweigend an. »Kenne ich Sie von irgendwo her? Sie kommen mir so bekannt vor.«

Alex wartete, bis ein Pflegefachmann an ihnen vorbeigezogen war. Danach sagte er leise: »Vielleicht aus den Nachrichten.«

Sie neigte ihren Kopf nachdenklich zur Seite. Plötzlich veränderte sich ihr Gesichtsausdruck. Sie schien überrascht zu sein. Anscheinend konnte sie es nicht fassen, dass Alex direkt vor ihr stand. Dieser junge Mann, welcher auf einem fernen Planeten lebte. »Sind Sie es wirklich?«

»Ja, ich bin es.«

Die Frau hatte ein Funkeln in den Augen.

»Aber bitte erzählen Sie es nicht weiter. Das ist wichtig. Ich bin auf Ihre Hilfe angewiesen.«

Sie nickte eifrig und ihr Gesicht lief vor Aufregung rot an, während sie von ihrem Bürostuhl aufsprang. »Folgen Sie mir«, flüsterte sie und begleitete ihn zum Zimmer 42.

8.

»Alex?«, fragte eine tiefe Männerstimme, als er das Zimmer betrat. Die Pflegefachfrau zog hinter ihm die Tür langsam zu und ließ ihnen Privatsphäre.

Der Mann saß in einem beigen Sessel, direkt neben dem großen Fenster, durch das er über die Stadt Zürich blicken konnte. Ihm huschte ein Lächeln übers Gesicht und er gab sich einen Ruck, um mithilfe seiner Gehhilfe aufzustehen. Als er einknickte, eilte ihm seine Frau zur Hilfe und stützte ihn unter dem Arm ab.

»Für deine jungen neunzig Jahre hast du dich aber gut gehalten, Aaron«, sagte Alex und lief grinsend auf die beiden zu.

»Der Schein trügt, glaub mir Alex. Die Gelenke schmerzen von der Arthrose, beim Essen einer Karotte ist mir gestern das Gebiss rausgefallen und Medikamente schlucke ich, als wären es Bonbons. Ich bin für deinen Versuch mich aufzuheitern trotzdem dankbar«, brummte er und fiel ihm um den Hals. »Tut gut dich zu sehen.«

»Du glaubst nicht, wie gut.« Alex drückte ihn fest an sich.

»Lass dich ansehen.« Ava strahlte und ihre grünen Augen funkelten, als sie ihn musterte. »Gut siehst du aus. Das letzte Mal warst du mit Leona zusammen hier. Seid ihr glücklich?« Sie spürte, dass etwas nicht stimmte.

»Zwischen uns ist alles voller Harmonie. Bloß alles andere bereitet uns Sorge.«

»Setzt dich, mein lieber Alex. Dann kannst du uns in Ruhe erzählen, was euch bedrückt«, sagte Ava.

Alex ließ sich auf die weiche Matratze sinken und erzählte ihnen, was er von Suri wusste.

Aaron und Ava schauten sich einen Moment lang schweigend an. Es schien, als würden sie sich ohne Worte unterhalten. »Wir haben in den Nachrichten davon gehört, dass eine gewisse Firma nach einem *Planet B* sucht. Beolania ist ihr Ziel. Wir befürchten, die wollen den Planeten an sich reißen. Das meinte der Mann wohl mit *Krieg*. Aaron und ich hatten lange Diskussionen …«

»Wenn du mir meine göttliche Kraft nicht genommen hättest, hätte ich ihnen nun helfen können. Das habe ich dir schon oft gesagt, meine Liebe«, wetterte Aaron.

»In der Tat, mein Liebster, doch wir wollen auch nicht vergessen, dass du der Grund warst, weshalb alles überhaupt so weit kommen musste. Hättest du diesen Fluch nicht über das Universum gebracht, hätten Liv und Otis nicht auf die Erde reisen müssen.« Ava blickte ihrem Mann intensiv in die Augen. Ein Blick, der ihm weis machen sollte, dass seine Taten nicht spurlos an ihm vorbeigezogen waren.

»Nichtsdestotrotz sitze ich nun hier in diesem alten Körper und vegetiere vor mich hin, während dem Beolania auf meine … unsere … Hilfe angewiesen wäre.« Aaron verschränkte die Arme vor der Brust. Er trotzte, wie ein Kleinkind und obwohl er wusste, dass er der Auslöser der jetzigen Situation war, wollte er seiner geliebten Frau nicht rechtgeben.

Das Herz von Alex pochte wie wild. *Wie konnte ich Liv nur allein lassen? Was, wenn die Menschen Beolania stürmen und ich nicht zur Stelle bin, um zu helfen? Ich kann nicht zurück, ich habe den Stein nicht bei mir. Hoffentlich kommt sie bald zu mir, damit ich ihr alles erklären kann.*

Er versuchte ruhig zu bleiben und unterbrach das Gespräch der beiden: »Das bringt doch nun nichts, dem anderen die Schuld in die Schuhe zu schieben. Es sind auch viele schöne Dinge passiert, nachdem der Fluch aufgelöst war. Und außerdem hätten Leona und ich uns nie lieben gelernt, wenn dein Fluch nicht gewesen wäre, Aaron. Es hat alles seine Richtigkeit, wie es bis jetzt gelaufen ist. Nur diese Wendung konnten wir alle nicht vorhersehen. Beolania schwebt in großer Gefahr und ich brauche euren Rat. Ihr wart tausende Jahre Götter dieses wundervollen Planeten. Leona und ich sind gerade erst dabei, unsere Fähigkeiten kennenzulernen, und bereits müssen wir unseren Planeten vor dem Untergang bewahren. Also bitte, helft mir. Wir brauchen euch.«

»Ach Alex.« Ava seufzte. »Du hast ja recht. Es bringt nichts, sich zu zanken. Natürlich helfen wir dir gerne.« Beide blickten gespannt zu Aaron, welcher wieder im Sessel saß und seine Arme noch immer verschränkt hatte.

»Nun sag was«, flüsterte Ava.

»So gut ich nun eben helfen kann, ohne meine Kräfte.«

»Ich danke euch.« Alex griff nach der Hand von Ava.

SURI

Wo bin ich? Irritiert schaute sie um sich, als sie aus dem Portal schritt. Zwischen ihren violetten Zehenspitzen kitzelte der frisch gestutzte Rasen und sie vernahm eine feuchte Hitze. Suri war solch hohe Temperaturen nicht gewohnt, weshalb sie erfreut war, als sie unter einem großen Baum einen Schattenplatz entdeckte. Zügig watschelte sie zum Baum, als sie plötzlich vor Schreck aufschrie. Ein Sprinkler spritzte kaltes Wasser an ihren dürren Rücken, weshalb sie sich abrupt umdrehte und die ganze Ladung ins Gesicht abbekam.

Einen Moment lang fuchtelte sie mit ihren Armen in der Luft umher, um sich vor dem Wasser zu schützen, bis sie bemerkte, dass ihr diese Erfrischung ziemlich willkommen war. Suri kicherte zufrieden, schloss ihre Augen und spürte, wie sich die kühlen Spritzer auf ihrer Haut verteilten.

Auf einmal war die Erfrischung verschwunden, weshalb sie verwundert ihre Augen öffnete. Sie sah, wie der Wasserstrahl im Kreis umherwanderte und nie stillstand. Sie lachte entzückt und sprang dem Wasserstrahl hinterher.

Plötzlich hörte sie jemanden kreischen. Suri zuckte zusammen, starrte die Frau mit weit aufgerissenen Augen an und begann als Reflex ebenfalls zu schreien.

Einige Sekunden kreischten sie sich an, bis die Frau entsetzt fragte: »Um Himmels willen, wer sind Sie und was machen Sie in unserem Garten?«

»Ich bin Suri und wer bist du?« Sie hatte sich vom Schreck erholt und musterte die Frau von oben bis unten. Sie war wunderschön, hatte feine Fältchen im Gesicht und grau-braunes, gekräuseltes Haar, das sie zu einem buschigen Pferdeschwanz zusammengebunden hatte. Suri hatte noch nie einen Menschen gesehen und war umso erstaunter, dass diese Frau keine Hörner auf ihrer Stirn trug.

»Suri. Es ist noch nicht Halloween. Und ich möchte, dass Sie auf der Stelle mein Anwesen verlassen. Man spaziert nicht einfach in fremde Gärten, das müssten Sie eigentlich wissen.«

»Halloween. Das ist ja ein schönes Wort. Bei uns nennt man das: Abend. Jetzt ist Nachmittag und danach ist Abend. Aber nun ist ja noch nicht Abend, also ist noch nicht Halloween.«

»Wie bitte? Was erzählen Sie für wirres Zeug, gute Dame? Kann ich jemanden für Sie anrufen, der Sie abholen kommt? Können Sie sich noch erinnern, von woher Sie kommen?«

Suri lächelte erfreut und ihre Augen funkelten, als sie sagte: »Du könntest Tom für mich anrufen. Ich möchte ihn unbedingt kennenlernen.«

»Tom? Tom ... Parker?«

»Ja ... einfach nur Tom, denke ich.«

»Sind Sie ein Fan?«

»Könnte man so sagen, ja.« Suri kicherte.

Die Frau seufzte und nuschelte: »Die Fangemeinschaft meines Mannes wird immer verrückter.«

Suri blinzelte einige Male etwas schneller. »Entschuldige, hast du soeben *mein Mann* gesagt? Ist Tom dein Mann?«

»Ja, Liebes. Tom ist mein Mann und du stehst in unserem Garten. Also, ich frage dich ein letztes Mal. Wen darf ich für dich anrufen?«

Suri begann zu kreischen und sprang vor Freude auf die Frau zu. »Das heißt, du bist Amanda?«

»Sagte ich das nicht soeben?«

»Ich komme von Beolania. Ich bin die Mutter von Liv!«

Suri wollte Amanda gerade vor Freude um den Hals fallen, als diese einen Schritt zurück machte und verdattert stotterte: »Warte mal. DU bist Suri?«

»Ja, sagte ich das nicht soeben?«

Amanda hielt einen Moment inne, bevor sie überrascht zu lachen begann. »Ach du meine Güte, was machst du denn hier? Und wo sind Leona und Alex?«

»Sie schlafen.«

Amanda runzelte die Stirn. »Wie, was heißt, sie schlafen? Wissen sie denn nicht, dass du hier bist?«

Suri tänzelte auf ihren nackten Füßen umher und fasste sich in ihr geflochtenes Haar. »Nein. Aber ich werde es ihnen erzählen, wenn ich zurück bin. Ich wollte euch alle einmal kennenlernen.«

»Ach Suri. Das darfst du nicht machen. Die Medien sind verrückt nach eurem Planeten. Du kannst nicht einfach so hier auftauchen, verstehst du?«

»Das sagten sie auch. Aber ich möchte unsere zwei Welten vereinen.«

Amanda fasste sich an die Stirn und schüttelte ungläubig ihren Kopf. Sie konnte nicht glauben, in was für eine unangenehme Situation sie soeben reingeraten war. »Liebes, komm doch erst einmal herein und zieh dir etwas Trockenes an. Du bist ja ganz durchnässt.«

Suri winkte ab. »Das macht doch nichts. Die Sonne wird das schon trocknen.«

Gerade wollte Amanda nach Luft schnappen, um zu sagen, dass in dem Haus aber keine Sonne scheint und sie ihren Holzboden gerne vor Feuchtigkeit bewahren würde, als Suri bereits in den Wohnbereich watschelte. »Warte! Ich bringe dir ein Handtuch.«

9.

»Ich bin zu Hause, mein Liebling! Das riecht ja himmlisch, was hast du leckeres …«, es verschlug Tom die Sprache, als er ins Wohnzimmer lief und Amanda zusammen mit Suri auf der Couch sitzen sah. »Wer ist das?« Er fasste sich vor Schreck an die Brust und musste sich konzentrieren, wieder ruhig zu atmen. Tom musterte diese violette Gestalt, welche sich in dem viel zu großen Minnie Mouse T-Shirt seiner Tochter, zusammen mit seiner Frau, einen Film anschaute. Suri war fasziniert von dieser flachen, magischen Scheibe.

Amanda erhob sich von der Couch, lief auf ihren Mann zu und drückte ihm einen Kuss auf die Lippen. »Das ist Suri von Beolania. Die Mutter von Liv.« Sie räusperte sich. Sie konnte sich vorstellen, dass es merkwürdig sein musste, der Mutter seiner Tochter zu begegnen, die auf einem anderen Planeten lebte.

»Ihr spielt mir einen Streich, oder? Wo sind die versteckten Kameras?«, fragte Tom, der das Gefühl hatte, im falschen Film zu sein.

»Hallo Tom! Liv hat mir schon so viel von dir erzählt. Ich bin ja so froh, dich endlich einmal kennenlernen zu dürfen!«, rief Suri, die ganz hibbelig vor ihm stehen blieb.

»Wow. Du bist es wirklich, was?«

»Natürlich. Warum denken denn alle, dass ich nicht real bin?«

»Nun ja, Liebes, für uns Menschen ist es nicht gerade alltäglich, jemandem wie dir zu begegnen. Du bist etwas Besonderes für uns«, sagte Amanda.

»Ich bin etwas … Besonderes?«, fragte Suri gerührt und strahlte Amanda mit weit aufgerissenen Augen an.

»Aber natürlich bist du das.« Sie strich ihr sanft über die Schulter. »Setzen wir uns doch an den Tisch und genießen unser Essen, ja?« Suri nickte hektisch und setzte sich auf einen Stuhl.

»Ist sie allein gekommen?«, fragte Tom flüsternd, als er Amanda in der Küche beim Anrichten des Abendbrots half.

»Ja. Und sie sagte, dass Leona und Alex nicht wüssten, dass sie hier ist.«

»Das erscheint mir merkwürdig. Wie lange bleibt sie denn bei uns?«

»Ich wollte sie dazu bringen, wieder nach Beolania zurückzukehren. Doch sie wollte dich unbedingt kennenlernen. Diesen Wunsch konnte ich ihr nicht verwehren.«

Tom nickte und legte seine Hände auf ihre Hüften. »Du siehst übrigens wunderschön aus. Ich freue mich schon darauf, wenn wir wieder Zeit zu zweit haben«, flüsterte er zärtlich in ihr Ohr.

Sie drehte sich zu ihm um und blickte ihm verträumt in die blauen Augen. »Ich freue mich darauf.«

Kurz darauf brachte sie die Teller zu Tisch.

»Was ist das Leckeres?«, fragte Suri neugierig, als sie mit der Gabel ins Essen stach.

Amanda schmunzelte. »Das ist eine selbstgemachte Lasagne mit Rind.«

Suri lächelte. »Ich mag Rinde! Von welchem Baum stammt sie? Ich wusste gar nicht, dass man die auch in Stückchen essen kann, wir hobeln diese immer.«

Sie nahm gerade einen ersten Bissen und begann zu kauen, als Tom lachend sagte: »Das ist keine Rinde, liebe Suri. Rind ist ein Tier. Das ist das Fleisch des Tiers.«

Suri zuckte zusammen und spuckte den Bissen auf den Teller. »Ein Tier?«, schrie sie entsetzt auf. »Ich esse keine Tiere. Beolas essen nur Pflanzen. Musste es leiden?«

Amanda und Tom sahen sich fragend an. Sie wussten nicht, was sie ihr sagen sollten. »Weißt du, wir kannten dieses Rind nicht persönlich. Aber es ist von einer Bio Farm. Es hatte bestimmt ein erfülltes Leben.«

»Woher weißt du das, wenn du es nicht gekannt hast?« Suri war außer sich und schob den Teller beiseite.

»Liebes, du musst das nicht essen. Tut mir leid, ich hätte dich fragen müssen. Leona isst auch kein Fleisch, sie ist Vegetarierin. So nennt man Menschen, die kein Fleisch essen.«

»Meine Tochter. Sie ist so wundervoll, nicht? Sie kommt ganz nach mir«, schwärmte Suri.

»Ähm, also das würde ich jetzt nicht unbedingt behaupten«, platzte es Tom heraus, worauf er von Amanda einen Seitenhieb mit ihrem Ellbogen verpasst bekam.

Suri starrte ihn fragend an.

»Also, ich meine damit nur … sie ist auch meine Tochter und sie hat einiges von mir. Sie ist willensstark, eigensinnig und die Augen hat sie auch von mir«, brummte Tom und stocherte im Essen umher.

»Und von mir hat sie ihre Lebensfreude, sie isst kein Fleisch und sie beansprucht die ganze Bettdecke für sich, wenn sie zusammen mit Otis in einem Bett schläft.«

»Beobachtest du sie etwa, wenn sie schläft? Sie ist kein kleines Kind mehr«, sagte Tom forsch.

»Natürlich nicht.« Suri blickte verlegen auf ihre Hände, die sie in ihren Schoß gelegt hatte.

Amanda ging dazwischen. »Jetzt ist aber mal gut. Ihr seid schließlich nicht im Kindergarten. Jeder von euch ist ein Elternteil von Leona … oder Liv. Die Situation ist neu für uns alle, aber umso schöner ist es doch, dass wir mehr voneinander erfahren können. Erzähl uns doch ein bisschen von Beolania.«

»Du bist eine gute Frau, weißt du das?«, sagte Suri.

Amanda fühlte sich geschmeichelt und brachte ihr einen aufgewärmten Gemüseauflauf vom Vorabend.

»Wie war Liv, bevor sie auf die Erde gekommen ist?«, fragte Tom neugierig, als er das Besteck in seinen leeren Teller legte. Er wollte mehr über das frühere Leben seiner Tochter erfahren. Vor dem Ereignis in Rom, glaubte Tom nicht an andere Welten, geschweige denn an ein früheres Leben. Für ihn war stets klar, dass dieses eine Leben das Einzige war, das existierte. Und wenn der Lichtschalter ausgeknipst wurde, alles für immer vorbei sei – dass da nichts weiter wäre. Doch dem war im Fall seiner Tochter nicht so.

Suri strahlte, als er ihr diese Frage stellte und die Wörter sprudelten nur so aus ihr heraus: »Liv war eine lebhafte, quirlige, kleine Beola. Sie liebte es mit gleichaltrigen Kindern in den Wäldern zu spielen und Schmetterlinge zu fangen, um sie danach wieder frei zu lassen. Ich wusste oft nicht, wo sie war. Doch ich konnte ihr immer vertrauen, dass sie wieder pünktlich nach Hause kommen würde. Sie respektierte uns als Eltern. Vor allem zu ihrem Vater hatte sie eine besonders starke Beziehung.« Suri hielt kurz inne und ihre Körpersprache veränderte sich. Sie war nicht mehr so hibbelig wie zuvor, sondern wurde ruhiger und sentimental. »Ich liebte meinen Mann. Er sorgte für uns, war ein liebevoller Vater und ein perfekter Ehemann. Jeden Tag schenkte er mir eine Blume, die er auf dem Nachhauseweg gepflückt hatte. Und dann kam der Fluch von Aaron. Blumen wuchsen keine mehr und wir alle konnten keine

Gefühle mehr empfinden. Liv war jedoch etwas ganz Besonderes. Sie konnte weinen. Sonst konnte sie kaum andere Emotionen fühlen. Als dann ihr Vater starb …« Suri schluchzte, weshalb Amanda ihr tröstend über den Arm strich. »Als er von uns ging, war sie mit ihren Gefühlen ganz allein. Ich konnte nichts empfinden, das fraß mich innerlich auf. Und Liv erst recht. Denn sie durfte niemandem sonst ihre Gefühle offenbaren, weil Aaron unter keinen Umständen wissen durfte, dass sein Fluch nicht alle Beolas betraf. Ich war schlecht zu Liv. Ich habe sie viel zu oft allein gelassen. Ich habe alles versucht, um meinen inneren Schmerz, den ich nicht fühlen konnte, der mich aber dennoch täglich quälte, herauszulassen. Also habe ich mich oft betrunken. Und dann war Liv auf einmal verschwunden, ohne dass ich etwas davon mitbekommen hatte. Zu wissen, dass sie zwanzig Jahre auf der Erde lebte und ich in diesen zwei beolanischen Tagen nicht bemerkt habe, dass sie weg war … das werde ich mir nie verzeihen können. Sie ist als eine wunderschöne, erwachsene Beola zurückgekehrt - als Gott von Beolania. Dank der Liebe zwischen Liv und Otis konnte ich endlich all den Schmerz rauslassen und wieder Freude empfinden. Ich konnte nach all den Jahren wieder ich selbst sein. Und ich möchte euch danken, dass ihr so gut für meine Tochter gesorgt habt. Dass ihr Liv ein Zuhause gegeben habt, als ich dazu nicht im Stande war. Und Tom, durch dich hat sie wieder einen Vater. Ich denke, dies hat ihr Herz am allermeisten gebraucht.«

Tom sah Suri schweigend an. Er hätte keine Worte finden können, die beschrieben, wie sehr er von ihrer Geschichte gerührt war. Seine Augen waren glasig und er musste sich zusammenreißen, nicht loszuheulen. Er war ein harter Kerl, doch diese Geschichte traf ihn mitten ins Herz.

Amanda spürte, dass ihr Mann sprachlos war. Sie räusperte sich und sagte: »Wir danken dir für deine Offenheit. Du hast uns dein Herz offenbart, das beweist wahre Stärke. Leona hat uns oft von dir erzählt. Sie ist dankbar, dich als Mutter zu haben. Du solltest das wissen.«

»Sie hat von mir gesprochen?«, fragte Suri mit wässrigen Augen. Ihre Mundwinkel zuckten nach oben.

Tom lächelte. »Sehr oft sogar. Sie sagte, dass ihr früher gemeinsam im Wald frische Beeren gesammelt und euch gegenseitig Geschichten erzählt habt. Stimmt das?«

»Sie kann sich noch daran erinnern? Sie war doch damals noch so klein.«

»Diese Erinnerung war ihr wohl sehr wertvoll«, sagte Tom einfühlsam und stand auf. Er stellte sich vor Suri und breitete seine Arme aus. »Komm her. Lass dich umarmen.«

Suri wischte sich eine Träne aus dem Gesicht, erhob sich und fiel ihm ohne zu zögern um den Hals. Sie lachte und weinte zugleich. So glücklich war sie in jenem Moment. Denn diesen Moment hatte sie sich schon oft vorgestellt. Und gegen ihre Erwartungen fühlte es sich in seinen Armen noch viel besser an, als sie es sich hätte erträumen können.

Amanda strich ihr mit der Hand über den Rücken. »Wenn du willst, darfst du heute hier bei uns übernachten. Aber du musst mir versprechen, dass du morgen früh wieder nach Beolania zurückkehrst.«

Suri löste sich aus der Umarmung und nickte hastig. »Ich verspreche es.«

Amanda lächelte. »Wundervoll, Liebes. Dann zeige ich dir das Gästezimmer.«

Suri hatte es sich in dem großen Bett gemütlich gemacht und kuschelte sich in die Bettdecke. *Eine wundervolle Familie. Nun kann ich Liv verstehen, dass die Erde auch ein Teil ihres Zuhauses ist. Und weshalb sie immer wieder zurückkehrte – an diesen Ort, an dem nicht vollkommene Harmonie herrscht. Doch hier, an diesem Ort, fühle ich mich geborgen.* Suri war zufrieden, ließ ihre Gedanken noch eine Weile kreisen, bis sie in das Land der Träume abtauchte.

»Suri, das Frühstück ist fertig!«, verkündete Amanda, als sie am nächsten Morgen an die Zimmertür klopfte. Sie hielt einen Moment inne und wartete auf eine Antwort. Doch als sie nach einer Weile erneut an die Tür klopfte und sich im Zimmer noch immer nichts regte, drückte sie die Türklinke nach unten und spähte ins Zimmer. »Suri? Ich muss bald los. Wir können gerne gemeinsam Frühstücken und dann kannst du auf Beolania zurückgehen, um …«, sie unterbrach ihren Satz, als sie sich im Zimmer umschaute und bemerkte, dass sie allein war. »Suri?«, rief Amanda nun lauter als beim ersten Mal. Sie riss die Bettdecke von der Matratze, schaute hinter die Vorhänge und vergewisserte sich, dass sie sich nicht im Bad aufhielt.

»Verdammt Suri, du hast mir versprochen, dass du heute auf Beolania zurückkehrst! Wo bist du?«, schrie sie nun verärgert und total außer sich. Suri hatte ihr versprochen, sich zu verabschieden, weshalb sich Amanda sicher war, dass Suri noch nicht gegangen war.

»Ich habe keine Zeit für solche Spielchen!« Sie stürmte aus dem Zimmer, rannte ins Wohnzimmer hinunter und griff nach dem Telefon, um Tom zu kontaktieren. Vielleicht wusste er, wo sie sich aufhielt?

10.

Otis

»Wie kann ich dir helfen, Junge?«, fragte Aaron, als sie sich auf eine Holzbank im bescheidenen Park des Altersheims gesetzt hatten. Sie blickten über die Stadt Zürich. Der blaue, gläserne Prime Tower ragte zwischen den vielen Häusern weit in die Höhe und die Limmat schlängelte sich ihren Weg aus dem Zürichsee. Der Uetliberg, welcher einst von dichtem Wald bewachsen war, erschien karger.

Rauch stieg den Himmel empor - es war kein schöner Anblick. Ein großer Baum ragte über die Bank, auf der sie saßen und spendete ihnen Schatten. Selbst da war es viel zu heiß, doch Aaron wollte nicht die ganze Zeit im Zimmer eingeschlossen sein.

»Du hast über Beolania tausende Jahre geherrscht. Du kennst diesen Planeten so gut wie niemand sonst und hast ihn bereits vor vielen Gefahren bewahrt. Ich fühle mich unbeholfen. Wie ein Lehrling, der sein Handwerk noch nicht beherrscht.« Er blickte Aaron in die braunen Augen. Seine grauen Haare, die ihm sonst bis zu seinen Kieferknochen reichten, hatte er zusammengebunden. Das Gesicht war leicht gebräunt und von Falten gezeichnet.

Aaron sah nachdenklich aus. »Weißt du, Alex, man kann einem Gott sein Können nicht beibringen. Es steckt in ihm.«

»Das klingt wundervoll. Aber hier auf der Erde bin ich kein Gott. Hier bin ich nur Alex.« Er senkte seinen Kopf zur Brust.

»Schau mich an«, sagte Aaron bestimmt. »Weißt du noch, wie du meinen Fluch brechen konntest?«

Alex nickte schwach.

»Und warst du damals ein Gott?«

»Nein. Du hast recht. Ich war auch nur Alex.«

»Du liegst falsch«, sagte Aaron.

Alex horchte auf und runzelte die Stirn.

»Du warst schon damals ein Gott. Nur hattest du dies nicht gewusst. Und was hast du getan?«

»Ich habe … auf mein Herz gehört?«, fragte Alex zögerlich.

»Genau! Du hast dir nicht den Kopf darüber zerbrochen, was du machen könntest, um den Fluch zu beenden. Du wusstest nicht einmal, dass ein Fluch existierte, bis ich euch bedroht habe. Das tut mir im Übrigen noch heute sehr leid.«

»Das sollte es auch. Du wolltest Leona erschießen lassen. Das hätte ich dir niemals verzeihen können«, zischte er.

Aaron legte seine Hand auf Alex' Schulter. »Ich weiß. Ich war ein Arschloch. Du kannst es ruhig laut aussprechen.«

»Ein riesiges Arschloch!«, rief Alex und musste lachen, als Aaron zustimmend nickte.

»So. Dann wäre das auch geklärt. Aber im Ernst, Alex. Verstehst du, was ich dir damit sagen will?«

»Ich … denke schon?«

»Gut. Das Herz ist dein Kompass. Es wird dir immer sagen, was du machen musst. Aber es ist ganz wichtig, dass du auch auf deinen Verstand hörst, verstehst du? Das Herz kann dir nämlich auch im Weg stehen.«

Alex runzelte seine Stirn und fragte verwirrt: »Wie jetzt. Ich soll auf mein Herz hören aber darf ihm nicht immer vertrauen? Wie soll das denn gehen?«

»Das ist die Kunst. Du wirst dich an meine Worte erinnern, wenn du vor solch einer Entscheidung stehst. Manchmal muss man Opfer bringen, um sein Volk zu schützen. Opfer, die einem nicht leichtfallen.«

»Du machst mir Angst.«

Aaron schmunzelte. »Du erinnerst mich stark an mich selbst, als ich noch jung war.«

»Ist das ein gutes oder ein schlechtes Zeichen?«

»Es liegt in deinen Händen, es zu einem guten Zeichen zu machen. Ich habe Fehler gemacht, die nicht wieder rückgängig zu machen sind.«

»Das heißt, ich darf als Gott keine Fehler machen?«

»Natürlich darfst du das. Alle machen Fehler. Versuch bloß, die großen Fehler zu umgehen. Kannst du das versprechen?«

Alex nickte schwach. *Kann ich das versprechen? Ich kann doch nicht in die Zukunft blicken … Gut, versuchen kann ich es zumindest.*

Aaron lächelte zufrieden, nahm die Hand von Alex' Schulter und kämpfte sich mühevoll von der Bank hoch.

»Warte, ich helfe dir«, sagte Alex sofort, da er Angst hatte, dass Aaron zur Seite kippen würde. »Wo willst du denn so plötzlich hin?«

Aaron hustete. »Die Luft ist viel zu trocken. Meine alten Lungen machen da nicht mehr mit. Und außerdem fühle ich mich wie ein Schmelzkäse.« Alex lachte und begleitete ihn auf sein Zimmer.

»Über was haben denn die Herren gesprochen?«, fragte Ava neugierig, als die beiden im Zimmer ankamen.

»Du musst nicht alles wissen, mein Liebling«, sagte Aaron schmunzelnd und drückte ihr einen Kuss auf die Wange.

»Womit habe ich den verdient?«, fragte sie verwundert, da er dies schon lange nicht mehr getan hatte.

»Darf ich nun nicht mal mehr meine eigene Frau küssen, ohne eine Erklärung dafür abzugeben?«

Ava schmunzelte. »Natürlich nicht mein Liebster. Im Gegenteil. Das darfst du gerne öfters machen.«

Er schenkte ihr ein liebevolles Lächeln. »Schalte doch bitte einmal die Nachrichten ein. Ich möchte wissen, was diese Deppen als nächstes unternehmen wollen, um die Erde noch weiter ins Verderben zu steuern.«

»Nicht so optimistisch«, sagte Alex lachend.

Die Nachrichtensprecherin erschien auf der Bildfläche. »Die Brände nehmen zu. Während Hilfsorganisationen in Katastrophengebiete reisen, um Nahrungsmittel, Wasser und Kleidung zur Verfügung zu stellen, setzt Planet-B-Industries weiter auf Hoffnung. Laut vertraulichen Quellen sollten sich die ersten Raumschiffe derzeit bereits in der Prüfphase befinden.«

»Was ist Planet-B-Industries?«, fragte Alex irritiert.

»Das sind reiche Säcke, die nur Profit aus der ganzen Sache schlagen wollen«, wetterte Aaron.

»Das ist unsere Meinung«, sagte Ava besänftigend. »Wir wissen nicht genau, was deren Absichten sind. Aber bestimmt keine Guten.«

Als Alex seinen Kopf wieder zum Fernseher richtete, stockte ihm der Atem. *Was um alles in der Welt.* Hastig griff er zur Fernbedienung und stellte die Lautstärke höher.

»Gerade eben haben wir eine beängstigende Nachricht vom Inhaber der Luxusautomarke *Heaven* erhalten. Hören Sie selbst, was Tom Parker zu sagen hat.« Die Moderatorin verschwand von der Bildfläche und das Gesicht von Tom kam zum Vorschein. Sein rechtes Auge war angeschwollen und blau unterlaufen. An seiner Stirn klebte trockenes Blut und seine Haare sahen aus, als wären sie seit Tagen nicht mehr gewaschen worden. Das Licht im Video war schummrig. Es war kaum zu erkennen, wo er sich befand. Wohl in einer Lagerhalle.

Tom flüsterte: »Glauben Sie denen kein Wort. Bitte. Sie wollen kein friedliches Zusammenleben.« Tom blickte sich hastig um, sprach plötzlich schneller und lauter. »Es wird Tote geben! Viele Tote!« Kaum hatte er fertig gesprochen, tauchte eine maskierte Gestalt im Video auf. Es war ein Mann mit breiten Schultern, soviel konnte man erkennen. Er stürzte sich auf Tom und setzte ihm eine Knarre an die Schläfe. Der Brustkorb von Tom bebte rasend schnell auf und ab.

»Das geschieht mit Verrätern«, sagte die tiefe Stimme des maskierten Mannes. Langsam setzte er seinen Zeigefinger auf den Abzug der Pistole.

Das Video erstarrte.

»NEIN!«, schrie Alex verzweifelt und krallte sich ins Haar. Sein Herz pochte wie wild, die Hände zitterten und er hatte Schnappatmung. Konnte es sein, dass Tom das Leben genommen wurde? Aber weshalb? Wer würde das wollen?

Ava stürzte sich auf ihn und legte ihre Hand behutsam auf seine Schulter. »Der Abzug wurde nicht vor laufender Kamera gedrückt. Er könnte noch leben …«, sie versuchte ihn zu beruhigen.

»Meinst du?«, fragte Alex benommen.

»Ich hoffe es.«

»Dann muss ich zu ihm. Wenn du recht hast, braucht Tom meine Hilfe!«

»Mein lieber Alex. Du weißt doch gar nicht, wo er ist. Bring dich nicht unnötig in Gefahr.«

»Aber Ava. Er ist der Vater von Liv. Er scheint in großen Schwierigkeiten zu stecken. Wenn er noch lebt, Gott bewahre, ich muss ihm helfen!«

»Lass ihn gehen«, sagte Aaron zu Ava.

»Aber, er ist doch ganz allein. Wie soll er das denn schaffen?«, fragte sie besorgt.

»Er ist nicht allein. Ich gehe mit ihm.«

Ava starrte ihren Mann verdattert an und sagte empört: »Spinnst du? Du kannst ja nicht mal mehr richtig Treppen steigen. Ich glaube nicht, dass du ihm eine große Hilfe wärst.«

»Vielen Dank für die Erinnerung. Das weiß ich selbst. Aber ich glaube nicht, dass ich jemals eine bessere Chance erhalte, um meine Fehler wieder gut zu machen.«

»Aaron, du könntest bei dieser Mission drauf gehen«, sagte Alex, der genau wie Ava der Meinung war, dass dies nicht zu seinen besten Einfällen zählte.

»Dann hätte ich wenigstens einen ehrenvollen Tod.«

Ein Moment lang herrschte Stille im Zimmer.

»Wollen wir einen Familienausflug machen? Ich wollte schon immer einmal nach Amerika. Es heißt, Planet-B-Industries bietet Besichtigungen an. Ich finde, das klingt sehr interessant. Du nicht auch, mein Schatz?«, fragte Ava, die plötzlich ein breites Grinsen auf ihren Lippen trug.

Aaron starrte seine Frau überrascht an. Er hatte ein Funkeln in seinen Augen und drückte ihr einen Kuss auf die Lippen. »Ich liebe dich so sehr für deine großartigen Ideen.«

Alex schaute die beiden verwirrt an. »Ähm, kann mich bitte jemand einweihen? Familienausflug? Ich verstehe nur Bahnhof.«

SURI

Wow, so viele schöne Häuser. Dachte sich Suri, die durch die Straßen spazierte und sich jede einzelne Villa ganz genau anschaute. Sie war diese Art von Häusern nicht gewohnt, denn auf Beolania waren alle rund und ragten weit in die Höhe, nicht in die Breite. Doch eines kam ihr vertraut vor – jedes der Häuser war anders. Genau wie zu Hause.

Sie war bereits eine ganze Weile unterwegs und sich bewusst, dass sie bald umkehren müsste, um rechtzeitig wieder in ihrem Zimmer zu sein, bevor Amanda oder Tom bemerken würden, dass sie sich einen kleinen Ausflug vor ihrer Abreise erlaubt hatte. Sie wollte bloß noch ein bisschen mehr von dieser Welt sehen, die sie so reizte. Und eigentlich hätte sie noch Liz treffen wollen, doch sie hatte Amanda versprochen, gleich am Morgen nach Beolania zurückzukehren.

Der Betonboden war für ihre nackten Füße schon ziemlich heiß, weshalb sie dankbar war, als ihr ein Stück Rasen am Wegrand ins Auge fiel. Sie stürmte darauf zu und blieb eine Weile stehen, um ihre Füße zu kühlen. Sie schloss ihre Augen und genoss den Moment.

Plötzlich riss sie ein lautes Hupen aus den Gedanken. Abrupt öffnete sie ihre großen Augen und entdeckte ein rotes Cabriolet, in dem drei lachende Teenager saßen.

»Yo, was machst du da genau?«, fragte der Kerl am Steuer. Seine Haare waren kaum zwei Millimeter lang, pink gefärbt, sein T-Shirt war bestimmt zwei Nummern zu groß und auf seinen Armen waren unzählige Tattoos zu erkennen.

»Ich brauchte eine Erfrischung. Der Boden ist viel zu heiß!«, rief ihnen Suri zu, da sie gegen den brummenden Motor mit ihrer zarten Stimme ankommen musste.

Der Kerl lachte. »Du bist merkwürdig. Aber dein Kostüm ist Grandios! Was soll das darstellen?«, fragte er, während er ihr Outfit musterte. Sie trug ein lockeres Oberteil ohne Ärmel, mit der Aufschrift: It´s a beautiful day. Dazu trug sie gelbe Yogahosen, die so gar nicht mit ihrer violetten Hautfarbe harmonierten. Es war das Erste, was ihr im Kleiderschrank von Leona ins Auge gefallen war.

Suri ging auf den Wagen zu, hüpfte dabei von einem auf den anderen Fuß, um jeweils einen vor der Hitze zu bewahren. »Das ist kein Kostüm«, sagte Suri irritiert. *Also wirklich, warum denken das denn alle?*

»Kraaass!«, schrie plötzlich die junge Frau mit dem wasserstoffblonden Haar, welche auf dem Rücksitz saß. »Bist du nicht von diesem merkwürdigen Planeten, über den alle sprechen?« Die andere junge Frau im Wagen warf dieser einen beeindruckten Blick zu und nahm einen weiteren Zug von ihrer E-Zigarette. Ihre langen, schwarzen Haare waren zu zwei hoch angesetzten, langen Zöpfen geflochten.

»Ihr kennt mich?«, fragte Suri erfreut und lächelte.

»Ach du Scheiße, Ruby, du hast recht!« Der Typ mit den pinken Haaren lachte und machte eine Handbewegung zu Suri. »Komm, steig ein, Kleine!«

Sie kreuzte verlegen ihre Arme vor der Brust, während sie noch immer auf ihren Füßen umher tänzelte. »Eigentlich müsste ich schon längst wieder zu Hause sein«, nuschelte sie.

»Ach, sei mal keine Spaßbremse. Wir wollen dir doch bloß die Stadt zeigen«, sagte der Typ.

Das will ich unbedingt. Aber ich habe Amanda ein Versprechen gegeben.

»Na komm schon. Auf was wartest du?«, fragte die Frau mit der Zigarette in der Hand. Sie hatte eine ziemlich tiefe und gelangweilte Stimme.

Ein kleiner Abstecher schadet bestimmt nicht. Suri gab sich einen Ruck, lief um den Wagen herum und stieg ein. Die Teenager johlten und klatschten vor Begeisterung. Kaum etwas Besseres hätte ihnen an diesem Tag passieren können.

11.

Lachend und zur lauten Musik singend, flitzten sie in dem sportlichen Cabriolet durch die Straßen von Los Angeles. Suri streckte wie die beiden jungen Frauen ihre Arme in die Luft, da sie wissen wollte, weshalb sie dies taten. Ein Gefühl von Freiheit durchströmte ihren Körper. Sie fühlte sich federleicht und hatte das Gefühl zu fliegen.

Als sie an Straßenartisten vorbeifuhren, die zu einer ihr unbekannten Musik tanzten, war sie beeindruckt. Diese Bewegungen hatte sie noch nie zuvor gesehen. Besonders als sich ein Mann rasend schnell auf dem Kopf um die eigene Achse drehte, blieb Suris Mund offenstehen.

»Was ist das?«, fragte sie neugierig, wie ein kleines Kind, das die ganze Welt zum ersten Mal erkundete.

Ruby lachte. »Du meinst, was Breakdance ist? Die geilste Art zu tanzen? Auf was für einem öden Planeten lebst du denn.«

Die Augen von Suri funkelten. *Breakdance. Das muss ich Liv erzählen.* Sie lachte und jubelte den Tänzern zu, worauf immer mehr Menschen auf sie aufmerksam wurden.

»Ach du meine Fresse, das gibt es ja nicht!«, rief ein Mann, als er Suri entdeckte. Sofort zückte er sein Handy und schoss von ihr ein Bild nach dem anderen. Menschen drehten sich zum Wagen, in dem sie saß, um und immer mehr zückten die transparenten Handy-Scheiben.

»Süße, du bist ein Star!«, rief ihr die Frau mit der Zigarette zu.

»Und das heißt?«, fragte Suri komplett überfordert.

»Das heißt, dass sie alle deine Freunde sein wollen!«, kreischte Ruby, welche sich in Pose warf, falls sie auf den Fotos zu sehen war. Sie steckte ihre schmale Sonnenbrille mit den grünen Gläsern ins Haar und setzte ein Kussmund auf, was ihrer Meinung nach ihr Gesicht schmaler wirken ließ. Auch wenn sie dies nicht nötig gehabt hätte. Suri mochte ihre vollen Wangen und die weiblichen Kurven.

All diese Menschen wollen meine Freunde sein? Ich habe es geschafft! Unsere beiden Welten lassen sich vereinen! Auf ihrem Gesicht breitete sich ein strahlendes Lächeln aus. Sie war überglücklich und winkte den Menschen zu.

»Hi, kommt in meine Bar, ich spendiere euch einen Drink!«, rief ihnen eine kleine, taffe Frau mit schwarzen Dreadlocks, die sie zu einem dicken Dutt zusammengebunden hatte, zu. Sie musste wohl gewittert haben, dass ihr dies den besten Umsatz des Monats einspielen würde. Schließlich schossen die Passanten ein Bild nach dem anderen und die meisten davon landeten unvermeidlich auf den sozialen Medien. Jeder würde ihre Bar besuchen wollen. Die Bar, in welchem eine Frau von einem anderen Planeten einen Drink bestellt hatte.

»Dich müssten wir öfters mitnehmen«, sagte Scott, der Typ mit den pinken Haaren. Er parkte den Wagen am Straßenrand und stieg gemeinsam mit Suri und seinen beiden Mädels aus. Die Menschen um sie herum konnten kaum die Augen von Suri lassen. Die Gestalt mit den Hörnern auf der Stirn und den Schultern sorgte für Aufregung. Sie selbst verstand zwar den ganzen Aufstand nicht, doch irgendwie genoss sie den Rummel um ihre Person.

Scott lief breitbeinig vor den Frauen her und markierte sein Revier. Die goldenen Ketten um seinen Hals wippten bei jedem Schritt wie wild umher.

»Kommt herein«, sagte die kleine Frau aus der Bar begeistert, da ihr Plan aufzugehen schien. »Mein Name ist Tracy und ich bediene euch heute.«

»Wow, deine Bar ist ja der absolute Knaller!«, kreischte Ruby, die total außer sich war. Das Licht war warm und gedimmt, der Tresen bestand aus einer dunklen Marmorplatte. Von der Decke hingen antike Leuchten, die an Straßenlaternen erinnerten.

»Das Beste habt ihr noch gar nicht gesehen«, sagte Tracy grinsend. Sie begleitete die vier eine Wendeltreppe hinauf.

Als sie oben ankamen, verschlug es Suri den Atem. »Wow, das ist ja wunderschön.«

»Das ist der VIP-Bereich. Um hier hochzukommen müsstet ihr normalerweise einen saftigen Preis bezahlen oder Mitglied unseres Clubs sein. Doch bei euch mache ich eine kleine Ausnahme«, Tracy zwinkerte Scott zu, der einen lässigen Freudentanz veranstaltete.

»Geiler Scheiß!«, rief er und ging auf das Geländer der Dachterrasse zu. Eine atemberaubende Aussicht erstreckte sich vor ihm.

Die Sonnenstrahlen schienen zwischen den Hochhäusern hindurch und am Himmel war keine einzige Wolke zu sehen. Die Terrasse zeigte weg von der Straße, wodurch sie weniger von dem Rummel mitkriegten, der sich vor der Bar abspielte.

»Das ist eure Lounge. Setzt euch. Ich bringe euch gleich die Getränke«, sagte Tracy freundlich und verschwand im Personallift, der sie nach unten führte.

Ruby kreischte: »Suri, ich liebe dich! Was für ein Glück, dass wir dich getroffen haben!«

»Ich wünschte, meine Tochter könnte dies sehen. Es ist wundervoll.« Suri ließ ihren Blick über die Terrasse schweifen.

Bloß vereinzelte Menschen saßen in genauso einer Lounge wie sie oder standen an kleinen, runden Tischen und nippten an ihren Getränken. Über ihnen waren feine Seile gespannt, um jene sich Kletterpflanzen schlängelten und in regelmäßigen Abständen dieselben Leuchten hingen, wie in der Bar unten. Suri stellte sich vor, wie wundervoll das Ambiente hier oben wohl bei Nacht sein musste.

»Ist deine Tochter das Mädchen aus Rom?«, fragte die junge Frau mit der E-Zigarette. Sie zog daran und atmete aus, worauf Dampf aus ihrem Mund und der Nase qualmte. Suri wusste noch immer nicht, wie die junge Frau hieß und sie traute sich nicht zu fragen, da sie von ihr ein bisschen eingeschüchtert war. Diese hatte solch eine taffe und undurchschaubare Art.

»Ja … das ist meine Tochter«, stotterte Suri. Sie wusste nicht, ob sie dies fremden Menschen sagen durfte, aber sie schienen nett zu sein und sie dachte sich, dass man mit diesen Informationen sowieso nichts anstellen konnte.

»Aber wie geht das? Sie ist doch ein Mensch, oder? Leben auf deinem Planeten auch Menschen?«, fragte Ruby neugierig.

»Nein, meine Tochter … hat zwei Körper. Hier auf der Erde ist sie ein Mensch und auf meinem Planeten ist sie wie ich.«

»Kraaass«, quietschte Ruby. »Das will ich auch können! Ich möchte deine Tochter gerne einmal kennenlernen.«

»Moment«, sagte Scott. »Aber das würde ja heißen, dass deine Tochter Leona Parker ist, oder nicht?«

»DIE Leona Parker?«, fragte das Zigarettenmädchen verblüfft.

Darf ich so etwas sagen? Bringe ich Liv so in Schwierigkeiten?
»Nein«, stotterte Suri.

»Aber eben sagtest du doch noch, dass dieses Mädchen in Rom deine Tochter ist. Und dieses Mädchen war Leona Parker«, bohrte Scott weiter.

»Sowas darf ich, glaube ich, nicht sagen«, murmelte Suri.

»Also ja«, sagte Ruby und kicherte. »Du bist die schlechteste Lügnerin, die mir je begegnet ist.«

Suri stürzte ihr Gesicht in die Hände und seufzte: »Wirklich? Dann … bitte sagt das niemandem, ja? Das bleibt unser kleines Geheimnis.«

»Klar, liebe Suri. Wir schweigen wie ein Grab«, sagte Ruby und zwinkerte ihr liebevoll zu. Suri atmete erleichtert aus.

In diesem Moment brachte Tracy die Getränke. »Einmal *Midnight in LA* für alle«, sagte sie grinsend und stellte die Getränke auf den tiefen Glastisch in Mitte der Lounge.

»Die sehen ja geil aus«, sagte Scott begeistert, als er seinen Drink in die Hand nahm und ihn bestaunte. Bereits das Glas war eine Augenweide, denn es hatte die Form einer alten Straßenlaterne. Zwischen den schwarzen Riemen war durch das Glas eine dunkle Flüssigkeit zu sehen, die von unten mit einem warmen Licht beleuchtet wurde. Am Boden des Glases stieg zwischen den Eiswürfeln gelber Sirup langsam in die Höhe, der wie Nebel wirkte. In der Flüssigkeit schwebte außerdem ein feiner Goldstaub, der vom Licht beleuchtet wurde und dadurch wie funkelnde Sterne strahlte. Die schwimmende Eiskugel simulierte den Mond.

»Ich danke dir. Das ist unser hauseigener Drink. Den findet ihr nirgendwo sonst auf der Welt«, sagte Tracy stolz. Sie schoss ein Foto der Truppe für den Social Media Account der Bar und ging danach zu einer anderen Lounge, um weitere Bestellungen aufzunehmen.

»Na dann, Prost! Auf Suri!«, rief Ruby ganz hibbelig, da sie es nicht abwarten konnte, von diesem magischen Getränk zu kosten.

»Auf Suri!«, sagten auch die anderen beiden im Chor, worauf sie anstießen und den ersten Schluck durch den Strohhalm aus Glas nahmen.

Suri erlebte eine Geschmacksexplosion. Ihre Augen schossen auf und sie lachte begeistert. Es schmeckte süßlich, leicht herb, sauer von der Zitrone und trotz der vielen Eiswürfel im Drink, wurde ihr warm in der Brust. Sofort nahm sie einen weiteren, großen Schluck.

»Suri, nicht so schnell. Da ist recht viel Alkohol drin«, flüsterte Ruby, die sich vorstellen konnte, dass ihr dies nicht bewusst war.

»Alkohol?«, fragte Suri und runzelte die Stirn. »Was ist das?«

»Ein göttliches Getränk, das dich frei von all den Sorgen macht!«, rief Scott beschwingt, worauf ihm Ruby einen Blick zuwarf, der sagte, dass er still sein soll. Denn kaum hatte er dies gesagt, trank Suri den ganzen Drink aus. *Ein göttliches Getränk, hier auf der Erde? Der Tag wird immer besser!*

»Ja Süße, richtig so!«, bestätigte sie das Zigarettenmädchen.

»Ich will noch einen.« Suri kicherte.

»Tracy, bring uns noch eine Runde! Die geht dann auf mich«, rief Scott kurz darauf.

Ruby fasste sich an die Stirn. Sie wusste, dass dies keine gute Idee war, doch sie wollte keine Spaßbremse sein, weshalb sie nichts Weiteres sagte.

Das Gelächter in der Gruppe wurde immer lauter, je mehr sie tranken und Suri plapperte wirres Zeug: »Wenn wir eine Welt wären … also die Erde und Beolania … dann wären wir Erdolania. Das wäre unser Name. Stellt euch das vor! Unfassbar, nicht?«

»Du bist ein Genie!«, quietschte die ein Meter fünfundfünfzig große Ruby, welche auch ein Gläschen zu viel hatte. Ihre Wangen waren rot angelaufen und ihre Bewegungen waren unkontrollierter als zuvor.

»Ich möchte auch violett sein«, plapperte sie weiter. »Und deine Kiemen sind echt abgefahren. Wie kontrollierst du die?«

Suri blickte beschwipst auf ihren Brustkorb hinunter, starrte eine gefühlte Ewigkeit ihre Kiemen an und sprach zu ihnen: »Ruby hat euch eine Frage gestellt. Antwortet ihr gefälligst. Wie macht ihr das?«

Ruby kicherte. Kurz darauf schmiss sie sich Scott um den Hals und rief so laut, dass es alle hören konnten: »Du bist totaaal mein Typ, weißt du das?«

»Ey, zügle deine Zunge. Das ist meiner!«, sagte das Zigarettenmädchen bestimmt.

»Mensch Robin, wusste gar nicht, dass er auf Männer steht«, sagte sie prustend.

Na endlich. Robin heißt sie also.

»Was hast du da eben gesagt, Miststück?«, Robin sprang auf und formte ihre Hand zu einer Faust. Sie setzte diese so nahe unter die Nase von Ruby, dass bloß noch ein Haar dazwischen gepasst hätte. »Du sagst noch ein weiteres Wort und du wirst den Rest des Tages nicht miterleben«, zischte sie in Rubys Gesicht und starrte ihr mürrisch in die Augen.

»Du hättest sowieso nicht den Mumm dazu. Spielst hier eine auf begehrenswert, dabei weißt du ganz genau, dass ich recht habe. Scott steht nicht auf dich!« Ruby wollte gerade wieder nach ihrem Glas greifen, um den letzten Schluck auszutrinken, als Robin Anlauf für den Schlag holte.

»Stopp! Verdammt, was ist denn plötzlich in euch gefahren?«, schrie Scott betrunken. »Ich steh auf euch beide, das wisst ihr doch.«

Diese Aussage verbesserte die Lage nicht unbedingt. Ruby und Robin wandten abrupt ihre Gesichter zu ihm und schrien gleichzeitig empört: »Wie bitte?«

»Du sagtest immer, ich sei deine Einzige!«, fluchte Robin und verpasste ihm eine Ohrfeige.

Suri taumelte auf die drei, sich prügelnden, Teenager zu und hielt sich an Ruby fest, um nicht den Halt am Boden zu verlieren. »Hört auf, lasst uns wieder gemeinsam lachen.« Suri wollte ernst bleiben, doch dann musste sie aus einem Reflex heraus kichern.

Scott wandte sich zu ihr um und sein Ellbogen landete mit voller Wucht in ihrem Gesicht. Suri schrie vor Schmerz auf und fasste sich an ihre blutende Nase.

»Verdammt Suri, warum mischt du dich überhaupt ein?«, brüllte Scott wütend. Sein Gesicht war rot angelaufen.

»Ich dachte, wir wären Freunde«, sagte Suri verdattert. Ihre Stimme zitterte und klang weinerlich.

»Nur weil wir gemeinsam saufen, sind wir noch lange keine Freunde, kapiert?«, sagte er aggressiv.

Suri erschrak, denn sein Wesen hatte sich so plötzlich verändert. Er war doch eben noch so lieb zu ihr gewesen? Vor Angst lief sie hastig von der Gruppe davon – sie wollte sich in Sicherheit bringen, bevor die Situation noch komplett aus dem Ruder geriet.

»Geh zu ihr und entschuldige dich gefälligst«, zischte Ruby.

»Mach du doch. Du hast ja gleich eine auf beste Freundin gemacht.«

»Ey, warum muss ich jetzt deine Scheiße wieder zurechtbügeln? Das ist immer das Gleiche mit dir!« Ein weiterer Streit folgte, der alle drei vergessen ließ, dass sie Suri eigentlich helfen wollten.

Diese torkelte auf die Wendeltreppe zu. *Ich dachte, ich habe Freunde gefunden. Wie komme ich nun bloß zu Amanda und Tom nach Hause?* Suri liefen Tränen über ihr Gesicht, die sich mit dem weißen Blut vermischten. Sie griff nach dem Treppengeländer und setzte ihren rechten Fuß auf die erste Stufe. In ihrem

Kopf drehte sich alles und das Gefühl für Distanzen hatte sie schon längst verloren.

Die nächste Stufe. *Das funktioniert doch schon ganz gut.*

Und noch ein Schritt.

Was Suri nicht sah, war die Wasserpfütze. Wie es schien, hatte eine Kellnerin zuvor einen Eiswürfel verloren, der gemächlich vor sich hinschmolz. Suri stand mit ihrem nackten Fuß hinein, erschrak und verlor den Halt.

Gerade wäre sie die Treppe, mit dem Kopf voraus, hinuntergefallen, wenn sie nicht von diesem Mann aufgefangen worden wäre. Er kam die Treppe hinauf gestürmt und fing Suri gerade noch im richtigen Moment auf.

»Das hätte ziemlich schief gehen können, gute Dame«, sagte der Mann erschrocken.

»Ich hätte fast fliegen können«, plapperte Suri wirr.

Der Mann roch an ihrem Haar. »Sind Sie betrunken? Bereits um diese Tageszeit?«

Suri zuckte mit den Schultern. »Ich habe Freunde getroffen. Das dachte ich zumindest.«

»Kommen Sie. Ich bringe Sie an einen ruhigeren Ort«, sagte der Mann.

»Ich muss zu Tom und Amanda«, flüsterte Suri.

Der Mann hielt kurz inne. »Tom Parker?«

Suri nickte.

»Okay. Ich bringe Sie zu ihm.«

Sie blickte in seine grünen Augen und lächelte schwach. »Ich danke Ihnen.«

Der Mann stützte sie unter ihren Armen ab. Sie kämpften sich durch die unzähligen Gäste, die sich erhofften, ebenfalls in den VIP-Bereich gelangen zu können.

Kaum hatten sie Suri entdeckt, zückten sie wieder ihre Handys und schossen ein Bild nach dem anderen. Viele stürmten auf sie zu und wollten sie berühren. Doch der Mann stieß die Menschen zur Seite und bat diese, Abstand zu halten. Er setzte Suri seine Piloten-Sonnenbrille auf, damit sie vom Blitzlicht der Paparazzi geschützt war, welche sich unterdessen vor dem Lokal angesammelt hatten. Suri fühlte sich bei ihm sicher und ließ sich von ihm führen.

Er kennt Tom. Er bringt mich zu ihm. Dann kann ich ihm alles in Ruhe erklären und zu meiner Liv zurückkehren. Es war eine dumme Idee von mir, hierher zu kommen. Eine sehr dumme Idee.

Ein paar Straßen weiter hatte der Mann sein Auto geparkt. Einen giftgrünen Sportwagen. Vorsichtig legte er Suri auf die Rücksitze und band zwei Sicherheitsgurte um ihren Körper.

»Wann sind wir bei Tom?«, nuschelte Suri.

Der Mann setzte sich ans Steuer und startete den Motor. »Gleich, meine Liebe. Schlafen Sie ein bisschen, dann wird es Ihnen schon bald wieder besser gehen.«

Das musste er ihr nicht zweimal sagen. Kaum fuhr er auf die Straße, war Suri bereits eingenickt.

12.

Suri erwachte und rieb sich die Augen. Sie schaute sich um. Sie befand sich nichtmehr auf den Rücksitzen des Sportwagens, sondern lag auf einer bequemen Matratze. Vorsichtig richtete sie sich auf und fasste sich an die Stirn.

Ihr Schädel brummte.

Neben dem Bett ragte ein großes Fenster bis zur Decke. Dünne, bordeauxrote Vorhänge hingen davor und ließen ein kleinwenig Tageslicht hindurchschimmern.

Moment, ich bin nicht bei Tom zu Hause.

Sie rappelte sich auf und schob den Vorhang zur Seite. Alles was sie sah, war ein großer Innenhof mit einem pompösen Brunnen in der Mitte und vielen Sitzmöglichkeiten. Auf der gegenüberliegenden Seite sah sie an eine reflektierende, graue Hausfassade.

Suri runzelte die Stirn und schaute sich im Zimmer um. Da war ein Klavier, eine kleine Bar mit verschiedensten alkoholischen Getränken, ein großer Sessel und ein Bad. Sie drehte sich einige Male im Kreis, wurde immer panischer, da sie nicht wusste, was hier vor sich ging und stürmte zur Tür. Sie drückte die Klinke nach unten, doch die Tür ließ sich nicht öffnen.

»Hilfe!«, rief Suri verzweifelt. »Kann mich jemand hören? Ich bin hier eingesperrt!« Sie rüttelte an der Klinke, hoffte, dass sich die Tür doch noch durch ein Wunder öffnen ließe. Ohne Erfolg. Suri begann zu schwitzen und fuchtelte mit ihren Händen hysterisch in der Luft umher. »Was hast du nur angestellt, Suri«, fluchte sie mit sich selbst. Sie schlug sich mit ihrer Handfläche ins Gesicht, was höllisch schmerzte. Sie rannte ins Bad und starrte ihr Spiegelbild an. Ihre Nase war feinsäuberlich mit einem Pflaster beklebt.

Stimmt, da war doch so eine Schlägerei. Suri erinnerte sich vage. Sie schlenderte aus dem Bad und ließ sich seufzend auf die Matratze sinken. Als wie aus dem Nichts eine Frauenstimme ertönte, zuckte sie vor Schreck zusammen. Sie war auf die Fernbedienung gesessen, welche diese magische, dünne Scheibe, die an der Wand vor ihr hing, einschaltete.

Suri starrte auf die Scheibe und hörte was die Stimme zu sagen hatte: »Hallo Suri. Willkommen bei *Planet-B-Industries*.«

OTIS

Die Idee von Ava war großartig, doch schwer umzusetzen. Sie mussten sich anstrengen, um einen Plan zu schmieden.

Eine ganze Weile saßen sie zu dritt schweigend im Zimmer. Aaron und Ava in ihren Sesseln und Alex auf dem Doppelbett. Seufzend ließ er sich rückwärts auf die Matratze fallen und starrte an die Decke. Diese hatte viele, weiß verschnörkelte Verzierungen, was ihm zuvor noch nicht aufgefallen war. Ein bisschen erinnerten sie ihn an die mächtigen Türen in seinem Palast auf Beolania.

Beolania. Konnte Liv Clemens bereits informieren? Wann wird sie wohl bei mir sein – mir helfen können. Ich bin so sehr auf ihre Hilfe angewiesen. Sie wüsste genau, was wir machen müssen. Sie hat immer so gute Einfälle.

»Ich habe eine Idee!«, rief Aaron plötzlich und riss Alex damit aus seinen Gedanken.

Gerade wollte er weitersprechen, als es an der Tür klopfte. Ein freundliches Gesicht spähte durch den Türspalt. »Bitte entschuldigen Sie die Störung«, sagte die Pflegerin. »Aber die Besuchszeit ist um. Mr. Miller, ich muss Sie freundlich bitten, zu gehen.« Ihr Gesichtsausdruck verriet, dass es ihr leidtat.

»Lassen Sie uns noch zehn Minuten?«, fragte Alex.

»Tut mir leid. Das ist leider wegen den Essenszeiten nicht möglich. Aber Sie dürfen morgen wiederkommen. Sie sind herzlich eingeladen bei uns zu essen. Wenn Sie das gerne möchten, setze ich Sie für morgen Abend auf die Liste.«

»Das wäre sehr freundlich von Ihnen.« Er stand auf.

Aaron knurrte. Er war genervt, dass er seine Idee nicht preisgeben konnte. Und er war nicht gut darin, geduldig zu sein. Doch er mochte die Pflegerin und hielt deshalb ausnahmsweise seinen Mund. Hätte ihn jemand anderes unterbrochen, hätte er einen dummen Spruch fallen lassen.

»Bis morgen, mein lieber Alex«, sagte Ava und schloss ihn in eine Umarmung. Er strich ihr sanft über den Rücken und verließ dann zusammen mit der Pflegerin das Zimmer.

Alex lief durch den Park vor dem Altersheim. Es dämmerte allmählich und die Temperatur war ein kleinwenig gesunken. Die Wege waren gepflegt. Mussten sie auch sein, denn viele Bewohner waren auf einen Rollstuhl oder eine Geh-Hilfe angewiesen. Der Rasen wurde von Sprinklern bewässert und auch die violetten Blumen am Wegrand kriegten etwas Wasser ab. Die Tropfen flossen langsam an dem langen, grünen Stiel herunter und wurden dann von der Erde aufgesogen.

Alex´ Gedanken kreisten um Tom. *Hatte Ava recht? Ist er noch am Leben? Ich hoffe es. Es würde mir das Herz zerreißen, sollte dies nicht der Fall sein – und Liv erst.* Er durfte gar nicht daran denken. Er wollte sich nicht vorstellen, einen weiteren, wundervollen Menschen in seinem Leben verloren zu haben.

Über den Tod seiner Eltern war er noch immer nicht so richtig hinweg. Wie hätte er auch nur gekonnt. Sie waren stets hinter ihm gestanden und hatten sich für ihn stark gemacht. Er erinnerte sich an das Gespräch, damals in der Schule, als sie ihn beschützt hatten. Als wäre er ihr Löwenjunge. Sie hatten ihm so vieles gelehrt. Zum Beispiel, nicht zu sehr auf andere zu hören. Brad hatte gepflegt zu sagen: »Dir kann niemand erzählen, wer du bist.« Alex hatte diese Weisheit sehr geholfen, nicht zu oft vom Weg abzukommen.

Trotzdem er seinem Vater recht gab, musste er sich eingestehen, dass er sich selbst noch viel besser kennenlernen durfte, seit Leona in sein Leben getreten war. Sie sah Dinge in ihm, die er selbst nie entdeckt hätte.

Er war dankbar, dass er sie bei sich hatte, als seine Großeltern verstarben. Zwar hatte er keine starke Bindung zu ihnen gehabt, doch er war ihnen unendlich dankbar, dass sie für ihn da gewesen waren, als ihm damals nach dem Tod seiner Eltern der Boden unter den Füßen weggerissen wurde. Sie hatten ihm ein Zuhause gegeben, als er es am meisten benötigt hatte.

Alex hatte daher Leona seinen Großeltern vorstellen wollen. Gerade hätten sie an der Haustür geklingelt, als eine Nachbarin, mit dem Hund an der Leine, vorbeispaziert war. Sie hatte einen gelben Regenmantel getragen und über ihre frische Dauerwelle einen getupften Regenschirm gehalten.

»Habt ihr es noch nicht gehört?«, hatte die Frau gefragt. Ihr Gesicht war von einem traurigen Ausdruck geprägt gewesen.

»Von was sollten wir denn gehört haben?«

Die Frau war auf sie beide zugelaufen und neben dem grünen Briefkasten stehengeblieben. »Ich hatte in letzter Zeit oft mit deinen Großeltern gesprochen. Sie wären heute ins Altersheim gezogen, auch wenn sie sich stets dagegen gesträubt hatten. Letzten Mittwoch … als hätten sie es sich so ausgesucht … sind sie gemeinsam friedlich im Schlaf von uns gegangen.«

Leona hatte hastig nach der linken Hand von Alex gegriffen. Seine rechte Hand war schwach geworden und der bunte Blumenstrauß war zu Boden gefallen. Er hatte dieses Gefühl bereits gekannt. Es hatte sich surreal angefühlt. Er hatte gehofft, dass diese Frau einen schlechten Scherz erzählte, doch bei diesem Thema machte man keine Scherze. Das war ihm bewusst gewesen.

»Ich hätte ihnen danken und sie in meine Arme schließen wollen. Ich wollte mich entschuldigen, dass ich nicht genügend Zeit mit ihnen verbracht hatte und ich wünschte mir, dass sie dich kennengelernt hätten, Leona. Wenigstens jemand aus meiner Familie hätte dich kennenlernen müssen. Nun bin da nur noch ich.« Alex hatte geweint und sich so allein gefühlt, wie damals, im Kinderheim. Ohne Familie.

Leona hatte über sein Kinn gestrichen und seinen Kopf mit den Fingern vorsichtig angehoben. Sie hatte ihm tief in seine braunen Augen geschaut. »Denk bitte nie wieder, dass du allein bist, mein Schatz.«

Er hatte sie fest an sich gedrückt. Sie gab ihm Halt und das Gefühl von Sicherheit. »Das weiß ich doch. Aber ich kann nie wieder mit ihnen sprechen und ihnen niemals danken. Sie werden niemals wissen, wie viel sie mir bedeutet haben.«

Leona hatte auf seine Brust getippt. »Sie sind alle zusammen immer bei dir. Und ich bin mir ganz sicher, dass sie all dies, was du ihnen sagen wolltest, bereits wussten. Du bist ein wundervoller Mensch. Du warst bloß jung und verletzt und hast dich allein gefühlt. Sie verstanden das. Ich weiß es.«

Er hatte für einen Moment schwach gelächelt und sie auf ihre Stirn geküsst. Er war ihr für diese Worte unbeschreiblich dankbar gewesen.

Eine ganze Weile hatte er auf die braune Hausfassade aus Backstein gestarrt. Seine Gedanken waren leer gewesen. Er hatte nicht gewusst, was er denken sollte, geschweige denn sagen.

»Mein Beileid. Die Beerdigung ist morgen. Sie hätten gewollt, dass ihr kommt.« Die Frau war kurz darauf mit ihrem Hund im Regen weitergezogen.

13.

Alex erschrak, als ein Fahrradfahrer vor seinen Füßen über den gelben Zebrastreifen fuhr. Er wurde abrupt aus seinen Gedanken gerissen.

»Für euch gelten keine Verkehrsregeln, was?«, rief er ihm verärgert hinterher. Alex war bewusst, dass keine Reaktion kommen würde. Dies war eines der wenigen Dinge, die ihn an Zürich störten: Fahrradfahrer, die sich nicht an die Verkehrsregeln hielten, und gestresste Menschen. Selbst wenn die Wälder brannten, hatten sie nichts Besseres zu tun, als zu arbeiten, wie fleißige Bienen. Schließlich musste die Wirtschaft aufrecht erhalten bleiben. Irgendwie bewunderte er diesen Fleiß aber auch. Statt die Köpfe einzuziehen und auf das Ende zu warten, blieben sie zuversichtlich, dass schon alles irgendwie wieder so werden würde wie zuvor.

Alex ging auf ein Hotel zu. Er war froh, eines in der Nähe des Altersheims gefunden zu haben, denn lange hätte er nicht mehr umherirren mögen. Er hustete gefühlt nach jedem fünften Meter, da der Rauch seine Atemwege reizte. Er ging auf die Schiebetür zu und betrat die Lobby. Erleichtert atmete er aus, denn hier war die Klimaanlage in Betrieb.

»Guten Abend, was darf ich für Sie tun?«, fragte der Mann an der Rezeption. Er trug einen roten Blazer mit goldenen Manschettenknöpfen, was Alex an einen Zirkusdirektor erinnerte.

»Haben Sie noch ein freies Zimmer für heute Nacht?«

»Für Sie allein, oder sind Sie in Begleitung?«, fragte er augenzwinkernd.

Alex brauchte einen Moment, bis er verstand, weshalb der Mann so reagierte. Eine junge Frau mit kurzen Lederhosen und einer bauchfreien Leo Bluse trat in die Lobby. Sie trug solch hohe High-Heels, dass Alex beim bloßen Anblick die Füße schmerzten.

»Ähm, nein«, Alex räusperte sich. »Für mich allein. Danke.«

Der Mann zuckte mit den Schultern und tippte eine Weile auf der Tastatur umher.

Alex nutzte die Zeit, um die Lobby zu begutachten. Der Bereich war liebevoll eingerichtet. Überall an den Wänden hingen alte Bilder vom Hotel. Es wurde wohl bereits einige Male renoviert. Die Dekoration hatte Klasse. Links und rechts neben dem Tresen standen zwei große, handbemalte Vasen aus denen farbige Rosen ragten. Erst beim genaueren Hinsehen, bemerkte Alex, dass es sich um Kunstblumen handelte.

Er warf einen Blick über die Schulter, was er im nächsten Moment bereits bereute. Die Frau kaute auffällig auf ihrem Kaugummi herum und zwinkerte ihm verführerisch zu. Hastig drehte er seinen Kopf zurück und schüttelte ihn. Er wünschte sich, dass Leona bei ihm gewesen wäre, denn dann hätte sich die Situation nur halb so merkwürdig angefühlt. Sie liebten es, gemeinsam Menschen zu beobachten und sich über gewöhnungsbedürftige Outfits zu amüsieren.

»Sie haben Glück. Soeben hat jemand seine Reservation storniert«, sagte der Mann mit dem Zirkuskittel und streckte ihm eine Zimmerkarte entgegen. Nachdem Alex über die Essenszeiten und die Check-Out Zeit informiert wurde, machte er sich auf den Weg zu seinem Zimmer.

Es war gemütlich. Genau die richtige Kombination aus traditionellem Charme und moderner Einrichtung. Die Wände waren aus warmem Holz, in die Decke waren dimmbare Leuchten eingearbeitet und das Bett war mit rot weiß karierter Bettwäsche bezogen. Auf dem Kissen lag als kleines Willkommensgeschenk eine Lindt-Schokolade.

Sein Magen brummte. Er warf einen Blick in die Minibar, doch als er die Preise sah, verging ihm der Appetit. Niemals hätte er so viel Geld für eine kleine Packung Chips ausgegeben. Lieber machte er sich frisch, um im Restaurant etwas Richtiges zu sich zu nehmen. Aaron hatte ihm genügend Geld mitgegeben.

Alex stellte sich unter die Regendusche, wusch den Rauchgeruch aus seinem lockigen Haar und schruppte mit Seife über die Haut.

Seine Gedanken kreisten. Mal wieder.

Wie konnte er bloß herausfinden, wo sich Tom befand? Und wie würde er schnellstmöglich zu ihm kommen?

Ihm glitt die Seife aus den Händen. Er bückte sich und war genervt, als sie ihm jedes Mal wieder aus den Händen rutschte, wenn er sie aufheben wollte. Als er sie schlussendlich fest im Griff hatte, stand er hastig auf und stieß sich dabei den Kopf an der Dusch-Armatur. Er fluchte vor Schmerz und rieb sich am surrenden Hinterkopf.

Vielleicht lag es am Schlag oder einfach daran, dass er kurz abgelenkt war – aber plötzlich fiel ihm etwas ein. Es war so simpel, dass er sich über sich selbst ärgerte, weshalb er nicht schon früher daran gedacht hatte.

Er hüpfte aus der Dusche, rubbelte mit dem Handtuch ein paarmal durch sein Haar und band es sich dann um seine Hüften, bevor er das Badezimmer verließ. Er setzte sich auf die Bettkante und griff nach dem Handy, welches sich noch immer in seiner Hosentasche befand. Hastig scrollte er seine Kontakte durch und tippte dann auf den gewünschten Namen.

»Hallo?«, die Stimme war nur schwach zu hören. Die Verbindung schien nicht optimal zu sein.

»Amanda, bist du es?«, fragte Alex zögerlich.

Einen Moment lang herrschte absolute Stille. Lag es an der Verbindung? »Amanda, hörst du mich? Ich bin´s. Alex.«

»Du hättest mich nicht anrufen dürfen«, flüsterte sie.

»Was ist denn los? Geht es dir gut? Weißt du … ob … Tom noch lebt?« Er traute sich kaum diese Frage zu stellen. Es muss unvorstellbar schmerzhaft für Amanda gewesen sein, ihren Mann so im Fernsehen gesehen zu haben.

Alex' Herz pochte.

»Ich … ich weiß es nicht. Aber ich glaube, sie belauschen uns, Alex. Ich muss auflegen«, flüsterte Amanda mit bedrückter Stimme.

»Warte!«, rief er in den Hörer. »Weißt du, wo Tom auf diesem Video war? Ich will ihn finden.«

Er hörte Amanda atmen. Sie schien Angst zu haben. Ihre Stimme zitterte. »Er wollte im Mai auf Geschäftsreise.«

Danach beendete sie den Anruf.

»Amanda! Was soll das bedeuten? Bitte, hilf mir!«, rief er verzweifelt in sein Handy. Erneut drückte er auf ihren Kontakt.

»Die Person, die Sie angerufen haben, ist momentan nicht erreichbar. Bitte versuchen Sie es später noch einmal«, sagte die Roboterstimme in seinem Telefon.

»Verdammt«, flüsterte Alex und stürzte das Gesicht in seine Hände. *Wo wollte Tom denn im Mai auf Geschäftsreise? Wie sollte ich das bloß wissen? Das ergibt keinen Sinn. Wir haben Ende Juni. So lange wird er doch sicher nicht von zu Hause weg gewesen sein, oder?*

Alex lief nervös im Zimmer umher. Er ließ den Satz immer und immer wieder in seinem Kopf abspielen, doch er schien irgendetwas übersehen zu haben.

Er wollte im Mai auf Geschäftsreise.

Als bestimmt schon eine halbe Stunde verstrichen war und sein Hirn nicht mehr richtig arbeitete, beschloss er, essen zu gehen. Es fühlte sich für ihn zwar egoistisch an, in dieser Lage einfach essen zu gehen, doch ihm war klar, dass er von jetzt auf gleich keine Lösung finden würde. Und er hatte keinen Stein bei sich, mit dem er einfach durch ein Portal nach Amerika hätte reisen können. Zu dumm.

Er hatte nur diese Kleidung bei sich, mit der er in Los Angeles durch das Portal gegangen war. Zum Glück war es Sommer. Im Winter hätte sich das mit den kurzen Jeanshosen etwas schwieriger gestaltet. Er parfümierte seine Kleidung mit einem Männerduft ein, den er im Bad gefunden hatte, und verließ das Zimmer.

Der Speisesaal war großräumig. Jeder Tisch war liebevoll mit getrockneten Blumen und Teelichtern dekoriert, die, genau wie die Vasen im Eingangsbereich, handbemalen waren.

Wahrscheinlich war der Hotelbesitzer ein großer Fan dieses Künstlers, dachte sich Alex. Und er selbst neuerdings auch. Die rot weiß karierte Serviette war liebevoll zur Form einer Rose gefaltet und lag inmitten seines Tellers. Er saß in einer ruhigen Ecke und konnte wunderbar die anderen Gäste beobachten.

Kaum jemand war allein hier. Er beobachtete ein Liebespaar, das mit ihren Rotweingläsern auf einen schönen Abend anstieß und zufrieden lächelte. Die Frau hatte einen Verlobungsring am Finger und der Mann strich liebevoll über ihre Hand. Er fand es schön, dass selbst in dieser merkwürdigen Zeit schöne Dinge auf der Welt passieren durften.

Alex senkte seinen Blick auf den leeren Platz gegenüber von ihm. Wie gerne er doch mit Leona hier gesessen wäre. Bestimmt hätte sie das rote Kleid getragen und ihr blondes Haar zu Locken frisiert.

Kaum dachte er an sie, hörte er ihr herzliches Lachen. Er liebte es, wie sich dabei auf ihren zarten Wangen kleine Grübchen bildeten. Er war so dankbar, sie an seiner Seite zu haben. Noch immer war es ihm ein Rätsel, wie so eine wundervolle Frau genau ihn ausgewählt hatte. Auch wenn ihm bewusst war, dass sie gemeinsam eine ganz besondere Geschichte verband.

»Haben Sie sich schon entschieden?«, fragte der Kellner freundlich.

Alex hatte ihn gar nicht kommen sehen, so vertieft war er in seine Gedanken. »Ich hätte gerne Rösti mit einem gemischten Salat. Haben Sie vielen Dank.«

»Vorzügliche Wahl«, sagte der Kellner und verschwand in der Küche.

Das Essen war köstlich. Bereits der erste Bissen löste in seinem Gaumen eine Geschmacksexplosion aus. Erst einmal zuvor hatte er Rösti gegessen, was aber kein Vergleich zu dieser war.

Leona hatte mit ihm gemeinsam eine gekocht, als sie nach dem Besuch in der Schweiz wieder in Los Angeles waren. Sie wollten Amanda und Tom etwas typisch Schweizerisches kochen und da war ihnen Rösti als erstes in den Sinn gekommen. Die Küche hatte danach wie ein Schlachtfeld ausgesehen. Überall hatten an den Wänden Kartoffelstreifen und Fettspritzer geklebt.

Amanda hatte sich zusammenreißen müssen, keinen Nervenzusammenbruch zu erleiden, da sie eine schmutzige Küche nicht ausstehen konnte.

Das Zubereiten hatte Spaß gemacht. Alex erinnerte sich, wie Leona damit angeben wollte, die Rösti wie ein Omelett in der Pfanne zu wenden. Er hatte sie gerade noch gewarnt, als die ganze Ladung auf der Küchenablage gelandet war.

Nie hätte er ihren verdutzten Gesichtsausdruck vergessen können. Sie hatte das Desaster peinlich berührt angestarrt, während er mit seinem Finger auf sie gezeigt und laut gelacht hatte. »Ich habe es dir ja gesagt!«, hatte er prustend gesagt.

»Alsooo, mit einem Omelett ist das tausend Mal einfacher.«

Im Verhältnis zum Aufwand und dem, was am Schluss herausgekommen war, hatte sich die Arbeit nicht unbedingt gelohnt. Irgendetwas hatte komisch geschmeckt. Noch lange Zeit später war sich Leona sicher gewesen, dass die Gewürze im Gewürzschrank falsch aufgefüllt waren. Sie hätte schwören können, dass die Rösti nicht nach Pfeffer und Salz, sondern nach Nelken und Salz geschmeckt hatte. Alex hatte dem Rezept die Schuld gegeben.

Immerhin wusste er nun, wie Rösti schmecken sollte. Er war sich sicher – irgendwann würde er Leona in dieses Hotel zu einem Essen ausführen. Und dann würde auch sie wissen, wie eine richtige Rösti schmeckte.

»Darf ich Ihnen noch einen Nachtisch bringen?«, fragte der Kellner, als Alex mit dem Essen fertig war.

Er überlegte kurz. »Was wäre Ihre Empfehlung?«

»Das Schokoladenfondue mit Früchten kann ich Ihnen ans Herz legen. Ich kann Ihnen gerne eine kleinere Portion bringen, wenn Sie dieses allein genießen möchten.«

Alex seufzte. Es war für ihn schon traurig genug, allein in einem Hotel essen zu müssen. Er wollte aus Prinzip nicht einen Nachtisch bestellen, den er am liebsten mit Leona geteilt hätte.

»Das klingt köstlich. Aber ich glaube, ich habe für heute doch schon genug gegessen. Haben Sie vielen Dank.«

Der Kellner nickte verständnisvoll und nahm die leeren Teller mit in die Küche.

Alex stand auf und machte sich auf den Weg zu seinem Zimmer. Gerade hatte er den Knopf am Aufzug gedrückt, als er Musik hörte. Er musste unweigerlich lächeln und erinnerte sich an seine unzähligen Auftritte in Europa.

Er kannte den Song. Leise sang er vor sich hin und schloss seine Augen. Unfassbar, was bloß eine Melodie in ihm auslösen konnte, dachte er sich.

Ein leises Klingeln ertönte, als sich die Türen vom Aufzug öffneten. Ohne zu zögern wandte er sich ab und folgte der Musik. Immer lauter wurde sie, je näher er ihr kam.

Wenige Meter später stand er in einem großen Raum. Geradeaus war eine kleine Bühne zu sehen, auf der ein Mann und eine Frau dieses wundervolle Duett sangen. Beide saßen auf hohen Hockern und spielten auf ihren Akustikgitarren, während sie sangen. Genau Alex´ Stil.

Er lächelte zufrieden und lief auf die Bar zu seiner Rechten zu. Er bestellte sich beim Barkeeper einen Bacardi Cola und lauschte der Musik.

Alex nahm den Drink und setzte sich in einen der bequemen, roten Sessel, die überall im Raum verteilt waren. Er nahm einen Schluck vom Drink und stellte ihn danach auf den tiefgelegenen, kleinen Holztisch vor ihm. Er ließ sich in den Sessel sinken und von der Musik treiben. Auch wenn er dankbar für sein neues Leben war, vermisste er die Zeit, in der er von Ort zu Ort gereist war und seiner Leidenschaft nachgehen konnte.

Die Bühne wurde mit warmem Scheinwerferlicht beleuchtet. Auch sonst im Raum brannten nur schwache Lichter und auf den runden Holztischen flackerten kleine Teelichter vor sich hin. Er mochte diesen Ort und war froh, ihn zufällig gefunden zu haben.

Er klatschte, als der Song zu Ende war und die Sänger lächelnd in ihr Publikum blickten. Er wusste, wie sie sich fühlten. Es war ein atemberaubend schönes Gefühl, wenn Menschen Interesse an der eigenen Kunst zeigten. Sie nahmen einen Schluck Wasser und fuhren gleich mit dem nächsten Song fort.

Alex schloss seine Augen und ließ sich treiben. Seine Gedanken schweiften ab und er vergaß alles um ihn herum. Er vergaß, dass er in diesem Sessel saß und vergaß weshalb er hier war und was seine Mission war. All seine Sorgen schienen sich in Luft aufzulösen. Er fühlte sich frei und hatte das Gefühl, zu schweben. Die Melodie zeigte ihm den Weg, nahm ihn auf eine Reise mit. Sein Herz war gefüllt mit Zufriedenheit und Lebensfreude.

Er war tiefenentspannt.

Ausgerechnet dann, als er seinen innersten Ruhepol erreicht hatte und alles so einfach erschien, hörte er eine Stimme sagen: »Na, auch hier?«

Alex erschrak und wurde abrupt aus seinem friedlichen Dasein gerissen. Er zuckte zusammen und fasste sich an seine Brust. Sein Herz pochte vor Schreck.

14.

»Was ist denn mit Ihnen los?«, fragte die Frau mit dem Leo Top und lachte. Sie hatte sich auf den Sessel neben ihn gesetzt, überschlug ihre Beine und beugte sich so weit zu ihm vor, dass ihn ihr Dekolleté in voller Pracht förmlich ansprang.

Er konnte nicht anders, als hinzusehen, bevor er seinen Kopf schüttelte und seinen Blick in ihre Augen richtete.

»Gefällt Ihnen, was Sie sehen?«, fragte sie wieder mit dieser verführerischen Stimme und zwinkerte ihm zu. Ihre Augen waren schwarz umrandet und ihre vollen Lippen trugen eine anziehend rote Farbe.

»Wenn Sie die Musik meinen, dann stimme ich Ihnen vollkommen zu«, sagte Alex und richtete seinen Blick zur Bühne.

»Schlagfertig. Das mag ich«, hauchte sie und streckte ihren Fuß aus, um Alex über sein Bein zu fahren.

Dieser zuckte zusammen, zog sein Bein zurück und warf ihr einen abschätzenden Blick zu. »Suchen Sie sich einen Anderen. Ich bin vergeben.«

Die Frau lachte. »Diese Masche kenne ich. Aber das glaube ich Ihnen nicht.« Sie biss sich auf ihre Unterlippe. »Sind Sie frisch getrennt? Liebeskummer?«

Alex starrte die Frau irritiert an. »Ich bin frisch verlobt. Und jetzt lassen Sie mich bitte in Ruhe die Musik genießen. Ich danke Ihnen.«

»Verlobt!« Die Frau lachte erneut und klatschte in ihre Hände. »Ach was Sie nicht sagen. Deshalb sehe ich Sie schon den ganzen Abend allein im Hotel umherirren?«

»Haben Sie mich etwa beobachtet?«, fragte Alex entsetzt.

»Eine Raubkatze lässt nicht aus den Augen, was sie gerne vernaschen will.« Sie formte ihre Finger zu Krallen.

Alex hatte genug. Schon viel zu lange war er sitzen geblieben, doch er hatte gehofft, dass sie von selbst das Weite suchen würde.

Er griff nach seinem Drink und stand auf. »Ich wünsche Ihnen einen schönen Abend«, sagte Alex freundlich und setzte sich auf einen anderen Sessel, einige Meter entfernt von ihr.

Kaum hatte er es sich gemütlich gemacht, ertönte schon wieder dieses klickende Geräusch der High-Heels. Alex rollte genervt seine Augen und atmete tief aus, um sich nicht zu sehr aufzuregen. Er wollte bloß einen ruhigen Abend haben.

»Was stimmt nicht mit Ihnen?«, fragte die Frau nun fast etwas eingeschnappt, als sie sich vor ihn hinstellte. »Sehe ich Ihnen etwa nicht gut genug aus? Liegt es an meinem Make-Up oder stehen Sie auf längere Haare?«

Alex seufzte. »Sie sehen gut aus. Aber ich habe kein Interesse und nun akzeptieren Sie bitte meine Privatsphäre und lassen mich in Ruhe. Sie finden schon jemanden, der Ihnen die volle Aufmerksamkeit schenken wird. Da bin ich mir ziemlich sicher.« Alex pustete eine lockige Haarsträhne aus dem Gesicht und wandte den Blick von ihr ab.

»Oh mein Gott, Sie stehen nicht auf Frauen? Wie konnte ich das nur übersehen, es ist mir ja so peinlich.«

»Nein, ich …«, Alex hielt inne, denn die Frau starrte ihn gespannt an. »Ja, Sie haben recht. Es ist nun mal so, da kann man nichts ändern.« Er schluckte leer. Ihm war es unangenehm zu lügen, doch es war seine einzige Chance, dieses aufdringliche Wesen loszuwerden.

»Es tut mir leid, wissen Sie, manche Männer lieben es, wenn ich hartnäckig bleibe. Ich habe Sie falsch eingeschätzt.« Die Frau setzte sich wieder auf den Sessel neben Alex und begann zu reden. Über Gott und die Welt.

Alex strich sich mit den Händen über das Gesicht und spürte, wie sich in ihm die Wut zusammenbraute. Konnte es so schwer sein, zu verstehen, dass er einfach nur seine Ruhe haben wollte?

Doch dann geschah etwas faszinierendes. Er beobachtete die Frau, wie sie ihre Geschichten erzählte. Davon, dass sie immer für alle so sein soll, wie es den Männern gerade passte. Dass sie selbst gar nicht wisse, wer sie eigentlich war und dass sie immer wieder etwas an sich selbst fand, was noch zu verbessern wäre. Das erklärte wohl ihre unnatürlich voluminösen Lippen und ihr üppiges Dekolleté.

Alex fragte sich, weshalb sie auf einmal eine ganz andere Ausstrahlung hatte. Sie wirkte nicht mehr aufdringlich und fordernd. Sie zeigte sich verletzlich und hatte eine natürlichere Körperhaltung eingenommen. Sie zog nicht mehr angestrengt ihren Bauchnabel ein und hatte damit aufgehört ihren Busen nach vorne zu drücken. Ihre Lippen bewegten sich zwar noch immer nicht natürlich, was wohl aber eher dem Botox geschuldet war.

Ihre Augen waren wässrig. Beim genaueren hinschauen fiel ihm auf, dass sie Kontaktlinsen trug. Er hatte sich schon gefragt, wie jemand so stechend türkisfarbene Augen haben konnte. »… Verstehen Sie? Ich würde ja auch gerne einfach einmal in mich hineinfressen was ich gerne mag. Ich habe schon seit einer Ewigkeit keine Fritten mehr gegessen. Aber wissen Sie wie viele Kalorien diese Dinger haben? Da gehe ich ja schon beim bloßen Ansehen auf wie ein Muffin.«

Alex runzelte die Stirn. »Das glaube ich Ihnen nicht. Sie sind doch so schlank. Sie haben eine wunderschöne Figur.«

»Ach, das sagen Sie jetzt bloß. Das meinen Sie doch nicht ernst. Insgeheim denken Sie, dass ich hässlich und nichts wert bin.« Die Frau senkte ihren Blick und spielte mit ihren künstlichen Fingernägeln.

»Sagen die Männer Ihnen das?«, fragte Alex vorsichtig.

»Wenn es nur das wäre.« Sie hob ihren Kopf an und schaute Alex in die Augen. Ihre Schultern begannen zu zucken und über ihre Wangen flossen Tränen.

Es schmerzte ihm im Herzen, so etwas mitansehen zu müssen. Wie konnte man einen Menschen bloß so behandeln? Das schlimmste war, dass sie glaubte, was ihr gesagt wurde. Sie ließ sich zerstören und obwohl sie es bemerkte, glaubte sie, dass sie es so verdient hatte und sie daran nichts ändern konnte - es nun mal ihr Schicksal war, unglücklich zu sein und das zu tun, was andere von ihr verlangten.

Zögerlich streckte Alex seine Hand aus und strich sanft über ihre. Überrascht erhob sie ihren Blick und wischte sich die Tränen aus dem Gesicht. »Warum sind Sie nur so gut zu mir, wenn ich Sie doch so belästigt habe?«

»Nun sind Sie für mich greifbar. Ich mag Sie so viel lieber, wenn Sie nicht die … wie Sie sagen … Raubkatze sind.« Alex räusperte sich.

»Ach, was für ein Jammer, dass Sie nicht auf Frauen stehen. Aber das ist doch immer so bei den guten Männern, nicht wahr?«

»Warum glauben Sie das?«

»Nun ja. Das ist meine Erfahrung.«

Alex hielt einen Moment inne. »Darf ich fragen, wie Sie heißen?«

»Man nennt mich Kitty.«

»Ich meinte Ihren richtigen Namen. Wie heißt die Frau hinter der Fassade?«

Sie lächelte und kippte ihren Kopf leicht zur Seite. »Das hat mich schon lange niemand mehr gefragt.« Sie fasste sich an den Nacken. »Mein richtiger Name ist Milena.«

»Das ist ein wundervoller Name, Milena. Siehst du? Schon strahlst du. Ich bin übrigens Alex, freut mich.«

»Danke Alex. Ich mag dich. Dein Partner hat großes Glück dich zu haben. Wie alt bist du eigentlich, wenn ich das fragen darf?«

»Zwanzig. Und du?«

»Was? Du bist ja bloß ein Jahr älter als ich. Du bist so weise. Wie geht das?«

Alex musste schmunzeln. Er hätte ihr gerne erzählt, dass er eigentlich auf der Erde bereits vierundvierzig Jahre alt war, aber das hätte die Situation sehr unangenehm gemacht, in Anbetracht, wie jung er aussah. »Das Alter ist doch bloß eine Zahl. Es kommt auf den Menschen selbst an. Auf das Wesen.«

Er hätte ihr am liebsten gesagt, dass sie mit ihrer Make-Up-Maske fast zehn Jahre älter aussah und dass sie doch lieber auf Natürlichkeit setzen sollte - dass sie bestimmt auch ohne die ganzen Produkte wunderschön war. Doch ihm war bewusst, dass man einer Frau niemals sagen durfte, dass sie alt aussah. Das war eines der obersten Gebote, die ihm sein Vater früher beigebracht hatte.

»Da hast du wohl recht«, sagte Milena nachdenklich und ließ sich in den Sessel sinken. Sie seufzte.

Alex nutzte die Schweigepause und lauschte der Musik. Es war ein Song, den er nicht kannte. Doch er liebte ihn. Gefühlvoll und kräftig.

»Schon traurig, was mit unserem Planeten vor sich geht, nicht?«, fragte Milena plötzlich.

Alex nickte. »Du sagst es. Ich würde vieles dafür geben, dass unser Planet wieder so wie früher wird. Schade, dass es die Menschheit nicht schafft, auf unsere Mutter Erde achtzugeben.«

»Nur ist dies nicht unser einziges Problem.«

»Was meinst du damit?«

Milena räusperte sich und ließ ihre Schultern fallen. Es schien, als hätte sie etwas gesagt, dass sie nicht hätte erzählen dürfen. Sie begann plötzlich zu kichern und sagte hastig: »Ach, vergiss es. Das war nur dummes Gerede von mir.«

»Nein, mich interessiert, was du sagen wolltest. Erzähl weiter.« Sein Herz pochte schneller. Er war nervös, da er spürte, dass sie etwas wusste, was ihm verborgen war.

Hastig schaute sie nach rechts und links und beugte sich dann zu seinem Ohr. »Du darfst das aber niemandem erzählen«, flüsterte sie.

Er nickte und versicherte ihr, dass ihr Geheimnis bei ihm sicher war.

»Ich hatte da so einen Typen. Vor ein paar Wochen. Ich bin mit ihm auf sein Zimmer gegangen und er wollte, dass ich … ach halb so wichtig. Jedenfalls klopfte es plötzlich an der Tür. Da war ein Mann und die haben miteinander gesprochen. Ich konnte nicht alles verstehen, aber die Diskussion wurde recht hitzig.« Erneut schaute sie sich um. »Sie sprachen über Brände, die sie legen müssten. Dass ihr Boss sauer wäre, weil sie zu langsam arbeiten würden. Ich hatte den Zusammenhang nicht verstanden. Aber eine Woche später standen unzählige Wälder hier in der Umgebung in Flammen. Zuerst dachte ich, das müsste ein Zufall sein. Aber … was, wenn nicht?« Sie starrte Alex tief in die Augen. Es war klar zu erkennen, dass sie seine Reaktion abwartete.

Es traf ihn der Schlag. An das hatte er noch gar nicht gedacht. Konnte es sein, dass sie recht hatte? »Und ... du bist dir ganz sicher, dass sie das so gesagt haben?«

Sie nickte hastig. »Definitiv. Das ist einer der wenigen Vorteile, wenn man im Schlafzimmer dieser Männer ist. Du kriegst alles mit. Die vergessen, dass du anwesend bist. Oder sie denken, dass du dumm bist und sowieso nicht kapieren würdest, von was sie sprechen. Glaubst du mir?«

Alex strich sanft über ihren Arm. »Ich glaube dir, Milena. Weißt du zufälligerweise für welche Firma diese Männer arbeiten?«

Es fühlte sich an, als würde ihn ihr Blick durchbohren. Endlich konnte sie loswerden, was ihr schon die ganze Zeit auf der Zunge brannte. »Das ist es ja gerade. Sie arbeiten für Planet-B-Industries.«

Sein Herz pochte und es fühlte sich an, als würde es jeden Moment aus seiner Brust springen. Hastig breitete er seine Arme aus und schloss Milena in eine Umarmung.

»Ich danke dir«, flüsterte er.

SURI

Suri starrte auf den Bildschirm. Ein Video lief und die Frauenstimme setzte ihre Rede fort: »Unser wundervoller Planet Erde existiert Schätzungen zufolge bereits 4,6 Milliarden Jahre. Seit jeher wurde die Menschheit auf die Probe gestellt. Seien es Raubtiere, Seuchen, Kriege oder gar Eiszeiten gewesen, der Mensch fand bislang immer einen Weg, seine Existenz zu bewahren. Doch wird er es auch in Zukunft schaffen? Unser Planet wird stetig wärmer. Gletscher schmelzen, wodurch der Meeresspiegel ansteigt. Inseln drohen überschwemmt zu werden, was das Leben unzähliger Menschen auslöschen würde.«

Suri hielt sich die Hände vor ihren Mund und sog jedes einzelne gesagte Wort in sich auf.

»Was können wir dagegen tun? Wir von Planet-B-Industries haben eine Vision. Wir suchen einen neuen Planeten für uns alle. Doch damit unsere Forschung finanziert werden kann, sind wir auf Ihre Spenden angewiesen. Sorgen Sie sich um die Zukunft Ihrer Enkelkinder? Spenden Sie. Droht Ihre geliebte Heimat überschwemmt zu werden? Spenden Sie! Jede Spende hilft Leben zu retten. Schenken Sie uns Ihr Vertrauen. Gemeinsam für Planet-B-Industries, gemeinsam für die Zukunft.«

Wie schrecklich. Ich wusste ja gar nicht, dass es der Erde so schlecht geht. Warum haben mir das Liv und Otis nie erzählt?

»Hat Ihnen unser Video gefallen?«

Suri zuckte zusammen, als die Männerstimme ertönte. Der Kopf des Mannes, welcher sie hierhergebracht hatte, war auf dem Bildschirm zu sehen.

»Sprechen … Sie mit mir?«, fragte Suri perplex.

»Aber natürlich.«

Suri schüttelte den Kopf und stotterte: »Sie … hören mich? Wie geht das?« Mit gerunzelter Stirn trat sie näher an den Bildschirm heran und klopfte an die Scheibe. *Ist er in der Wand eingesperrt?*

Der Mann lachte und schob seine randlose Brille hoch, die ihm auf der Nase runtergerutscht war. »Ich erwarte Sie unten. Die Zimmertür ist nun geöffnet. Zwei Männer werden Sie zu mir führen.« Er lächelte und eine Sekunde später verschwand er auf der Bildfläche.

Suri starrte einen Moment auf die schwarze Scheibe, bis sie ihren Kopf schüttelte und zögerlich zur Zimmertür lief. Diese, welche noch bis vor kurzem verschlossen war.

Langsam drückte sie die Türklinke nach unten, worauf ein klickendes Geräusch ertönte. Automatisch schob sich die Tür zur Seite und verschwand in der Wand. Verwundert schaute sie der Tür hinterher und fragte sich, wo diese nun hingewandert war.

Wie angekündigt, standen zwei Männer vor ihrem Zimmer. Beide in einem silbernen Anzug gekleidet. Sie lächelten freundlich und baten Suri, ihnen zu folgen.

Sie schaute sich verblüfft um. Der Gang schien unendlich lang zu sein und erinnerte an einen Tunnel. Der Boden, in Eierschalenfarbe, war spiegelglatt und die gewölbten Wände sahen aus wie zerknitterte Alufolie. Von der Decke hingen in regelmäßigen Abständen spiralförmige Leuchten, die ein grelles Licht ausstrahlten. Am Ende des Ganges war schließlich ein riesiger Fahrstuhl zu sehen.

Als Suri mit den beiden Männern einstieg, sprang sie sofort an die Scheibe, durch die sie auf einen riesigen Saal mit unzähligen, arbeitenden Menschen schauen konnte. Die Menschen saßen vor ihren Monitoren und tippten in rasendem Tempo auf der Tastatur umher. In der Mitte des Saales stand ein weißes, pompöses Tor aus Stein, auf dem in blauem Schriftzug groß *Planet-B-Industries* stand. Vom Bogen des Tores sprudelte Wasser in ein Becken. Im Becken, rings um das Tor herum, ragten graue Felsen in die Höhe.

»Was bedeutet dieses Tor?«, fragte Suri die Männer.

Beide standen mit dem Rücken zu ihr und hatten ihre Arme vor der Brust verschränkt. Der eine wandte sich zu ihr um. Sein Haar war kurz geschoren und das linke Ohr verkabelt.

»Das ist das Tor zur Zukunft«, sagte er mit tiefer Stimme und nahm dann wieder seine ursprüngliche Position ein.

Suri stieß einen beeindruckten Laut aus. Sie fuhren an dem Raum vorbei, in eine tiefere Etage. Der nächste Saal war genauso groß und hell, doch statt Tischen waren riesige Roboter zu sehen, die selbstständig irgendetwas bauten. Suri wusste nicht, was es war. Sie konnte es nicht erkennen, obwohl sie angestrengt ihre Augen zusammenkniff.

Der Fahrstuhl kam auf dieser Etage zum Stillstand und Suri folgte den beiden Männern. Einer lief links, der andere rechts von ihr. Beide breitschultrig und mit einem ernsten Gesichtsausdruck. Suri musste aufpassen, dass sie nicht kicherte.

Sie gingen auf ein Sitzungszimmer zu, in das man durch die Glasscheiben hineinschauen konnte. Es befand sich nur jemand im Zimmer. Der eine Sicherheitsmann klopfte an die Tür, worauf sich diese automatisch öffnete.

Zögerlich trat Suri ein.

»Da sind Sie ja schon«, sagte der Mann mit den grünen Augen. Mit einem breiten Grinsen auf den Lippen und geweiteten Armen, kam er auf sie zu.

»Warum bin ich hier? Sie wollten mich doch eigentlich zu Tom Parker bringen.«

»Ich weiß. Setzen Sie sich doch erst einmal und dann erkläre ich Ihnen alles in Ruhe«, sagte der Mann und bat ihr einen Stuhl an. Suri setzte sich und schaute ihm mit weit aufgerissenen Augen tief in seine. Er hatte sich auch wieder gesetzt und legte seine Brille zur Seite.

»Als ich Sie in dieser Bar getroffen habe, kam mir eine Idee. Bitte entschuldigen Sie mich, dass ich Sie angelogen habe, das war nicht korrekt von mir. Aber Sie waren ziemlich betrunken und mir war nicht klar, wieviel Sie in diesem Zustand noch verstehen würden, denn die Lage ist ernst.« Er hielt kurz inne und musterte Suri von oben bis unten. »Kann ich Ihnen vertrauen?«

»Aber natürlich können Sie das«, sagte Suri wie aus der Pistole geschossen. Sie fragte sich, was der Mann von ihr wollte.

Dieser atmete erleichtert aus. »Schön«, er räusperte sich. »Wie Sie im Video gesehen haben, steht es um unsere Erde nicht besonders gut. Wir sind dringend auf einen neuen Heimatplaneten angewiesen. Als ich vor zweiundzwanzig Jahren das Ereignis in Rom im Fernsehen verfolgt habe, weckte dies Hoffnung in mir. Hoffnung, meine Vision eines Tages in die Realität umsetzen zu können. Und nun sitzen Sie hier bei mir.«

Suri lächelte. Es freute sie, dass sie ihm helfen konnte. Doch wie denn eigentlich? Und warum genau sie? »Sie hätten doch meine Tochter kontaktieren können, nicht wahr? Sie hätte Ihnen bei Ihrem guten Vorhaben bestimmt geholfen. Sie hat ein gutes Herz.«

»Bestimmt.« Der Mann nickte. »Ich hatte es versucht, glauben Sie mir. Aber an diese Familie ist es sehr schwer heranzukommen. Meist habe ich erst mitgekriegt, dass sie auf der Erde war, als sie bereits wieder fort war.«

»Verstehe«, nuschelte Suri. Irgendetwas schien ihr merkwürdig, doch sie wusste nicht was. Vielleicht lag es daran, dass es einfach noch viel zu viele neue Informationen und Eindrücke waren, die auf sie einprasselten oder es lag an dem Mann. Etwas in seinen Augen war anders, als bei den Menschen, die sie bislang getroffen hatte. Doch sie wusste nicht was es war. Bloß so ein Gefühl.

»Wie heißen Sie eigentlich?«, fragte Suri nach einer kurzen Schweigepause. Sie wollte wissen, mit wem sie es zu tun hatte, wenn sie über ihren geliebten Planeten sprach.

»Entschuldigen Sie mich, ich habe mich ja noch gar nicht vorgestellt.« Sofort sprang der Mann von seinem Stuhl auf und reichte ihr seine Hand. »Man nennt mich Mr. Hope. Weil ich Hoffnung schenke. Eigentlich würde dieser Name aber noch viel besser zu Ihnen passen, da dank Ihnen die Hoffnung nun endlich eine Chance hat.«

Suri strahlte, während sie seine Hand schüttelte. Sie war geschmeichelt und ihre Kiemen flatterten. *Wahrscheinlich liege ich falsch. Er scheint ganz nett zu sein.* »Was für eine Ehre, Mr. Hope. Ich helfe gerne, wenn ich dazu in der Lage bin.«

»Und wie Sie das sind. Es freut mich, dass Sie das sagen. Ich habe Sie anscheinend richtig eingeschätzt.« Er neigte seinen Kopf leicht zur Seite und betrachtete sie einen Moment lang. Wahrscheinlich musste er sich erst noch an ihren Anblick gewöhnen. Schließlich hatte er noch nie zuvor mit einer Beola gesprochen und im Fernsehen waren die Wesen nicht greifbar. Doch nun, als sie ihm gegenübersaß, konnte er ihre positive Energie spüren. Er konnte fühlen, dass sie ein reines Herz hatte. Sie strahlte eine Kraft aus, ohne dass ihr dies bewusst wäre, was ihn umso mehr beeindruckte.

»Was wollen Sie denn wissen?«, fragte Suri aufgeweckt. Ihre unzähligen, kleinen Zöpfe wackelten hin und her, wenn sie ihren Kopf bewegte.

»Als erstes möchte ich gerne wissen, wie es dort aussieht.«

Suri erzählte ihm von den vielen Wäldern mit den unzähligen Tierarten, von den glasklaren Seen, dem blauen Vogel und dem *Gesang der Götter*. Sie erzählte von den riesigen Städten und dem atemberaubend schönen, goldenen Palast, in dem sie seit neuestem lebte. »Da gibt es einen Palast?«, hatte Mr. Hope erstaunt gefragt. »Und wissen Sie, wo sich der Planet befindet?«

Suri lachte laut auf und sagte: »Na, im Universum, Mr. Hope. Genau wie die Erde.«

Er musste schmunzeln. »Das hatte ich vermutet. Aber wo genau? Könnten Sie mir den Planeten auf einer Karte zeigen?«

Suri lachte erneut. »Sie sind witzig. Ist ja nicht so, dass das Universum unendlich ist.« Sie wischte sich eine Träne unter ihrem Auge weg. So sehr musste sie lachen.

Mr. Hope lachte. Aber anders als Suri. Sie lachte von Herzen, er hingegen bloß, um seine Enttäuschung zu überspielen. Er hatte gehofft, dass sie ihm eine Spur legen könnte. Doch er tappte noch immer im Dunkeln. »Natürlich. Das Universum ist unendlich, wunderschön und wir werden wohl nie alle Geheimnisse lüften können, die es verbirgt. Doch wo Ihr geliebter Heimatplanet ist, müssten Sie doch wissen, oder?« Er zwinkerte ihr zu, wollte es mit einer anderen Masche versuchen. Er wollte kumpelhaft rüberkommen und ihr signalisieren, dass sie ihm alles anvertrauen konnte.

»Mr. Hope, ich weiß wirklich nicht, wo sich Beolania befindet. Ich würde es Ihnen sagen, wenn ich es wüsste.« Ihre Stimme war so unschuldig und liebevoll, dass er ihr glauben musste.

»Gut, liebe Suri. Aber verraten Sie mir eins: Wie sind Sie hierhergekommen? Wenn Sie doch den Weg hierher finden konnten, müssten Sie doch auch den Rückweg kennen?«

Suri schluckte geräuschlos. Lächelte. *Sollte ich ihm von dem Stein erzählen? Wäre Liv dann nicht sauer auf mich? Was, wenn der*

Stein verloren geht? Ich wäre für immer hier gefangen und sie könnte nicht mehr zurück. Das kann ich nicht aufs Spiel setzen.

»Das … habe ich wohl vergessen.« Sie fasste sich an die verletzte Stelle an der Nase. »Wahrscheinlich … weil der Schlag so stark war.« Noch nie zuvor hatte Suri gelogen. Sie wusste gar nicht, dass sie das konnte. Es fühlte sich grauenhaft an und sie hatte einen Kloß im Hals, doch merkwürdigerweise erschien es ihr in diesem Moment trotz all ihren Glaubenssätzen, die sie normalerweise vom Lügen abgehalten hätten, für richtig.

Einen winzig kleinen Moment konnte sie in seinem Gesicht ein Zucken entdecken. Eine Mimik, die ihr signalisierte, dass er eine andere Antwort erhofft hatte. »Haben Sie noch starke Schmerzen?«, fragte er besorgt, um seine Enttäuschung zu überspielen.

»Bis vorhin ging es, aber ich muss mich wohl etwas ausruhen«, log Suri. Schon wieder. »Wahrscheinlich war das gerade etwas viel. Ich hoffe, ich konnte Ihnen mit den Informationen weiterhelfen.«

»Natürlich. Die Herren bringen Sie wieder auf Ihr Zimmer, dort können Sie sich ausruhen. Wir werden uns morgen wieder sprechen.«

»Morgen? Aber … ich muss zu Tom. Ich habe ihm …«

Mr. Hope fiel ihr ins Wort: »Das ist bereits geregelt. Ich habe ihn angerufen und ihm Bescheid gegeben, dass Sie eine Weile hierbleiben.«

Suri runzelte die Stirn. »Wie lange bleibe ich denn hier?«

»Solange, bis wir gemeinsam einen Weg gefunden haben, die Erde vor dem Untergang zu bewahren«, sagte er und lächelte. Er wusste, dass er sie liebevoll behandeln musste, um zu ihr durchdringen zu können.

»Und für Tom ist das wirklich in Ordnung?«

»Alles geregelt«, beruhigte er sie. Suri konnte es kaum glauben, doch wenn Tom wusste, dass es für einen guten Zweck war und sie der Erde helfen würde, hatte er seine Meinung bezüglich ihrer Rückreise vielleicht geändert.

Vor dem Sitzungszimmer standen noch immer die beiden Sicherheitsmänner. Von ihnen wurde sie zurück auf ihr Zimmer begleitet.

15.

Suri verbrachte den Rest des Tages im Zimmer. Sie begutachtete die Bar mit den unzähligen Drinks, an denen sie neugierig roch und dann die Flasche sofort wieder verschloss, da sie für den Moment genug von Alkohol gehabt hatte. Es interessierte sie, was all die Knöpfe zu bedeuten hatten, welche überall im Zimmer verteilt waren. Jeden einzelnen probierte sie aus. Der eine war für Musik, ein anderer für eine Discokugel, die aus der Decke gefahren kam, und wiederum ein anderer für die Fensterläden und das Licht. Suri hatte ihren Spaß.

Es dämmerte allmählich, sie saß gerade am Klavier und versuchte sich an einem Lied, als eine Stimme durch die Lautsprecher in ihrem Zimmer ertönte. Es war die von Mr. Hope. »Suri, Sie werden in einer halben Stunde für das Abendessen abgeholt. Ziehen Sie sich etwas Schönes an, ich habe Ihnen einige Teile in Ihren Kleiderschrank legen lassen. Bis später, ich freue mich auf Sie.«

Sofort nahm sie ihre Finger von den Klaviertasten und machte sich auf die Suche nach dem Kleiderschrank. Sie fand ihn schneller als gedacht, denn er befand sich direkt neben ihrem Bett.

Erst als sie sich in der Spiegeltür des Schranks begutachtete, fiel ihr auf, dass sie noch immer die gelbe Yoga-Hose und das Shirt mit der Aufschrift *it´s a beautiful day* trug. Suri war sich noch nicht sicher, ob es wirklich so ein wunderschöner Tag war, wie es ihr das Shirt weis machen wollte. Schließlich hatte sie ein Versprechen gebrochen, war in eine Schlägerei geraten und wurde entführt. Das einzige positive war, dass sie Teil von etwas Großem sein konnte.

Gespannt öffnete sie den Kleiderschrank und stöberte durch die Klamotten. In den Fächern lagen T-Shirts und Hosen, an der Stange hingen lange Kleider. Sie entschied sich für ein olivgrünes Kleid, das im Brustbereich eng saß und dann mit einem fließenden Stoff bis zum Boden reichte. Sie mochte dieses Kleid, denn es erinnerte sie an dieses, welches sie am Tag zuvor getragen hatte. Jenes von Beolania.

Das einzige Problem war, dass man den Stein an ihrer Halskette durch das Kleid ziemlich gut sehen konnte. Sie überlegte hin und her, fragte sich, ob sie den Stein lieber im Zimmer lassen sollte, doch entschied sich schließlich dagegen. Sie wusste nicht, wer alles Zugang zu ihrem Zimmer hatte und sie wollte nicht riskieren, dass plötzlich jemand im Schlafgemach von Liv und Otis stehen würde. Deshalb entschied sie sich dafür, die Kette um ihren Bauch zu binden. Dort konnte ihn niemand sehen und er war immer bei ihr.

Die Sicherheitsmänner führten Sie durch das Gebäude und fuhren dann mit dem Lift in den obersten Stock. Als sie aus dem Fahrstuhl ausstiegen, standen sie mitten in einem riesigen Saal mit unzähligen Menschen, die an großen, runden Tischen saßen. Kaum wurde sie entdeckt, verstummten die lebhaften Konversationen.

Einen Moment lang herrschte absolute Stille, nur vereinzelt hörte man jemanden flüstern.

Suri stand wie erstarrt da, wusste nicht, wie sie reagieren sollte. Einmal mehr fühlte sie sich wie eine Außerirdische – gut, das war sie ja eigentlich auch.

»Begrüßen Sie unseren Gast!«, sagte Mr. Hope und durchbrach somit die unangenehme Stille. Er stand auf einer Tribüne und hielt ein Mikrofon in der Hand. »Kommen Sie zu mir, Suri. Bloß nicht so schüchtern, wir beißen nicht«, rief er mit einem breiten Grinsen im Gesicht.

Suri blickte zu den beiden Sicherheitsmännern, die ihr zunickten und somit signalisierten, dass sie zu ihm gehen dürfe. Zögerlich setzte sie einen Fuß vor den andern. Die Menschen starrten sie noch immer beeindruckt an, als sie an ihnen vorbei ging.

»Haben Sie denn nicht gesehen, dass ich Ihnen Schuhe bereitgelegt habe?«, fragte Mr. Hope flüsternd, als sie mit nackten Füßen die Tribüne betrat.

»Beolas tragen keine Schuhe. Ist viel gesünder für die Füße und sie fühlen sich mit der Natur verbunden. Müssen Sie auch einmal ausprobieren.«

»Später vielleicht«, er räusperte sich und setzte wieder das Mikrofon vor seinen Mund. »Suri, das alles sind meine Mitarbeiter. Unser aller Ziel ist es, der Menschheit einen neuen Heimatplaneten zu bieten, bevor unserer untergeht. Wir berechnen die Überlebenschancen auf anderen Planeten, suchen Orte im Universum, die für uns Menschen geeignet wären und tüfteln an Raumschiffen, um die Umsiedlung durchführen zu können. Und nun haben wir Sie an Bord. Schauen Sie sich all diese Menschen an. Sie alle sind auf Ihre Hilfe angewiesen und in diesem Raum sitzt nur ein Bruchteil der gesamten Menschheit. So vielen Menschen können Sie helfen – so viele werden Ihnen dankbar sein. Sie gehen in die Geschichte ein, liebe Suri.«

Die Menschen begannen zu applaudieren, der Applaus wurde immer lauter. Sie pfiffen und riefen Suri zu, dass sie ihre Erlösung sei.

Sie musste lächeln. Ihre einzige Absicht auf die Erde zu kommen, war gewesen, die Eltern von Leona kennenzulernen und vielleicht etwas dazu beitragen zu können, dass sich die beiden Welten vereinen ließen. Niemals hätte sie gedacht, dass sie in so kurzer Zeit, Teil einer solch großen Bewegung werden könnte. Es war unbeschreiblich. Zuhause war sie bloß Suri, hier war sie mehr als das.

Hier symbolisierte sie Hoffnung.

OTIS

»Das hat sie wirklich gesagt?«, fragte Aaron erstaunt, während er bereits eine halbe Ewigkeit seine Gabel in die Spaghetti drehte.

Sie saßen in der Kantine des Altersheims an einem kleinen Tisch am Fenster. Ava und Aaron bevorzugten diesen Platz, da sie so für sich allein sein konnten. Die anderen Tische standen näher bei einander, wobei sie gezwungen gewesen wären, mit den anderen Menschen zu kommunizieren. Zu Beginn hatten sie es versucht, doch schon bald hatten sie die Geduld verloren. Die meisten Menschen wiederholten sich immer und immer wieder oder erzählten bloß davon, wie schlecht es ihnen doch ginge und dass früher alles besser war. Dafür hatten sie keinen Nerv. Umso dankbarer waren sie, dass ihnen an jenem Abend Alex Gesellschaft leistete.

»Ja, glaubt mir«, versicherte ihnen Alex.

»Aber was soll das bewirken? Die Erde hat es doch schon schwer genug. Weshalb dann noch mit Absicht Brände legen?«, fragte Ava. Sie war entsetzt von dieser Nachricht.

Alex zuckte mit den Schultern. »Vielleicht dient es zur Einschüchterung. Niemand weiß, dass diese Brände mit Absicht gelegt werden. Wir alle denken, das passiert aufgrund der hohen Temperaturen und der trockenen Böden. Da reicht ein kleiner Funke aus, um den ganzen Wald zum Glühen zu bringen.«

»Du meinst, es könnte sein, dass Planet-B-Industries die Menschen dazu zwingen möchte, ihnen zu glauben?«, fragte Aaron und legte seine Gabel in den Teller, ohne einen Bissen gekostet zu haben. Ihm war der Appetit vergangen.

»Ihr sagtet doch selbst, dass diese Firma bloß Profit aus der ganzen Sache schlagen möchte«, sagte Alex und beugte sich über seinen Teller, damit ihn die beiden besser verstehen konnten. »Ich habe mich über die Firma schlau gemacht. Vor zwei Jahren machten sie Spendenaufrufe und sprachen davon, dass die Gletscher schmelzen und der Meeresspiegel ansteigen würde. Die Menschen spendeten unheimlich viel Geld, doch dann schienen sie die Bedrohung wieder vergessen zu haben und die Einnahmen halbierten sich. Die Gletscher sieht man schließlich nicht jeden Tag, da musste schon eine größere Bedrohung her, eine, die den eigenen Lebensraum gefährdet. Da ist es naheliegend, dass sie Brände legen. Schließlich sind nun die ersten Raumschiffe in Prüfphase. Das kann doch kein Zufall sein, findet ihr nicht auch?«

Ava legte ihre Hand auf die von Alex. »Du bist ein intelligenter Mann. Ich befürchte, mit dieser Vermutung könntest du nicht einmal so falsch liegen.«

»Da hast du recht«, sagte Aaron, dessen Augen vor Aufregung weit aufgerissen waren. »Und da kommen wir schon zu meiner Idee, die ich euch gestern mitteilen wollte. Wir waren uns einig, dass wir etwas unternehmen müssen. Zwar wissen wir noch immer nicht, ob diese Saftsäcke wirklich in der Lage wären unser geliebtes Beolania zu besiedeln, doch ich traue denen alles zu und wir müssen alles daransetzen, dass es nicht so weit kommen kann. Wir wollen nach Los Angeles, zu Planet-B-Industries. Ob sich Tom dort aufhält, wissen wir nicht, aber das müssen wir ausfindig machen, wenn wir vor Ort sind. Als erstes muss uns Alex zum Flughafen fahren.«

»Ich … habe aber keinen Wagen und ihr könnt nicht einfach so hier rausspazieren und für mehrere Tage verreisen, da bin ich mir ziemlich sicher. Die lassen euch nicht gehen.« Alex war sichtlich verwirrt und wusste nicht, wie sich Aaron das Ganze genau vorstellte.

Aaron schwieg, nahm dann doch einen Bissen Spaghetti und kaute genüsslich darauf rum. Ein Schmunzeln zierte sein Gesicht. Er warf Ava einen verschmitzten Blick zu, woraufhin sie zu lächeln begann.

»Was habt ihr denn jetzt schon wieder hinter meinem Rücken geplant? Werde ich vielleicht auch noch eingeweiht?«

»Ich habe auf deinen Namen einen Wagen reservieren lassen. Du bleibst doch noch eine Nacht im Hotel, oder?«, fragte Aaron.

Alex nickte zögerlich. Er hatte um eine Nacht verlängert.

»Hervorragend. Morgen um zehn Uhr wird dir der Wagen zum Hotel gebracht. Fahr zu uns, sag beim Empfang, dass du uns abholen kommst und dass wir einen kleinen Ausflug machen würden. Die nette Dame weiß Bescheid. Ich habe das geregelt.«

»Okay … und dann fahren wir einfach zum Flughafen? Wir brauchen doch noch Pässe.«

»Mein lieber Alex«, sagte Ava sanft. »Mach dir deswegen keinen Kopf. Fahr einfach zu uns. Um den Rest kümmern wir uns, ja?«

Alex seufzte. Er hasste es, wenn er nicht wusste, was Sache war. Der Plan bereitete ihm Bauchschmerzen. *Das kann ja nur schieflaufen.*

16.

Als Alex die Lobby betrat, grinste ihn der Mann am Empfang freundlich an. »Na, hatten Sie einen netten Ausflug?«

»Ja, danke der Nachfrage.« Alex lächelte müde.

»Sehr schön. Ich wünsche Ihnen einen angenehmen, letzten Abend in unserem Hause.«

»Das werde ich haben. Ich würde gerne länger hierbleiben.«

»Dann tun Sie es doch.« Der Mann im Zirkuskittel zuckte mit den Schultern und zog seine Augenbrauen hoch.

»Das würde ich wirklich sehr gerne«, sagte Alex und lief an ihm vorbei, in Richtung Fahrstuhl. »Aber die Pflicht ruft.«

»Diese Pflicht ist eine Spaßbremse, nicht wahr?«

»Sie sagen es«, sagte Alex lachend und winkte ihm zu.

Als die Fahrstuhltür mit einem »Ping« öffnete, prallte er mit einer Frau zusammen, die gerade aussteigen wollte. »Hi Milena!« Alex war erfreut sie zu sehen, doch sie schien es eilig zu haben.

»Hallo Alex«, sagte sie nur beiläufig, blickte zu Boden und wollte an ihm vorbeiziehen.

Alex hielt sie sanft an der Hand fest. »Alles in Ordnung?«

»Ja. Alles bestens, Alex. Ich muss los«, nuschelte sie, ohne ihn auch nur einmal anzusehen. Ihr Haar bedeckte das Gesicht. Sie trug ein sehr eng geschnittenes, rotes Kleid und High-Heels in derselben Farbe. Dazu trug sie Netz-Strumpfhosen.

»Hey, schau mich an«, sagte er sanft, da er spürte, dass sie etwas von ihm zu verbergen versuchte.

Zögerlich hob sie ihren Kopf und schaute ihn an. Ihr rechtes Auge war kleiner als das linke und durch die dicke Make-Up Schicht blitzte ein blauer Bluterguss.

»Milena. Wer zum Teufel hat dir das angetan?« Alex war fassungslos und musterte sie besorgt. Sie sah kraftlos aus.

»Ich darf nicht mit dir sprechen«, flüsterte sie. Ihre Stimme klang kratzig.

»Geht es um unser Gespräch von gestern? Hat jemand Wind davon bekommen?«, hakte Alex nach.

Milena wich ihm mit ihrem Blick aus. Die Fahrstuhltüren hatten sich inzwischen wieder geschlossen. »Sie mögen es nicht, wenn ich auf der Arbeit nur rede und nichts dabei rausspringt.«

»Kitty!«, brüllte eine dominante Männerstimme.

Milena zuckte sofort zusammen. »Ich muss los«, sagte sie mit zittriger Stimme und löste sich von der Berührung mit Alex.

»Kann ich dir irgendwie helfen?«, fragte Alex hastig und kramte in seiner Hosentasche, um nach dem Portemonnaie zu greifen. Er kam sich zwar bescheuert dabei vor, doch wenn sie in Schwierigkeiten steckte, weil er nicht bezahlt hatte, würde er es ihr zuliebe machen. Hauptsache, ihr wurde nichts angetan. Doch sie schüttelte den Kopf und gab ihm mit einer Handgeste zu verstehen, dass er seine Geldbörse dalassen sollte, wo sie war.

In diesem Moment kam ein Mann um die Ecke. »Kitty, verdammt, wo treibst du dich so lange rum?« Der Mann war riesig, breit gebaut und trug ein seidenes, auffällig gemustertes Hemd. Um seinen kräftigen Hals trug er eine breite Goldkette und seine Wurstfinger waren mit massiven Ringen übersät.

»Ich komme ja schon, Wladimir«, hauchte sie und stöckelte auf ihn zu. Sie schmiegte sich an seine Brust und er griff grob in ihr Haar. Es schmerzte sie, das konnte Alex sehen, doch Milena biss sich auf die Zähne.

»Wer ist das?«, fragte Wladimir forsch und deutete auf Alex.

»Ich weiß nicht«, hauchte sie.

Er zog sie an den Haaren nach hinten, sodass sie ihm in die Augen blickte. Sie zuckte vor Schmerz zusammen. »Belüg mich nicht, Miststück.«

»Ey, sprechen Sie nicht so mit ihr!«, befahl ihm Alex. Er konnte nicht weiter nur dastehen und zusehen.

Der Mann lachte und sagte mit russischem Akzent: »Du hast mir gar nichts zu sagen, Kleiner. Das ist meine Tussi und ich kann mit ihr machen was ich will, solange ich will. Verstanden?«

Alex schluckte, sein Herz pochte und er wusste nicht, was er tun sollte. Er hatte keine Chance gegen diesen Bären von Mann. »Ganz ruhig. Lassen Sie sie doch bitte los. Sie tun ihr weh.«

»Kitty, tu ich dir weh?« Wladimir zog erneut an ihren Haaren und starrte ihr mit dominantem Blick in die Augen.

»Nein«, winselte sie.

»Und kennst du diesen Mann?«

»Nein. Er hat mich bloß nach meiner Nummer gefragt. Ich sagte ihm, dass ich zu dir gehöre.«

»Lügst du mich an, Miststück?«, hakte er nach.

»Das würde ich nie tun, Wladimir. Glaub mir. Ich kenne diesen Mann nicht.«

Hätte Alex nicht die Wahrheit gekannt, hätte er ihr geglaubt. Sie war eine ausgezeichnete Schauspielerin.

Wladimir schaute zu Alex. »Na, worauf wartest du noch. Verschwinde und quatsche meine Tussi nicht wieder an, ja? Sonst lernst du mich erst richtig kennen.« Seine Stimme klang drohend und Alex war bewusst, dass er mit dem Feuer spielte. Milena warf ihm einen unauffälligen Blick zu, der ihm sagte, dass er auf der Stelle verschwinden sollte. Zwar wollte er Milena nicht allein mit diesem Mann lassen, doch ihm wurde klar, dass er ihr mehr schaden als helfen würde, wenn er sich querstellte. Also hob er versöhnend seine Hände in die Luft, entschuldigte sich für sein vermeintliches Fehlverhalten und stieg in den Aufzug.

Hoffentlich tut er ihr nicht wieder weh, dachte Alex, während er in sein Stockwerk fuhr. Ihm war bewusst, dass er sich mit dieser Hoffnung bloß selbst etwas vormachte. Sie war ein guter Mensch und hatte es nicht verdient so behandelt zu werden. Gleich als er im Hotelzimmer angekommen war, informierte er das Sicherheitspersonal des Hotels, dass eine Frau geschlagen wurde. Sie versicherten ihm, sich um das Problem zu kümmern.

Gerade, als Alex am nächsten Morgen das Hotel verlassen wollte, rief ihn der Mann an der Rezeption zu sich. Er reichte ihm einen Zettel. »Der Mann wurde wegen Körperverletzung verhaftet. Danke, dass Sie nicht weggeschaut haben.«

Alex nickte. Ihm fiel ein Stein vom Herzen und griff nach dem Stück Papier. Er hatte sich schon Vorwürfe gemacht, nicht ausreichend gehandelt zu haben.

»Auf Wiedersehen!«, rief er dem Mann beim Verlassen des Hotels zu.

Wie angekündigt, wartete ein Wagen vor dem Eingang auf ihn.

»Herr Kunz«, sagte der Mann, welcher ihm den Autoschlüssel und einen weißen Umschlag entgegenstreckte. Der Mann hatte kurzgeschorenes Haar, trug eine Baseballmütze und eine Sonnenbrille. »Ihr Wagen.«

»Moment, ich bin nicht Herr …«, Alex konnte nicht fertig sprechen, denn der Mann war wohl in Eile und rannte über die Straße.

Was war denn das bitte, dachte Alex und setzte sich nach kurzem Zögern in den Wagen. Mit gerunzelter Stirn öffnete er den Umschlag. *Was da wohl drin ist?* Alex war baff, als er den Inhalt erkannte. Ein Schweizer Pass. Mit einem Foto von ihm und falschem Namen: Jonathan Kunz. Alex war weniger darüber irritiert, dass er seiner Meinung nach nicht nach einem Jonathan aussah – obwohl, wie sah denn ein Jonathan aus? – mehr fragte er sich, was das sollte. Aaron hatte was von einem Pass gesagt, aber dass er dies so schnell auf die Reihe gekriegt hat? Und warum konnte er ihm den Pass nicht einfach persönlich überreichen und es nicht so mysteriös gestalten?

Alex schüttelte den Kopf und startete den Motor. Den Brief von Milena faltete er ein paarmal und steckte sich ihn in die Hosentasche. Es herrschte eine höllische Hitze und das Steuer glühte. Eine Schweißperle kullerte über seine Stirn. Er konnte nicht länger stillstehen.

Alex fuhr in die Einfahrt des Altersheims. Kaum trat er ein, vernahm er ein angenehmes, kühles Lüftchen. »Haben Sie die Klimaanlage reparieren lassen?«, fragte Alex erfreut.

Die nette Dame am Empfang lächelte ihn an und nahm ihre Lesebrille von der Nase. »Ja. Nun ist es gleich viel angenehmer, nicht wahr?«

»Da würde ich es ein paar Stunden aushalten«, sagte Alex und zwinkerte der Dame zu.

»Was verschafft mir die Ehre Ihres erneuten Besuchs?«

»Ich hole Herr und Frau Meier für einen Ausflug ab.«

»Ach, das hatten sie mir ja gesagt. Manchmal bin ich echt vergesslich. Sie wollen an den Vierwaldstättersee, habe ich recht?«

Alex war beeindruckt, wie Aaron und Ava alles so glaubwürdig rüberbringen konnten. Er selbst wusste noch immer nicht, wie der Tagesplan aussah. Er fühlte sich wie ein kleiner Junge, der darauf wartete, dass ihm seine Eltern sagten was sie heute gemeinsam unternehmen würden. »Exakt. Da wollten wir schon lange gemeinsam hin.«

Die Frau nickte ihm lächelnd zu. »Gute Wahl. Aber bitte cremen Sie sich gut ein. Die Sonne ist sehr stark. Und sind Sie nicht zu lange dem Rauch ausgesetzt. In Luzern sollten zwar die Brände nicht so stark sein, wie hier bei uns in Zürich, aber man weiß ja nie.«

»Klar. Wir suchen uns einen netten Schattenplatz und achten auf unsere Gesundheit.«

»Gut so. Ich rufe Ihnen die beiden gleich, ja?« Kurz darauf nahm sie den Telefonhörer in die Hand und wählte die Nummer von Ava und Aaron. »Frau Meier, Alex ist für Sie da«, sagte sie fröhlich. Doch dann verfinsterte sich ihre Miene. »Wie bitte?«, ihre Stimme klang erschrocken. »Ich rufe sofort den Notarzt. Bleiben Sie ganz ruhig, wir sind gleich bei Ihnen.« Sofort wählte sie eine andere Nummer.

»Was ist los?«, fragte Alex beunruhigt.

»Herr Meier hat wohl einen Herzinfarkt. Wir müssen uns beeilen. Ja guten Tag, hier spricht …«, die Dame am Empfang schilderte dem Notarzt die Lage.

Alex spürte, wie Panik in ihm hochkam. *Wird Aaron sterben? Das darf nicht sein. Er sah doch gestern noch so gut aus. Er hatte einen Plan, den wollte er durchziehen. Ich kann nicht nochmal jemanden in meinem Leben verlieren.* Seine Gedanken kreisten und er starrte die Frau im blauen Kittel entsetzt an. »Kann ich irgendwie helfen?«

»Bleiben Sie hier unten. Wir kümmern uns darum. Die Ambulanz wird jeden Moment eintreffen.«

Verdammt. Alex schluckte den Kloß im Hals hinunter und griff sich in sein lockiges Haar. Hilflos dazustehen und zu wissen, dass jemand, der ihm am Herzen lag, kurz davor war zu sterben, ließ ihm Tränen in die Augen schießen.

Notärzte vom Altersheim rannten an ihm vorbei und stürmten in den oberen Stock. Es zählte jede Sekunde.

Schon einige Minuten später kam der Krankenwagen mit schallenden Sirenen angerast. Alex atmete erleichtert aus und hoffte, dass es noch nicht zu spät war. Der Aufzug öffnete sich und Aaron wurde auf einer Trage in den Krankenwagen geschoben. Ava rannte hinterher.

»Alex, Gott sein Dank, du bist schon hier. Steig sofort mit ein!«, rief sie ihm beim Vorbeirennen zu.

Ohne zu zögern, folgte er ihr.

Als sie alle im Wagen saßen, schlossen sich die Türen und sie fuhren davon. Überall piepte und blinkte es im Wagen und Aaron wurde künstlich beatmet. Das Herz von Alex bebte und er hoffte, dass Aaron bald wieder auf die Beine kommen würde.

Der Wagen bog nach rechts ab.

Moment, zum Krankenhaus geht es aber in die andere Richtung.

»Entschuldigung!«, rief Alex dem Fahrer zu. »Sie fahren einen Umweg!«

»Keine Bange. Er kennt den Weg.«

Alex zuckte vor Schreck zusammen, denn die Stimme klang nach Aaron. Er schaute zu ihm runter und starrte Aaron fassungslos an, wie er von selbst die Sauerstoffmaske von seinem Mund hob.

»Wie … was …«, Alex brachte keinen vernünftigen Satz heraus. Er war einfach nur perplex. Was spielte sich hier ab?

Eine warme Hand legte sich auf sein Knie. »Entschuldige bitte, Alex. Es musste echt wirken«, flüsterte Ava und neigte ihren Kopf zur Seite. Es tat ihr sichtlich leid.

»Aber, sie hat den Krankenwagen gerufen … und du hast …«

»Ich habe eine Tablette geschluckt, die mich für einen Moment außer Gefecht gesetzt hat. Nichts Wildes«, brummte Aaron und rappelte sich vorsichtig in seiner Liege auf.

Ava eilte ihm zur Hilfe.

»Du Arsch«, zischte Alex. »Ich dachte ernsthaft, dass du sterben würdest. Ihr hättet mich ruhig einweihen können. Ich hätte selbst fast einen Herzinfarkt erlitten, wegen dieser Aktion.« Verärgert verschränkte er seine Arme.

Ava lächelte ihn versöhnlich an. »Tschuldigung. Wir wissen, dass du ein schlechter Lügner bist. Wir konnten dich einfach nicht einweihen. Wir wären aufgeflogen.«

»Ich hätte das gekonnt …«, schmollte Alex. »Und wer sitzt da im Übrigen am Steuer? Und was passiert nun mit dem Wagen, den ihr mir extra zum Hotel habt bringen lassen?«

»Das ist ein alter Freund«, sagte Aaron und winkte dem Fahrer zu. »Danke für die Mitfahrtgelegenheit, Tobi!«

»Das mache ich doch gerne. Du hattest noch was bei mir gut.«

Alex runzelte die Stirn und schaute zwischen dem Fahrer und Aaron fragend hin und her. »Was hat er bei dir zugute? Hast du etwa ein Doppelleben, von dem ich nichts weiß?«

»Du meinst so etwas wie, dass ich früher einmal ein Gott von einem fernen Planeten war?« Aaron lachte auf. »Ich war ganz artig. Ich hatte seinem Sohn geholfen, die Abschlussprüfung zu bestehen.«

»Und was für eine Abschlussprüfung war das bitte schön?«, hakte Alex nach.

»Warum denkst du immer, dass ich dich veräpple? Es war eine ganz normale Abschlussprüfung. Er musste eine Arbeit über Führungsqualitäten schreiben. Und wie du weißt, habe ich auf diesem Gebiet langjährige Erfahrung gesammelt.«

Alex zog seine Augenbrauen hoch. »Und dann seid ihr nebenbei darauf gekommen, dass dein Freund Tobi Krankenwagen stiehlt?«

»Moment, Moment. Ich stehle sie nicht«, mischte sich Tobi ein. »Ich borge sie mir lediglich.«

Alex massierte mit den Fingern seine Stirn. »Na toll. Und den Pass habe ich wahrscheinlich auch von dir, was?«

»Korrekt.« Tobi grinste mit seinem Zahnpasta Lächeln in den Rückspiegel. »Hey, denk bitte nichts Schlechtes von mir. Ich bin gar kein so übler Typ.«

Alex ließ seine Augen rollen und warf Ava einen entnervten Blick zu. »Ich finde das ja auch nicht gerade die feine Art. Aber es war die schnellste und effektivste Lösung. Das Wohlergehen von Beolania und deinem künftigen Schwiegervater steht bei uns an erster Stelle. Da kann man mal ein Auge zudrücken. Wir schaden ja niemandem.« Dass diese Worte einmal aus Avas Mund kommen würden, hätte sich Alex nie erträumen lassen. Doch er musste sich eingestehen, dass sie recht hatte.

»Trotzdem hättet ihr mich nicht so hinters Licht führen müssen. Und was passiert mit dem Auto? Darauf habe ich noch keine Antwort erhalten.«

»Das war bloß für die Spannung«, sagte Tobi.

»Dein Ernst?«

Tobi lachte »Nee. Das wäre unser Plan B gewesen.«

»Und wie hätte Plan B ausgesehen?«

»Da waren wir uns auch nicht so ganz im Klaren darüber. Wir waren uns ziemlich sicher, dass Plan A funktioniert.« Tobi zwinkerte ihm durch den Rückspiegel zu.

Alex seufzte. »Und wie genau geht nun Plan A weiter?«

Ava lächelte, Aaron klopfte ihm auf den Rücken und Tobi konzentrierte sich auf die Straße.

»Gut, dann will man mir halt keine Antwort geben«, sagte Alex beleidigt. »Ich bin es mir ja mittlerweile gewohnt.«

»Wir sind gleich da«, flüsterte ihm Ava ins Ohr.

SURI

Die folgenden Monate verbrachte Suri damit, Mr. Hope zu helfen. Es war ihr ein Anliegen, die Erde vor der weiteren Zerstörung zu retten, da sie wusste, dass ihre Tochter diesen Planeten liebte. Sie wollte Großes bewirken und zeigen, was alles in ihr steckt.

Jeden Morgen erwachte sie mit einem breiten Lächeln im Gesicht, sprang voller Datendrang aus dem Bett und machte sich mit den Sicherheitsmännern an ihrer Seite auf den Weg zum Büro von Mr. Hope. Sie führten lebhafte Diskussionen, Suri skizzierte auf seinen Wunsch die Raumschiffe und erzählte ihm, wie die Energiegewinnung auf Beolania funktionierte.

»Sie leben auf einem wundervollen Planeten, liebe Suri«, sagte Mr. Hope.

Suri lächelte erfreut. »Ich weiß. Das ist auch der Grund, weshalb ich ihn so vermisse. Wann darf ich denn wieder zurück?«

Mr. Hope neigte seinen Kopf zur Seite. »Sobald wir einen Weg gefunden haben, wie wir Menschen dort überleben können.«

»Und wie lange wird das noch dauern?«, fragte Suri zögerlich und wippte auf ihrem Stuhl umher.

Bereits sieben Monate war sie von zuhause weg. Obwohl sie wusste, dass auf Beolania erst etwas mehr als eine Stunde vergangen war, fühlte es sich für sie an, wie eine halbe Ewigkeit.

»Das kann ich nicht sagen. Monate oder gar Jahre. Wir können nur hoffen, dass wir bereit für die Umsiedlung sind, bevor die Erde untergeht.«

»Aber sie wird doch nicht *ganz* untergehen, oder?«

»Die Erde selbst vielleicht nicht, aber das Leben *auf* der Erde definitiv. Da bin ich mir sicher.«

»Aber … können wir denn gar nichts tun? Wenn Beolania derselben Gefahr ausgesetzt wäre, würde unser Volk nicht einfach ihre Heimat verlassen. Wir würden alles dafür tun, um unsere Welt zu schützen.«

Mr. Hope schloss seine Augen und atmete müde aus. »Glauben Sie mir, Suri, wir haben alles Menschenmögliche getan. Doch leider sind wir nicht Gott. Was uns bleibt, ist die Wissenschaft. Und die Wissenschaft wird uns retten.«

»Wenn Sie das sagen.« Suri senkte ihren Blick.

»Kopf hoch, meine Liebe.« Mr. Hope hielt kurz inne. »Ist Ihnen unterdessen eigentlich eingefallen, wie Sie auf die Erde gekommen sind? Sie müssen ja schließlich wissen, wie Sie wieder nach Hause kommen.«

Suri überlegte einen Moment – fragte sich, ob sie ihm nun die Wahrheit sagen sollte. Doch trotz der langen Zeit, die sie bei *Planet-B-Industries* verbrachte, hielt sie eine innere Stimme davon ab, ihm von dem Stein zu erzählen, den sie rund um die Uhr bei sich trug. Sie wusste, dass sie grundsätzlich jederzeit zurück auf Beolania hätte reisen können, doch sie wollte zuerst diese Mission beenden – solange es nicht länger als der tiefe Schlaf von Otis und Liv dauerte. Sie wollte ihnen morgens auf Beolania die gute Nachricht überbringen, dass sie alles geregelt hätte und sie sich nicht um das Wohlergehen ihres Planeten sorgen müssten.

»Nein«, log sie. »Leider nicht.« Suri sah Mr. Hope in seine grünen Augen. Sie erkannte einen kleinen, braunen Fleck in der linken Iris. »Na dann sitzen wir wohl beide hier fest.«

Nach dem Gespräch verließ sie das Büro von Mr. Hope und wurde wieder von den beiden Sicherheitsmännern zum Aufzug begleitet.

Bevor sich die Türen öffneten, fragte Suri: »Kann ich noch ein wenig in den Hof, bevor ich auf mein Zimmer gehe? Ich möchte gerne die Sonne genießen. Sie sieht heute besonders schön aus.«

Die beiden Männer wechselten einen kurzen Blick und nickten anschließend. Suri klatschte erfreut in ihre Hände und hüpfte in den Gang zu ihrer Linken. Die Männer folgten ihr.

Nach einigen Metern blieb sie stehen und schaute irritiert in die Glasscheibe rechts von ihr. »Seit wann sieht man nicht mehr ins Labor?« Hinter der Scheibe hing ein langer, blickdichter, blauer Vorhang.

»Erst seit ein paar Tagen«, antwortete der eine Sicherheitsmann monoton und verschränkte seine kräftigen Arme. Suri starrte in ihr Spiegelbild. Sie fand, dass sie komisch aussah, in den Jeanshosen und dem weißen Poloshirt, durch welches ihre violette Haut leicht hindurchschimmerte. »Das müssen Sie Mr. Hope fragen. Wir sind nur für die Sicherheit zuständig.«

Eine Weile blieb Suri noch wie angewurzelt an Ort und Stelle stehen, bis sie sich losriss.

Der Hof war riesig. Unzählige Bäume reihten sich zu einer Allee quer über den Platz. Suri lächelte zufrieden, als sie mit ihren nackten Füßen über die kühle Wiese lief. Ihren Blick richtete sie zum Himmel, sie schloss ihre Augen und ließ ihr Gesicht von den Sonnenstrahlen wärmen.

»Wir warten beim Ausgang auf Sie. Lassen Sie sich Zeit«, sagte der eine Sicherheitsmann und nickte Suri freundlich zu.

»Sehr lieb von Ihnen, danke«, flüsterte sie und lief auf den Brunnen zu. Sie liebte das Plätschern des Wassers. Es erinnerte sie an den Brunnen hinter dem Palast auf Beolania.

Kurzentschlossen setzte sie sich auf den Rand des Brunnens und ließ ihre Füße ins kühle Wasser baumeln. Sie liebte dieses Gefühl, wenn durch die aufsteigende Kälte ein angenehmes Schaudern durch ihren Körper wanderte.

Sie sah sich um. Der Hof war umgeben von dem riesigen Gebäude. Unzählige Fenster reihten sich aneinander. Wer sie in diesem Moment wohl alles beobachtete?

Sie ließ ihre Lider zufallen. Vor ihrem inneren Auge sah sie ihren geliebten Heimatplaneten. Es fühlte sich an, als wäre sie dort. Als würde sie den lachenden, kleinen Beolas zusehen, die vergnügt durch die Wälder tanzten und Blumen pflückten. Als würde sie im Garten hinter dem Palast, unter den Bäumen mit den gekringelten Baumstämmen und den orangefarbenen, herzförmigen Blättern sitzen. Als würde sich ihre Tochter Liv zu ihr setzen und sagen …

»Hallo Suri.«

Erschrocken zuckte Suri zusammen und weitete ihre Augen. »Linda. Hast du mich erschreckt.« Noch selten war ihr das Herz so sehr in die Hosen gerutscht. Und das war Wort wörtlich gemeint, denn Hosen trug sie erst seit kurzer Zeit. Sie wollte „menschlicher" sein. Sie war sich aber ziemlich sicher, dass sie schon bald wieder auf Seidengewänder umsteigen würde, denn in diesen engen Hosen fühlte sie sich eingequetscht wie die Wurst, die Mr. Hope ab und an als Snack verzehrte. Suri schauderte es jedes Mal, wenn sie ihn dieses komische Ding essen sah.

»Tut mir leid, ich wollte dich nicht erschrecken«, sagte Linda kichernd und ließ sich neben Suri auf dem Rand des Brunnens nieder. Auch sie tunkte ihre Füße im kühlen Nass. »Diese Erfrischung kommt mir gerade recht.«

»Was machst du denn hier draußen? Musst du nicht arbeiten?«, fragte Suri. Sie hatte Linda auf der Veranstaltung ihres ersten Abends hier bei *Planet-B-Industries* kennengelernt. Sie mochte sie von Beginn. Sie wusste nicht weshalb, aber die Tatsache, dass Linda eine ähnliche Frisur wie sie selbst hatte, war wohl einer der Gründe. Suri liebte viele kleine Zöpfe und eben auch Rasta-Locken, wie sie Linda trug.

»Doch, aber ich brauche kurz frische Luft. Mir raucht der Schädel.«

»Ist das nicht gefährlich?«

»Was?«

»Wenn dir der Schädel raucht.«

Linda lachte. »Ach, Suri. Du bist so süß. Manchmal vergesse ich, dass du aus einer anderen Welt kommst. Das sagt man doch nur so.«

Suri lachte auf. »Ach so. Tut mir leid, das wusste ich nicht.«

Linda zwinkerte ihr liebevoll zu und band sich dabei ihre blonden Haare zu einem Dutt hoch. »Das muss dir doch nicht leidtun. Wenn ich in deiner Welt wäre, wüsste ich ja auch nicht wie ich mich verhalten müsste.«

»Du würdest meine Welt lieben.«

»Das glaube ich dir. Deine Erzählungen und Bilder sind der Wahnsinn.«

»Danke. Du erinnerst mich an meine Tochter. Sie hat auch so lange Haare. Aber ihre sind dunkler und sie ist etwas dünner.«

»Autsch, Suri. Sowas sagt man doch nicht.«

»Was denn?«

»Man sagt einer Frau nicht, dass sie mehr auf den Rippen hat. Das weiß ich schon selbst.«

»Tut … mir leid? Ich sagte ja nur wie es ist. Ich wollte dich nicht verletzen …«, stotterte Suri, ohne zu wissen, was Linda jetzt gerade so aufgewühlt hatte.

Doch diese winkte ab. »Bei dir ist das was anderes. Du meinst es ja nicht böse. Und? Wie läuft's bei dir und Mr. Hope?«

»Ganz gut. Aber ich vermisse mein Zuhause. Er meinte, es könne noch ein paar Jahre dauern, bis ich zurückkönne.«

»Verstehe ich. Nun ja, zuerst müssen wir deinen Planeten finden. Das ist gar nicht mal so einfach. Weißt du, wie viele Planeten es gibt?«

»Nein. Du etwa schon?« Suri riss gespannt ihre Augen auf. Das hatte sie schon immer wissen wollen.

»Nein.« Linda prustete los und Suri stieg darauf ein.

»Ist ja auch egal. Das Universum ist unendlich, faszinierend und geheimnisvoll. Nur schon die Tatsache, dass ein einziger Stein ein Portal öffnen kann. Unglaublich. Und diese Farben im Universum. Die schwarzen Löcher, die vielen Sterne, die doch eigentlich alles Sonnen sind. Ich könnte ihnen stundenlange zusehen«, schwärmte Suri.

»Was hast du eben gerade gesagt?«, fragte Linda und zog ihre Augenbrauen hoch.

»Na, dass das Universum so viele Geheimnisse hat, die wir unmöglich alle verstehen könnten. Niemals.«

»Nein, nicht das.« Linda winkte ab. »Du sagtest etwas von einem Stein? Und … einem Portal?«

Suri zuckte innerlich zusammen. *Mist, habe ich das wirklich gesagt?* »Das sagte ich nicht«, log Suri und schüttelte ihren Kopf hin und her, sodass ihre Zöpfe umher tanzten.

»Doch, Suri. Genau das hast du gesagt. Du kannst ehrlich mit mir sein, das weißt du. Ich sage es auch niemandem weiter.« Linda fasste ihr auf die Schulter, neben den Erhebungen.

»Versprichst du es?«, fragte Suri hoffnungsvoll.

»Natürlich. Du kennst mich. Ich bin wie du - nur von einem anderen Planeten.«

Suri kaute auf ihrer Unterlippe.

»Erzähl schon!«, forderte sie Linda gespannt auf.

»Na schön. Ich vertraue dir. Es war so. Es gibt da diesen Stein«, Suri erzählte ihr die Geschichte, wie sie das Portal auf Beolania geöffnet hatte und dadurch auf die Erde gelangt war.

»Wow. Und warum hast du Mr. Hope nichts davon erzählt? Ich meine, das wäre doch die Lösung für unser Problem! Wir könnten einfach durch das Portal schreiten und *schwupps*, wären wir auf Beolania.«

»Ja schon, aber ...«, Suri stockte.

»Was, aber?«

»Ich möchte Liv nicht verraten. Sie sagte, ich dürfte unsere beiden Welten nicht vereinen. Ich will sie stolz machen und nicht verärgern. Verstehst du?«

»Aber arbeiten wir nicht gerade daran? Unsere Welten zu vereinen?«

»Ja schon. Aber ich möchte das Liv selbst sagen können. Bevor die Menschen auf den Planeten kommen. Sie ist meine Tochter, ich hintergehe sie nicht.«

Linda nickte verständnisvoll. »Für unsere Kinder würden wir alles tun, was?«

»Alles«, wiederholte Suri.

»Ich sag´s niemandem. Versprochen.«

»Danke, Linda. Du bist ein guter Mensch.«

Liebevoll strich ihr Linda über den Rücken. »Und du eine verrückte Außerirdische.«

Beide lachten.

Das Gespräch mit Linda ließ sie die nächsten Tage nicht mehr los. Auch wenn sie eigentlich wusste, dass sie ihr vertrauen konnte, war ihr klar, dass sie einen Fehler begangen hatte. Niemand hätte jemals etwas von diesem Stein erfahren dürfen. Vielleicht war es keine so gute Idee, ihn ständig bei sich zu tragen. Sie musste ein Versteck finden. Einen Ort, an dem niemand nach dem Stein suchen würde. *Wo wäre dies möglich?* Sie konnte das Gebäude nicht verlassen und die Räume waren alle mit Überwachungskameras versehen.

Je mehr sie darüber nachdachte, wo sie den Stein verstecken könnte, umso mehr ärgerte sie sich über sich selbst, dass sie sich verplappert hatte. Es hätte alles so viel einfacher gemacht, wenn sie einfach ihre Klappe gehalten hätte. Doch was, wenn Linda wirklich vertrauenswürdig war? Sie Suri nicht verpfeifen würde? Suri glaubte an das Gute im Menschen und sie wollte diesen Glauben nicht aufgeben. Überhaupt wunderte sie sich, warum sie so plötzlich daran zweifelte. Lag es daran, dass sie ständig mit Menschen zu tun hatte, die alles überdachten was sie taten, statt auf ihre Urinstinkte zu vertrauen? Wahrscheinlich war das der Grund, redete sich Suri ein und ließ die Sache ruhen.

Sie hatte großes Vertrauen in Linda.

OTIS

»Hier sind eure Flugtickets«, sagte Tobi, während er diese wie ein Fächer in der Luft hin und her wedelte.

»Ich danke dir. Du hast deine Schulden mehr als beglichen.« Aaron nahm die Tickets entgegen und reichte Ava und Alex je eines.

»Du weißt, dass mir das Spaß macht. Wieder mal eine Abwechslung zum langweiligen Alltagstrott.«

Ava zog ihre Augenbrauen hoch. »Du machst das öfters?«

»Hm?« Tobi lächelte verschmitzt und gab ihr keine Antwort, was wohl Antwort genug war.

»Gut. Kinder, bitte nicht nachmachen.« Sie seufzte.

Alex schüttelte den Kopf und verließ hinter Aaron, und gefolgt von Ava, den Krankenwagen. Er fragte sich, wie das wohl aussehen musste, wenn drei Menschen am Flughafen ganz selbstverständlich einen Krankenwagen verließen, als wäre es das Normalste auf der Welt.

»Tobi, sind deine gefälschten Pässe auch wirklich sicher?« Alex ließ das Wort »gefälscht« ausklingen, als er bemerkte, dass er ziemlich laut sprach und gerade ein älteres Ehepaar an ihnen vorbeischlenderte.

Die ältere Dame warf ihm einen entsetzten Blick zu, worauf Alex laut zu lachen begann. »Ach Toni, ich liebe diesen Witz. Du weißt ja, wie ich das meine. Ich bin immer für einen Scherz zu haben!«

Tobi schaute ihn nur kopfschüttelnd an, und hoffte, dass er sich nicht noch mehr verplapperte.

»Heinz, verstaasch du, was de jungi Maa seit?«, rief die Frau ihrem Mann auf Schweizerdeutsch zu.

»Was seisch, Lotti? Ich han mis Hörgrät nöd igstellt!«

»Du losisch mir eifach nie zue!«

Alex hielt den Atem an und wartete, bis die beiden an ihm vorbeigezogen waren. Kurz darauf platzte das Lachen aus ihm heraus.

»Du Glückspilz. Das hätte mächtig in die Hosen gehen können«, sagte Tobi mit weit aufgerissenen Augen und musste ebenfalls schmunzeln.

»Tut mir leid. Aber im Ernst, sind deine Pässe sicher? Was, wenn die bei der Einreise merken, dass etwas nicht stimmt?«

Tobi winkte ab. »Mach dir keine Sorgen. Das mache ich nicht zum ersten Mal.«

»Das beruhigt mich nun aber mächtig.«

»Das sollte es, in der Tat«, sagte Tobi und zwinkerte ihm zu. »Ich wünsche euch eine gute Reise.«

Alex betrat stirnrunzelnd den Flughafen Zürich. Er hatte mehr Menschen erwartet. »Will niemand mehr fliegen?«

»In den letzten zwei Jahren, seitdem ihr das letzte Mal auf der Erde wart, hat sich einiges verändert«, erklärte ihm Ava. »Man kann nicht mehr beliebig oft fliegen. Es gibt ein Algorithmus. Wenn du Ferien buchst, berechnet das System, wer Vorrang hat. Wenn du in deinem Leben sehr oft mit dem Flugzeug unterwegs warst, rutschst du auf der Warteliste ganz nach hinten und wahrscheinlich kannst du deine Ferien vergessen. Wenn du zweimal im Jahr fliegst, wirst du für vier Jahre gesperrt, bis du wieder auf die Warteliste kommst.«

»Und wer hat dieses System ins Leben gerufen?«, fragte Alex.

»Wer wohl«, knurrte Aaron.

»Verstehe. Aber das hat doch auch was Gutes, oder? Sie schauen auf die Umwelt. Wenigstens machen sie etwas.«

»Das mag ja stimmen. Nur glaube ich nicht, dass es Planet-B-Industries um die Umwelt geht. Sie wollen, dass wir abhängig von ihnen sind. Sie wollen, dass wir ihnen blind vertrauen und alles machen, was sie uns sagen. Hast du vergessen, dass sie Beolania stürmen wollen? Was hat Suri schon wieder gesagt? Ach ja, Krieg, Alex. Sie wollen Krieg.«

»Da hast du recht, Aaron.«

»Seid ruhig, wir müssen unsere Tickets vorweisen«, flüsterte Ava den beiden Männern zu. Vor ihnen waren Schleusen zu sehen, die sie passieren mussten. Ava lächelte scheinheilig einen Sicherheitsmann an, der neben der Schleuse stand und die Reisenden musterte. Er nickte ihr freundlich zu, während sie ihre Bordkarte auf den Scanner legte und sich daraufhin die transparenten Schiebetüren automatisch öffneten. Wie hätte dieser auch wissen können, dass eine alte Dame mit einem gefälschten Ausweis unterwegs war.

Alex atmete erleichtert aus. *Zum Glück funktionieren die Tickets.* Aaron passierte die Schleuse neben ihm und auch Alex legte sein Ticket auf den Scanner.

Statt dem grünen Haken, den er sich eigentlich erhofft hatte, tauchte jedoch ein rotes Kreuz auf dem Scanner auf. Sein Herz begann schneller zu pochen, während er die Karte erneut auf den Scanner legte. Wieder das rote Kreuz.

»Zeigen Sie mir bitte Ihre Bordkarte«, sagte der Sicherheitsmann mit zusammengezogenen Augenbrauen. Gerade eben hatte er doch noch so freundlich ausgesehen, als er Ava zugenickt hatte.

»Da … muss ein Fehler vorliegen«, stotterte Alex. Ihm schoss das Blut in den Kopf und seine Hände wurden feucht.

Der Sicherheitsmann mit der dunkelblauen Uniform deutete auf eine andere Schleuse. »Versuchen Sie es dort.«

Alex nickte hastig und hoffte, dass es bei diesem Mal funktionieren würde. Doch das tat es nicht.

»Geben Sie mir Ihre Karte«, forderte ihn der Sicherheitsmann auf. Alex reichte ihm die Karte und warf einen unauffälligen, hilflosen Blick zu Aaron und Ava. Diese waren auf der anderen Seite stehen geblieben und beobachteten das Geschehen. Aaron zückte sein Handy. *Was zum Teufel macht er?*

Der Sicherheitsmann scannte die Karte und rollte kurz darauf seine Augen. »Herr Kunz, Sie haben Ihr Maximum an Flügen erreicht. Sie wurden von der Flugliste gestrichen.«

Alex spürte die Panik hochkommen. »Aber … ich bin seit über zwanzig Jahren nicht mehr geflogen.« Erst als ihn der Mann mit einem misstrauischen Blick anschaute, bemerkte er, was er da eben gerade Dummes gesagt hatte. Er lebte im Körper eines zwanzigjährigen, jungen Mannes und sagte gerade eben, dass er seit über zwanzig Jahren nicht mehr geflogen war. Richtig dumm.

»Hören Sie, Herr Kunz. Ich habe schon viele dumme Ausreden gehört, aber so hirnrissig war noch keine. Ich hasse es, wenn man mich verarscht.« Der Mann klang verärgert und stützte seine Arme in die Hüften.

»Entschuldigen Sie bitte«, rief Ava mit hoher Stimme von der anderen Seite der Schleusen. »Wo liegt das Problem?«

»Kennen Sie ihn?«, fragte der Sicherheitsmann Ava freundlich.

»Ja, das ist mein Enkelsohn. Wir wollen gemeinsam in die Ferien fliegen. Wohl das letzte Mal, wo das möglich ist«, Ava seufzte und senkte ihren Kopf zu Boden.

»Das tut mir wirklich sehr leid, aber Ihr Enkelsohn wurde von der Passagierliste gestrichen. Außerdem hat er mich belogen.«

»Ach Jonathan, ich sagte dir doch, dass du in solchen Momenten keine Scherze machen solltest. Wissen Sie, mein Enkelsohn will Komiker werden. Er ist nicht besonders witzig, ich weiß, aber er gibt nicht auf. Er war das letzte Mal als kleiner Junge geflogen. Er hat große Flugangst. Es kann nicht sein, dass er von der Liste gestrichen wurde. Bitte prüfen Sie seine Bordkarte erneut.«

Der Sicherheitsmann fuhr sich über seine Glatze und seufzte. Er hob das Ticket von Alex an und scannte es erneut. Überrascht hob er eine Augenbraue. »Sie haben recht, es lag wohl ein technischer Fehler vor«, sagte er zu Ava, welche zufrieden lächelte. Der Mann reichte Alex das Ticket zurück. »Sie haben Glück, so eine liebe Oma zu haben. Und bitte werden Sie kein Komiker, ich sehe kein Potential.«

Alex lächelte erleichtert. »Sie ist die Beste«, er räusperte sich. »Vielleicht überdenke ich diese Sache nochmals in Ruhe.«

Der Sicherheitsmann schmunzelte und stellte sich wieder breitbeinig neben die Schleusen. »Sie sehen genauso aus wie dieser Typ aus Rom, der mit Leona Parker durch das Portal gegangen ist, fällt mir gerade auf«, sagte er plötzlich.

Alex rieselte ein kalter Schauer über den Rücken. »Das höre ich öfters. Wenn ich dieser Typ wäre, müsste ich mich nicht um ein Flugticket bemühen, was?« Alex passierte hastig die elektronische Schleuse.

»Das wäre um einiges besser für die Umwelt. Jeder bräuchte so ein Portal«, sagte der Sicherheitsmann. Alex nickte zustimmend und lächelte verkrampft. Zum Abschied winkten ihm alle drei zu.

Zum Glück hatten sich Ava und Aaron in den letzten zwanzig Jahren durch die Alterung äußerlich doch ein wenig verändert, sodass sie nicht erkannt wurden.

»Was ist denn da bitte passiert?«, flüsterte Alex ihnen zu, als sie auf dem Weg zur Gepäckkontrolle waren.

»Ich habe mit Tobi telefoniert. Er hatte übersehen, dass deine falsche Identität schon öfters mit dem Flugzeug unterwegs war. Er hat den Flugverlauf gelöscht und dich wieder auf die Liste gesetzt«, erklärte Aaron.

Alex schüttelte genervt den Kopf. »Und ich hatte ihn extra noch gefragt, ob alles sicher ist.«

»Ist zum Glück nochmals alles gut gegangen«, flüsterte ihm Ava beschwichtigend zu.

»Und was hast du mit diesem Sicherheitsmann gemacht? Der ist ja komplett deinem Charme verfallen.« Alex zwinkerte ihr zu.

»Manche Dinge kann man nicht lernen«, sagte sie lachend.

Der Start gestaltete sich holprig und die Sicht aus dem Fenster war durch den Rauch getrübt. Umso schöner war es, als das Flugzeug die Flughöhe erreicht hatte und sie umgeben von strahlend blauem Himmel waren. Ava staunte, denn schon so lange hatte sie keine solche Aussicht mehr genießen dürfen. Aaron war bereits eingenickt und hatte seine Hände auf den Bauch gelegt. Er atmete in tiefen, regelmäßigen Atemzügen.

Alex fiel ein, dass er den Brief von Milena noch nicht gelesen hatte und zog das gefaltete Papier aus seiner Hosentasche. Ein Lächeln huschte über seine Lippen, als er ihre handgeschriebenen Worte las:

Lieber Alex

Polizisten stehen im Hotelzimmer und bitten mich, mit ihnen mitzukommen. Doch bevor ich diesen Ort verlasse, möchte ich unbedingt, dass du weißt, wie dankbar ich dir bin, dass du ihnen Bescheid gesagt hast. Ich weiß nicht, ob ich den heutigen Abend (ohne zu übertreiben und ohne ins Detail zu gehen) sonst überlebt hätte.

Ich komme mir so dumm vor, dich nicht erkannt zu haben. Als du mir deinen Namen genannt hast, hätte der Groschen fallen müssen. Bitte verzeih mir, aber ich hatte in letzter Zeit echt andere Probleme, als Nachrichten zu schauen und dein Gesicht war mir nicht mehr präsent. Du bist der beste Mensch, der mir je begegnet ist. Das gibt mir die Hoffnung, dass auch andere Menschen so wie du sind. Ich hoffe, dass dir mein Hinweis geholfen hat, und du die Welt zu einem besseren Ort machen kannst.

Liebe Grüße auch an deine Verlobte – und bitte sag ihr, dass ich mich in Grund und Boden schäme, dich so dumm angemacht zu haben. Das ist mir jetzt echt peinlich. Also, ich muss los, die Polizisten nerven schon. Ich werde etwas Gescheites aus meinem Leben machen. Versprochen.

In ewigem Dank.

Milena

Alex wischte sich eine Träne unter dem Auge weg. Ava griff nach seiner Hand. »Das Mädchen aus dem Hotel?«

Er nickte wortlos.

»Wie geht es dir?«

Alex fühlte sich in ihrer Gegenwart wohl. Ava war für ihn wie eine Großmutter. »Dieser Brief hat jetzt gerade sehr gutgetan.« Er schluckte geräuschlos. »Aber ich weiß nicht, was ich abgesehen davon, fühlen soll. Ich bin einerseits in Sorge, was mit unserem geliebten Planeten geschehen wird. Ich habe Angst, dass Tom etwas zugestoßen sein könnte und sich Leona nicht von ihm verabschieden konnte. Ich bin irritiert, weil ich noch immer nicht weiß, was Amanda mir da am Telefon genau mitteilen wollte, weshalb Tom im Mai auf Geschäftsreise ging. Ich stelle mir die Frage, auf was für Menschen wir in Amerika treffen werden und welche Herausforderungen uns bevorstehen«, er hielt inne. »Kannst du mir sagen, wie es mir geht?«

»Ach mein lieber Alex, ich verstehe dich ja so gut. Wir stehen erst am Anfang, noch so vieles ist ungewiss. Was denkst du, wie du dich fühlen würdest, wenn alles einfach wäre - du nichts für dein Volk tun müsstest und sich alles von allein regeln würde?«

Alex lachte auf. »Es würde mir großartig gehen, denn niemand wäre in Gefahr.«

»Denkst du das wirklich?« Ava zog ihre dünnen Augenbrauen hoch.

Alex zuckte mit den Schultern. »Schätze schon.«

»Das glaube ich nicht. So wie ich dich kenne, würdest du dich selbst kleinreden. Du würdest denken, dass du deinen Platz als Gott von Beolania nicht verdient hättest. Habe ich recht?«

Alex schwieg einen Moment und blickte in ihre mystischen Augen. Er hätte sich Stunden in ihnen verlieren können und hätte sich noch immer nicht sattgesehen. Avas Augen strahlten solch eine Ruhe und Weisheit aus. »Womöglich hast du das.«

»Ich habe immer recht«, sagte Ava neckisch und zwinkerte ihm zu.

»Dieses Gefühl habe ich allmählich tatsächlich. Warum hast du immer die perfekten Antworten auf alles? Man könnte meinen, du hättest vor nichts und niemandem Angst und wüsstest immer, was zu tun ist.«

Ava ließ sich in den Sitz sinken. »Das mag von außen so aussehen, aber glaube mir, ich habe keine Ahnung, was als nächstes passieren wird. Und ja - ich habe auch Angst. Aber ich lasse mich von der Angst nicht unterkriegen und frage mich stets, wie ich diese Angst als Werkzeug nutzen kann, denn sie zeigt mir, dass ich keine Kontrolle über das habe, was passiert. Und das ist gut so. Also halte ich einen Moment inne und horche in mich hinein. Was kann ich tun? Entweder ich verliere mich in der Angst, doch das bringt keinem was, oder ich öffne meine Gedanken für Neues, Unentdecktes und suche nach einem Weg, wie ich ans Ziel gelangen kann, ohne dass jemand zu Schaden kommt, der es nicht verdient hat.«

»Du bist gut. Ich weiß, weshalb dich alle als Gott geliebt haben.«

»Das alles schlummert auch in dir. Du musst dir deinen Fähigkeiten lediglich noch bewusst werden. Vertraue dir selbst. Ich sehe Großes in dir.«

Alex nickte schwach und wandte dann seinen Kopf zur Seite, um aus dem Fenster in die Ferne zu blicken. *Hat Ava recht? Bin ich wie sie? Bestimmt nicht. Niemand ist wie Ava.* Alex schloss seine Augen und driftete langsam in die Traumwelt ab.

SURI

»Sie sind irgendwie anders als sonst«, bemerkte Mr. Hope, als sie eines Tages am Mittagstisch saßen. Er stach genüsslich in sein Steak und Suri kaute gerade auf einer saftigen, mit Reis gefüllten Paprika.

Als sie den Bissen heruntergeschluckt hatte, sah sie ihn fragend an. »Wie meinen Sie das?«

»Sie sind so … ruhig. Das kenne ich nicht von Ihnen. Sonst sprudeln die Wörter nur so aus Ihnen heraus. Verschweigen Sie mir etwas?«

Suri blieb beinahe ein Reiskorn im Hals stecken, doch zum Glück spülte sie direkt mit Wasser nach. »Nein, ich … bin nur nachdenklich.« Sie biss sich auf die Unterlippe und zupfte ihr Seidengewand wieder gerade. Seit einigen Monaten hat sie die Hosen in das vertraute und viel bequemere Gewand eingetauscht, welches Näherinnen speziell für sie angefertigt haben. Außerdem war es unter dem Kleid einiges einfacher, den Stein zu verstecken.

Sie war keine gute Lügnerin, das schien Mr. Hope unterdessen herausgefunden zu haben.

»Warum denn nachdenklich?«, hakte er nach und schnitt ein weiteres Stück von seinem Steak ab. Sein Blick schien Suri zu durchbohren, doch gleichzeitig zwang er sich ein künstliches Lächeln auf. Sie fühlte sich vorgeführt und dumm, denn allmählich wurden auch die anderen Mitarbeiter am Tisch hellhörig. Die Hälse räkelten sich und wurden gefühlt drei Zentimeter länger.

»Ich weiß nicht, ob ich das länger kann«, nuschelte Suri.

»Wie, *Sie wissen nicht, ob Sie das noch länger können?*«, Mr. Hopes Stimme wurde tiefer und bestimmter.

Sie zuckte innerlich vor Schreck zusammen und machte sich klein, in dem sie ihre Schultern einzog. Sie fühlte sich wie eine kleine, feine Baby Antilope, die in ein Rudel Löwen geraten war, dazu verdammt, von ihnen zerfleischt zu werden.

Suri winselte: »Bald bin ich zwei Jahre hier. Ich will nach Hause.«

Die Augen von Mr. Hope weiteten sich. »In dem Fall wissen Sie, wie Sie nach Hause kommen? Sie wissen, dass Sie gehen dürfen, sobald wir wissen, wie wir dort hingelangen. Niemand hält Sie auf. Im Gegenteil. Habe ich recht?« Seine kräftige Stimme hallte durch den riesigen Saal mit den unzähligen, runden Tischen. Er schaute um sich und holte bestätigendes Nicken seiner Mitarbeiter ein.

»Ich weiß aber nicht wie«, flüsterte Suri kraftlos.

Wütend knallte Mr. Hope seine Fäuste auf den Tisch, wodurch sein Rotwein überschwappte und sich auf dem weißen Tischtuch wie eine Blutlache verteilte. »Verdammt, Suri! Sie kosten mich noch den Verstand! Sie haben bloß eine - eine verdammte Aufgabe: Uns diesen Planeten zu zeigen. Ständig jammern Sie, dass Sie nach Hause wollen. Ich glaube Ihnen langsam einfach nicht mehr, dass Sie nicht wissen, wie Sie auf Beolania kommen. Habe ich recht?« Sein Kopf hatte eine glühend rote Farbe angenommen und es wäre für Suri keine Überraschung gewesen, wenn jeden Moment Rauch aus seinen Ohren geschossen wäre.

Tränen liefen über ihre Wangen und ihr gesamter Körper zitterte. Sie hatte keine Kontrolle mehr über ihre Extremitäten und ließ das Besteck kraftlos auf den Teller fallen. »Bitte … bitte verzeihen Sie mir.«

»Was soll ich Ihnen verzeihen?«, schnaubte er.

»Dass … ich es Ihnen nicht sagen darf. Bitte lassen Sie mich einfach gehen. Wir finden eine Lösung.« Die Menschen um sie herum begannen zu tuscheln und waren sichtlich überrascht von ihrer Aussage.

»Sie miese, verlogene Ratte. Ich wusste es. Ich wusste es die ganze Zeit über.« Er zeigte bedrohlich auf Ihre Brust. »Wenn Sie wüssten, wie viel Energie ich in den letzten zweiundzwanzig Monaten aufbringen musste, um mich Ihnen gegenüber geduldig zu zeigen. Ich habe dafür gesorgt, dass Sie ein sicheres Dach über dem Kopf haben, ich habe spezielle Menüs für Sie zusammenstellen lassen, habe mich um Ihre Gesundheit gesorgt – und was ist der Dank? Sie haben mich die ganze Zeit über belogen. In mein Gesicht!«

»Ich weiß, ich weiß«, winselte Suri und hielt ihre violetten Hände über ihre Stirn. Sie wollte sich vor seinen bösen Worten in Schutz nehmen.

»Warum haben Sie mir dann nicht die Wahrheit gesagt?«, brüllte er. Seine Mitarbeiter verstummten und beobachteten wie versteinert das Geschehen.

»Weil ich meiner Tochter ein Versprechen gegeben habe«, flüsterte Suri.

»Das ist der Grund? Wegen einer einzelnen Beola? Wissen Sie, wie vielen Menschen ich ein Versprechen gemacht habe? Allen Anwesenden hier, der ganzen Welt! Und Sie sind so egoistisch und denken nur an sich selbst.«

»Bitte Mr. Hope, bedrängen Sie Suri nicht. Sie sehen doch, wie schwer ihr all das fällt.«

Suri wandte ihren Kopf um und schaute in die Richtung, wo die Stimme herkam. Es war Linda, die sie mitfühlend anlächelte. *Schön, dass nicht alle gegen mich sind. Dachte sich Suri. Ich wusste, dass ich auf sie zählen kann.*

»Was soll ich denn Ihrer Meinung nach machen, hm? Finden Sie es etwa gut, dass sie mich belogen hat?«

Linda hob versöhnlich ihre Hände in die Luft und ging langsam auf ihn zu. Ihre Stimme war ruhig. »Haben Sie Kinder, Mr. Hope?«

»Ja«, knurrte er.

»Sehr schön. Würden Sie ihr Kind hintergehen, wenn Sie ihm ein Versprechen gegeben hätten?« Linda zog ihre Augenbrauen hoch und hoffte darauf, die Lage unter Kontrolle gebracht zu haben.

»Sie haben recht, ich würde keine Versprechen brechen, die ich meinen Kindern machen würde.«

»Sehen Sie? Dann verstehen Sie doch, wie es Suri geht. Sie wollte bloß …«

»Ich verstehe gar nichts! Ich würde kein Versprechen brechen, da ich meinen Kindern gar nicht erst so bescheuerte Versprechen machen würde! Es geht hier um das Wohl der gesamten Menschheit, verdammt!«

Linda kam dicht vor ihm zum Stehen und blickte zu ihm hoch. Trotz ihren gelben High-Heels war sie noch immer zwei Köpfe kleiner als er. »Das Wohl der gesamten Menschheit, oder ihr Wohl?«, zischte sie.

»Wie bitte?«

»Sie hören richtig. Wären Sie wirklich besorgt um unseren Planeten und würden in Frieden auf Beolania leben wollen, würden Sie Suri nicht verheimlichen, was Sie hinter dem Vorhang verbergen. Wie können Sie bloß hier sitzen, genüsslich Ihr Steak essen und davon sprechen, dass Sie die Weltbevölkerung beschützen wollen? Sie sind ein Heuchler, Mr. Hope!«

Seine Augen formten sich zu Schlitzen und die Miene verfinsterte sich. »Sie spucken heute ganz schön große Töne, was Linda?«

Sie verschränkte ihre Arme vor der Brust. »Es gibt einige hier im Raum, die mir zustimmen würden.«

»Sie sind fristlos entlassen. So eine Einstellung und solch grässliche Vorwürfe an Ihren eigenen Chef dulde ich in meinem Unternehmen nicht!«

»Sie können mich nicht einfach so feuern. Sie sind auf mich angewiesen und das wissen Sie.«

»Und ob ich dazu in der Lage bin. Morgen fliegt ein Ingenieur-Team aus Großbritannien ein. Die werden Ihre Arbeit doppelt so schnell erledigen können, glauben Sie mir. Sie können gehen. Hat sonst noch jemand etwas zu melden?«, posaunte Mr. Hope in die Menge. Seine Mitarbeiter sahen ihn eingeschüchtert an und schluckten den Kloß im Hals hinunter. »Nein? Gut, dann ab an die Arbeit mit Ihnen. Wir stehen kurz vor einer bahnbrechenden Wendung.«

Kaum hatte er zu Ende gesprochen, packte er Suri und Linda am Arm und winkte mit einer Kopfbewegung zwei Sicherheitsmänner herbei. »Bringen Sie sie zur Halle. Ich kümmere mich um den Rest«, flüsterte er den beiden Männern zu. Diese nickten.

»Ey, ich bin entlassen. Ich darf hingehen, wo ich will!«, sagte Linda bestimmt.

»Sehen Sie es doch als klitzekleines Abschiedsgeschenk«, zischte Mr. Hope, wandte ihr den Rücken zu und lief davon.

»Was ist *die Halle*?«, fragte Suri irritiert. Sie war noch ganz durch den Wind.

»Ja, das wüsste ich auch gerne«, sagte Linda, als sie mit den Sicherheitsmännern in den Lift stiegen.

»Sorry, Ladies, das kann ich euch leider nicht sagen.«

Kurz darauf verspürten Linda und Suri ein Stich am Hals.

»Verdammt, was war das?«, fluchte Linda, doch schon kurz darauf wurde ihnen beiden schwarz vor Augen.

17.

Suri atmete erschrocken auf. So, als hätte sie es kurz vor dem Ertrinken doch noch an die Wasseroberfläche geschafft. Sie blinzelte nervös und schaute sich in der Umgebung um. Es war dunkel, bloß ein schummriges Licht an der Decke ermöglichte es ihr, zu erkennen, wo sie sich befand: In einer Lagerhalle.

»Linda?«, rief Suri ins Leere. Außer ihr selbst war da niemand.

Zögerlich stand sie auf und machte einen Schritt nach vorne. Plötzlich klimperte etwas und es war ihr nicht möglich weiter zu gehen. Suri wandte sich um und entdeckte hinter ihr eine Steinsäule, um die eine Metallkette gebunden war. Ihre beiden Handgelenke waren an diese Kette geschnallt. Reflexartig tastete sie ihren Bauch ab. Erleichtert atmete sie aus, als sie den Stein unter ihrem Kleid spürte. Dummerweise konnte sie ihn mit den zusammengebundenen Händen nicht greifen.

»Hilfe!«, schrie sie verzweifelt. »Warum bin ich hier?«

Stille.

Gerade wollte Suri erneut etwas sagen, als ein herzzerreißender Schrei die Stille durchbrach: »Neeeein, tun Sie mir nichts, hiiilfeee!«

Suri zuckte zusammen. »Linda!«, schrie sie. »Was ist los?« Sie zerrte an der Kette, hoffte, diese mit vollem Körpereinsatz zu lösen, um zu Linda eilen zu können, doch ohne Erfolg. »Lassen Sie sie in Ruhe! Ich bin diejenige, die Schuld trifft, nicht sie!«

Plötzlich war es wieder ruhig.

Eine Tür ging quietschend auf und knallte dann mit voller Wucht zu. Eine dunkle Gestalt kam schnellen Schrittes auf Suri zu. Ihr Herz blieb stehen, als sie erkannte, wer diese Gestalt war.

»Ich habe es auf die nette Tour versucht, aber Sie wollten ja nicht hören«, schnaubte Mr. Hope. Seine grünen Augen blitzten sie an.

Ein unwohles Gefühl machte sich in ihrer Magengegend spürbar. »Sie verstehen das nicht. Ich wollte wirklich helfen, aber … nicht so wie Sie es sich vorgestellt haben«, winselte Suri und blickte betrübt zu Boden.

»Suri. Schauen Sie mich an«, sagte er mit beängstigend netter Stimmlage.

Suri verharrte mit dem Blick auf dem steinigen Boden.

»Verdammt, schauen Sie mich jetzt gefälligst an!«, brüllte er und stampfte mit dem rechten Fuß auf den Boden.

Suri zuckte zusammen und erhob ihren Blick. Sein düsteres Wesen erinnerte Suri gewissermaßen an Aaron in seinen dunklen Tagen, was ihr Angst machte.

»Warum sind Sie hier? Wie sind Sie hierhergekommen?«

Suri schluchzte: »Ich kann nicht darüber sprechen.«

Mr. Hope holte mit seiner Hand aus und knallte ihr seine Handfläche mit voller Wucht ins Gesicht. Suri schrie vor Schmerz auf, wehrte sich, wollte die Ketten von sich schütteln, doch jeder Versuch sich zu befreien scheiterte. Suri wurde noch nie zuvor vorsätzlich geschlagen. Es war für sie mehr als äußerliche Gewaltanwendung. Es fühlte sich für sie an wie ein Schnitt in ihre Seele.

»Warum sind Sie so grauenvoll, Mr. Hope!«, schrie sie.

»Weil man anscheinend alles aus Ihnen rausprügeln muss! Sie können mir jetzt sofort sagen, was Sie wissen und ich höre auf der Stelle auf. Doch wenn Sie das Gefühl haben, eine auf

Beschützerin Ihres ach so heiligen Planeten zu machen, dann werde ich weitermachen. So lange, bis Sie weich werden. Und ich verspreche Ihnen, Suri, das werden Sie. Also, was möchten Sie lieber: Die harte oder weiche Tour?« Seine Worte waren so grauenvoll, dass Suri übel wurde. Sie hasste dieses Macht-Gehabe, das konnte sie noch nie leiden.

»Wissen Sie was, Mr. Hope, prügeln Sie mich von mir aus solange Sie wollen. Drohen Sie mir mit Mord, bringen Sie mich um. Ich werde Ihnen nie verraten, wie Sie auf unseren Planeten kommen. Wissen Sie, wie viele Male ich kurz davor gewesen war, Ihnen die Wahrheit zu sagen? Duzendfach. Aber ein Gefühl hat mich zurückgehalten. Und ich konnte auf mein Gefühl vertrauen. Sie sind *böse*, Mr. Hope. Sie haben eine dunkle Seele. So jemanden lasse ich nicht noch einmal meinen Planeten verwüsten.«

Die Miene von Mr. Hope verfinsterte sich, obwohl Suri gedacht hatte, dass er sein Maximum bereits erreicht hatte.

Fehlanzeige.

Energisch fuhr er sich mit der Hand durch seinen weißen Bart und schnaubte: »Und ich werde meine Informationen erhalten, ob es Ihnen gefällt oder nicht. Ich werde Ihren Planeten stürmen, ich werde jeden einzelnen eurer mickrigen Wesen eigenhändig töten und ich werde die Menschen sicher auf Beolania bringen. Ihr seid nichts als Abschaum.«

Suris Schultern begannen zu zucken, Tränen kullerten über ihre prallen, violetten Wangen und ihre Kiemen auf der Brust bewegten sich wie wild. »Das werden Sie niemals erreichen«, hauchte sie.

»Und ob ich das werde«, drohte Mr. Hope, holte erneut aus, doch dieses Mal mit seiner Faust. Er traf Suri mitten ins Gesicht. Sie spürte keinen Schmerz, sie fühlte rein gar nichts mehr. In ihren Ohren vernahm sie ein Pfeifen und ihr wurde schwarz vor Augen. Kraftlos sank sie zu Boden. Das letzte, was sie spürte, war ein Tritt in ihre Rippen.

Die Tage zogen an ihr vorbei, ohne im Bewusstsein darüber zu sein, wie viele es waren. Jeden Tag kam ein Mann in die Halle. Er hatte von Mr. Hope die Anweisung erhalten, sie windelweich zu prügeln, bis sie mit der Sprache rausrücken würde. Der Mann war bestimmt dreimal so breit wie Suri und seine Arme so muskulös wie die eines Schimpansen – bloß etwas weniger behaart. Er hatte düstere, dunkle Augen und eine dicke Narbe quer über sein Gesicht.

»Wollen Sie heute vielleicht reden?«, sagte er mit seiner tiefen Stimme, die Suri jedes Mal ein Schaudern über den Rücken laufen ließ.

»Nein«, hauchte sie, gefolgt von einem kratzigen Husten. Es war sehr kalt in dieser Lagerhalle und Suri war diese niedrigen Temperaturen nicht gewohnt. Sie saß auf dem Boden, ihre Beine waren zur Seite angewinkelt. Das Seidengewand reichte knapp bis über ihre Knöchel, doch viel Wärme spendete es ihr sowieso nicht.

»Na gut«, es war für ihn keine Überraschung, schließlich hörte er von ihr jeden Tag das gleiche. Egal wie er sie folterte: Mit Schlägen, Stromstößen, Gebrüll oder Drohungen. Nichts konnte Suri davon abhalten, mit der Wahrheit rauszurücken. Am Vortag hatte er sie sogar beinahe ertränkt.

Suri hatte sich schon fast gewünscht, dass dieses Elend endlich vorbei wäre. Doch der Mann wusste, dass er auf sie angewiesen war. Ohne sie würde niemand jemals diesen geheimnisvollen Planeten namens Beolania finden.

Suri zitterte und schloss ihre Augen. Sie fragte sich gerade, was er wohl heute mit ihr vorhatte, als er ihr etwas vor die Füße warf. Suri zuckte zusammen und öffnete ihre Augen. Sie konnte kaum glauben, was sie da sah. »Wieso?«, fragte sie mit zittriger Stimme.

»Du hast seit vier Wochen nichts mehr gegessen.«

»Ich will Ihr Essen nicht. Lieber sterbe ich.«

Seine Miene verfinsterte sich und er krempelte seinen schwarzen Pullover an den Armen zurück. »Sie können wählen zwischen einem Stück Brot oder einer Runde Prügel. Ihre Wahl«, knurrte er.

Suri biss sich auf die Unterlippe und griff hastig nach dem Stück Brot. Wenn sie ehrlich war, hatte sie wirklich mächtigen Hunger.

Während sie auf dem trockenen Stück hastig herumkaute, wurde sie von zwei grimmigen Augen angestarrt. Sie schluckte den letzten Bissen mühsam herunter und hustete. »Dürfte ich noch einen Schluck Wasser haben? Mein Mund ist so trocken«, flüsterte sie kraftlos.

»Ja klar, hätten Sie auch noch gerne etwas anderes?«

»Vielleicht noch ein Kissen und neue Kleidung? Mir ist sehr kalt. Danke«

»Klar und vielleicht noch eine warme Dusche?«

Suri huschte ein Lächeln über die Lippen. »Das wäre wirklich himmlisch.«

Der Mann begann laut zu lachen, wandte ihr den Rücken zu und ging auf den Ausgang zu.

»Bringen Sie mir nun diese Dinge oder nicht?«, fragte Suri irritiert.

»Was denken Sie wohl«, sagte der Mann kopfschüttelnd und knallte die Tür hinter sich zu.

Hätte ich es doch wissen sollen, dachte sich Suri und schlang ihre Arme um den Körper. *Immerhin werde ich heute verschont.* Kaum hatte sie den Satz zu Ende gedacht, hörte sie einen grässlichen Schrei, der ihr durch Mark und Bein ging.

»Sie verdammter Mistkerl!«, hörte sie Linda schmerzverzehrt schreien.

Suri presste sich die Ohren zu – keine Sekunde länger wollte sie diesem schrecklichen Geräusch ausgesetzt sein.

Auf einmal war es still.

Suri nahm vorsichtig die Hände von ihren Ohren und rief so laut sie konnte: »Linda, alles gut?«

Noch immer herrschte Stille, was Suri unruhig stimmte. Ihr Herz pochte und sie hoffte, dass er Linda nichts Gröberes angetan hatte.

Plötzlich wurde die Stahltür energisch aufgetreten. Suri zuckte erschrocken zusammen.

Linda wurde von dem Mann in die Halle gestoßen. Taumelnd stand sie da, mit Tränen in den Augen. »Es tut mir leid Suri, ich …« Sie streckte ihre Hand in Suris Richtung aus und hielt sie dann zitternd vor ihren Mund. Sie war nur noch Haut und Knochen und ihre blonden Dreadlocks standen in alle Richtungen ab.

Suri runzelte die Stirn. »Du hast doch nichts gemacht. Was hat er dir angetan?«

»Es tut mir leid, es tut mir leid«, wiederholte sie immer wieder, während der Mann breitschultrig auf Suri zu schritt. Seine Nasenflügel bebten auf und ab. Das konnte sie sehen, da er sein Gesicht so nahe an ihres drückte.

»Geben Sie ihn mir«, schnaubte er. Sein nach Zigaretten stinkender Atem strömte in Suris empfindliche Nase und löste bei ihr einen Würgreflex aus.

175

»Was soll ich Ihnen geben?«, fragte Suri irritiert. Sie hatte noch immer nicht verstanden, was Linda getan haben soll.

»Den Stein, du dummes Wesen«, knurrte er und zog dabei seine buschigen Augenbrauen zusammen.

Suri stieß sich reflexartig ein Stück zurück. Ungläubig warf sie einen Blick zu Linda, die weinend neben der Tür stand und Suri kaum anzuschauen wagte.

»Nein! Wie konntest du nur, ich habe dir vertraut!«, schrie Suri und begann im selben Moment zu weinen. Sie war verzweifelt und schlang ihre Arme um den Körper.

»Geben Sie mir den Stein«, forderte der Mann.

»Er hat mir gedroht, meiner Tochter was anzutun, wenn ich ihm nichts sage. Du weißt doch, für unsere Töchter würden wir alles tun!«, rief Linda mit letzter Kraft und lief so schnell sie konnte durch die Tür.

Suri schluckte, Tränen trieften über ihre Wangen. »Was ist hinter dem Vorhang, Linda? Du schuldest mir diese eine Antwort!«, schrie Suri ihr hinterher.

»Geh, oder ich mach dich kalt!«, rief der Mann Linda zu.

Er packte Suri am Hinterkopf und zog ihn mit voller Wucht an ihren Haaren nach hinten.

»Wo ist der Stein«, zischte er erneut.

Suri kickte mit ihren Beinen in alle möglichen Richtungen und versuchte sich mit den Armen zu wehren, doch es brachte nichts. Der Mann war einfach viel zu kräftig.

»Sag schon Linda!«, brüllte Suri.

»Es sind Kampfraumschiffe! Es wird Krieg geben! Sie brennen Wälder nieder!«, schrie Linda und rannte dann so schnell sie konnte davon – brachte sich in Sicherheit und überließ Suri ihrem Schicksal. Egal, wie leid es ihr auch getan hätte, es brachte Suri nichts. Sie war auf sich allein gestellt und konnte nur beten, den Stein beschützen zu können. Ihr Leben war ihr weniger wichtig.

»Ich habe den Stein nicht. Ich habe ihn verloren«, winselte Suri und biss auf ihre Zähne, da der Mann immer stärker an ihren geflochtenen Haaren zog. Es schmerzte höllisch.

»Du lügst. Ich weiß, dass du ihn bei dir trägst.« Er packte Suri grob am Hals. Sie kriegte kaum mehr Luft, doch sie wehrte sich so gut sie konnte.

Als er seine andere Hand vor ihren Mund halten wollte, um ihr Geschrei zu unterdrücken, biss sie mit voller Kraft zu. Der Mann schrie vor Schmerz auf und lockerte für einen Moment seinen Griff um ihren Hals.

Das war ihre Chance.

Sie mobilisierte ihre letzten Kräfte und sprang auf die Beine. Er packte sie an ihren Hüften, was ihr höllisch schmerzte, doch sie gab nicht auf und kämpfte sich nach oben.

Etwas fiel klimpernd zu Boden und der Mann griff danach.

»Du denkst wohl, dass du besonders intelligent bist, was?« Er lachte herablassend und sah ihr zu, wie sie sich breitbeinig hinstellte. Bereit, um sich zu verteidigen. »Lass mal gut sein, Kleine.« Suri kniff ihre Augen zusammen und runzelte ihre Stirn, als der Mann in seine Lederjackentasche griff, einen Schlüssel rauszog und diesen ins Schloss führte, das um ihre Handgelenke gekettet war.

»Ich lasse Sie gehen«, flüsterte er in ihr Ohr.

»Aber … wieso?«, stotterte Suri und beobachtete, wie er mit einem breiten Grinsen rückwärts von ihr davonlief. Ein Schaudern rieselte ihr den Rücken entlang hinunter, als sie verstand, was hier vor sich ging. Wie vom Blitz getroffen tastete sie ihre Bauchpartie nach dem Stein ab, doch er war nicht mehr da.

»Suchen Sie etwa den hier?«, fragte der Mann und hielt die Kette mit dem Stein in die Luft.

Suris Blick verfinsterte sich »Geben Sie mir den Stein zurück.«
Er schüttelte den Kopf. Suri schluckte, wobei es sich anfühlte,
als würde Sand an ihrem Gaumen kleben. Ihre Stimme zitterte.
»Sie wissen ja nicht, was Sie da tun. Beolania ist ein wundervoller
Planet. Sie dürfen ihn nicht zerstören. Bitte.«

»Ich habe einen Befehl zu befolgen. Ich werde diesen Stein zu
Mr. Hope bringen und gemeinsam werden wir die Bewohner
dieser Erde auf euren Planeten umsiedeln. Ihr werdet Stück, für
Stück, für Stück sterben.«

»Nein!«, schrie Suri, rannte auf den Mann zu, rammte ihm ihr
Knie zwischen die Beine und packte den Stein, während er sich
vor Schmerz krümmte. Sie hatte keine Ahnung, wie sie dies
eben geschafft hatte. Ihr Herz pochte und sie rannte. Ihre Füße
brannten und ihre Beine schmerzten. Lange würde sie nicht
mehr durchhalten. Sie hielt den Stein in ihrer rechten Hand und
begann ihn in der Luft zu schwingen. Immer deutlicher wurde
das Portal vor ihr und sie wäre gerade so weit gewesen durch
das Portal zu springen, als sie eine scharfe Klinge an ihrem Hals
spürte.

»Bis hier und keinen Schritt weiter«, hauchte er in ihr Ohr.

Ihre Halsader pulsierte und ihr Verstand war messerscharf.
*Ich muss durch dieses Portal, koste was es wolle. Er wird auf Beolania
nicht lange überleben können. Das weiß ich von Liv.* Adrenalin
schoss durch ihren Körper. Sie wusste, zu was dieser Mensch
in der Lage gewesen wäre, wenn sie es nicht gewagt hätte.

»Gib mir den Stein. Sofort.«

»Nur über meine Leiche«, zischte Suri und sprang durch das
Portal. Sie spürte den brennenden Schmerz an ihrer Kehle und
sah, wie das weiße Blut aus ihren Adern spritzte.

Wenn ich jetzt sterbe, hat es sich zumindest gelohnt.

Suri saß im Zimmer von Liv und Otis und starrte auf das sich schließende Portal.

Otis war weg.

Liv auf dem Weg zu Clemens.

Sie saß nur da und stürzte ihr Gesicht in die Hände.

Was habe ich bloß angerichtet.

OTIS

Alex zuckte zusammen, erwachte und drückte sich genervt die Hände auf seine Ohren.

»Du bist so gut in diesem Spiel«, sagte eine helle Mädchenstimme kichernd zum Jungen im Sitz neben ihr.

»Was siehst du in dem Wort *rot*?«

»Tor!«, rief der Junge wie aus der Pistole geschossen.

»Ja, das hätte ich jetzt auch gewusst«, sagte das Mädchen amüsiert.

»Jetzt bist du dran. Was versteckt sich im Wort *Maus*?«, fragte der Junge.

»Das ist so schwer!«

»Du wolltest ja etwas Schwieriges.«

»Nein, warte. Ich hab's. *Saum*!«

»Das war sehr gut.«

Seid doch bitte mal still. Ich will schlafen. Was für ein bescheuertes Spiel, dachte sich Alex genervt und drehte sich zur anderen Seite um. Im Flugzeug konnte er ohnehin nicht gut schlafen, geschweige denn bei solch einem Lärm.

»Danke«, sagte das Mädchen stolz. »Jetzt habe ich aber auch ein schwieriges Wort für dich. *Miami.*«

Der Junge überlegte. Er kratzte sich an seinem mit Krausen überwucherten Kopf und schob seine Metallbrille hoch. »Das ist echt schwer«, seufzte er.

»Du wolltest doch ein schwieriges Wort«, stichelte ihn das Mädchen an.

Der Junge lachte. »Da hast du recht. Ich habe keine Ahnung. Weißt du es denn?«

Das Mädchen grinste stolz, wodurch sich ihre prallen Bäckchen nach oben schoben und ihre schneeweißen Zähne zum Vorschein kamen. »Ja, ich weiß es. Soll ich es dir sagen?«

»Ich glaube dir nicht. Sag schon, wenn du es weißt.«

»Sicher weiß ich es!«

Seid still. Seid einfach still. Alex hätte ihnen am liebsten den Mund mit Klebeband versiegelt.

»Aus Miami musst du zwei Wörter machen: *im* und *Mai*.«

»*Im Mai*?«, fragte der Junge mit hochgezogenen Augenbrauen. »Eigentlich wollen wir doch immer nur ein Wort machen, oder? Ich denke, ich habe gewonnen!«

»Hast du nicht!« Die Kinder begannen sich zu schlagen.

Die Wörter hallten in Alex' Kopf nach. *Miami, im Mai … im Mai … IM MAI!* Sofort riss er seine Augen auf und starrte verblüfft zu den Kindern rüber. Wie konnten achtjährige Zwillinge nur schlauer sein, als er selbst?

»Jim, warum sieht denn dieser Mann so blöd zu uns rüber?«, fragte das Mädchen ihren Bruder und hörte damit auf, ihn zu schlagen.

»Oh, tut mir leid. Das wollte ich nicht«, sagte Alex verlegen und begann hastig zu blinzeln.

»Was gaffst du meine Schwester an?«, fragte der Junge schnippisch.

»Ihr … habt mich nur gerade auf eine Idee gebracht. Ihr seid sehr schlau.«

Der Junge verschränkte seine Arme und hob seinen Kopf besserwisserisch an. »Das wissen wir.«

»Moment, bist du nicht der Typ aus den Nachrichten?«, fragte das Mädchen irritiert, als sie Alex genauer musterte.

»Welchen Typ aus den Nachrichten meinst du denn? Da gibt es so einige«, versuchte sich Alex stotternd rauszureden.

»Na, du eben. Du lebst auf einem anderen Planeten?«, das Mädchen kriegte Schnappatmung und fächerte nervös vor ihrem Gesicht mit ihren Händen umher. Gewisse Passagiere warfen einen Blick auf Alex und musterten ihn neugierig.

»Ach so, du meinst Alex Miller. Ich sehe ihm nur sehr ähnlich. Ich werde sehr oft mit ihm verwechselt. Mein Name ist Jonathan.«

»Pff«, der Junge lachte. »Was für ein blöder Name.«

»Findest du? Ich finde er passt zu dir«, sagte das Mädchen mit hochgezogenen Mundwinkeln und neigte ihren Kopf zur Seite. Sie schien zu wissen, dass dies nicht stimmte, doch sie war schlau und erkannte, dass Alex einen Grund hatte, nicht erkannt werden zu wollen. Die neugierigen Passagiere wandten den Blick wieder von ihm ab und vertieften sich im Film, der aus dem Sitz vor ihnen scheibenförmig in die Luft projiziert wurde.

»Ich danke dir«, flüsterte Alex und schenkte ihr ein Lächeln. »Ich wünsche euch noch einen guten Flug.«

»Das wünschen wir dir auch, Jonathan«, sagten die Kinder im Chor.

Alex nickte ihnen noch ein letztes Mal zu und wandte sich dann zu Ava um. »Ich glaube zu wissen, wo Tom auf dem Video war«, flüsterte er in Avas Ohr, worauf sie erwachte.

»Ach ja? Und woher weißt du das so plötzlich?«, flüsterte sie müde.

»Amanda hat mir am Telefon gesagt, dass wir nicht sprechen können, da wir belauscht würden. Dann sagte sie, dass Tom im Mai auf Geschäftsreise ging. Das machte für mich keinen Sinn. Aber jetzt weiß ich es. Das war ein Code. Sie wollte mir damit sagen, dass sich Tom in Miami befindet.«

»Okay, aber woher sollte das Amanda wissen? Und wo genau in Miami? Diese Stadt ist ziemlich groß«, Ava strich sich über ihre Augen.

»Das müssen wir wohl noch herausfinden.«

In Los Angeles angekommen, stieß ihnen die heiße Luft wie eine Wand vor den Kopf.

»Und ihr sagt, wir müssen nach Miami?«, fragte Aaron, der noch ganz verschlafen war. Unzählige Menschen zwängten sich an ihnen vorbei, um einen Platz im Taxi zu ergattern.

»Sieht ganz danach aus. Ich würde aber vorschlagen, dass wir erst einmal Planet-B-Industries einen Besuch abstatten, um nach Antworten zu suchen. Vielleicht erfahren wir dort, wo genau Tom war. Oder ist«, sagte Alex.

»Omg, das ist doch der Typ, der aus dem Portal gestiegen ist!«, hörten sie plötzlich eine grelle Frauenstimme kreischen. Wie auf Knopfdruck drehten sich alle Köpfe zu ihnen um.

18.

»Was genau passiert hier?«, fragte Aaron wie erstarrt.

»Ich … habe keine Ahnung«, stotterte Alex. Ein Blitzlichtgewitter aus Smartphone-Plättchen donnerte auf die drei ein, sodass sie kaum noch was sehen konnten, so geblendet waren sie. Diese unterschiedlich farbigen Plättchen wurden in die Handfläche gelegt, damit das Anzeigefeld in die Luft projiziert wurde oder man konnte es zwischen Zeigefinger und Daumen einklemmen, um Fotos zu schießen. In den letzten zwei Jahren hatte scheinbar die Technologie einen riesigen Sprung in der Entwicklung neuer Smartphones gemacht.

»Warum seid ihr hier?«

»Wie sieht euer Planet aus?«

»Wo ist Leona?«

»Ich liebe euch!«

Unzählige Menschen redeten und schrien auf sie ein. Sie fühlten sich überrumpelt und hatten keine Ahnung, wie es so weit kommen konnte – bis ihnen ein Teenager Mädchen die Anzeigefläche entgegenstreckte, welche aus ihrem glitzernden Plättchen projiziert wurde.

Ein Video schien auf den sozialen Medien viral gegangen zu sein. Zu sehen war Alex in der Schweiz, wie er aus dem Portal gestiegen war.

Wie erstarrt verharrte sein Blick auf dem Video und er konnte nicht glauben, dass ihn genau in diesem kurzen Moment jemand gefilmt hatte. *Da war doch kaum eine Menschenseele zu sehen.* Dachte er sich, doch da hatte er sich offensichtlich geirrt.

»Steigt ein!«, hörten sie plötzlich eine tiefe Männerstimme rufen. Ava wandte ihren Blick nach links und sah einen Taxifahrer, der über den Beifahrersitz gelehnt aus dem offenen Fenster rief. Er winkte ihr zu.

Sie nickte und rief Alex und Aaron zu: »Kommt, wir müssen dringendst hier weg!« Es war unheimlich laut vor dem Flughafen in Los Angeles und sie konnte nicht glauben, dass sie selbst der Auslöser für diese Hysterie waren.

Ohne zu zögern, zwängten sich die drei durch die Menschenmasse, bis sie das Taxi erreicht hatten. Aaron öffnete die Tür und ließ Ava und Alex hinten einsteigen. Er selbst ließ sich in den Beifahrersitz, neben dem Taxifahrer fallen. Kaum waren alle Türen geschlossen, düste das Taxi davon.

»Ihr habt Nerven hier aufzutauchen. Ihr solltet doch wissen, dass wir euch hier alle kennen«, sagte der Taxifahrer lachend und kaute auf seinem mintgrünen Kaugummi. »Woher kommt ihr gerade?«

»Zürich«, antwortete Aaron knapp. Er war noch immer überfordert von dieser Situation.

Der Taxifahrer lachte auf. »Na da hattet ihr ja Glück. In der Schweiz traut sich auch kein Schwein euch anzusprechen. Da ist man zu *anständig* und zu *höflich*. Hier in Amerika werdet ihr wie auf offener Wildbahn zerfleischt.«

Das hat was, dachte sich Alex und schloss seine Augen. *Da waren der Sicherheitsmann und das kleine Mädchen nichts dagegen.* Er war müde und hätte sich am liebsten schlafen gelegt.

»Wo wollt ihr hin?« Seine Glatze war mit Tattoos übersät und die Ohrläppchen mit silbernen Plugs geschmückt. Alex mochte seinen Style.

»Bring uns doch bitte zu Planet-B-Industries«, sagte Alex freundlich.

Der Taxifahrer lachte wieder auf. »Ausgerechnet an diesen verfluchten Ort. Ihr wisst schon, was mit euch passiert, wenn ihr dort rein geht?«

»Was meinst du damit?«, fragte Alex mit verengten Augenbrauen.

»Habt ihr es nicht gehört?«

»Was sollen wir gehört haben?«, fragte Ava zögerlich.

»Na diese Beo…dings oder wie ihr auf eurem Planeten heißt.«

»Beola«, korrigierte ihn Aaron.

»Genau, danke. Diese Be…ola, welche vor zwei Jahren hier aufgetaucht war, ist nie mehr da rausgekommen«, er verzog sein Gesicht zu einer grässlichen Grimmasse. »Und nun das Video mit dem Vater von deiner süßen Freundin … also, ich würde nicht freiwillig in die Höhle des Löwen spazieren.«

»Wir können aber nicht einfach unsere Köpfe einziehen«, brummte Aaron.

»Das sind ja eure Köpfe, das müsst ihr wissen. Ich an eurer Stelle wäre vorsichtig.«

»Und übrigens hat es Suri rausgeschafft«, sagte Alex, worauf ihm Aaron einen grimmigen Blick zuwarf, der wohl sowas wie *verdammt, warum sagst du denn sowas* heißen sollte.

»Wirklich? Wo ist sie denn?«

»Das können wir dir nicht sagen.« Alex schaute zu Aaron, der zufrieden nickte.

»Okay, also ihr wollt um jeden Preis da rein, verstehe ich euch richtig?« Er machte eine scharfe Rechtskurve und drückte dann wieder aufs Gaspedal.

»Genau«, bestätigte ihm Ava, die sich am Sitz festklammerte, da sie Angst hatte, bei diesem Fahrstil bald im hohen Bogen aus dem Fenster zu fliegen.

»Na schön. Alex, greif doch mal unter den Sitz vor dir. Da ist eine schwarze Sporttasche.« Er griff nach der Tasche und zog sie auf seinen Schoß hoch. Er öffnete den Reißverschluss und zog den Inhalt raus.

»Hast du immer so viele Caps und Sonnenbrillen dabei?«, fragte Alex irritiert.

»Man weiß ja schließlich nie, was für Gäste ich in meinem Taxi habe, nicht wahr? Wir befinden uns in Los Angeles. In dieser Stadt wimmelt es nur so von Promis.« Der Taxifahrer zwinkerte Alex durch den Rückspiegel zu. »So seid ihr wenigstens nicht ganz so auffällig.«

Alex schenkte ihm ein breites Grinsen und bedankte sich. Aaron und Ava reichte er je eine graue Cap und eine Sonnenbrille. Alex musste bei dem Anblick der beiden ein Schmunzeln verkneifen. Es sah echt witzig aus. Ava war die Brille viel zu groß und Aaron glich einem Möchtegern-Gangster.

Aaron rümpfte die Nase.

»Dem Zweck dient es zumindest«, sagte der Taxifahrer grinsend, dem wohl das gleiche wie Alex durch den Kopf ging.

Kurz darauf kam der Wagen zum Stillstand und vor ihnen ragten die riesigen Gebäude von Planet-B-Industries in die Höhe.

»Wir danken dir vielmals für deine Hilfe«, sagte Ava und legte dem Taxifahrer ihre Hand auf die rechte Schulter.

»Eine Bitte hätte ich noch«, sagte er und fuhr sich über seine Glatze. »Kann ich noch ein Selfie mit euch machen? Ich habe echt wenige Follower auf Social Media und das würde meinem Kanal einen echten Kick geben.«

Sie sahen sich gegenseitig fragend an.

»Lasst mal stecken, war bloß ein Scherz.« Er krümmte sich vor Lachen. Die Gesichter der dreien entspannten sich und ein herzhaftes Lachen konnten sie sich nicht verkneifen.

»Wieviel schulden wir dir für die Fahrt?«, fragte Aaron und kramte in seiner Hosentasche nach der Geldbörse.

»Das geht aufs Haus. Ich wünsche euch viel Glück, das werdet ihr brauchen.«

»Du bist ein guter Mensch«, sagte Ava und lächelte ihn dankend an. Aaron steckte ihm trotzdem ein paar Dollarscheine zu. Kurz darauf verließen sie das Taxi.

»Wollen wir wirklich einfach da reinspazieren?«, fragte Ava zögerlich, als sie auf das Gebäude zuliefen. Alle drei mit Sonnenbrille und Caps bekleidet. »Wir sehen schon etwas auffällig aus, obwohl dieser Schnickschnack eigentlich genau das Gegenteil bewirken sollte.«

»Du hast recht, Ava. Was schlägst du vor?«, fragte Alex.

»Keine Ahnung.« Ava fasste sich an die Stirn und schüttelte den Kopf. »Da sind überall Sicherheitsmänner. Ihr könnt mir nicht sagen, dass die uns rein lassen.«

»Vielleicht sind sie ja so dumm wie sie aussehen und erkennen uns nicht mal«, knurrte Aaron und zwinkerte Alex zu, der sich ebenfalls ein Schmunzeln nicht entgehen lassen konnte.

»Ach ihr seid doch doof. Bringt mal nützliche Ideen, anstelle nur dumme Sprüche von euch zu geben.« Ava rollte die Augen.

»Liebling, schmoll nicht. Uns kommt schon noch eine zündende Idee«, flüsterte Aaron und strich sanft über ihre Arme.

»Ich hab's!«, jauchzte Alex plötzlich auf. »Seht ihr diese Schulklasse? Die haben auch alle Caps auf, dort werden wir uns daruntermischen.«

»Klar, weil Ava und ich so jung aussehen. Nichts für ungut, Schatz.«

»Dann seid ihr eben die Aufsichtspersonen. Kommt, das wird funktionieren.«

»Na gut, lieber Alex. Hoffen wir mal, dass dein Plan aufgeht.« Ava seufzte.

Sie liefen zügig auf die Schulklasse zu und reihten sich dicht hinter die Teenager ein, um durch die Drehtür ins Gebäude zu gelangen. Der Eingangsbereich war riesig. Von der hohen Decke hingen unzählige, blaue Kronleuchter und die Wände sahen aus, wie zerknittertes Alupapier. *Sehr futuristisch. Das Geld, welches sie für die Einrichtung verschwendet haben, hätten sie lieber in die Forstwirtschaft investiert. Sie wollen ja anscheinend den Planeten retten. Wäre intelligenter und glaubhafter gewesen.* Alex wurde durch den Seitenhieb von Aaron aus den Gedanken gerissen.

»Autsch, was ist?«

»Siehst du die Sicherheitsschleusen? Wir werden durchleuchtet«, flüsterte Aaron mit zittriger Stimme.

»Na und? Hast du denn irgendwas dabei, von dem ich wissen müsste?«

Aaron überlegte kurz, wobei er seine Augen zusammenkniff und sich in der Gegend umschaute. »Nein … eigentlich nicht.«

»Siehst du. Verhalte dich unauffällig und folge der Klasse.«

Aaron nickte und zog sein Cap etwas tiefer übers Gesicht, in der Hoffnung, nicht erkannt zu werden. Er reihte sich hinter den letzten Teenager der Klasse und wartete, bis dieser vom Sicherheitsmann nach der Schleuse abgetastet wurde. Nachdem der Sicherheitsmann irgendwas gescannt hatte und ihm die Wasserflasche abgenommen hatte, da darin potenziell Sprengstoff enthalten sein könne, ließ er den Teenie zu seiner Klasse gehen.

»Ey, die meinten ich wolle den Laden hier in die Luft jagen!«, johlte er lachend einer Gruppe Jungs zu, die seine Kumpels zu sein schienen. Die Kollegen johlten und klopften ihm auf die Schulter, als sei er der krasseste Typ auf Erden.

Der Sicherheitsmann schüttelte den Kopf und schenkte seine Aufmerksamkeit Aaron, der soeben die Sicherheitsschleuse erfolgreich passiert hatte, ohne dass ein Geräusch ausgelöst wurde. »Arme ausstrecken«, bat ihn der Mann und tastete Aarons Körper ab.

»Ich muss mich für meine Jungs entschuldigen. Sie denken immer, sie seien die Größten und Besten. Die müssen noch einiges lernen«, brabbelte Aaron vor sich her. Er war nervös und wollte einen Beweis liefern, zur Klasse zu gehören.

Der Sicherheitsmann kniff seine Augen zusammen. Dieser Ausdruck gefiel Aaron in diesem Moment gar nicht. »Sie sagen, Sie gehören zur Klasse?«

»Ja, stimmt etwas nicht?«

»Wo ist dann ihre Besucherkarte?«

»Meine Besucher … was?«

Der Mann rollte seine Augen. »Opa, bitte informieren Sie sich jeweils im Voraus über unsere Vorschriften. Wir dürfen Sie ohne Ihre Besucherkarte nicht reinlassen. Sind Sicherheitsvorkehrungen.«

»Aber … das hat mir niemand gesagt. Ich mache die Klassenaufsicht.« Aaron kratzte sich nervös am Nacken. Er war kein guter Lügner.

»Ich denke nicht.« Der Sicherheitsmann kreuzte seine Arme vor der Brust und stand ihm in den Weg.

»Na gut, Sie haben ja recht. Aber mich interessiert diese Firma. Ich hätte gerne eine Führung. Wo kann ich solch eine Karte kaufen? Ich bezahle sie Ihnen, kein Ding.« Aaron kramte in seiner Hosentasche nach dem Portemonnaie. »Wie viel?«

Der Sicherheitsmann lachte. »Sie können diese Karte hier nicht kaufen. Das müssen Sie online machen. Wir sind mehrere Monate im Voraus ausgebucht. Für November können Sie eine Besichtigung buchen. Und jetzt machen Sie Platz.«

»November? Ihr Ernst?«

Der Sicherheitsmann zog seine Augenbrauen hoch. »Mein Ernst.«

»Okay, ist ja gut.« Aaron war überfordert von der forschen Art des Mannes und lief zurück zum Eingang. »Kommt«, flüsterte er Ava und Alex beim Vorbeigehen zu. Sie hatten alles mitgehört.

Sie setzten sich auf eine Bank unter einem buschigen Baum vor dem Gebäude und stürzten das Gesicht in die Handflächen.

»Das hätten wir besser durchdenken sollen«, seufzte Ava.

»Du sagst es.« Alex stand auf und lief einige Male im Kreis umher. »Und jetzt?«

»Keine Ahnung«, knurrte Aaron und streckte seinen Rücken durch, der ihm seit dem Flieger zu schaffen machte. Es knackte einige Male. »Autsch.«

»Hast du deine Schmerzmittel genommen?«, fragte ihn Ava.

»Natürlich nicht, was denkst du denn, warum ich solche Schmerzen habe.«

Ava schüttelte ungläubig den Kopf. »Es ist einfach immer das Gleiche mit dir.«

»Tut mir leid, aber was soll ich denn tun? Ich bin nun mal alt und gebrechlich.«

»Und genau darum solltest du deine Medikamente nehmen.« Manchmal verstand sie nicht, was sich im Inneren ihres Mannes abspielte.

Plötzlich jauchzte Alex erfreut auf, als ein Mann in schickem, schwarzem Anzug an ihm vorbeilief. »Will? Was machst du denn hier!«

William blieb verblüfft stehen und schaute Alex in die Augen. »Was für eine Überraschung! Ich könnte dich das Gleiche fragen. Schön dich zu sehen!« Er strahlte über das ganze Gesicht und fiel Alex in die Arme.

»Ich muss dir jemanden vorstellen. Das sind Ava und Aaron. Endlich lernt ihr euch mal kennen!« Alex deutete auf das sich streitende Ehepaar auf der Holzbank.

»Wow, ich habe ja schon so viel von euch gehört. Freut mich!« William begrüßte sie mit einem kräftigen Händedruck.

»Das ist Will, der Mann von Liz.«

»Ach wie schön, das freut uns, dich kennenlernen zu dürfen, Will«, sagte Ava mit ihrem strahlenden Lächeln, das gleich den ganzen Streit wett machte.

»Was führt euch denn hier her? Seit wann bist du wieder auf der Erde und wo ist Leona?«

»Leona ist nicht hier, sie ist auf Beolania geblieben. Du hast bestimmt gehört, was hier vor sich geht. Suri war hier auf der Erde und hat so einiges ins Rollen gebracht. Warum bist du hier?« Alex war froh, genau in diesem Moment jemanden aus der Familie getroffen zu haben. Im Moment der Verzweiflung.

»Ja.« William räusperte sich. »Ich habe von der Sache mit Suri gehört. Das war überall in den Nachrichten. Tut mir echt leid, in was ihr da reingeraten seid. Gewissermaßen bin ich genau aus diesem Grund hier. Ich will die Sache mal genauer unter die Lupe nehmen.«

»Sehr gut! Danke Will, du bist uns eine große Hilfe. Wir wollten da gerade rein, aber dafür braucht man Pässe und die haben wir nicht. Wir wissen echt nicht weiter. Und dann ist da noch diese Sache mit Tom … könntest du vielleicht rauskriegen, wo sie ihn hingebracht haben?«

William legte seine Hand auf die Schulter von Alex, um ihn zu beruhigen. »Ihr macht da gerade sehr viel durch. Ich habe von Tom in den Nachrichten gehört – mein Beileid.«

»Denkst du, er ist … tot?« Alex traute sich das Wort kaum auszusprechen, es blieb ihm förmlich im Hals stecken.

»Ich hoffe nicht, Alex. Aber ich kann dir nichts garantieren. Die Sache sieht ziemlich ernst aus. Ich weiß ja nicht in was Tom da reingeraten ist, aber was man so hört …«

»Was hört man denn?« Das Herz von Alex hämmerte.

»Er ist da in ein paar echt üble Geschäfte reingerutscht. Dinge, die er nicht hätte tun dürfen. Mehr weiß ich aber auch nicht.«

»Von wem hast du diese Informationen, Will?«

»Das kann ich dir nicht sagen, sonst bist du in großer Gefahr.«

»Das weiß ich sehr zu schätzen, aber ich muss das wissen.«

Will sah sich kurz um, fuhr sich dann über seinen weißen Bart und beugte sich zu Alex vor. »Du musst mir versprechen, niemandem davon zu erzählen, klar? Nicht Liz, nicht Amanda und auch nicht Leona, wenn du sie wieder siehst.«

Alex sah William ängstlich in die Augen. »Klar, aber warum?«

»Wir wären alle in großer Gefahr. Mehr kann ich dir nicht sagen. Kann ich dir vertrauen, Alex?«

»Aber natürlich. Wir sind eine Familie.«

»Sehr gut. Ich weiß, dass ich auf dich zählen kann.« Er hielt kurz inne und leckte sich über seine trockenen Lippen. »Diese Informationen habe ich vom Inhaber von Planet-B-Industries. Man nennt ihn Mr. Hope.«

»Was? Steckt der etwa hinter der ganzen Sache? Ich wusste, dass diese Firma Dreck am Stecken hat.« Alex griff sich ins Haar und biss auf die Zähne. »Okay. Und was hast du vor?«

»Das kann ich dir nicht sagen. Aber vertrau mir. Ich habe einen Plan.«

»Okay und wie können wir dir dabei helfen?«

»Das könnt ihr nicht.«

»Aber es geht um unseren Planeten. Wir müssen ihn beschützen!«

»Ich weiß, Alex. Deshalb setze ich alles daran, dass eurem Planeten nichts passiert. Ich bringe euch vorerst mal zu uns nach Hause. Dort seid ihr in Sicherheit. Und Liz wird sich freuen, euch zu sehen.«

19.

»Alex, wo ist meine Tochter? Und wer sind diese beiden alten Leute?« Liz war perplex, als sie die Haustür öffnete.

»Wir sind gar nicht so alt«, knurrte Aaron beleidigt, worauf er von Ava einen bösen Blick einstecken musste.

»Wenn wir es genau nehmen, sind wir sogar die ältesten Wesen auf diesem Planeten. Und jetzt sei bitte freundlich. Das ist die künftige Schwiegermutter von Alex«, flüsterte sie Aaron zu.

Er rollte seine Augen und zwang sich dann ein Lächeln auf.

»Leona geht es gut. Es gibt nur … Komplikationen mit unserem Planeten«, versuchte Alex ihr die Sachlage so schonend wie möglich zu schildern. Er bemühte sich, für den Moment über ihren Verrat vom letzten Mal hinwegzusehen »Das sind Aaron und Ava. Wir haben dir von ihnen erzählt.«

»Ach, Aaron? Dieser Mann, welcher diesen grässlichen Fluch über das Universum gelegt hatte?«

Aaron flüsterte Ava ins Ohr: »Sie wird mir irgendwie einfach nicht sympathischer.«

»Genau.« Alex räusperte sich. »Aber nun hilft er uns, das ist doch alles, was zählt, oder?«

Liz zog ihre frisch gezupften Augenbrauen hoch. »Natürlich. Kommt rein.«

William blieb im Türrahmen stehen. »Liebling, ich muss nochmal zur Arbeit. Eine wichtige Ersatzteillieferung ist fälschlicherweise ans andere Ende der Welt geliefert worden. Ich muss mich darum kümmern. Zum Abendessen werde ich hier sein, versprochen.«

»Na gut. Bitte sei pünktlich.«

William machte einen Schritt auf sie zu, legte behutsam seine Hände auf ihre Hüften und küsste sie. »Versprochen.«

Liz huschte ein Lächeln über die Lippen. »Bis später. Ich liebe dich.«

»Ich liebe dich auch«, sagte Will beim Gehen und zog die Haustür hinter sich zu.

»Alex, ich war das vor zwei Jahren wirklich nicht. Ich habe jeden Tag gehofft, dass ihr zurückkommt und ich euch das nochmals sagen kann. Ich weiß nicht, woher die Medien diese Informationen hatten, glaub mir.« Liz sah Alex tief in die Augen. Er wusste nicht, wie er reagieren sollte. Sie sah so aufrichtig aus.

»Es fällt mir wirklich schwer, das zu glauben. Verstehst du mich? Du plapperst schnell einmal etwas aus, ohne es zu merken.«

»Ja aber doch nicht sowas. Ich liebe euch, dass weißt du hoffentlich.«

Alex kaute auf seiner Unterlippe. »Ich möchte dir glauben. Lassen wir dieses Thema für den Moment ruhen. Das musst du mit Leona besprechen, wenn sie wieder da ist. Momentan haben wir aber andere Probleme und da möchte ich, dass wir als Familie an einem Strang ziehen. Waffenstillstand?«

Liz war erleichtert. »Ich danke dir, Alex. Du hast recht. Ich habe das mit Tom in den Nachrichten gesehen. Ihr auch?«

Sie setzten sich ins Wohnzimmer.

»Darum sind wir hier. Wie geht es dir dabei?«, fragte Alex. Er konnte sich vorstellen, wie schockiert sie sein musste, da sie doch einst verheiratet gewesen waren. Auch wenn schon viele

Jahre verstrichen waren und beide glücklich in neuen Beziehungen lebten, eine Familie waren sie noch immer.

Liz seufzte. »Es hat mir das Herz zerrissen, ihn so zu sehen. Ich weiß, dass alle denken, er hätte schmutzige Geschäfte gemacht und sich daher in diese Lage gebracht. Doch ich kenne Tom. Er ist ein guter Mann und er hat es nicht verdient, so leiden zu müssen.«

»Das kann ich verstehen, Liz. Wir sehen das genauso. Hast du mit Will darüber gesprochen?«, fragte Alex.

»Natürlich. Er will ihn finden. Schließlich waren sie kurz davor zu kooperieren. Die beiden verstehen sich mittlerweile sehr gut. Wollt ihr eigentlich was zu trinken? Tut mir leid, ich bin etwas durch den Wind.«

»Gerne. Wasser reicht. Was für eine Kooperation sollte das denn sein?« Liz lief in die Küche und kam mit einem Wasserkrug zurück. Alex holte die Gläser.

»William hat Tom vorgeschlagen, gemeinsam an einem Strang zu ziehen, um die Autobranche zu revolutionieren. Will bewundert Tom, da er auf nachhaltige Stromquellen setzt. Mein Mann möchte das für seine Fahrzeuge auch. Also werden sie gemeinsam einen Wagen auf den Markt bringen. Somit profitieren beide voneinander.«

»Schön, das klingt nach einer guten Sache.« Alex lächelte.

»Finde ich auch. Nur liegt das Projekt auf Eis, seit Tom verschwunden ist ... Gott weiß, ob er noch lebt.«

Es wurde für einen Moment still in der Villa.

»Wir werden ihn finden«, sagte Aaron und legte seine Hand auf das Knie von Liz. Es war das erste Mal, dass sie sich anlächelten.

Alex durfte nachmittags den Laptop von Liz benutzen, um Nachforschungen zu unternehmen. Er wollte mehr über Planet-B-Industries herausfinden und suchte nach einem Geschäftssitz in Miami. Doch er fand nichts.

Was ihm merkwürdig erschien, war, dass obwohl jeder die Organisation kannte, niemand Außenstehendes zu wissen vermochte, wer der Geschäftsführer war. Und auch wenn Alex nach Mr. Hope suchte, erschien zwar dessen Name auf der Website, doch er fand keine weiteren Angaben, geschweige denn Bilder. Wie konnte es sein, dass jemand, der anscheinend bloß Gutes für die Menschheit wollte, sein Gesicht nicht offenbarte? Warum machte das nicht mehr Menschen stutzig?

Nach einigen Stunden recherchieren im endlosen Internet später, wurde Alex aus den Gedanken gerissen, als William nach Hause kam. Er hatte gar nicht mitbekommen, dass Liz bereits gekocht und Aaron und Ava am Esstisch saßen.

Es dämmerte allmählich. Ein Blick auf die Uhr ließ Alex erstaunt aufhorchen. Es war kurz nach acht. »Habe ich so lange am Computer gesessen?«

Liz schmunzelte. »Du warst abgetaucht und hast nichts mehr um dich herum mitbekommen.«

»Tut mir leid.« Alex klappte den Laptop zu und setzte sich an den Esstisch. »Das duftet ja köstlich.«

»Nichts Wildes. Ich habe einfach etwas aus dem gekocht, was ich noch zu Hause hatte.«

»Und das nennst du nichts Wildes, Schatz? Das ist ein Drei-Gänge-Menü.« William strich seiner Frau liebevoll über die Wangen. »Du kannst es einfach nicht lassen, so unglaublich perfekt zu sein.«

Liz lächelte und tat so, als ob sie verlegen wäre. In Wahrheit war es genau das, was sie hören wollte.

»Danke fürs Kochen, Liz. Es schmeckt hervorragend«, lobte sie Ava, als sie den ersten Bissen von der farbigen Rotebeete-Suppe gekostet hatte.

»Hat sich das mit der Ersatzteillieferung geregelt?«, fragte Alex, als er seinen Teller auslöffelte.

»Ich konnte es in die Wege leiten, ja. Ständig ist irgendwas. Wäre ja sonst langweilig, nicht wahr?« William schmunzelte und wischte sich seinen weißen Bart an der Serviette ab, die er sich auf der Brust ins Hemd gesteckt hatte.

»Du sagst es. Wir haben da ja auch unsere Probleme. Liz sagte, du wolltest mit Tom zusammen einen Wagen kreieren. Seid ihr weit gekommen?«

»Leider nicht. Die Sache mit Tom kam dazwischen.« Die Schweigeminute nutzte Liz, um den Hauptgang zu servieren.

»Ava hat mir bei den Dumplings geholfen. Ich bin ihr sehr dankbar. Sie geht so behutsam mit den Lebensmitteln um. Das finde ich sehr inspirierend.«

»Je liebevoller das Essen zubereitet wird, desto besser schmeckt es. Das ist ein altes Sprichwort von Beolania.« Ava wurde sentimental, als sie den Namen ihres geliebten Planeten aussprach. Aaron legte seine Hand behutsam auf ihren Oberschenkel und schenkte ihr einen Trost spendenden Blick.

»Werdet ihr wieder auf Beolania zurückkehren?«, fragte Will.

Ava schüttelte langsam den Kopf. »Leider nein. Wir könnten nicht mal wenn wir wollten.«

William runzelte die Stirn. »Wie meinst du das?«

»Nun ja«, Ava kaute den Bissen zu ende, bevor sie weitersprach. »Menschen können auf Beolania nicht atmen. Die Sauerstoffdichte ist viel zu gering.«

»Hm, ist das so. Das wusste ich ja gar nicht.«

»Nun ja, das muss man ja auch nicht wissen. Wir haben ja nicht vor, dort zu leben«, sagte Liz kichernd.

»Da bin ich aber froh, dass du das so siehst«, sagte Aaron. »Planet-B-Industries hätte nicht Freude daran, wenn du dies öffentlich so locker flockig sagen würdest.«

Liz winkte ab. »Ach, die träumen doch bloß. Das wäre niemals möglich, uns Menschen umzusiedeln.«

»Warum denkst du das, Schatz?«, fragte William interessiert.

»Du hast doch gehört. Menschen können dort nicht leben.«

»Und wenn sie es doch könnten?«

»Willst du etwa dort leben?«

»Natürlich nicht. Aber ich finde es sehr spannend, was momentan für Fortschritte in der Technologie stattfinden. Wahrscheinlich wissen die von Planet-B-Industries mehr, als wir zu denken vermögen.«

»Das kann sein. Du siehst es nun mal aus den Augen eines Entwicklers. Aber irgendwo gibt es Grenzen. Auch in der Technologie. Grenzen, die man nicht überschreiten sollte.«

William lächelte seine Frau an. »Da hast du recht, Liebling.«

»Du scheinst dich auch ziemlich mit Planet-B-Industries beschäftigt zu haben, William. Weißt du per Zufall, ob sie einen Zweitsitz in Miami haben?«, fragte Alex neugierig.

»Nicht, dass ich wüsste. Warum fragst du?«

»Ich denke, dass Tom vielleicht dort sein könnte.«

»Und … wie kommst du darauf? Ich habe mich schon fast überall umgehört und niemand konnte mir auch nur einen kleinen Hinweis geben, wo er sein könnte.«

»Amanda hat da mal was erwähnt. Ich weiß nicht, ob ich mit dieser Vermutung richtig liege.«

William reagierte überrascht. »Was hat sie dir denn genau gesagt? Das wäre ja eine sehr wichtige Information, um nach ihm suchen zu können. Uns gegenüber hatte sie nie etwas in diese Richtung erwähnt. Wann habt ihr denn miteinander gesprochen?«

»Sie hat euch nichts gesagt?«, Alex runzelte die Stirn. »Ich habe vor …«, Alex konnte nicht weitersprechen, da ihm Aaron ins Wort fiel.

»Vor langer Zeit hat sie uns gesagt, dass sich Tom gerne in Miami aufhält. Dort gibt es hervorragende Restaurants und Hotels. Kurz gesagt: Er ist von dieser Stadt angetan. Daher denken wir, dass er nach Miami wollte – aber nicht dort gelandet ist, wo er hinwollte.« Alex schaute ihn schräg an, da er nicht verstand, weshalb ihm Aaron in den Satz gefallen war.

»Okay, das ergibt für mich zwar keinen Sinn, aber wenn ihr denkt, auf einer Spur zu sein, dann werde ich mich nochmals etwas genauer umhören. Danke, für eure Hilfe. Ich möchte nämlich meinen Geschäftspartner und guten Freund gerne bald wieder bei mir haben … sofern er noch unter uns ist.« William senkte seinen Blick auf den Teller.

»Hab vielen Dank, Will«, sagte Alex.

»Warum bist du mir beim Abendessen in den Satz gefallen?«, fragte Alex, als er mit Ava und Aaron im Gästezimmer auf dem Bett saß. Sie wollten die Pläne für den nächsten Tag gemeinsam durchgehen.

»Mir hat es nicht gefallen, dass du Amanda erwähnt hast. Sie scheint etwas zu wissen, dass William aus irgendeinem Grund nicht wissen sollte. Sonst hätte sie es ihm gesagt«, flüsterte Aaron, damit sich seine tiefe Stimme nicht durch die Wände des Hauses bahnte.

»Aber sie sind doch Freunde. Wir sind eine Familie – auf eine etwas verstrickte Art und Weise.«

»Was Aaron damit sagen will, mein lieber Alex, ist, dass wir schon einige Zeit Erfahrung damit haben, zu spüren, wann etwas im Busch ist. Wir sind darauf gepolt, andere zu beschützen. In dieser Situation blinkten bei uns die Alarmglocken auf.«

»Aber warum?«

»William scheint etwas mehr zu wissen als wir. Er ist ein guter Mensch, aber in etwas verwickelt. Wir können ihm solche Informationen nicht anvertrauen, bis wir wissen, womit wir es zu tun haben. Verstehst du?«, sagte Ava.

Alex nickte. »Und wie fahren wir nun fort?«

»Ich schlage vor, wir versuchen in den nächsten Tagen Amanda zu besuchen, ohne dass jemand davon Wind kriegt.«

»Das klingt nach einem guten Plan, Aaron.«

In den nächsten zwei Wochen kamen sie auf der Suche nach Tom nicht wirklich weiter. Alex hatte schon einige Male bei Amanda zu Hause vorbeigeschaut, doch sie war nicht da. Alex fragte sich, ob es ihr gut ging. Er wusste ja nicht, ob ihr Telefonat tatsächlich mitgehört wurde und sie jemand entführt hatte. In seinem Kopfkino reimte er sich schlimmste Geschichten zusammen. Ava musste ihn immer wieder beruhigen.

William ließ seine Beziehungen spielen und Liz hatte ihre Freundinnen gebeten sich umzuhören, da diese oft in Miami waren.

Alex wurde ungeduldig, da er noch immer nichts von Leona gehört hatte. Ihm war bewusst, dass auf Beolania erst einige Minuten verstrichen waren, seit er wieder auf der Erde war, doch trotzdem hatte er gehofft, sie schneller wieder zu sehen. Es war ungewohnt für ihn, ohne sie zu sein, denn seit Rom waren sie sich keinen Tag von der Seite gewichen.

Beziehungsexperten hätten ihnen wahrscheinlich ohnehin dazu geraten, ab und zu eine natürliche Distanz zu wahren, um sich individuell in der Beziehung entfalten zu können – doch Alex war sich ziemlich sicher, dass es keinen Beziehungsratgeber für Götter gab, die zwischen zwei Welten hin und her pendelten.

»Stell die Lautstärke höher«, sagte Liz plötzlich, als sie eines Abends auf der Couch saß, ein Buch las und rein nebensächlich den Fernseher laufen gelassen hatte. Der Fernseher war bloß noch eine dünne, transparente Glasscheibe.

Es lief ein Film mit Bildern von brennenden Wäldern und schmelzenden Eisbergen. Während ein tragisches Bild nach dem anderen erschien, sprach eine ruhige, weibliche Stimme: »Das Leben auf der Erde hat sich verändert. Unsere Wälder drohen zu schwinden und unsere Luft wird von Tag zu Tag schmutziger. Jahre lang suchten wir von *Planet-B-Industries* nach einer Lösung. Und nun ist es so weit. Dank der Kooperation mit einer Bewohnerin des Planeten Beolania, waren wir im Stande, uns auf eine Umsiedelung vorzubereiten. Unsere Raumschiffe und Anzüge werden Sie sicher auf unseren neuen Planeten bringen. Wir träumen von einer Zukunft, in der sich unsere Kinder nicht fürchten müssen und wir in Frieden mit den Bewohnern von Beolania zusammenleben können. Vergessen Sie die Sorgen über unseren Planeten. Begleiten Sie uns und werden Sie Teil unser aller Zukunft.«

Liz starrte mit offenem Mund in den Fernseher. Das Video war zu Ende und die Moderatorin erschien auf der Bildfläche.

»Laut Angaben von Planet-B-Industries werden in gut zwei Wochen auserwählte Mitarbeiter nach Beolania reisen, um sich der Bevölkerung dort vorzustellen und ihre Pläne mit ihnen zu teilen. Nur so könne ein friedliches Zusammenleben gewährleistet werden. Bereits jetzt, können Sie sich auf der Webseite von Planet-B-Industries registrieren, um sich Ihren Platz in einem der Passagier-Raumschiffe zu sichern. Wann genau die erste Umsiedlung stattfindet, hängt von der Kooperationsbereitschaft der Beolas ab.«

Alex riss seine Augen auf und schaute zu Aaron. »Liv hat keine Ahnung, was diese Menschen vorhaben. Ich kann sie nicht warnen. Was habe ich mir bloß dabei gedacht, sie allein zurückzulassen?«

»Clemens ist doch bei ihr, oder?«, fragte Aaron.

»Ja schon. Ich hoffe, sie konnte ihm mitteilen, was Suri uns gesagt hat.«

»Bestimmt«, sagte Ava ruhig.

Die Moderatorin fuhr fort: »Skeptiker gehen davon aus, dass Planet-B-Industries keine guten Absichten hat, da Tom Parker uns vor zwei Wochen in diesem erschreckenden Video gewarnt hatte. Der Stellvertretende Geschäftsführer nahm zu dieser Aussage Stellung.«

Ein weiters Video wurde in den Nachrichten gezeigt. Ein Mann mittleren Alters stand auf einem Podium und sprach zu seinem Publikum: »Tom Parker hatte kein Recht, uns zu beschuldigen. Er wollte Anteile der Firma aufkaufen, um seine Marke zu stärken. Als ihm dies nicht gelungen ist, wollte er uns zu Nichte machen und die Geschäftsführung an sich reißen.«

Eine Stimme aus dem Publikum rief: »Haben Sie ihn mit der Waffe bedroht?«

Der Mann im Anzug rückte näher ans Mikrofon und sagte bestimmt: »Natürlich nicht. Planet-B-Industries steht für Frieden, Neuanfang und Hoffnung. Niemals würden wir jemanden bedrohen. Selbst jene nicht, die uns Schlechtes wünschen. Wir werden auf Beolania ein neues Leben beginnen. Auf einem Planeten, der so rein ist, wie Sie es sich nicht vorstellen können. Ihre Kinder werden Ihnen dankbar sein, dass Sie ihnen eine hoffnungsvolle Zukunft ermöglichen. Hier auf der Erde ist dies nicht mehr möglich. Glauben Sie an uns.«

Die Menge applaudierte, worauf Liz den Fernseher ausschaltete.

William setzte sich neben sie und nahm sie in den Arm. »Wie du sagtest, sie werden es bestimmt nicht schaffen. Auf Beolania werden sie nicht überleben können.«

»Ich hoffe es.«

»Bestimmt, mein Schatz. Alex, du hast doch sicher diesen magischen Stein bei dir, um auf Beolania zu gelangen, oder? Dann kannst du die Bewohner warnen?«

»Nein, den hat Leona.«

William runzelte die Stirn. »Ich dachte, den tragt ihr immer bei euch, wenn ihr auf der Erde seid?«

»Eigentlich schon, aber bei diesem Mal ist alles anders.«

»Anders? Du willst deinen Planeten beschützen. Du solltest doch wieder zurückkehren können.«

»Warum bist du denn plötzlich so komisch, Liebling?«, fragte Liz, als sie spürte, wie William plötzlich etwas gereizt reagierte.

»Komisch? Ich versuche seit Tagen einen Weg zu finden, um an diese Organisation zu gelangen, versuche Tom zu finden, versuche euch zu helfen und habe schlaflose Nächte deswegen. Vielleicht ist das der Grund, weshalb ich etwas gereizt bin. Meinst du nicht auch, Schatz?«, seine Worte klangen scharf.

»Tut … mir leid. Das verstehe ich. Du arbeitest sehr hart. Aber wir alle sind angespannt«, sagte Liz ruhig, in der Hoffnung, die Lage zu schlichten.

»Und wie wir angespannt sind. Ich gehe jetzt zu Planet-B-Industries und hoffe, dass ich Mr. Hope zur Vernunft bringen kann. So darf es nicht weitergehen«, schnaubte William.

»Ich komme mit«, sagte Alex sofort und sprang auf.

»Nein, du bleibst hier. Was glaubst du wird geschehen, wenn du in dieses Gebäude spazierst? Nimm dir ein Beispiel an Suri.«

»Ja, aber das ist doch nun eine komplett andere Situation. Die wollen mit Beolania kooperieren? Dann sollen die das mit mir machen. Ich verstehe ohnehin nicht, warum sie das nicht schon lange versucht haben. Sie wissen doch, dass ich hier bin. Ich bin Gott von Beolania, was wollen sie denn noch mehr?«

Aaron legte Alex die Hand auf die Schulter. »Ich denke, die wollen nicht kooperieren. Verstehst du? Das ist doch nur dummes Geschwätz. Die wollen auf den Planeten und Schluss.«

»Aaron hat recht. Bleib hier. Ich werde das regeln.«

»Sei vorsichtig, Liebling«, Liz klang besorgt.

»Das werde ich. Macht euch keine Sorgen.« William griff nach dem Hausschlüssel, der auf dem Küchentisch lag, und verließ anschließend das Haus.

»Ich kann nicht einfach tatenlos zusehen«, sagte Alex nach einigen Schweigeminuten. Kaum hatte er fertig gesprochen, blinkte sein Handydisplay auf. Eine Nachricht war zu sehen:
In fünf Minuten vor dem Eingangstor. Komm allein. Amanda.

Amanda?

»Was ist, Alex?«, fragte Liz, als sie seinen verdutzten Gesichtsausdruck wahrnahm.

Er lächelte schwach und sagte: »Ich muss kurz an die frische Luft. Das war mir gerade etwas zu viel.«

»Soll ich mitkommen?«, fragte Ava.

»Nein. Ich brauche etwas Zeit für mich.«

Es war dunkel draußen, doch die Einfahrt war mit unzähligen, kleinen Laternen beleuchtet.

Alex hustete.

Er drückte auf den Knopf neben dem Eingangstor, damit sich dieses öffnete. Er schaute sich um, doch konnte niemanden sehen. Bei einem Blick aufs Handy erhoffte er sich, eine weitere Nachricht zu erhalten - vergebens.

Gerade wollte er auf die Nachricht antworten, als er jemanden seinen Namen flüstern hörte. Erschrocken wandte er seinen Kopf in die Richtung, wo die Stimme herkam. Eine Frau, mit Kapuze über das Gesicht gezogen, kam aus dem Gebüsch geschlichen. Alex kniff seine Augen zusammen. Beim besten Willen konnte er nicht erkennen, dass dies Amanda sein sollte. Außer, sie hätte ihr Haar blond gefärbt und zu Dreadlocks umfrisieren lassen.

»Wer zum Teufel sind Sie? Haben Sie mir diese Nachricht geschickt?«, fragte Alex misstrauisch.

»Ich bin Linda. Eine Freundin von Suri. Amanda wartet im Wagen. Komm.«

»Warte – eine Freundin von Suri? Wie ist das möglich?« Alex war verwirrt. *Suri war bei Planet-B-Industries gefangen gehalten worden. Kaum hatte sie Freunde hier auf der Erde.*

»Das erkläre ich dir später. Folge mir.« Die Frau lief um die Ecke. Er hoffte, dass es sich hierbei um keine Falle handelte. Doch als er den grauen Wagen sah, erkannte er die Person, welche auf dem Rücksitz saß. Es war Amanda.

»Gott sei Dank, Alex, es geht dir gut.« Amanda umarmte ihn, als er sich zu ihr setzte.

»Ich bin ja so froh, dich zu sehen. Wo warst du? Ich wollte dich schon einige Male besuchen kommen, doch du warst nicht zu Hause.«

Linda setzte sich ans Steuer und startete den Motor.

»Moment, wo fahren wir denn hin?«

»Alex. Wir müssen dir dringend was zeigen. Linda hat noch bis vor knapp drei Monaten bei Planet-B-Industries gearbeitet. Dort hat sie Suri kennengelernt. Sie weiß, wer Mr. Hope ist.«

»Wer ist dieses Miststück, der meinen Planeten bedroht?«

Linda schaute über den Rückspiegel zu Alex. »Das musst du mit eigenen Augen sehen. Du würdest es mir sonst nicht glauben.«

»Okay.« Er runzelte die Stirn.

»Alex, wie geht es Suri? Ich habe sie nicht mehr gesehen, seit … ich …«

»Seit wann?«

»Suri und ich waren von Mr. Hope gefangen gehalten worden, weil er von ihr wissen wollte, wie er auf Beolania kommen kann. Suri hatte mir von dem Stein erzählt und ich … du musst verstehen, dass ich sehr lange Zeit gefangen war und sie mir gedroht haben, meiner Tochter was anzutun. Also habe ich erzählt, dass sie einen Stein hat, der ein Portal öffnen kann. Der Mann, welcher uns gefoltert hat, nicht Mr. Hope, hat Suri dann den Stein abgenommen. Ich musste mich in Sicherheit bringen. Mich plagen täglich die Schuldgefühle.«

»Du hast ihm von unserem Stein erzählt?« In Alex brodelte die Wut.

»Bitte sei nicht böse, Alex. Sie ist ein guter Mensch und versucht uns zu helfen«, sagte Amanda sanft.

Alex atmete tief durch. »Dieser Mr. Hope scheint ein gefährlicher Mann zu sein. Wenn ich erfahre, wer er ist, wird er meinen Zorn zu spüren bekommen.« Er hielt kurz inne. »Suri ist wieder auf Beolania. Der Mann, welcher euch gefoltert hat, ist tot. Er hat Suri jedoch die Kehle aufgeschlitzt. Zum Glück konnte Liv sie heilen. Ihre Stimmbänder wurden jedoch beschädigt.«

Linda fasste sich auf die Brust. Tränen sammelten sich in ihren Augen. »Es tut mir ja so leid. Suri war aufrichtig. Sie wollte euch beschützen und ich habe euch verraten. Ich werde mir das nie verzeihen können.«

Alex sah ihr über den Rückspiegel in die Augen und sagte tröstend: »Es war nicht deine Schuld. Wir werden ihn erledigen.«

Linda nickte entschlossen.

»Amanda, du hast mir am Telefon sagen wollen, dass Tom in Miami ist, nicht wahr? Was ist passiert? Hast du etwas von ihm gehört? Lebt … er noch?«, die Fragen rieselten nur so aus ihm heraus.

»Das ist eine lange Geschichte.« Amanda legte ihre Hand behutsam auf seine Schulter. »Konzentrieren wir uns zuerst auf die Sache mit Mr. Hope, danach erhältst du Antworten.«

Alex wurde unruhig. »Muss ich mir Sorgen machen?«

»Ich weiß es nicht. Du wirst Antworten kriegen, Alex. Nur noch nicht jetzt, in diesem Moment. Wir sind gleich da.«

»Okay, wenn du meinst.« Alex runzelte die Stirn und schaute aus dem Fenster. *Ist ihm vielleicht doch etwas zugestoßen? Will sie mir bloß die Last von den Schultern nehmen?*

Der Wagen kam zum Stillstand.

»Folgt mir«, sagte Linda, als sie aus dem Auto stiegen. Zwei Straßen weiter ragte das mächtige Gebäude von Planet-B-Industries in die Höhe.

Linda winkte Alex und Amanda zu, um zu signalisieren, dass sie einen anderen Weg kannte – einen, der am Gebäude vorbei und nicht über den großräumigen Vorplatz führte.

Sie schlichen sich an der Hausfassade vorbei bis zu einer Tür, welche einen Scanner an der Wand hatte. Linda zog kurzerhand unter ihrem schwarzen Kapuzenpulli eine Karte hervor, die sie an einem Band um ihren Hals getragen hatte, und hielt diese an den Scanner. Ein kleines, grünes Licht blinkte kurz auf und dann ertönte ein Klick-Geräusch. Die Tür ließ sich öffnen.

»Woher hast du diese Karte? Du sagtest, du arbeitest nicht mehr hier«, fragte Alex.

»Ich habe noch Kontakt zu gewissen Mitarbeitern, die mit den Absichten von Mr. Hope auch nicht einverstanden sind.«

Er nickte und folgte den zwei Frauen in einen großen Innenhof. Es war dunkel, nur der Brunnen in Mitte des Hofes wurde beleuchtet.

Linda flüsterte: »Alex, schau zu dem vierten Fenster von links im zweiten Stock hoch.«

»Was soll dort sein?«

»Hab ein wenig Geduld. Bald solltest du sehen können, wer Mr. Hope ist. Er hat Besuch.«

Das Herz von Alex pochte vor Aufregung schneller. Er kniff seine Augen zusammen und konzentrierte sich auf das Fenster, welches Linda gemeint hatte. Einige Minuten verstrichen, als er plötzlich zwei Gestalten entdeckte. Sie hatten den Rücken zu ihnen gewandt, doch es sah so aus, als würden sie streiten.

»Sieh genau hin, Alex«, flüsterte ihm Amanda ins Ohr.

Er hörte förmlich seinen Herzschlag, so sehr pochte es.

Doch dann, setzte es für eine Sekunde aus. Es fühlte sich an, als würde ein Stromstoß durch seinen Körper schießen. Das Blut sackte in seine Füße und ihm wurde schwindlig.

»Tom?«, stotterte er, als er die Gestalt vom Seitenprofil erkannte. Der andere Mann im Raum, der auf Tom einredete, war William.

»Tom ist Mr. Hope? Aber das kann doch nicht sein. Tom ist doch … Leonas Vater, wie könnte er bloß …«

»Moment«, sagte Amanda, stellte sich vor Alex hin und blickte ihm tief in die Augen. »Warum denkst du, dass Tom Mr. Hope ist?«

Alex verstand die Welt nicht mehr. »Na, William hatte vorhin zu Hause gesagt, dass er zu Planet-B-Industries fährt, um Mr. Hope seine Meinung zu sagen. Er hatte mir nicht gesagt, dass er weiß, *wer* Mr. Hope ist. Jetzt weiß ich auch warum.«

Amanda biss auf ihre Unterlippe. Sie konnte es ihm nicht sagen.

»Alex«, flüsterte Linda sanft. »William … *ist* Mr. Hope.«

»Moment – was?«

20.

Zurück im Auto, musste Alex diesen Schock erst einmal setzen lassen. Er konnte nicht fassen, all die Hinweise übersehen zu haben.

Das große Interesse, welches William immer für Beolania zeigte. Seine Überreaktion, als er erfahren hatte, dass Alex den Stein nicht bei sich trug. Dass er nie etwas über Tom ausfindig machen konnte … nachträglich machte für ihn alles Sinn. Und dann fiel ihm Leona ein. Er wollte sich nicht ausmalen, ihr sagen zu müssen, dass William – den sie so gerne mochte – ihren Planeten besiedeln möchte. Und Liz, sie wäre am Boden zerstört. Sie hatte ja keine Ahnung, dass sie mit demselben Mann in einem Bett schlief, welcher ihre Tochter hintergehen wollte. Doch eines ergab für ihn keinen Sinn.

»Warum hatte er Suri gefangen gehalten, wenn er doch die ganze Zeit über gewusst hatte, dass man diesen einen Stein braucht, um das Portal zu öffnen? Er hatte es schon so viele Male bei Leona und mir beobachten können. William wusste es … Mr. Hope wusste es.«

»Er wollte genaue Informationen über Beolania. Suri hatte ihm diese geliefert, sonst hätte er keine Kampfraumschiffe produzieren lassen. Und er wusste nicht, dass Suri den Stein bei sich trägt. Er dachte, dass es noch andere Wege gibt, um auf Beolania zu gelangen. Er dachte, der Stein sei nicht auf der Erde, bis ich ihm die Information gab, die er schon so lange wollte. Zum Glück war Suri so geschickt auf ihrer Flucht«, sagte Linda mit einem Kloß im Hals.

»Er hat Kampfraumschiffe gebaut?« Alex riss seine Augen weit auf.

Linda sah ihn verlegen an. »Das ... wusstest du noch nicht? Er will all eure Bewohner auf Beolania auslöschen. Das hatte er Suri in der Lagerhalle gesagt. Ich konnte hören, wie er ihr gedroht hatte.«

Alex biss sich in die Faust. »Wir wussten es. Aaron und Ava hatten mich von Anfang an gewarnt. Sie sagten, dass an der ganzen Sache etwas faul ist. Und Tom hatte es auch gewusst, deshalb wurde er gefoltert, nicht wahr?« Er wandte den Kopf zu Amanda.

»Nun ja, die Sache mit der Folter war eigentlich nicht William. Nachdem Tom erfahren hatte, dass William Inhaber von Planet-B-Industries ist und seine Absichten verstand, fühlte er sich verpflichtet, die Welt zu warnen. Wenn in den Nachrichten einem einflussreichen Mann eine Waffe an den Kopf gehalten wird und dieser Mann sagt, dass wir Planet-B-Industries nicht vertrauen sollten, erregt dies ziemlich viel Aufsehen. Glaub mir, ich wusste auch nichts von Toms Plänen – er hat mir ziemlich große Angst eingejagt und ich war echt wütend auf ihn, dass er mich in die Sache nicht eingeweiht hatte. Aber er sagte, es hätte echt aussehen sollen. Er hatte mir einen Tag vorher noch gesagt, dass er für Geschäfte nach Miami fährt. Er meinte bloß, dass ich niemandem sagen sollte, wo er sei und dass unsere Telefonate abgehört werden könnten. Mehr wusste ich nicht. Daher konnte ich dir, Alex, bloß so wenige Informationen geben.«

Alex schluckte geräuschlos. »Und wer hat ihm bei diesem Video denn geholfen? Er konnte doch niemanden in die Sache einweihen.«

»Das war mein Mann. Er ist Schauspieler und weiß, wie man so eine Inszenierung real aussehen lässt«, sagte Linda. »Ich hatte ihm von der Sache mit Suri erzählen müssen. Ich war ja schließlich mehrere Wochen von zu Hause verschwunden und als ich wieder zurückkam, war ich voll mit blauen Flecken. Ich konnte ihn nicht anlügen – das ging einfach nicht. Seit da an versuchen wir Mr. Hope zu stoppen.«

»Verstehe. Und weshalb ist Tom nun bei Mr. Hope?« Alex wollte noch immer nicht wahrhaben, dass William hinter der ganzen Sache steckte.

»Tom nimmt das Gespräch unbemerkt auf. Wir wollen eine Aussage aus William herauskriegen. Wir dachten uns, dass William bei einem Wiedersehen wohl kaum ein Blatt vor den Mund nehmen würde. So können wir ihn ein für alle Mal entlarven.«

»Und ihr denkt, dass Mr. Hope Tom einfach so aus dem Gebäude laufen lässt?«, fragte Alex die beiden Frauen.

»Das werden wir bald erfahren.« Amanda hielt ihre Hände vor die Stirn. Sie schien für ihren Mann zu beten.

TOM

Das Telefon klingelte, als Tom sich gerade in seinen Bürosessel hat fallen lassen. »Guten Morgen mein Schatz. Was gibt's?«

»Suri ist weg.«

»Das wollten wir doch. Du klingst gestresst, was ist denn los?«

»Tom, Suri ist wirklich weg. Sie ist nicht in ihrem Zimmer. Ich denke, sie hätte sich verabschiedet, wenn sie auf Beolania zurückgegangen wäre.«

»Verdammt. Das hätten wir uns denken können. Ich habe gleich noch ein wichtiges Meeting mit William, danach gehe ich sie suchen, okay?«

Amanda atmete laut aus. »Ja bitte, ich muss jetzt nämlich dringend los. Sam hat mir bereits geschrieben und gefragt, wo ich bleibe. Die Zwillinge brauchen ihre Oma, um auf sie aufzupassen.«

»Natürlich, mein Schatz. Richte ihnen einen lieben Gruß von mir aus. Wir werden Suri finden. Mach dir keine Sorgen und konzentriere dich auf die Kleinen. Wir hören uns. Ich liebe dich.«

»Ich danke dir vielmals. Du bist der Beste. Ich liebe dich auch.«

Tom beendete das Telefonat und loggte sich in seinem Video-Call-Account ein. Während er darauf wartete, dass sich William einloggte, suchte er im Internet nach Hinweisen, wo sich Suri aufhalten könnte. Er war sich ziemlich sicher, dass solch eine Gestalt schnell entdeckt werden würde.

Williams Gesicht tauchte auf Toms Bildschirm auf. »Hallo Tom! Schön, dass wir uns endlich sprechen können. Hast du die Verträge durchgelesen?«

»Das sehe ich genauso. Ja, ich habe alles durchgearbeitet. Ich hätte da noch einige Änderungsvorschläge, aber im Großen und Ganzen gefällt mir die Idee, uns gegenseitig zu stärken. Ich habe dir soeben eine E-Mail mit dem überarbeiteten Vertrag zukommen lassen. Wenn du willst, kannst du gleich einmal reinschauen.« William nickte und las einige Minuten stumm die Änderungen durch.

Diese Zeit nutzte Tom erneut, um das Internet nach Suri zu durchforsten. *Wo bist du bloß? Wir hatten eine Abmachung.*

»Was genau gefällt dir auf Seite vier nicht, Tom?« William wartete auf eine Antwort, doch da Tom so vertieft in sein Handy war, blendete er die Frage aus. »Erde an Tom? Ich habe dir eine Frage gestellt.«

»Ach, bitte entschuldige. Was hast du gesagt?«

William runzelte die Stirn. »Alles gut bei dir?«

Tom setzte ein Lächeln auf und nickte. »Alles in bester Ordnung. Was wolltest du fragen?«

»Seite vier. Du hast ein großes, rotes Fragezeichen hingezeichnet. Was genau gefällt dir auf dieser Seite nicht?«

»Ich verstehe nicht ganz, weshalb ich in einem Vertrag festhalten muss, dass ich vor der Veröffentlichung des Wagens keine öffentlichen Äußerungen über unsere Zusammenarbeit machen darf. Und warum du mir ganze dreißig Prozent mehr Verkaufsmarge zukommen lassen willst – das ist zwar sehr großzügig von dir, aber ich verstehe nicht ganz warum.«

William packte sein Zahnpasta-Lächeln aus und rückte etwas näher an die Kamera. »Das ist deine Technologie, Tom. Ich möchte vermeiden, dass man denkt, ich wolle mich an dir bereichern. Wir sind sozusagen eine Familie und mit dieser Geste möchte ich dir meinen Respekt für deine Arbeit symbolisieren. Und das mit der öffentlichen Kommunikation möchte ich unter Verschluss halten, da es eine Überraschung sein soll. Ich denke, die Verkaufszahlen würden so viel drastischer ansteigen. Außerdem wissen wir nicht, wann der Wagen verkaufsreif ist. So ersparen wir uns viele Nörgeleien und Stress von außen. Einverstanden?«

Tom kratzte sich am Kinn. »Na schön. Und auf Seite acht schreibst du, dass du die Baupläne benötigst. Warum das? Ich dachte, ich bin für die Technologie und du für das Design verantwortlich. Weshalb brauchst du dann meine Pläne? Bei allem Respekt, aber das geht nicht.«

William lachte auf: »Tom sag mal, vertraust du mir etwa nicht? Denn wenn das so wäre, dann zweifle ich stark an unserer Zusammenarbeit.«

»Ach sei doch nicht so. Du bist auch ein Geschäftsmann und du weißt wie wichtig es ist, seine Arbeit zu schützen. Es geht ja nicht um dich, ich weiß, dass du ein feiner Kerl bist, aber diese Pläne sind das Herzstück meiner Arbeit. Wenn diese in die falschen Hände geraten, bricht mein ganzes Kartenhaus zusammen«, Tom sprach sachlich und wählte seine Worte mit Bedacht.

»In die falschen Hände?«, Williams Stimme klang leicht angeknackst. »Tom, was denkst du eigentlich, mit wem du da sprichst? Denkst du wirklich, dass ich diese Pläne auch nur irgendeiner Menschenseele zeigen würde?«

»Nein. Und trotzdem fühle ich mich unwohl bei der Sache. Hör mal: Ich schätze dich sehr und ich möchte dieses Projekt mit dir angehen. Aber bis wir so weit sind, muss dieser Vertrag noch drastisch angepasst werden, sodass ich meinen Namen daruntersetzen kann.«

William atmete einmal tief aus und fuhr sich über seinen weißen Bart. »Na gut. Ich akzeptiere natürlich deine Meinung und setze mich nochmals mit meinem Anwalt zusammen, um einen neuen, rechtsgültigen Vertrag aufzusetzen. Du wirst von mir hören.«

»Ach du Scheiße.«

»Ich dachte, das wolltest du?« William war perplex von Toms Reaktion.

Dieser hielt sein Smartphone vor die Kamera. »Nein, das eben sagte ich nicht wegen dir. Suri ist in einer Bar, hier in Los Angeles! Was verdammt macht sie dort?«

William runzelte die Stirn. »Wer ist Suri?«

»Na die Mutter von Leona … also Liv … die Mutter von Liv auf Beolania. Sie hat bei uns übernachtet und ist heute Morgen ausgebüxt. Wir wussten nicht, wo sie hin ging.«

William hielt kurz inne. »Eine Beola ist … hier? Auf unserem Planeten. Jetzt?«

»Ja. William, ich muss los, sofort. Das ist nicht gut.«

»Ach, das ist doch halb so schlimm. Sie wird schon wieder zu euch zurückkommen. Lass sie doch ihren Spaß haben.«

Tom fuhr mit den Händen über das Gesicht. »Du verstehst nicht. Leona hat gesagt, dass wir unsere beiden Welten nicht vereinen dürfen. Beolania sei sonst in Gefahr. Ich respektiere ihren Willen. Sie ist schließlich meine Tochter. Ich muss jetzt los.« Tom beendete den Video-Call und machte sich auf den Weg.

William blieb noch einen Moment wie erstarrt vor seinem Monitor sitzen. Er hatte eine Idee. *Wenn Tom mir die Pläne nicht geben will, dann hole ich mir die Informationen für den Bau meiner Kampfraumschiffe eben über eine andere Quelle. Suri wird mir bestimmt einige pikante Details über ihren Planeten ausplaudern, die für meinen Plan von Nutzen sein werden.* Er sprang von seinem

Bürostuhl auf und machte sich auf den Weg in die Stadt. Zum Glück war Planet-B-Industries nicht weit von der Bar entfernt.

Tom drückte auf das Gaspedal und ignorierte die Geschwindigkeitsbegrenzungen, während er sich seinen Weg in die Stadt bahnte. Er war im Kopf wie im Tunnel und raste auf sein Ziel zu. *Ich werde Suri zur Rede stellen. Was fällt ihr eigentlich ein, uns alle in solch große Schwierigkeiten zu bringen. Ich hätte sie gestern nach Hause schicken sollen. Ich war weich geworden, ich bin selbst schuld, dass so etwas passiert, ich hätte es wissen müssen.* Innerlich braute sich die Wut zusammen, welche ihm einen mächtigen Adrenalinkick verlieh.

Ein blaues Licht blinkte in seinem Rückspiegel und eine Sirene heulte auf. »Fuck, nicht jetzt.« Er schlug auf das Lenkrad. Der Polizeiwagen klebte ihm am Hintern, weshalb er sich gezwungen fühlte, rechts rauszufahren. Er parkte am Straßenrand und ließ das Fenster runter.

Ein breitschultriger Officer kam kaugummikauend auf ihn zugelaufen und schob seine Sonnenbrille etwas weiter die Nase runter, damit er darüber spähen konnte.

»Officer, bitte entschuldigen Sie, aber das ist ein Notfall.«

»Mr. Parker, welch eine Ehre«, murmelte der Officer mit einem Anflug von Ironie.

»Ich muss dringend weiter. Bitte stellen Sie mir einen Check aus, ich werde ihn umgehend begleichen.«

»Immer diese Promis.« Er scannte das Nummernschild. »Geld spielt für Sie keine Rolle, was? Ich habe Sie im Auge, halten Sie sich an die Geschwindigkeitsvorschriften, genau wie alle anderen. Klar?« Die Buße ploppte als Push-Nachricht auf Toms Smartphone auf.

»Natürlich.« *Das hat mir gerade noch gefehlt,* dachte sich Tom, als er vorbildlich wieder in den Verkehr einspurte.

Wenige Straßen weiter parkte er seinen Wagen und lief zügig auf die Bar zu, in der sich Suri befand. Er malte sich schon aus, welchen Tonfall er wählen würde, wenn er sie traf.

Die Bar war schwer zu erreichen, denn unzählige Menschen tummelten sich vor dem Eingang. Er kämpfte sich durch die Menschenmenge und lief auf die Wendeltreppe zu, um auf die Dachterrasse zu gelangen.

»Hey Tom, schön dich zu sehen! Ganz schön viel los heute, was?«, sagte Tracy grinsend, als er oben angekommen war. Tom war Mitglied des Clubs, weshalb er öfter auf der Terrasse zu Besuch war und dort auch gerne mal einen Geschäftsanlass veranstaltete.

»Du sagst es.« Eine Schweißperle kullerte über seine Stirn. Suchend schaute er sich um.

»Alles okay bei dir?«, fragte Tracy und stellte das Servier-Tablett auf den Stehtisch neben ihr. Sie kannte Tom so nicht. Sonst trug er stets ein Lächeln im Gesicht und war für ein Späßchen aufgelegt.

»Suri war doch noch eben da, oder? Ich kann sie nicht sehen.« Tracy kicherte. »Ich wusste gar nicht, dass du so ein Fangirl bist, Tom.«

Er schaute sie ernst an. »Bitte verzeihe, aber mir ist jetzt nicht nach Scherzen zumute. Wo ist sie?«

»Oh okay, ähm, sie hat vor ein paar Minuten mit einem Kerl die Bar verlassen. Sie war ziemlich neben der Spur. Ich glaube, er wollte ihr helfen. Ist … alles gut?« Sie kniff ihre Augen zusammen und fuhr sich über ihren tätowierten Arm, der ein farbenfrohes Kunstwerk war.

Er knirschte verärgert mit den Zähnen. »Weißt du, wer dieser Mann war?«

»Du machst mir langsam echt Angst. Was ist denn passiert?«

»Suri hätte nicht hierherkommen dürfen. Das ist eine komplizierte Geschichte. Wie hat der Mann ausgesehen?«

Tracy erhob den Blick und dachte nach. »Er hatte eine Glatze, einen weißen Bart und grüne Augen. Er trug einen Anzug.«

Tom traute seinen Ohren kaum. »William? War es der Mann von Liz?«

Tracy fasste sich an die Stirn und riss ihre Augen erfreut auf. »Ja, genau! Ich dachte schon, dass er mir bekannt vorkommt. Ach perfekt, dann ist sie ja in guten Händen.«

»Stimmt.« *Warum ist er hierhergekommen?* Er wurde aus seinen Gedanken gerissen.

»Scott, bitte, das kannst du mir nicht antun!«, rief eine junge Frau, die eine E-Zigarette in der Hand hielt.

»Wenn ich mich entscheiden muss, dann wähle ich eben Ruby. Damit musst du leben, Robin«, sagte ein Typ mit pinkem Haar wenig empathisch.

Tom war irritiert. *Sind das nicht die Leute, welche mit Suri auf dem Foto waren?* Er griff Robin an die Schulter, als sie an ihm zügig vorbeigehen wollte. »Sie kennen Suri, richtig?«

Robin sah ihn aus tränendurchnässten Augen an und zischte: »Das geht Sie einen Dreck an.« Sie stieß seine Hand von ihrer Schulter und trampelte die Treppe hinunter.

Tracy zog ihre Augenbrauen hoch und flüsterte: »Teenie Dramen. Ach, wie ich sie *nicht* vermisse. Ich muss arbeiten. Bis zum nächsten Mal, Tom.«

»Ich danke dir für deine Hilfe. Wir sehen uns.« Er schenkte ihr ein Lächeln, zückte dann sein Smartphone und wählte die

221

Nummer von William. Einige Male klingelte es, bis der Telefonbeantworter ertönte. »Hi William, hier ist Tom. Du hast Suri gefunden? Bitte ruf mich sofort zurück, ich muss wissen, wo sie ist.« Er fuhr sich mit beiden Händen über das Gesicht und seufzte. *Hoffentlich meldet er sich bei mir, schließlich weiß er ja, dass ich sie suche.* Langsam ging er die Treppe hinunter und bahnte sich zum Ausgang.

»Mr. Parker, ist Ihre Tochter auch auf der Erde? Wann findet die Hochzeit statt?«, rief ein Mediensprecher aus der Menschenmasse und streckte ihm ein Mikrofon entgegen.

»Wie Sie wissen, gebe ich darüber keine Auskunft«, sagte Tom kurz angebunden und stieß das Mikrofon zur Seite. Er war nicht in der Stimmung für mediengeile Aasgeier, die sich einen Scheiß für ihn interessierten, sondern ihn lediglich in möglichst kleine Einzelteile zerstückeln wollten, um der ganzen Welt sein Innerstes auf einem Silbertablett präsentieren zu können.

Er hatte sich schon oft gefragt, was wohl passieren würde, wenn jeder Mensch alles über ihn wüsste – wären dann alle glücklicher? Gäbe es dann keinen Welthunger mehr? Würden dann keine Regenwälder mehr abgeholzt werden? Es fühlte sich in solchen Momenten nämlich so an, als wären seine Antworten das Einzige, was die Menschheit vor dem Untergang bewahren könnte. Auch wenn Tom ganz genau wusste, dass es natürlich keineswegs so war. Wäre alles von ihm offengelegt und wäre er von den Aasgeiern in der Wüste verstümmelt worden, hätten sie ihn schlussendlich einfach liegenlassen, ihn vergammeln lassen und sich ein nächstes Opfer vorgenommen. Und da das nächste Opfer womöglich seine Tochter hätte sein können, setzte er alles daran, dass niemand auch nur jemals ein einziges, ihrer wunderschönen Haare krümmen könnte.

Er stieg in seinen Wagen und fuhr dorthin, wo er vermutete, dass William mit Suri hingefahren sein musste. Zu Tom nach

Hause. Schließlich hatte er im Video-Call erwähnt, dass Suri bei ihm übernachtet hatte. Als er jedoch vor sein Haus fuhr und nirgends Williams giftgrünen Sportwagen sah, kam er ins Grübeln. *Wo hätte er denn sonst mit Suri hinfahren sollen?* Erneut zückte er sein Handy und wählte die Nummer von Will. Wieder nur der Anrufbeantworter.

»Verdammter Mistkerl, was hast du nur vor!«, brüllte Tom in seinem Wagen. In diesem Moment klingelte sein Handy. Es war William.

»Du hast mich angerufen?«

»Ja, verdammt. Ganze zehnmal! Wo steckst du und wo hast du Suri hingebracht? Ich mache mir echt große Sorgen.«

»Warum denkst du, dass Suri bei mir ist?«

Tom war fassungslos. »Du willst mich verarschen, oder? Will, es gibt unzählige Bilder von dir im Netz, wo man dich mit ihr die Bar verlassen sieht. Warum lügst du mich an?«

»Bitte entschuldige, du hast recht.« William hielt kurz inne. »Suri wollte nicht, dass ich es dir sage, weil sie Angst hatte in Schwierigkeiten zu geraten. Sie wollte eigentlich nicht von eurem Zuhause ausbrechen.«

Tom atmete erleichtert aus. »Okay, gut. Tut mir leid, dass ich dich angebrüllt habe, aber das war gerade echt schräg. Wo ist Suri jetzt?«

»Sie ist schon wieder zurück auf Beolania.«

»Was, ohne sich bei uns zu verabschieden?« Tom war gekränkt, da sie doch am Abend zuvor so gut reden konnten und er von ihrer Geschichte angetan gewesen war.

»Wie gesagt, sie hatte ein schlechtes Gewissen. Hey, hatte sie eigentlich diesen magischen Stein dabei, welchen Leona und Alex immer bei sich tragen, wenn sie hier auf der Erde sind?«

»Warst du denn nicht bei ihr, als sie gegangen ist?«

»Doch schon. Also, sozusagen. Wir waren in meinem Büro. Sie sagte, dass sie gehen würde, ich war aber noch dabei, eine Tasse Tee zu kochen und als ich mich wieder zu ihr umgedreht hatte, war sie weg.«

Tom runzelte die Stirn. »Okay … Ich denke nicht, dass sie den Stein bei sich hatte. Sie hat nichts davon erzählt. Es gibt bestimmt noch andere Wege, um zurück zu gelangen.«

»Das hast du Leona noch nie gefragt?«

»Warum sollte ich denn. Ich respektiere ihre Anweisung, mich von dem Planeten fernzuhalten. Das solltest du auch. Sie hat ihre Gründe dafür.«

»Aber natürlich. Ich habe mich nur gefragt, wie sie so schnell fort sein konnte. Man sieht ja nicht alltäglich einen Außerirdischen.« Will lachte auf.

»Du sagst es. Danke für deine Hilfe. Auch wenn ich nicht verstehe, warum du dich eigentlich eingemischt hast?«

»Wie vorhin gesagt, sind wir doch sozusagen eine Familie. Ich wollte bloß helfen. Mir war klar, dass ich schneller bei der Bar bin als du und bin dann gleich los.«

»Ja, aber dein Büro ist doch nicht gerade um die Ecke. Wir haben etwa die gleiche Luftlinie.«

William seufzte. »Natürlich. Ich hatte keinen Grund dazu. Ich wollte bloß helfen. Aber jetzt ist ja alles wieder gut. Zwischen uns auch?«

»Klar. Wir hören uns.«

»Bye.«

Tom beendete den Anruf. *Das war ja schräg.*

In den kommenden Monaten arbeiteten William und Tom den Vertrag aus und konnten sich schlussendlich auf eine Vorlage einigen. Tom erhielt den größeren Firmenanteil und im Vertrag war geregelt, dass er seine Baupläne William nicht offenbaren musste.

Tom war wie immer vertieft in seine Arbeit und steckte sein gesamtes Wissen in das neue Projekt mit William. Die Zusammenarbeit war reibungslos und inspirierend. Obwohl er seinem Grundsatz treu blieb, die Pläne William nicht zu zeigen, so ließ er doch ab und zu einige Informationen über die Konstruktion seiner Wagen durchsickern, da William sehr großes Interesse an der erneuerbaren Energie zeigte und Tom dieses wertvolle Wissen auch gerne weitergeben wollte. Außerdem war William mehr als einfach nur ein Geschäftspartner – sie waren gute Freunde geworden.

Oft stießen sie nach einem anstrengenden Arbeitstag im Büro von William noch mit einem kühlen Bier an. Das Büro von William befand sich in den Hollywood Hills, direkt über dem Showroom. Seine Marke hieß *BTTR*, was soviel bedeutete wie: *Back to the roots*. William scherzte immer, dass *BTTR* einfach eine Abkürzung für „better" sei, da er der Pionier und einfach besser als alle anderen auf dem Markt sei. Das sorgte immer für Auflockerung in einem Gespräch. William wusste eben, wie er sich zu vermarkten hatte. Und ganz nebenbei blieb einem so die Marke im Gedächtnis.

William setzte noch auf herkömmliche Benziner, konnte sich aber auch vorstellen, in Zukunft wie Tom komplett auf nachhaltige Energiequellen umzusteigen. Er fand nur, dass sich das etwas schwer mit seinem Namen vereinbaren ließe, da *Back to the roots* für Klassiker aus den Anfängen der Autoindustrie stand. William nahm alte Designs auf und kreierte daraus neue, auf unsere Zeit abgestimmte Modelle. Tom wollte ihn dazu motivieren, den Schritt in die Nachhaltigkeit zu wagen, da das Eine nicht das Andere ausschließen würde. Schließlich wäre es genau das, was die Menschen wollten. Die alten Designs, die alten Klänge, jedoch nachhaltig. Tom wollte seinen Designs treu bleiben, weshalb für ihn solch eine Kombination nicht in Frage kam. Und als sie darüber sprachen, kam ihnen die Idee, dass ihr gemeinsames Projekt ja genau dafür genutzt werden konnte: Einen Probelauf für solch einen nachhaltigen Oldtimer. William liebte die Idee und krempelte daher das ganze Design um. Sie stellten alles auf den Kopf, was sie bisher überlegt hatten, und begannen nochmals am Anfang. Obwohl diese Änderung sie im Zeitplan um einige Monate zurückwarf, waren sie sich sicher, dass sie sich in Zukunft für diese Meinungsänderung danken würden.

Während der Zusammenarbeit gab es nicht viel, was Tom zu beanstanden hatte. Das Einzige, was er etwas merkwürdig fand, war, dass William manchmal etwas abgelenkt wirkte. Oft musste er aus heiterem Himmel los, da ein „Projekt" dazwischenkam oder jemand seine Hilfe bräuchte. Wenn Tom ihn fragte, was denn dieses Projekt sei oder warum er denn so plötzlich wo anders hinmusste, blockte William komplett ab und setzte sein künstliches Lachen auf. Tom hasste dieses Lachen, da es ihm zeigte, dass William scheinbar etwas zu verbergen hatte.

Als diese Zwischenfälle sich häuften und ihre gemeinsame Arbeit zu hindern begann, entschloss sich Tom eines Tages, William unauffällig zu folgen. Einige Autos hinter William fuhr er vorsichtig die Strecke nach und landete schließlich vor dem riesigen Gebäude von *Planet-B-Industries*.

Was hast du bloß hier zu suchen, lieber Will. Dachte sich Tom, als er seinen Wagen auf einem Parkfeld zum Stillstand brachte und William beobachtete, wie er das Gebäude betrat. Einige Minuten blieb er im Wagen sitzen und wartete darauf, dass er das Gebäude wieder verlassen würde, doch das war nicht der Fall.

Plötzlich klingelte sein Telefon – es war Will. »Hi Tom, tut mir leid, aber die Sache dauert etwas länger. Machen wir morgen da weiter, wo wir aufgehört haben?«

Tom räusperte sich und versuchte sich nichts anmerken zu lassen. »Klar doch. Was ist denn los? Alles gut bei dir?«

»Ja, alles Bestens. Nur ein Ersatzteil konnte nicht geliefert werden und das muss ich jetzt mit dem Händler ausdiskutieren.«

»Okay und bei welchem Händler bist du? Vielleicht kann ich dir ja helfen.«

»Ich bin bei Mike. Danke für dein Angebot, aber das schaffe ich schon allein. Wir sehen uns.« William legte auf.

Warum lügst du mich an?

»Will war heute merkwürdig«, sagte Tom abends am Esstisch, als er gerade einen Schluck Rotwein genommen hatte. Das Glas stellte er wieder behutsam auf den Tisch.

Amanda runzelte die Stirn. »Was war denn los?«

»In letzter Zeit benimmt er sich irgendwie anders als sonst. Ständig muss er weg, zu vermeintlichen Terminen, von denen er mir nie im Voraus erzählt. Plötzlich kommt eine Nachricht und dann muss er sofort weg. Heute bin ich ihm gefolgt.«

»Tom, das kannst du doch nicht machen.«

»Ich weiß. Ich bin sonst nicht so, aber langsam bereitet er mir Sorgen. Was, wenn ich ihm nicht mehr vertrauen kann? Er ist mein Geschäftspartner.«

»Und guter Freund«, ergänzte Amanda mit hochgezogenen Augenbrauen.

Tom legte seine Hand sanft auf die Ihre. »Bitte hör mir zu. Ich bin ihm gefolgt und habe gesehen, wie er zu Planet-B-Industries gefahren ist. Er ist einfach so ins Gebäude spaziert, so, als würde es ihm gehören. Was hat er dort zu suchen?«

Amanda schien nachdenklich. »Das ist wirklich merkwürdig. Aber diese Firma sammelt doch Spenden für nachhaltige Projekte, oder? Vielleicht geht es ihm um eine Zusammenarbeit? Vielleicht sucht er Sponsoren?«

»Ohne, dass er mich darüber informiert? Das ist unser Projekt. Er kann nicht einfach in ein so großes Unternehmen spazieren und ohne meine Zustimmung Geschäfte machen.«

»Da muss ich dir recht geben. Rede doch mal mit ihm. Ihr seid Freunde, er wird dir bestimmt sagen, was Sache ist.«

Tom nahm einen weiteren Schluck Rotwein – diesmal einen etwas größeren. »Das muss ich wohl versuchen.«

Amanda lächelte sanft.

Als Tom am nächsten Morgen im Büro ankam, war William bereits da und streckte ihm eine Tasse Kaffee entgegen. »Bitte entschuldige mein Verhalten von gestern. Ich möchte nicht, dass du denkst, dass ich unser Projekt vernachlässige.«

Tom war überrascht, dass nicht er das Thema ansprechen musste. »Das weiß ich sehr zu schätzen, danke. Ich hatte schon Angst, dass du an unserem Projekt Zweifel entwickelt hast.«

William kratzte sich an der Nase. »Nein, natürlich nicht. Es macht mich traurig, dass du das denkst. Aber ich kann es dir nicht verübeln.«

»Ging es gestern um unser Projekt? Musstest du deshalb fort?«

»Nein. Die Ersatzteile für eines meiner Modelle sind nicht mehr erhältlich und da muss ich mich drum kümmern.« William rührte mit dem Löffel in kreisenden Bewegungen den Zucker in seinen Kaffee.

»Kann das nicht einer deiner Angestellten für dich erledigen?«, fragte Tom mit einem leicht misstrauischen Tonfall, den er eigentlich nicht hatte wählen wollen.

»Nein. Ich sagte doch, dass es mir leidtut. Ran an die Arbeit.«

Mit solch einer kurz angebundenen Antwort hatte Tom nicht gerechnet, was ihm wiederum bestätigte, dass da etwas im Busch war.

»Und, wie hat William auf deine Frage reagiert?«, fragte Amanda, als sie am Abend gemeinsam auf der Couch lagen und sich einen Film anschauten. Tom hielt sie in seinen Armen.

»Er hat abgeblockt. Da stimmt was nicht bei ihm, aber ich weiß nicht was.«

»Ja, das ist merkwürdig. Das klärt sich bestimmt bald, da bin ich mir sicher.«

Der Film war fertig, weshalb Tom den Kanal wechselte. Es liefen die Nachrichten: »Heute haben wir interessante Neuigkeiten über Planet-B-Industries erhalten. Suri, die Bewohnerin von Beolania, ist noch immer hier auf der Erde.«

Tom setzte sich ruckartig auf, weshalb Amanda beinahe vom Sofa fiel. »Bitte entschuldige mein Schatz.«

»Keine … Ursache.« Amanda war genauso perplex wie ihr Mann. Sie setzte sich neben ihn aufs Sofa und starrte auf den transparenten Flachbildschirm.

Die Moderatorin fuhr fort: »Vor knapp zwei Jahren wurde sie in einer Bar in Los Angeles gesichtet und seit dem, haben wir nichts mehr von ihr gehört. Von einer unbekannten Quelle haben wir interne Bilder zugesandt bekommen, die eindeutig belegen, dass Suri bei Planet-B-Industries ist. Nach Anfrage bei der Firma, weshalb wir bis heute keine Informationen darüber erhalten haben, erhielten wir folgende schriftliche Stellungname: *Es ist korrekt, dass uns Suri bei unserem Vorhaben unterstützt. Wir von Planet-B-Industries hielten dies unter Verschluss, um Suri zu schützen. Das Wohl von unserem Planeten und Beolania liegt uns am Herzen und wir bitten daher um Verständnis.* Nach Anfrage, was dies für ein Vorhaben sei, antwortete die Firma: *Wie Sie wissen, steht Planet-B-Industries für Hoffnung, Zuversicht und*

Zukunft. Wir werden Sie in Kürze über die großartigen Neuigkeiten informieren.«

»Suri ist … noch hier?«, schrie Amanda entsetzt auf. »Aber das kann doch nicht sein, du sagtest, sie sei zurück auf Beolania?«

Tom fuhr sich hysterisch durch sein lockiges Haar. »Das hat mir zumindest William gesagt. Es scheint, als hätte er mich nicht nur einmal belogen.«

Amanda war außer sich. »Tom, was geht hier vor sich? Die arme Suri hat doch keine Ahnung von den Menschen hier. Sie sieht nur das Gute in jedem Menschen. Was hat sie wohl alles ausgeplaudert?«

»Verdammt, ich stimme dir zu. Ich habe keine Ahnung, was hier für Spielchen gespielt werden und inwiefern William seine Finger im Spiel hat, aber ich ahne nichts Gutes.« Tom griff wütend nach seinem schwarzen Smartphone-Plättchen.

»Was hast du vor?«, fragte Amanda mit gerunzelter Stirn.

»Na, ich rufe Will an. Anscheinend kennt er Planet-B-Industries und offensichtlich hat er mich angelogen. Der schuldet mir Antworten.«

Amanda stürzte sich auf das Plättchen und nahm es ihm aus der Hand. »Hey!«, Tom verstand ihre Reaktion nicht. »Und was sagst du dann am Telefon? *Hi William, ich habe dir nachspioniert und gesehen, dass du bei Planet-B-Industries warst. Und außerdem hast du mich wegen Suri belogen.* Das kannst du nicht machen, Tom. Das sind grobe Anschuldigungen und du weißt nicht, was genau passiert ist.«

Tom kratzte sich am Kinn. Die grauen Bartstoppeln kämpften sich schon seit Tagen immer weiter ans Tageslicht. »Und was soll ich deiner Meinung nach tun?«

Amanda überlegte kurz. »Versuche doch bei eurem nächsten Treffen, das Thema unauffällig anzusprechen. Frage ihn, ob er die Nachrichten gesehen hat. Was er dazu denkt. Dann siehst du, wie er reagiert.«

Tom sah ihr einen Moment tief in die Augen und drückte ihr dann einen sanften Kuss zwischen ihre Augenbrauen. »Du bist eine wunderbare Frau. Was würde ich nur ohne dich machen.«

Amanda lächelte und strich ihm liebevoll über seine Wange.

»Hast du dich geprügelt?«, fragte Tom mit ironischem Tonfall, als er während der Arbeit die blau unterlaufenen Knöchel an Williams Hand bemerkte. Sie waren dabei, ein 3-D Modell ihres Wagens am Computer zu designen.

William rieb sich die Stelle mit der anderen Hand und lachte auf. »Nein. Ich habe mich gestern über die Kaffeemaschine bei uns zu Hause aufgeregt und im Wutanfall gegen die Wand geschlagen.«

Tom lachte. »Was hat sie dir denn Schlimmes angetan?«

»Sie hat einfach nicht das ausgespuckt, was ich gebraucht hätte.« Er klang verärgert.

»Also … statt Kaffee, ist plötzlich Eistee rausgekommen?« Tom versuchte die Stimmung aufzulockern.

»Eher eine fade Brühe, die niemandem schmeckt.«

»Uff. Na, dann wäre ich auch genervt gewesen.«

William stieß einen grummeligen Ton aus.

»Alles gut bei dir? Du wirkst irgendwie … angespannt.«

»Nein, alles gut.«

Tom hätte eigentlich einen günstigeren Zeitpunkt abwarten wollen, doch die Frage brannte ihm auf der Zunge: »Hast du gestern die Nachrichten gesehen?«

»Ja, darüber wollte ich auch noch mit dir sprechen. Hör mal, ich ahne, wie das jetzt aussieht. Ich weiß wirklich nicht, weshalb Suri wieder hier ist«, William sprach sehr schnell, was Tom eigentlich nicht von ihm kannte. Sonst war er immer die Ruhe selbst.

»Das heißt, du wusstest nicht, dass sie noch … oder wieder auf der Erde ist?«

»Natürlich nicht! Warum denkst du denn, dass ich dich anlügen würde. Wir sind doch Freunde.«

»Genau aus diesem Grund suche ich ja das Gespräch mit dir. Hat sie vielleicht noch etwas erwähnt, bevor sie gegangen ist?« Tom nahm einen Schluck von seinem Kaffee.

William zupfte sich mit den Fingerspitzen einige Augenbrauen aus. »Nein, nichts hat sie gesagt. Überhaupt rein gar nichts. Das ist ja das Problem.«

»Was für ein Problem denn?« Tom war verwirrt und wusste nicht, auf was William hinauswollte.

Dieser holte tief Luft und versuchte seine Stimmlage zu beruhigen. »Wenn sie mir etwas gesagt hätte, hätte ich ihr helfen können. Und ich hätte dir mehr Informationen geben können.«

»Klar. Ich hätte auch gerne mehr Informationen darüber, was hier abgeht, glaube mir. Zum Beispiel habe ich keine Ahnung, was diese Planet-B-Industries im Schilde führen. Weißt du etwas über diese Organisation? Hast du mit ihnen zum Beispiel schon einmal Geschäfte gemacht?« Tom wollte auf die sanfte Tour Informationen aus seinem Freund rauskitzeln.

»No idea. Warum sollte ich denn mit denen Geschäfte machen?«

»Na, mich haben sie vor ungefähr vier Jahren um eine große Spende für nachhaltige Projekte gebeten. Da ich nie hinter die Fassade habe blicken können, habe ich diese nicht getätigt. Ich dachte mir, dass du vielleicht gespendet hast oder mehr Informationen hast als ich. Warst du schonmal im Gebäude?«

William lachte auf. »Ob ich schon mal im Gebäude war, fragst du mich. Ich war mal für eine Führung dort. Ist ein schönes Bauwerk. Ich mag die Philosophie und ich habe auch mal gespendet. Aber ich mache keine Geschäfte mit ihnen. Warum fragst du denn das alles?«

Also hat er doch eine Verbindung zu dieser Firma. »Du hast aber nicht im Namen unseres Projektes gespendet, oder?«

William runzelte die Stirn und schnappte kräftig nach Luft, bevor er zornig sagte: »Natürlich nicht, Tom. Wir haben im Vertrag festgehalten, dass wir niemandem von unserem gemeinsamen Projekt erzählen. Es war sogar meine Idee, da gehe ich doch nicht zu einem Konzern und spende Geld. Sag mal, was denkst du von mir? Ständig stellst du mir so merkwürdige Fragen.«

Tom hob versöhnlich seine Hände in die Luft. »Du hast ja recht, tut mir leid. Du verstehst aber schon, warum ich das alles frage? Die Informationen aus den Nachrichten gestern waren ein Schlag ins Gesicht für mich.«

Williams Stimme beruhigte sich wieder. »Natürlich kann ich das verstehen.«

Tom dachte einen Moment lang nach und fragte ihn dann: »Kannst du mir vielleicht dabei helfen, Suri zu kontaktieren? Ich möchte mit ihr sprechen und herausfinden können, was sie bei Planet-B-Industries zu bewirken versucht.«

»Natürlich, mein Freund. Ich kann dir nichts versprechen, aber ich werde nichts unversucht lassen. Frieden?« William grinste ihn an.

Tom nickte. »Danke Will, das weiß ich sehr zu schätzen. Frieden.«

Während den folgenden Wochen fragte er William immer mal wieder beiläufig, ob er schon etwas über Suri ausfindig machen konnte, doch leider wurde er immer wieder vertröstet. Tom wurde ungeduldig und hatte schon einige Male bei Planet-B-Industries angerufen, doch jedes Mal ging der Anrufbeantworter ran. Es fühlte sich so an, als wollte diese Firma nichts von ihm wissen – aber warum denn nicht?

Ungefähr vier Wochen später war er im *Heaven* Showroom bei seinen Mitarbeitern zu Besuch, um zu kontrollieren, ob alles rechtens vor sich ging, als ihm eine Gestalt auffiel, die mit einer schwarzen, übergezogenen Kapuze zwischen den Ausstellungsmodellen umherschlich. Ihm erschien dies ungewöhnlich, da die sonstigen Besucher meistens einen eleganten Dresscode pflegten.

Tom unterbrach das Gespräch mit einem seiner Mitarbeiter und lief mit zusammengezogenen Augenbrauen auf die Gestalt zu. »Bitte entschuldigen Sie, suchen Sie etwas bestimmtes?«

Die Gestalt hatte den Rücken zu ihm gewandt und blieb wie versteinert stehen, als sie seine Stimme hörte.

»Können Sie mich verstehen?«, fragte Tom irritiert, als keine Reaktion ihrerseits kam.

Plötzlich wandte die Gestalt ihren Kopf leicht in seine Richtung, ohne dass er ihr Gesicht erkennen konnte. »Können wir draußen sprechen?«, fragte die Frauenstimme leise.

Tom schluckte geräuschlos und sagte dann: »Darf ich fragen, um was es geht?«

Die Gestalt schaute sich einen Moment um, wohl um sicher zu gehen, dass sie sonst niemand hören konnte. »Es geht um Suri.«

Tom rutschte das Herz in die Hose. Er legte seine Hand auf die Schulter der Gestalt. »Folgen Sie mir«, sagte er leise. »Ich bin kurz draußen!«, rief Tom seinen Mitarbeitern zu. »Bin gleich wieder da.«

Vor dem Showroom stellte sich Tom in eine ruhige, bedachte Ecke und blickte der Frau in die Augen. Der Regen prasselte auf das Dach und ein kühler Wind wehte.

Die Frau streifte die Kapuze vom Kopf und fuhr sich einmal mit den Händen durch ihre blonden Dreadlocks. »Bitte entschuldigen Sie meinen mysteriösen Auftritt, Mr. Parker. Es ging nicht anders«, sagte die Frau.

»Wer sind Sie?« Tom war sichtlich verwirrt. »Mein Name ist Linda. Ich habe viele Jahre bei Planet-B-Industries gearbeitet. Vor zwei Jahren habe ich dadurch Suri kennengelernt.«

»Moment. Vor zwei Jahren? Vor zwei Jahren ist sie auf die Erde gekommen. Zu mir. Ein Freund von mir sagte, dass sie zurück auf ihrem Planeten sei. Warum kam sie zurück?«

Linda fasste sich an die Stirn und räusperte sich. »Wer ist ihr Freund, Mr. Parker?«

»Nenn mich ruhig Tom.« Er hielt kurz inne. »Ich muss wissen, ob ich dir trauen kann. Was weißt du über Suri?«

»Natürlich, das verstehe ich. Suri ist eine herzensgute Beola. Sie hat mir von dir und Amanda erzählt, wie gastfreundlich ihr wart und sie bei euch habt schlafen lassen. Sie hat sehr viel von ihrer Tochter Liv gesprochen und dass sie sie sehr liebt. Sie hatte große Angst, ihre Tochter in Schwierigkeiten zu bringen. Außerdem erzählte sie mir von dem Stein, welcher das Portal öffnen kann.«

»Sie hat dir vom Stein erzählt?« Tom war überrascht. Nicht nur, dass Suri den Stein wirklich bei sich hatte, sondern es bestätigte ihm auch, dass Linda Suri wirklich kannte. »Und wie geht es ihr? Warum bist du hier bei mir?«

»Tom, wer ist dein Freund? Wer hat dir gesagt, dass Suri zurück auf Beolania gegangen ist?«, hakte Linda nach.

Tom räusperte sich. »William ist sein Name. Der Mann meiner Ex-Frau. Du kennst ihn bestimmt aus den Medien.«

»Ja, ich kenne ihn sogar sehr gut.«

»Wirklich? Woher?«

Linda kratzte sich nervös am linken Arm. »Setzt dich, Tom.«

»Warum, ist was passiert?« Er spürte, wie sein Herz pochte.

»Vertrau mir, setz dich.« Linda ließ sich auf die Holzbank nieder und deutete auf den Platz neben sich.

Tom runzelte die Stirn, setzte sich dann aber neben sie.

»Sagt dir der Name *Mr. Hope* etwas?«

OTIS

Amanda knabberte nervös an ihren Fingernägeln. Minuten fühlten sich wie Stunden an. Plötzlich ertönte ein Klingelton aus ihrem Smartphone-Plättchen.

Alex, Linda und Amanda horchten erschrocken auf. Amanda wischte über das Plättchen, wodurch der Chatverlauf mit ihrem Mann senkrecht in die Luft projiziert wurde. Er hat eine Sprachnachricht geschickt.

»Drück drauf«, forderte sie Linda ungeduldig auf, als sie Amandas Zögern erkannte.

»Okay.« Amanda atmete nervös aus und schloss ihre Augen, während sie auf Play drückte:

Rascheln. »Bitte treten Sie ein, Mr. Parker. - Mr. Hope erwartet Sie.«

Rascheln. »Danke.« Türquietschen. Schritte.

»Die Masken fallen. Was hast du dir dabei gedacht, William!«

Er lachte. »Das sagt der Richtige. Hast du dein Schauspiel genossen?«

»Wie bitte, ich? Du hast mir die ganze Zeit etwas vorgemacht. Erzähl doch mal. Wie bringt es ein Mann über das Herz, die Tochter seiner eigenen Frau so zu hintergehen und ihren Heimatplaneten zerstören zu wollen?«

»Pa, pa, pa. Ganz ruhig. Das sind ja ganz grobe Anschuldigungen. Von woher hast du diese Informationen, lieber Tom?«

Genervtes Schnauben. »Du weißt ganz genau, von was ich spreche. Spuck es schon aus! Du wolltest doch nur mit mir Geschäfte machen, um von meiner Technologie zu profitieren. Dir ging es nie um einen gemeinsamen Wagen. Deshalb wolltest du nicht, dass wir öffentliche Äußerungen über unsere Zusammenarbeit tätigen. Du Dreckskerl.«

»Hört, hört! Da hat aber jemand aufgepasst. Du bist ja schlauer, als ich dachte.« Rascheln. Gläser klimpern. »Scotch?«

»Ich passe.« Schnauben. »William, ich schwöre dir, wenn du nicht auf der Stelle mit deiner verdammten Show aufhörst, werde ich dich zunichte machen. Ich lasse nicht zu, dass du meiner Tochter schadest. Du schuldest mir noch eine Antwort: Wie kann man nur so grausam sein? Wie kann man jemanden hintergehen, der so ein gutes Herz hat, wie Leona?«

»Aber das ist doch nichts Persönliches. Ich liebe meine Familie. Das ist rein geschäftlich.«

»Nichts Persönliches? Hörst du dir eigentlich zu? Verdammt William, du zerstörst das Leben meiner Tochter, ihres Partners, deiner Frau, deiner Freunde, deiner Kinder.«

Lachen. »Jetzt übertreibst du aber maßlos. Ich schade doch niemandem, ich baue alles neu auf. Niemand anderes, außer mir, würde sich an so ein großes Vorhaben heranwagen. Ich habe das Wissen, ich habe die Macht, ich habe die Mittel, die Kohle und die Eier dazu. Ihr werdet mir alle noch danken.«

»Du bist größenwahnsinnig, William!« Tiefes Luftholen. »Du baust KAMPFRAUMSCHIFFE! Du willst unschuldige Wesen töten! Du willst eine wundervolle Welt zerstören und ihrer Seele berauben! Ist dir das eigentlich bewusst?«

»Aber natürlich ist mir das bewusst, was denkst du denn. Ich werde jedes einzelne dieser mickrigen Wesen auslöschen. Ich werde uns Menschen, unserer überlegenen Spezies, einen neuen Planeten beschaffen, da unser eigener bald abkratzt. Alle werden mir dankbar sein, dass ich ihren Arsch gerettet habe. Und du kannst nichts dagegen unternehmen, Tom.«

»Und ob ich etwas dagegen unternehmen kann, du wirst schon sehen.« Die Sprachnachricht war zu Ende.

»Sehr gut, wir haben Beweise erhalten«, Alex war erleichtert, auch wenn es ihn gleichzeitig unfassbar schmerzte, die Wahrheit aus Williams Mund zu hören.

»Du sagst es … nein … nein, nein, nein. Ich bin so blöd.«

»Amanda, was ist?«, fragte Alex mit gerunzelter Stirn.

»Mir ist versehentlich ein Emoji raus. Hoffentlich hat er sein Handy stumm geschaltet.« Sie hielt sich die Hand vor den Mund.

Alex presste seine Augen zusammen und kratzte sich am Kopf. Er wählte einen sanften Tonfall: »Bestimmt.«

Linda nickte bestärkend.

Wenige Sekunden darauf ertönte erneut das Handy. Alle drei starrten auf das Display. Wieder eine Sprachnachricht:

»Clever, was ihr da versucht habt. Leider beweist sich einmal mehr, dass ich der Schlauere bin. Danke für das Kuss-Emoji Amanda. Süß, wie du auf dich aufmerksam gemacht hast. Nun ist mein Spielzug dran. Wir hören uns, bye.«

Diese Nachricht wurde gelöscht.

Diese Nachricht wurde gelöscht.

»Nein, dieser Mistkerl!«, schrie Amanda. »William hat alle Beweisstücke vernichtet. Ich bin doch so dumm!«

Alex fuhr sich übers Gesicht und Linda kratzte sich am Kopf.

»Verdammte Scheiße«, sagte sie leise. »Und jetzt? Wo ist Tom?«

Amanda begann zu weinen. Ihre Schultern zuckten und Tränen flossen über ihre Wangen. »Ich hoffe, er tut meinem Mann nichts an. Ich könnte mir das niemals verzeihen.«

Alex strich ihr sanft über den Rücken. »Tom kann gut auf sich selbst aufpassen, ihm wird nichts geschehen, klar?«

»Wie kannst du das wissen?« Amanda seufzte.

»Das kann ich nicht. Aber ich will es hoffen.«

Eine Weile blieben sie schweigend im Wagen sitzen. Sie hatten keine Ahnung, wie es weitergehen sollte.

Plötzlich ertönte ein Geräusch neben dem Kopf von Amanda. Erschrocken zuckte sie zusammen und wandte den Kopf zu ihrer Linken. Eine Gestalt stand neben dem Auto, sah sich um und klopfte an die Scheibe.

Amanda kniff ihre Augen zusammen. »Tom?« verblüfft schlug sie ihre Augen weit auf und öffnete die Autotür.

»Hallo mein Schatz. Warum weinst du?« Er strich ihr liebevoll die Tränen von den Wangen, als er sich neben sie ins Auto gesetzt und die Tür zugezogen hatte.

»Ich … habe mir solche Sorgen gemacht. Ich bin so dumm, ich hätte niemals dieses blöde Emoji rausschicken dürfen, dann hätten wir die Beweise noch. Es war ein Versehen, tut mir leid«, wimmerte sie.

»William hatte schon realisiert, dass ich das Gespräch aufgenommen habe, bevor dein Emoji ankam. Er hatte bemerkt, wie ich in meine Jackentasche gegriffen hatte, um auf *Senden* zu drücken. Wir haben uns geprügelt, wie du siehst, und er hat nun mein Handy. Idiot.« Er tupfte mit einem Taschentuch das Blut von seiner aufgeplatzten Unterlippe.

Amanda war zwar nicht erleichtert über die Situation, aber sie war froh, nicht der Auslöser für den Verlust der Beweise gewesen zu sein.

»Übrigens: Hallo Alex und Linda. Danke, dass ihr hier seid. Und sorry für das Chaos. Ich stehe noch etwas unter Strom.«

Linda lächelte ihn durch den Rückspiegel an und startete dann den Wagen. Sie fuhr einige Straßen weiter, wo sie das Auto in einer ruhigen Gasse parkte. Sie wollte nicht länger neben Planet-B-Industries verweilen.

»Ich bin so froh, dass es dir gut geht, Tom. Ich dachte noch bis vor kurzem, dass wir … dich verloren hätten. Was ist passiert? Hat dich William einfach rausspazieren lassen?«, fragte Alex irritiert.

»So leicht gebe ich nicht auf. Bitte entschuldige, ich wollte nicht, dass du dir Sorgen machen musst.« Er räusperte sich. »Ich verstehe auch nicht ganz. Eben noch haben wir uns geprügelt und dann wurde ich von seinen Sicherheitsmännern rausbegleitet. Aber wahrscheinlich denkt er, den Sieg bereits in seinen Taschen zu haben. Und ganz unrecht hat er nicht … er hat mein Smartphone-Plättchen und unsere Beweisstücke vernichtet.«

»So ein Mist. Fast hätten wir ihn dran gehabt. Was machen wir nun bloß?«, fragte Linda leicht verzweifelt.

»Erst einmal muss ich mein Smartphone sperren lassen. Kann mir bitte jemand seins leihen? Ich habe einen Freund, der in der IT arbeitet. Er kann mir bestimmt helfen«, sagte Tom.

»Weiß er denn, dass du am Leben bist?«, fragte Alex.

»Er wird es gleich erfahren.«

»Okay. Nimm mein Smartphone, Schatz. Wir überlegen uns in der Zwischenzeit, wo wir Alex hinbringen.«

Alex sah Amanda irritiert an. »Na, ich gehe wieder zu Liz und Will nach Hause. Ava und Aaron kann ich nicht allein in der Höhle des Löwen lassen.«

»Aber, was ist mit Will?«, fragte Amanda.

»Er weiß ja nicht, dass ich weiß, dass er Mr. Hope ist. Ich stelle mich dumm und kann euch Informationen zukommen lassen.«

Amanda überlegte kurz und nickte dann zustimmend.

»Leute, wir haben ein Problem«, schoss Tom plötzlich dazwischen.

»Kann dein Freund das Handy nicht sperren lassen?«, fragte Linda.

Tom hatte einen besorgten Gesichtsausdruck. »Doch, ist erledigt, aber leider waren wir zu spät. Schaut, was für einen Beitrag ich angeblich auf den sozialen Medien verfasst habe.«

Ich habe euch angelogen. Die ganze Sache mit der Entführung war inszeniert und ein großer Fehler. Planet-B-Industries ist das Beste, was unserer Menschheit hätte passieren können. Anstatt die Firma zu bekämpfen, habe ich mich dazu entschieden, mich am Bau der Raumschiffe finanziell zu beteiligen, um uns Menschen nach Beolania zu bringen. Mein Dank geht an Mr. Hope, der unser Hoffnungsschimmer am Horizont ist. #HopeForFuture
Tom Parker

»Das kann doch nicht wahr sein«, platzte es aus Amanda.

»Aber das können wir doch widerlegen. Du hast dich nie finanziell beteiligt. Kannst du die Beiträge löschen?«

Tom fuhr sich durch sein grau meliertes, lockiges Haar. »Er hat natürlich das Passwort geändert. Ich habe keinen Zugriff mehr auf meinen eigenen Account. Diese hinterhältige Kakerlake.«

»Schatz, ruf Lewis an. Er wird ein Interview mit dir machen. Dann kannst du alles richtigstellen. Alles wird gut.«

Tom schloss seine Augen und griff nach der Hand seiner Frau. »Das will ich hoffen.»

22.

»Alex, wo bist du so lange gewesen? Wir haben uns schon Sorgen gemacht!«, sagte Liz, kaum hatte er einen Fuß ins Haus gesetzt. Sie trug ihren pinken Schlafanzug, hatte ihr blondes Haar mit Lockenwicklern aufgerollt und eine Gurkenmaske im Gesicht.

Aaron und Ava standen hinter ihr und schauten ihn fragend an. Sie ahnten, aufgrund seines Gesichtsausdrucks, dass etwas vorgefallen war.

»Bitte entschuldigt mich, ich wollte nicht, dass ihr euch Sorgen machen müsst. Ich brauchte etwas frische Luft und war spazieren. Es hat sehr gutgetan.«

»Na gut, aber wirklich frische Luft kann man hier nicht mehr abkriegen, lieber Alex. Hast du denn keine Angst um deine Lungen, bei diesem vielen Rauch draußen?«

Alex fühlte sich ertappt – und dies ausgerechnet von Liz. »Es war wirklich etwas viel Rauch mit der Zeit. Aber die Beine zu vertreten, tat gut.«

Liz winkte ab. »Ach, in jungen Jahren war ich auch noch nicht um meine Gesundheit besorgt. Im Alter merkt man erst, was man hätte tun können, um den Alterungsprozess aufzuhalten. Aber was halte ich ausgerechnet dir eine Standpauke, du alterst ja gar nicht.«

Alex lächelte verlegen. »Ich Glückspilz, was?«

»Du sagst es. Ich beneide dich. Und jetzt geht schlafen. Ich warte noch auf meinen Mann. Was Mr. Hope wohl zu sagen hatte?« Sie zückte ihr kupferfarbenes Smartphone-Plättchen, um zu sehen, ob Will ihr eine Nachricht hinterlassen hatte. »Was ist denn das? Tom beteiligt sich am Bau der Raumschiffe?«

»Was? Zeig mal her!«, sagte Aaron perplex und trat näher an Liz heran, um den Beitrag lesen zu können. Ava starrte Alex an, der sich am Ohr kratzte.

Er wusste nicht, wie er darauf reagieren sollte. Müsste er es Liz beichten? Aber dann würde sie William zur Rede stellen, worauf dieser wüsste, dass Alex Bescheid weiß. Das konnte er noch nicht riskieren. Und auch, wenn er es in jenem Moment hasste, Liz solch eine wichtige Information vorenthalten zu müssen, so war er sicher, das Richtige zu tun.

»Das darf doch nicht wahr sein. Was werden hier für Spielchen gesp…?« Ava legte ihrem Mann sanft die Hand auf die Schulter, um ihm zu signalisieren, dass er sich nicht aufregen sollte. Erst da bemerkte Aaron, wie still Alex dastand. Das hätte er nicht getan, wenn er nicht mehr gewusst hätte, als er selbst. »Bitte entschuldigt. Ich ließ mich mitreißen. Tom scheint am Leben zu sein, das sind schöne Neuigkeiten. Er wird bestimmt alles erklären, oder?« Er starrte Alex tief in die Augen und erhoffte sich daraus, eine Antwort lesen zu können.

»Bestimmt. Schlafen wir erst mal darüber. Sehen wir morgen weiter, ja?«

Liz starrte noch immer auf den Beitrag. »So kenne ich ihn gar nicht. Tom hasst Hashtags«, nuschelte sie kaum hörbar. Danach horchte sie auf und sprach wieder mit ihrer üblich schrillen Stimme: »Natürlich, legt euch schlafen. Bis morgen, meine Lieben.«

»Gute Nacht, Liz«, flüsterte Ava und strich ihr beim Vorbeigehen liebevoll über den Arm.

»Erzähl schon, Alex! Wo bist du in Wirklichkeit gewesen?«, platzte es aus Aaron heraus, kaum hatte er die Zimmertür hinter sich zugezogen. Alex bat die beiden, sich auf das Bett zu setzen und erzählte ihnen dann, was sich am Abend abgespielt hatte.

»William ist Mr. Hope?«, fragte Ava überrascht. »Wie konnten wir das nur übersehen. Meine Güte …«

»Er scheint ein guter Schauspieler und Lügner zu sein. Ihr hättet meinen Gesichtsausdruck sehen müssen, als ich es kapiert hatte.«

»Gut, dass du Liz nichts gesagt hast. Diese arme Frau … oder denkt ihr etwa, sie weiß es auch?«, fragte Aaron.

»Nein. Keines Falls. So schräg sie auch sein mag, sie hat ein gutes Herz. Und ihr habt gesehen, wie sie auf den Post von Tom reagiert hat. Sie scheint zu ahnen, dass an der Sache etwas faul ist.«

»Das denke ich auch, Alex«, sagt Ava sanft.

Unten in der Villa fiel die Tür ins Schloss.

»Seid leise, William ist zu Hause.«

»Du meinst, Mr. Hope.«

»Sei still, Aaron.« Alex hielt den Zeigefinger vor seinen Mund und sprang gleich darauf an die Zimmertür. Er drückte sein Ohr an die Tür und lauschte dem Gespräch.

»Endlich, Liebling. War Mr. Hope da?«

»Ja, wir hatten ein langes Gespräch.«

»Und? Wird er den Wahnsinn beenden?«

»Ich denke nicht. Ich habe alles getan, was ich konnte, aber er wollte nichts von mir wissen. Er ist sehr mächtig, Liebling.«

»Okay, aber über was habt ihr denn gesprochen?«

Alex schloss seine Augen und musste sich sehr stark konzentrieren, um jedes Wort verstehen zu können.

»Das kann ich dir nicht sagen, ich möchte dich nicht beunruhigen. Geh doch schlafen.«

»Wie bitte? Ich bin bereits beunruhigt. Ich möchte nicht, dass dieser Typ meiner Tochter etwas antut. Und schlafen kann ich übrigens schon seit Tagen nicht mehr richtig, falls es dich interessiert«, Liz klang gereizt.

»Bitte, Liebling. Ich möchte dich doch bloß beschützen.«

»Verdammt, William, sprich nicht mit mir, als ob ich ein Kind wäre! Ich bin deine Frau und ich habe das Recht zu wissen, was mein Mann für Entscheidungen trifft. Wir sind ein Team, hast du das etwa vergessen?«

Aaron warf Alex einen verschmitzten Blick zu. »Langsam finde ich Gefallen an dieser Frau. Die macht das richtig gut.«

Alex zwinkerte ihm zu. »Sag ich doch.«

»Natürlich sind wir ein Team«, beschwichtigte William seine Frau.

»Also?«

»Also was?«

»William, ich möchte von dir wissen, was Mr. Hope gesagt hat. Ich traue diesem Menschen nämlich nicht über den Weg. Tom scheint wegen ihm in Schwierigkeiten zu sein.«

»Moment … geht es hier etwa um Tom? Deinen Ex-Mann?«

»Nein … doch … ach, ich weiß doch auch nicht. Hast du seinen Beitrag von vorhin denn nicht gesehen?«

»Doch, natürlich, den haben viele Menschen gesehen.«

»Schön, und hast du mit Tom gesprochen? Weißt du, weshalb er plötzlich auftaucht und angeblich bei Planet-B-Industries Raumschiffe finanzieren soll?«

»Warum zweifelst du denn daran? Er hat es doch selbst geschrieben.«

»Sag mal, verarschst du mich? Tom würde sowas doch nie tun!«

»Wow. Du scheinst ja mehr an deinen Ex zu glauben als an deinen Mann.«

Liz stockte. »Nein … so meinte ich das doch nicht, aber …«

»Doch, genauso ist es doch. Du hast schon immer mehr zu ihm gehalten als zu mir.«

»Das stimmt doch gar nicht.«

»Seit es um Planet-B-Industries geht, ist es aber sehr wohl so.«

»Na, weil es um das Leben unserer Tochter geht, Will. Tom ist ihr Vater, ich bin ihre Mutter. Wir wollen sie beschützen, das verstehst du doch, oder?«

»Und ich beschütze sie also nicht? Weil ich nicht ihr leiblicher Vater bin, kann ich sie nicht beschützen, ich verstehe.«

»William, jetzt sei doch nicht lächerlich. Ich weiß, wie sehr du Leona magst. Das sollte nicht so rüberkommen.«

»Ist es aber. Und jetzt lass mich in Ruhe, ich schlafe heute im Gästezimmer.«

»Will. Liebling.«

William schwieg.

»Das war ja mal ein Kampf«, sagte Aaron mit hochgezogenen Augenbrauen.

»Liz ist eine kluge Frau. Aber das Herz verschleiert ihr die Sicht.«

»Du sagst es, Ava. Aber ich bin froh, dass sie ihm nicht voll und ganz vertraut. Damit können wir arbeiten.« Alex war froh, das Gespräch mitgehört zu haben.

23.

Am nächsten Morgen wurden Ava und Aaron durch das Fluchen von Alex geweckt. »Was ist denn jetzt schon wieder?«, knurrte Aaron und rieb sich verschlafen die Augen.

»Wir haben ein kleines Influencer Problem.« Alex fasste sich mit der Hand an die Stirn und streckte ihnen das Handy entgegen. Er hatte noch eines aus der alten Generation mit Touchscreen.

Auf dem Bildschirm tanzten junge Mädchen und Jungen zu einem selbstkomponierten Song: »We are one world, one generation and we have one hope. Our hope is Mr. Hope. Not for A we go for B like Planet-B-Industrie.«

Aaron blieb der Mund offenstehen. »Was tun die denn da?«

»Diese armen Mädchen haben ja kaum was an.«

»Das … verhilft ihnen zu mehr Likes, Ava.«

»Ach so, verstehe. Das ist gar nicht gut.«

»Es geht noch weiter.« Alex swipte zum nächsten Video.

»Hallo Leute, omg, ich habe gestern diesen Post von dem heißen Autotypen gesehen und der hat mich voll inspiriert. Ohne Scheiß, meldet euch an, für euren Platz in so einem fancy Raumschiff. Mit meinem Rabattcode *HopeForFuture20* erhaltet ihr sogar 20% Rabatt auf einen Sitzplatz. Ich werde auch dort sein. Omg, ich weiß noch gar nicht, was ich anziehen soll. Ich zeige euch gleich in meiner Story ein paar Outfits und dann könnt ihr darüber abstimmen, was ich für die Umsiedlung

anziehen soll. Tschüssi meine Lieben Außerirdies, hihi. Eure
Lulu.«

Ava rümpfte die Nase. »Da wird doch wohl niemand darauf
reagieren, oder?«

»Lies die Kommentare.«

- o **Wow, du bist so ein Vorbild**
- o **Bin dabei! XOXO**
- o **Ich habe deine Story gesehen. Das 2. Outfit schmei-
  chelt voll deiner Figur. Wo kann ich das bestellen?
  Ich will das auch für die Umsiedlung tragen.**
- o **Ich liebe dich!**

»Ach du heilige …« Ava traute ihren Augen kaum.

Alex klickte auf die Registrierungsseite, wo man sich einen
Platz in den Raumschiffen reservieren konnte. »Die Zahlen
sprechen für sich. Das erste Passagierraumschiff ist bereits voll
besetzt und auch weitere Reisen sind bereits ausgebucht.«

»Wir müssen was dagegen unternehmen. Wann hat Tom sein
Interview?«, fragte Aaron hastig.

»Ich weiß nicht. Wir konnten seit gestern Abend noch nicht
wieder miteinander sprechen. Ich rufe ihn gleich mal an.« Alex
wählte den Kontakt von Amanda, da Tom bekanntlich zurzeit
kein Handy mehr hatte.

»Alex?«

»Hi Amanda. Hat Tom bereits einen Termin für das Interview erhalten?«

»Ja, in einer Minute geht er live. Schaut unbedingt rein. Es
sollte auf allen lokalen Sendern ausgestrahlt werden. Drückt
ihm die Daumen.«

»Sehr gut. Das machen wir.«

»Ich lege jetzt auf. Wir hören uns.«

»Bye.«

Kaum hatte Alex den Anruf beendet, hörte er Liz vom Wohnzimmer aus nach oben rufen: »Kommt sofort runter, Tom ist im Fernsehen!«

Sie wechselten gegenseitig Blicke.

»Das wird ja lustig«, knurrte Aaron und ließ seine Augen rollen. Gemeinsam verließen sie das Zimmer, gingen die Treppe runter und setzten sich zu Liz auf die Couch. William hatte sich stehend an die Fensterscheibe gelehnt und schaute von dort aus auf den transparenten Bildschirm.

»Willst du dich nicht setzen?«, fragte Alex besonders freundlich.

»Nein danke. Liz soll nicht neben ihrem Mann sitzen müssen, wenn sie ihren Ex anschmachtet.«

»Ich schmachte ihn gar nicht an und jetzt hör auf mit diesem kindischen Verhalten. Er ist dein Freund, zeig mal etwas Mitgefühl.«

»Du immer mit deinem Mitgefühl«, schnauzte William.

»Okay, wir haben es verstanden, ihr habt einen Streit. Aber können wir nun bitte in Ruhe das Interview anschauen?« Alex sah die beiden fragend an.

»Natürlich.« Liz tätschelte seine Hand. »Du hast ja recht.«

Das Intro war vorüber und die Zuschauer klatschten.

Lewis, der Moderator, stand vor seinem Sessel und sprach mit einem breiten Grinsen im Gesicht zu seinem Publikum: »Ich begrüße herzlich unseren heutigen Gast, der seit gestern seine mysteriöse Abwesenheit mit einem Social Media Beitrag beendet hat. Mein guter Freund: Tom Parker!«

Das Publikum klatschte und Tom erschien im Studio. Er trug einen hellblauen Anzug und sein Gesicht war geprägt von seinem herzlichen Lächeln.

»Guten Morgen, Lewis. Ich freue mich sehr, hier sein zu dürfen. Danke, für deine kurzfristige Einladung.«

»Du kennst mich doch, ich mache alles möglich.« Lewis klopfte Tom freundschaftlich auf die Schulter und zeigte auf den Sessel vis à vis von ihm. »Setz dich.«

Tom nickte dankend. »Also, Tom, erzähl doch mal. Du hast gestern ja eine richtig große Bombe platzen lassen. Für diejenigen, welche den Beitrag noch nicht gelesen haben, lese ich ihn nochmals vor.« Lewis wischte mit den Fingern über ein silbernes Plättchen, worauf der genannte Beitrag auf der großen Glasscheibe hinter ihnen auftauchte.

Tom beugte sich etwas vor, stützte die Ellbogen auf seine Oberschenkel und verhakte seine Finger ineinander. Er räusperte sich und begann zu sprechen: »Erst einmal möchte ich mich für die Verwirrung entschuldigen. Ich kann mir vorstellen, dass sich einige von euch fragen, was das Ganze soll.«

»In der Tat, das fragen sich alle«, sagte Lewis lachend und schaute zum Publikum, um etwas Stimmung zu erzeugen. Das Publikum lachte und die meisten Zuschauer nickten zustimmend.

»Das kann ich Ihnen nicht verübeln«, sprach Tom weiter. »Eines müssen Sie aber wissen. Diesen Post von gestern Abend, habe ich nicht verfasst.«

Das Publikum lachte.

»Das war kein Scherz. Mein Account wurde gehackt. Ich habe diesen Beitrag nicht verfasst.«

Lewis runzelte die Stirn. Obwohl er von Tom bereits vorab informiert wurde, um was es geht, musste er für seine Show überrascht reagieren. »Moment, das musst du mir erklären. Stimmt denn gar nichts, was in diesem Beitrag steht?«

Tom fuhr sich durchs Haar. »Ich habe niemals Geschäfte mit Planet-B-Industries gemacht. Ich beteilige mich keinesfalls finanziell oder in sonst einer Hinsicht an der Herstellung dieser Raumschiffe. Ich wollte auch nie Anteile dieser Firma aufkaufen oder die Geschäftsführung an mich reißen, wie es in früheren Nachrichten über mich erzählt wurde.«

Ein Raunen ging durch das Publikum.

Liz wandte ihren Kopf zu William und zischte: »Ich habe es dir doch gesagt. Da ist etwas faul an der Sache.«

»Ich traue ihm nicht über den Weg. Er war wochenlang verschwunden. Alle dachten, er sei tot. Warum spricht niemand darüber, hm? Wir haben uns alle große Sorgen gemacht. Ihn scheint dies nicht zu kümmern.« William swipte über die Projektionsfläche seines Smartphone-Plättchens und tippte energisch darauf rum. Dem Interview schenkte er zurzeit keine Aufmerksamkeit mehr.

Lewis ergriff das Wort: »Warum denkst du, sollte dir jemand so etwas unterstellen wollen?«

»Meine Marke steht für Qualität. Ich denke, dass sich der Mann hinter der Fassade daraus Erfolg verspricht.«

»Du sprichst von einem Mann. Ich nehme an, du meinst damit Mr. Hope?«

Tom zögerte kurz und schaute ins Publikum. »Ja. Ich möchte gerne die Gelegenheit nutzen, um Ihnen eine Botschaft zu überbringen. Ich habe Sie bereits einmal gewarnt, ich mache es nun zum zweiten Mal und hoffe, dass Sie mich anhören.«

»Wurden Sie denn wirklich entführt?«, rief eine Männerstimme aus dem Publikum.

Lewis stockte kurz. »Ähm, eigentlich sind zurzeit noch keine Fragen gestattet, aber ich denke, die Antwort interessiert einige von Ihnen, daher genehmige ich sie. Was sagst du dazu?«

Tom leckte sich über die Lippen. »Ich wollte Sie alle warnen und das möchte ich nun erneut tun.«

»Das war nicht die Antwort auf seine Frage, Tom. Wurdest du entführt?«, fragte Lewis mit Nachdruck. Seine türkisblauen Augen brachten Tom aus dem Konzept.

»Ich möchte ehrlich mit Ihnen allen sein. Nein, ich wurde nicht entführt. Es war eine Inszenierung, da ich wusste, dass man mich so besser anhören würde. Meine Botschaft ist jedoch dieselbe: Sie dürfen Planet-B-Industries nicht trauen. Sie wollen nichts Gutes und ich unterstütze sie nicht dabei. Beolania ist kein Ort, an dem wir Menschen leben sollten. Außerdem müssten viele Beolas für unser Dasein sterben. Sie würden ihrem eigenen Planeten beraubt werden, nur damit wir darauf leben könnten. Das kann ich nicht gutheißen.« Tom war erleichtert, die Wahrheit gesprochen zu haben. Er war sich sicher, dass sich das Blatt wenden würde.

Eine dominante Stimme rief aus dem Publikum: »Tom Parker ist ein Lügner! Er hat uns allen vorgegaukelt in Lebensgefahr zu schweben, dabei hatte er alles nur inszeniert. Glauben Sie diesem reichen Sack kein Wort. Er ist der Erste, der sich in solch eine Maschine setzt und sich von hier verpisst! Der will uns nur abschrecken!«

Lewis nahm das Mikrofon etwas näher an seinen Mund. »Sie haben recht, Tom. Du hast uns alle angelogen. Wie wollen wir wissen, dass du uns dieses Mal nicht auch wieder belügst?«

Tom war fassungslos. Er warf Lewis einen empörten Blick zu. »Ich spreche die Wahrheit. Meine Tochter lebt auf diesem Planeten. Ich werde nicht zulassen, dass irgendjemand auch nur einen Fuß auf Beolania setzt.«

»Also ist es eine rein emotionale Entscheidung, sehe ich das richtig?«, fragte Lewis.

Warum war er denn plötzlich gegen Tom? Das Interview hatte doch so gut für ihn gestartet. »Natürlich spielen Emotionen eine Rolle. Es werden Lebewesen getötet, um unser Überleben zu sichern.« Tom musste sich konzentrieren, ruhig zu bleiben. Innerlich brodelte die Wut.

»Hast du Beweise, dass Lebewesen getötet werden?«

»Ich habe gestern Abend ein Gespräch aufgezeichnet. Alles, was ich soeben gesagt habe, wurde von Mr. Hope bestätigt. Man hat alle Beweise vernichtet und sich in meinen Social Media Account gehackt, um diese Fake News zu verbreiten.« Erst als er die Worte ausgesprochen hatte, wurde ihm klar, wie dumm das klang.

Lewis lachte auf. »Na, das hilft uns jetzt natürlich weiter. Also sollen wir dir einfach glauben?«

Tom stand auf und lief auf das Publikum zu. Er wählte einen ruhigen, aber bestimmten Tonfall, als er folgendes sagte: »Ich weiß, wie das für Sie aussehen muss. Mir ist bewusst, dass ich viel von Ihnen abverlange, wenn ich Sie darum bitte, mir zu glauben. Überlegen Sie doch mal. Wenn ich wirklich recht habe und die Bewohner von Beolania für unsere Existenzsicherung sterben müssen, würden Sie diesen Wahnsinn nicht stoppen wollen?«

Das Publikum wurde unruhig. Gewisse Zuschauer wirkten nachdenklich, andere hingegen standen auf, spuckten auf die Bühne und riefen Dinge wie: »Planet-B-Industries ist unsere einzige Hoffnung!«

»Die bringen niemanden um. Sie versprechen ein friedliches Zusammenleben mit den Bewohnern von Beolania! Mr. Parker, Sie sind ein Mörder, wenn Sie uns alle auf der Erde verrotten lassen!«

»Mörder!«

»Lügner!« Jemand sprang auf die Bühne, gefolgt von vielen anderen Zuschauern.

»Mörder!«

»Lügner!« Sie stürzten sich auf Tom. Sicherheitsmänner stürmten auf die Bühne und versuchten die Menschenmenge von ihm fernzuhalten.

Tom sammelte all seine Kraft zusammen und brüllte in die Menschenmenge: »Wie können Sie nur jemandem vertrauen, der nicht einmal sein Gesicht offenbart? Ich weiß, wer hinter dem Namen Mr. Hope steht! Es sind falsche Absichten, die er hat. Es geht um Macht und Geld!«

Die Menschen um ihn herum traten einen Schritt zurück.

»Dann sag uns, wie er heißt!«, rief eine Frau aus der Menge.

Tom schluckte geräuschlos – fragte sich, ob es wirklich so viel ausmachen würde, wenn sie seinen Namen kannten. Doch, bestimmt würde es dies. William war der Mann von Liz. Sie war die Mutter von Leona. Sie würden begreifen, dass William seine eigene Familie hintergehen würde, um den Heimatplaneten von Leona zu zerstören. Hoffentlich würden sie dies erkennen.

Er sah in die Menschenmenge und sprach: »Sein Name ist …«

Ein Schuss ertönte.

Menschen schrien vor Schreck auf.

Tom schnappte nach Luft und richtete den Blick auf sein blaues Hemd. Eine Blutlache breitete sich darauf aus.

Das Bild der Live-Übertragung fror ein.

»Nein!« Alex sprang vor Schreck auf und rannte auf den Bildschirm zu. Er polterte gegen die Glasscheibe, doch das Bild kam nicht wieder.

Liz schossen Tränen in die Augen. »Er hat doch nichts Falsches gemacht!« Ava stürzte das Gesicht in ihre Hände und Aaron nahm sie schweigend in die Arme.

Alex wandte sich mit grimmigem Blick zu William um, der noch immer an der Fensterscheibe stand. Sein Smartphone-Plättchen hat er in die Hosentasche gleiten lassen. »Du!«

William deutete mit dem Zeigefinger auf die eigene Brust und fragte unschuldig: »Ich?«

Alex stapfte auf ihn zu und brüllte ihm ins Gesicht: »Was hast du dir dabei gedacht?«

»Alex, nein«, befahl im Aaron.

»Was hast du Tom angetan?«, zischte Alex.

William lachte auf. »Ich habe keine Ahnung, wovon du sprichst. Ich war doch die ganze Zeit über hier.«

»Von was sprecht ihr?«, fragte Liz verunsichert.

»Ich weiß, wer du bist: Mr. Hope.« Alex starrte William direkt in seine giftgrünen Augen. »Wen hast du beauftragt, um auf Tom zu schießen?«

William lachte schwach. »Du hast doch Wahnvorstellungen. Ich, Mr. Hope? Ach was.« Er winkte ab. »Tom und ich sind Freunde.«

»Du bist ein verdammter Lügner mit Größenwahn! Ich weiß, was du vorhast, und ich werde dich aufhalten!«, Alex schrie sich die Kehle aus dem Leib.

William sah zu Liz, die mit weit aufgerissenen Augen auf der Couch saß. »Er lügt.«

Liz stotterte. Sie brachte bloß einen Satz über ihre Lippen: »Warum überrascht es dich denn überhaupt nicht, dass Tom angeschossen wurde?«

William lief langsam auf sie zu und schaute ihr dabei tief in die Augen. »Liebling. Wir sind doch ein Team. Glaubst du wirklich, dass ich Mr. Hope sein soll? Pff.« Er streckte seine Hand nach ihr aus.

Sie wich zurück. »Fass mich nicht an«, sagte sie mit scharfem Tonfall.

Er rollte seine Augen. »Nicht dein Ernst, oder?«

Liz schaute zu Alex. Ihre Augen waren wässrig. »Ist es wahr?«, ihre Stimme klang flatterig.

Alex atmete schwer. »Ich wünschte, es wäre nicht so.«

Liz keuchte schmerzverzehrt.

»Liebling, glaub ihm nicht. Das ist ein großer Irrtum«, William klang überraschend ruhig. Erneut versuchte er seine Frau an der Wange zu streicheln, um sie umzustimmen.

Reflexartig stand sie auf, griff nach dem Kerzenständer, welcher auf dem Couchtisch stand, und hielt ihn wie ein Schwert in ihren Händen. »Komm mir nicht näher!«

Aaron und Ava stellten sich bestärkend hinter sie.

William lachte auf. »Na schön, wie es aussieht, wissen alle hier im Raum Bescheid. Es sind wohl alle gegen mich.«

»Hör mich an, Will. Wir müssen nicht gegen dich arbeiten. Hör bitte einfach endlich mit diesem Wahnsinn auf. Du weißt, wie viel uns Beolania bedeutet. Gemeinsam finden wir eine Lösung, um die Erde zu retten. Ich dulde keine Gewalt«, sagte Alex.

»Wer hat denn etwas von Gewalt gesagt?«

»Ich zitiere: Ich werde jedes einzelne dieser mickrigen Wesen auslöschen. Das hast du doch gesagt, oder?«

Liz hielt sich erschrocken die Hand vor den Mund.

Die Miene von William verfinsterte sich. »Ich gehe nicht davon aus, dass eure ach so heiligen Beolas bereit für einen Handel wären?«

»Nie im Leben!«, rief Ava dazwischen. Sie konnte und wollte sich nicht zurückhalten.

»Ach wie schön, die Oma mischt sich auch noch ein. Seht ihr? Ihr wollt ja gar nicht reden. Dann muss ich eben einen anderen Weg finden, um Platz für die Menschheit zu schaffen.«

»Warum tust du ihnen das an?«, schluchzte Liz. »Du warst immer so ein guter Mann. Was ist mit dir passiert?«

»Ich erkenne Chancen, wenn sie sich mir anbieten. Ich sitze nicht tatenlos rum. Entweder helft ihr mir, oder wir sind ab hier und jetzt offiziell Feinde.«

Alex formte seine Augen zu Schlitzen. »Ist Tom noch am Leben?«

William fuhr sich durch den weißen Bart und grinste. »Tom hat schon lange signalisiert, dass er keine Kooperation möchte. Verräter sterben. Er hatte die Wahl.«

Alex brüllte und stürzte sich auf William »Du bist ein Monster!« Er schlug seine Faust mitten auf Williams Nase. Überraschenderweise hatte er mitten ins Schwarze getroffen, denn dieser brüllte vor Schmerz und rückte sich die Nase wieder in die richtige Position. Blut triefte über seine Lippen.

»Ich sehe schon, du hast dich entschieden.«

»Da gab es nichts zu entscheiden, Arschloch!«

William holte mit seiner Faust gerade aus, als Liz dazwischen schrie: »Aufhören! William, du verlässt auf der Stelle mein Haus. Ich will dich nie wieder sehen!« Ihre Stimme war tiefer als sonst und ging einem durch Mark und Bein. Ihr Gesicht war eiskalt.

»Dieses eine Mal kommt ihr noch mit dieser Nummer durch. Doch wenn ihr euch ein weiteres Mal in meinen Weg stellt, wisst ihr, was euch blüht. Nehmt euch ein Beispiel an Tom. Es lohnt sich nicht, sich gegen mich zu stellen. Ich werde siegen.« Er packte seine Aktentasche und ging auf den Ausgang zu.

»Das werden wir noch sehen. Unterschätze niemals die Kraft der Liebe zu unserem Planeten«, zischte Aaron.

William lachte. »Diese Liebe könnt ihr euch sonst wo hinschieben.« Mit diesen Worten verließ er das Haus.

Vor Panik begann Tom schneller zu Atmen und er spürte, wie ihn die Kraft langsam verließ. Er sackte zu Boden und starrte zur Decke. Die Scheinwerfer erschienen ihm heller als zuvor. Die Hysterie um ihn herum bekam er kaum mit. Alles klang dumpf und er fühlte sich abwesend.

Bloß eine Stimme bahnte sich zu ihm durch: »Wer ist Mr. Hope?«

Tom wollte sprechen, doch er spürte, wie sich seine Lungen mit Blut füllten. »Wi…«, stotterte er und hustete Blut. Sein Brustkorb sprang auf und ab.

Jemand hielt ihn sanft an der Schulter fest »Ganz ruhig.«

»Sterben soll der Scheißkerl!«, riefen einige aus der Menge.

Sicherheitsmänner packten die Unruhestifter und legten ihnen Handschellen an. Vom Täter war keine Spur.

Sanitäter stürmten auf die Bühne, doch es war bereits zu spät.

»Wi…«, Tom keuchte – dann stockte sein Atem. Regungslos blieb er am Boden liegen.

Dann herrschte Stille im Studio.

24.

»Vielen Dank für Ihre Informationen. Sie werden von uns hören. Wir sprechen Ihnen unser Beileid aus«, sagte der eine Officer, als Amanda sie zum Ausgang begleitete. Sie nickte erschöpft, schloss die Tür hinter den Officers und lief ins Wohnzimmer.

»Das darf nicht sein!«, Amanda schrie sich die Seele aus dem Leib. Sie ließ sich aufs Sofa fallen und griff nach ihrem Smartphone-Plättchen. Sie schaute sich das Video widerwillig an, welches im Netz kursierte – jenes, in dem die letzten Atemzüge von Tom aufgezeichnet wurden. »Nicht mein Mann. Nicht mein guter Mann. Er wollte doch bloß helfen!« Sie schrie und weinte zugleich. Ihr Herz brannte und sie hatte das Gefühl, dass ihr der Boden unter den Füßen weggerissen wurde.

Es klingelte an der Tür.

»Wer ist da?«, schrie sie wütend durch das Wohnzimmer. Sie wollte doch bloß ihre Ruhe haben.

Ihr Smartphone surrte.

Es war Alex. »Wir stehen vor der Tür«, sagte er am Telefon. Vorsichtig setzte sie ihre Füße auf den Boden und schlurfte zum Eingang.

»Tut mir leid, ich wollte euch nicht anbrüllen«, kaum hatte sie den Satz beendet, brach sie erneut in Tränen aus.

Alex fiel ihr weinend in die Arme. »Du musst dich für gar nichts entschuldigen. Ich fühle deinen Schmerz«, schluchzte er. Hinter ihm tauchten Ava, Liz und Aaron auf.

»Kommt herein.« Amanda war am Ende ihrer Kräfte. Sie deutete auf Liz »Weiß sie es?« Alex nickte.

»Amanda, wenn ich doch nur etwas geahnt hätte … du weißt, dass ich ihn niemals in dieser Sache unterstützt hätte. Tom ist … war … ein wundervoller Mann. William wird dafür bezahlen müssen«, stotterte Liz. Sie schämte sich und traute sich Amanda kaum in die Augen zu sehen. Sie hatte das unschöne Gefühl, Mitschuld an Toms Tod zu haben. Sie hätte früher reagieren müssen – früher verstehen, was William hinter ihrem Rücken im Schilde führte.

Amanda hatte sich wieder auf die Couch fallen lassen und griff nach einem flauschigen Kissen, das sie fest mit ihren Armen umschlang. »Du trägst keine Schuld, Liz. Aber es macht die Sache nicht besser. So oder so ist Tom fort. Ich werde ihn niemals wieder sehen.« Das Kissen drückte sie auf ihr Gesicht und schrie so laut sie konnte: »Dieser Mistkerl! Er hatte kein Recht dazu!« Dann wurde sie ruhig. Ihre Schultern zuckten und das Kissen sog sich mit ihren Tränen voll.

Aaron setzte sich vorsichtig neben sie und legte seine Hand auf ihre Schulter. Er wischte sich eine Träne aus dem Gesicht und sagte leise: »Ich kann nachfühlen, wie es dir jetzt geht. Ich hatte auch einst gedacht, meine geliebte Frau für immer verloren zu haben.«

»Nur hast du sie jetzt wieder. Mein Mann wurde nicht von einer Zauberblume gestochen, er wurde erschossen. Er ist weg. Für immer.«

»Er ist bei dir. Im Herzen. Ich weiß, das sagen alle, aber es ist wirklich so. Bloß sein Körper ist verstorben, seine Seele lebt ewig. Ich bin mir sicher, dass er bei dir ist. Das, was ihr habt, ist wahre Liebe und wahre Liebe lebt ewig. Die Liebe ist die stärkste Kraft im Universum.« Aaron wusste aus eigener Erfahrung, dass dies so war.

Amanda brachte ein sanftes Lächeln auf, auch wenn nur für einen kurzen Moment. »Danke«, flüsterte sie kraftlos.

Schweigend saßen sie im Wohnzimmer. Ava hatte eine Kerze angezündet.

Einige Minuten später klingelte Amandas Smartphone. »Hallo Sam.« Sie tupfte ihre Nase mit einem Taschentuch ab. »Ja, es ist wahr«, sie schluchzte. »Ich weiß … Ich kann es auch noch nicht fassen. Hast du mit Lexi gesprochen?« Sie schloss ihre zuckenden Augenlider. »Im Ferienhaus mit den Kindern? Ich rufe sie gleich an … nein, schon gut, ich mache das … ja wirklich. Sie soll es von mir hören … ich danke dir, du dir auch. Gib Yaris und Marlec einen Kuss von mir. Bye Sam.« Sie beendete den Anruf, ging in ein anderes Zimmer und rief Lexi an.

»Ich will mir gar nicht vorstellen, wie sie sich fühlen muss«, nuschelte Alex.

Aaron zog seine Augenbrauen hoch. »Es ist der blanke Horror.« Er kratzte sich an den Bartstoppeln. »Wie fahren wir fort? Fact ist, dass wir keinesfalls zulassen dürfen, dass William die Kampfraumschiffe in Einsatz bringt.«

Alex zuckte zusammen. »Daran habe ich noch gar nicht gedacht.«

»An was?«, fragte Ava.

»Es hieß, dass in zwei Wochen die ersten Mitarbeiter von Planet-B-Industries auf Beolania fliegen. Denkt ihr nicht auch, dass William im Voraus auf Beolania Platz schaffen will? Er kann doch nicht zulassen, dass die Menschheit ihm dabei zusieht, wie er unschuldige Beolas umbringt. Das muss bis dahin schon erledigt sein.«

»Du hast recht, Alex.« Aaron schluckte den Kloß im Hals herunter.

»Aber … würde er dies wirklich tun?«, stotterte Liz. »Ich kann es mir einfach noch immer nicht vorstellen. Er war doch immer so ein guter Mensch.«

Ava hielt sie mit beiden Händen an den Schultern fest und schaute ihr direkt in die Augen. »Liz. Ich weiß, dass du es nicht wahrhaben willst. Dein Mann ist ein sehr guter Lügner und er hat zwei Gesichter. Du hast nur die Sonnenseite von ihm gekannt, weil er dies so wollte. Er hat dich hintergangen. Du darfst ihm nie wieder vertrauen, verstanden?«

Liz nickte schwach. »Verstanden.«

»Gut, Liebes. Ich weiß wie schwer es ist. Aber du hast uns.«

Amanda kam zurück ins Wohnzimmer. Ihr Gesicht sah zerknittert aus und ihr T-Shirt war mit Tränen vollgesogen.

Alex strich ihr tröstend über den Arm. »Wir sind für dich da.«

Sie lächelte schwach und umschlang seine Hand. »Ich muss immer wieder daran denken, wie Leona reagieren wird, wenn sie die Nachricht erfährt«, sagte sie mit zittriger Stimme.

Diesen Gedanken hatte Alex bis zu jenem Zeitpunkt so gut es ging verdrängt, doch als sie es aussprach, begann sein Herz wie wild zu pochen. Er wollte sich nicht ausmalen, wie schlimm dies für sie sein würde, auch noch ihren zweiten Vater verloren zu haben. Was, wenn sie genau in jenem Moment durch das Portal im Wohnzimmer aufgetaucht wäre? Sie hätte sich solch große Vorwürfe gemacht, nicht bei ihm gewesen zu sein. Alex plagte das schlechte Gewissen. Hätte nicht lieber Leona anstelle von ihm zuerst auf die Erde reisen sollen? Dann wäre sie bei ihrer Familie gewesen. Doch vielleicht war es auch besser so. Vom Schmerz blieb sie noch eine Weile verschont. Auch wenn es die Situation keineswegs besser machte. Alex kamen Erinnerungen hoch, wie er sich gefühlt hatte, als seine Eltern starben. Er hatte sich selbst das Leben nehmen wollen, da sie alles für ihn gewesen waren. Nun war Leona sein ein und alles. Er wollte sie beschützen und niemals wieder leiden sehen müssen. Er hatte versagt. Das zumindest redete ihm sein schlechtes Gewissen ein.

»Es tut mir leid, Alex. Ich wollte dich nicht daran erinnern«, flüsterte Amanda. Ihr war es sichtlich nicht recht, dass sie dieses Thema angeschnitten hatte.

Alex fuhr sich mit den Händen über das Gesicht. »Ich habe natürlich auch daran gedacht. Es wird ihr das Herz zerreißen. Tom bedeutet ihr alles.«

»Wann wird sie kommen?«

»Ich weiß es nicht. Hoffentlich gibt es keine Komplikationen.« Er hielt einen Moment inne. »Amanda, du hast vorhin etwas verpasst.« Er teilte mit ihr die Vermutung über die verfrühte Auslöschung der Beolas.

Erschrocken zuckte sie zusammen. »Ihr habt recht. Ich rufe sofort Linda an. Wir müssen in das Gebäude. Diese Maschinen dürfen nicht starten!« Ihre Haltung veränderte sich. Die Trauer transformierte sich in Rache. Sie sah nicht mehr aus wie die trauernde Witwe, sondern wie eine Frau, die den Mörder ihres Mannes aufhalten wollte – koste es, was es wolle.

»Linda meinte, wir sollen auf den sozialen Medien ein Video posten, in dem jeder einzelne von uns seine Meinung offenbart. So könnten wir die Menschen auf unsere Seite holen und ihnen zeigen, dass Planet-B-Industries nichts Gutes mit sich bringt. Sie würde in der Zwischenzeit alte Arbeitskollegen kontaktieren, um das Unternehmen von innen zu schwächen. Das klingt nach einem Plan, oder?«, sagte Amanda, nachdem sie mit Linda telefoniert hatte.

»Bringen wir uns nicht alle damit in große Gefahr?«, fragte Liz ängstlich.

»Größer kann die Gefahr kaum werden, liebe Liz. William hat uns auf dem Schirm und Beolania wird in kürzester Zeit bedroht werden. Wir müssen etwas tun«, erklärte ihr Ava.

»Stimmt.« Liz krauste ihre Lippen. »Wollt ihr meinen Account dafür nutzen? Ich habe mehrere Millionen Follower.«

Alex legte seine Handflächen aneinander. »Das würdest du für uns tun?«

»Natürlich, Alex. Ich bin die Mutter von Leona. Ich gebe alles daran, euren Planeten zu beschützen.«

»Danke Liz. Na dann, ran an die Arbeit.«

Stunden verstrichen, in denen jeder einzelne seine Botschaft in einem Video aufnahm. Sie setzten sich hierfür vor eine Wand, an die Amanda einen schwarzen, blickdichten Vorhang gehängt hatte.

Gerade saß Alex am Esstisch und war dabei, die Videos zu schneiden, als Liz die Nachrichten einschaltete. »Kommt alle her, es gibt Neuigkeiten!«

Alle versammelten sich im Wohnzimmer und hörten der Nachrichtensprecherin zu: »Heute Morgen hat sich vor laufender Kamera ein Drama abgespielt. Tom Parker, der Gründer von *Heaven*, wurde ermordet, als er die Welt erneut vor einer potentiellen Gefahr warnen wollte. Bis jetzt ist noch unklar, wer der Täter war. Die Ermittlungen laufen derzeit auf Hochtouren. Planet-B-Industries äußert sich zu diesem Vorfall und bedauert die heutigen Ereignisse zutiefst. Zum ersten Mal erfahren wir, wer hinter dem Namen Mr. Hope steht. Folgende Videobotschaft hat er uns heute nach dem Vorfall zukommen lassen.«

Das Gesicht von William erschien auf der Bildfläche.

Liz zuckte zusammen.

»Ich bedauere die Ereignisse von heute Morgen zutiefst. Aufgrund des Interviews wurde mir klar, dass sich viele Menschen fragen, wer Mr. Hope ist. Daher wollte ich mich persönlich an Sie wenden, um jegliche Zweifel zu beseitigen und Falschaussagen richtigzustellen. Ich bin William Hunt. Gründer der Automarke *BTTR* und Geschäftsführer von Planet-B-Industries.«

Aaron riss seine Augen auf. »Das hätte ich nun aber nicht erwartet.«

William sprach weiter: »Tom Parker war mein langjähriger Freund und wir haben gemeinsam am Bau der Raumschiffe gearbeitet. Ich schätzte sein Wissen über Nachhaltigkeit in der Autobranche sehr, weshalb ich mit ihm zusammenarbeiten wollte.« Im Beitrag wurde der Ausschnitt eines Vertrages eingeblendet, auf welchem die beiden Unterschriften von Tom und William kurz zu sehen waren. »Wie Sie sehen, hatte Tom der Zusammenarbeit zugestimmt. Was er heute Morgen im Interview erzählt hatte, war nur die halbe Wahrheit. Was stimmt: Er hatte die Entführung inszeniert – das hat er zum guten Glück endlich zugegeben. Was nicht stimmt, ist die Tatsache, dass Planet-B-Industries anscheinend den Planeten Beolania stürmen will. Wie Sie wissen, bin ich mit Liz Parker verheiratet. Leona Parker ist demzufolge wie eine Tochter für mich und ich würde ihren Heimatplaneten niemals gefährden wollen. Ich spreche im Namen meiner Firma: Wir wollen friedlich mit den Bewohnern von Beolania zusammenleben. Ich will die Menschheit vor dem Untergang unseres Planeten bewahren und unseren Kindern eine blühende Zukunft ermöglichen. Ich wiederhole, den Verlust von Tom Parker bedauere ich sehr, aber er war im Unrecht. Er hat Lügen verbreitet und ich hoffe, dass Sie nun klarer sehen können. Bitte reservieren Sie noch heute Ihren Platz in einem der unzähligen Passagierraumschiffe. Bei Fragen dürfen Sie sich jederzeit an uns wenden. Vielen Dank.«

»Ich hasse es, mit dir verheiratet zu sein!«, schrie Liz ihrem Noch-Ehemann zu, wohl wissend, dass er sie nicht hören konnte. »Du bist der Lügner!«

»Dieser Vertrag war nicht für Planet-B-Industries, der war für ihre gemeinsame Automarke«, zischte Amanda. »Mit dieser Nummer kommt er nicht durch. Alex, wir müssen noch ein paar Anpassungen im Video vornehmen. Ich habe da noch so einiges zu sagen.«

Alex nickte ihr zu.

»Das Video geht online«, verkündete Alex. Es war schon dunkel draußen. Lange hatten sie daran gearbeitet - es musste einwandfrei sein und keine Missverständnisse auslösen.

Alle versammelten sich um Alex. Er saß am Esstisch und hielt sein Handy so, dass alle das Video in voller Länge nochmals anschauen konnten.

Als erstes war Alex zu sehen. »Ich habe mich noch nie öffentlich zu den aktuellen Ereignissen geäußert. Anhand dieses Videos möchte ich dies ändern.«

Als nächstes war Liz zu sehen. Sie lächelte nicht – so ernst hatte sie ihr Publikum noch nie gesehen. Sonst kicherte sie in Interviews ständig und zeigte sich von ihrer Schokoladenseite. Dieses Mal trug sie ein schlichtes, weißes T-Shirt, das ihr Amanda geliehen hatte. Sie war ungeschminkt und ihr Haar war zerzaust. Liz wollte als Mensch und nicht als Schönheitsideal wahrgenommen werden. »Mein Mann, William Hunt, ist ein Lügner. Ich wusste nichts von seiner Tätigkeit als

Geschäftsführer von Planet-B-Industries. Dies allein zeigt bereits auf, dass er etwas zu verbergen hat. Vertrauen Sie ihm nicht.«

Amanda war die Nächste. Ihr Gesicht war von einem traurigen Ausdruck geprägt, als sie sprach: »Mein Mann, Tom Parker, wurde heute Morgen vor laufender Kamera erschossen, als er die Welt vor Planet-B-Industries warnen wollte. Ich finde es äußerst merkwürdig, dass der Schuss genau in diesem Moment fiel, als er den Namen des Geschäftsführers hatte aussprechen wollen. Sie sehen hoffentlich, zu was Mr. Hope auf unserer Welt im Stande ist. Was würde er wohl einer fremden Welt antun, um seinem Ruf treu bleiben zu können?«

Aaron und Ava erschienen zusammen im Bild. Aaron sprach als erstes: »Ich war der Grund, weshalb das gesamte Universum einst von einem mächtigen Fluch befallen war. Fast hätte ich dieser Welt dasselbe Unheil angetan. Ich bin dankbar, dass mich Alex, Leona und meine geliebte Frau Ava davon abgehalten haben. Heute gebe ich alles daran, um diese Welt und Beolania zu schützen – koste es, was es wolle.«

»Mein Mann und ich blieben als Respekt vor Beolania hier auf der Erde. Unser alter Heimatplanet hat unsere Anwesenheit nicht mehr verdient. Obwohl wir nichts lieber tun würden, als zu unserer Heimat zurückzukehren, blieben wir hier. Bitte erweisen Sie Beolania denselben Respekt und lassen diesen wundervollen Ort im Universum so einzigartig, wie er ist. Ohne uns Menschen.«

Alex erschien wieder im Bild. »Leona Parker und ich sind die Götter von Beolania. Noch niemand von Planet-B-Industries hat uns um Erlaubnis gefragt, unseren Planeten zu besiedeln. William weiß genau, dass wir unsere beiden Welten niemals vereinen würden. Daher ist seine einzige Option, unsere Beolas zu vernichten.«

Amanda hielt ein A4 Papier vor die Kamera. »Sehen Sie diesen Vertrag? Tom Parker hatte niemals mit Planet-B-Industries zusammengearbeitet. Er hatte mit William Hunt einen neuen Wagen kreieren wollen und wurde hintergangen. Mein Mann hat immer saubere Geschäfte abgewickelt. Schade, dass die guten Menschen als erstes leiden müssen, damit jemand hinsieht.«

»Ich, Liz Parker, werde in Zukunft hier auf Social Media keinen Fashion Content mehr teilen. Ich werde auch in jeder anderen Hinsicht in Zukunft keine Arbeit in diese Richtung mehr tätigen. Ich gehe ab heute in Rente und verzichte auf alle Lorbeeren, die ich mein Leben lang stets einsammeln durfte. Mit dieser Geste möchte ich ein Zeichen setzen und klar machen, wie ernst diese Lage ist. Es geht hier nicht nur um das Leben der Menschheit, sondern auch um das Wohlergehen meiner Tochter. Wir finden einen anderen Weg, um unsere Welt zu erhalten – es braucht keinen Krieg.«

Alex hielt das Schlusswort: »Bitte teilen Sie dieses Video, so oft Sie können. Wenden Sie sich von Planet-B-Industries ab, buchen Sie sich keinen Platz in diesen Raumschiffen und helfen Sie uns, das Leben auf dem wundervollen Planeten Beolania zu bewahren. Wir sind dankbar für jede Unterstützung.«

Das Video war zu Ende.

Aaron klopfte Alex auf die Schulter. »Das ist uns richtig gut gelungen. Jetzt hoffen wir, dass es die Wirkung hat, die wir erzielen wollten.«

Das Video ging über Nacht viral. Menschen rund um den Globus kommentierten und likten es. Es war schön, dass viele die Botschaft verstanden haben und sich öffentlich über Planet-B-Industries beschwerten:

- o Ich wusste gar nicht, dass Beolania in Gefahr ist, omg.
- o Stoppt Planet-B-Industries!
- o Ich glaube Alex. Er hat uns alle gerettet. Bitte zeigt Wertschätzung. Ohne ihn und Leona wären wir alle verflucht.
- o Bei Planet-B-Industries hatte ich schon immer ein mulmiges Gefühl. Hat sich hiermit bestätigt.

Unzählige Menschen versammelten sich kurzerhand vor dem Gebäude von Planet-B-Industries und demonstrierten gegen deren Vorhaben. Sie hielten Plakate in die Luft und protestierten mit lauter Stimme.

Wie es auf der Erde jedoch nun mal so war, gab es auch andere Meinungen zum Thema. Die Gegner dieser Bewegung warfen Rauchbomben in die Menschenmassen der Demonstrierenden und gaben ihnen zu spüren, dass Planet-B-Industries die einzige Rettung der Menschheit sei.

Die Kommentare im Internet sprachen für sich:

o Die wollen uns nur aus purem Egoismus von ihrem Planeten fernhalten! Nur weil diese Mrs. Parker eine Tochter
   auf Beolania hat, darf da niemand hin? Das kapier ich
   nicht. Wie kann man bloß so dumm sein.

o Ich bin positiv überrascht, dass William Hunt der Geschäftsführer von Planet-B-Industries ist. Er ist ein lö-
   sungsorientierter und fairer Mann. Ich stehe voll und ganz
   hinter ihm.

o Endlich macht mal jemand was gegen diese Krise. Unser
   Planet geht bald unter. Ich will nicht draufgehen. Mr.
   Hope sagte ja selbst, dass niemand sterben muss. Jeder
   der etwas anderes behauptet, soll hierbleiben und abkrat-
   zen.

o Ekelhaft, wie Liz Parker aussieht. Benutz einen Filter
   oder zeig diese Visage nicht - würg.

»Ernsthaft? Mein Gesicht ist das Einzige, was diese Person
aus diesem Video interessiert? Genau wegen solchen blöden
Kommentaren wollen sich so viele junge Menschen operieren
lassen«, wetterte Liz, als sie die letzte Nachricht mit gerümpfter
Nase las.

»So ist es leider. Ich dachte, die Botschaft wäre eindeutig. Anscheinend habe ich mich geirrt.« Ava seufzte.

»Weil wir eben an das Gute im Menschen glauben. Man kann
uns naiv nennen, wenn man so will, aber ich bin lieber optimistisch, als ständig das Schlechte im Menschen zu sehen«, sagte
Alex und nahm einen Schluck von seinem Grüntee.

Sie saßen alle gemeinsam am Tisch und aßen ein bescheide-
nes Frühstück. Zwar hatte niemand großen Appetit, aber ir-
gendwoher mussten sie Energie für ihr Vorhaben herkriegen.

»Hat sich Linda nochmals bei dir gemeldet, Amanda?«

Sie hustete, da sie sich an einem Brotkrümel verschluckt
hatte. »Ja. Sie hat mir soeben die Position der Lagerhalle durch-
gegeben, in welcher die Kampfraumschiffe untergebracht

werden. Funfact, es ist dieselbe, in welcher Linda und Suri gefangen gehalten wurden.«

»Das hätten wir uns ja eigentlich denken können«, knurrte Aaron. »Weiß sie, wie man dort reinkommt? Ich würde gerne höchst persönlich jede einzelne Maschine abfackeln.«

»Apropos abfackeln«, sprach Alex abrupt dazwischen, ohne Amandas Antwort abzuwarten. »Soeben ist eine Newsnachricht aufgepoppt. Im *Angeles National Forest* ist vor einer halben Stunde ein riesiges Feuer ausgebrochen. Ich denke nicht, dass dies ein Zufall ist. Als ich in der Schweiz war, hat mir jemand die Information zukommen lassen, dass Planet-B-Industries anscheinend absichtlich Waldbrände legt. Ich denke, dass jetzt, wo viele Menschen unsere Botschaft erhalten haben, an deren Vorhaben zweifeln. Daher die Brände. Sie wollen die Sache vorantreiben.«

»Du hast recht, Alex«, sagte Ava. »Wir müssen beweisen können, dass Planet-B-Industries dahintersteckt.«

Alex' Handy klingelte. Er stellte auf Lautsprecher.

»Hallo Alex. Ich habe das von Tom gehört. Es ist schrecklich. Ich kann es noch nicht glauben. Wie geht es dir?«, schluchzte Tiffany.

»Es ist schön dich zu hören, Tiff. Ich will es nicht wahrhaben. Jeden Moment denke ich, dass er mit seinem breiten Lächeln durch die Tür kommt. Der Verlust ist tragisch«, er hielt einen Moment inne und schluckte den dicken Kloß in seinem Hals hinunter. »Wie geht es dir?«

»Er war so ein guter Mensch. Ich verstehe nicht, wie genau ihm jemand so etwas Schreckliches antun kann. Ich will nicht, dass meine Maus das durchmachen muss. Leo vergöttert ihren Vater.«

»Keine Ahnung, wie ich ihr das sagen soll. Es werden die schwersten Worte sein, die ich je über meine Lippen habe bringen müssen.« Alex schloss seine wässrigen Augen.

»Das kann ich mir vorstellen … Ich habe euer Video gesehen. Ihr habt da ja richtig was ins Rollen gebracht, heilige Scheiße.«

»Das kannst du laut sagen. Diese Dreckskerle müssen für ihre Taten büßen.«

»Deshalb rufe ich an. Ich will euch helfen. Sagt mir, was ich tun kann, und ich tu's.«

Alex überlegte kurz. »Weißt du was, du kommst wie gerufen. Aber du musst sagen, wenn du das nicht machen willst. Ich möchte dich nicht unnötig in Gefahr bringen.«

»Jetzt spuck es schon aus. Es geht um dich und meine beste Freundin – und um die gesamte Menschheit. Fühlt sich irgendwie richtig gut an, so heldenhaft zu sprechen.«

Alex musste schmunzeln. »So kenne ich dich, Tiff. Hast du von den Bränden im National Forest gehört?«

»Ja, gerade eben. Traurig, was unsere Mutter Erde alles durchstehen muss. Dieser blöde Klimawandel.«

»Traurig ist es, aber der Brand wurde wahrscheinlich nicht nur durch den Klimawandel verursacht. Planet-B-Industries legt schon seit längerer Zeit überall auf der Welt Waldbrände, um uns Menschen zu signalisieren, dass die Umsiedlung die einzige Lösung ist.«

»Ach du Scheiße, dein Ernst?«

»Ich wünschte, es wäre nicht so. Wir haben jedoch noch keine handfesten Beweise und daher meine Frage an dich: Würdest du es dir zutrauen, vor Ort zu filmen, was sich dort abspielt? Vielleicht können wir so die Menschheit überzeugen, uns zu glauben.«

»Klar, für euch mache ich alles. Ich fahre gleich los.«

»Sicher?«

»Natürlich«, antwortete sie postwendend.

»Danke, Tiffany. Kauf dir aber bitte zuerst noch eine Atemschutzmaske. Wegen dem vielen Rauch.«

»Danke für den Hinweis, Alex. Du hörst von mir.«

»Pass auf dich auf.«

Tiffany beendete den Anruf.

TIFFANY

Tiffany griff nach ihrem Autoschlüssel und verließ ihre Penthouse Suite. Mit dem Lift fuhr sie drei Stöcke tiefer in die Garage, wo ihr geliebter, weinroter Heaven stand.

»Baby, wir sind auf einer Mission. Dein Daddy leitet uns vom Heaven aus«, flüsterte sie dem Wagen zu, während sie mit ihrer Hand sanft über die Motorhaube strich. Eine Träne kullerte ihr über die Wange, als sie die Tür öffnete und sich hinters Steuer fallen ließ.

Rückwärts fuhr sie aus dem Parkfeld und steuerte auf die Ausfahrt zu, wo sich das Garagentor automatisch öffnete. Auf der Straße angekommen, drückte sie aufs Gaspedal. Erst, als sie die Rauchwolke entdeckte, die sich allmählich über die Stadt auszubreiten begann, wurde die Gefahr für sie real.

»Das mache ich nur für dich, meine liebe Leo«, sprach sie zu sich selbst und steuerte direkt auf die Rauchwolke zu.

Das Radio schaltete sich automatisch ein: »An alle Einwohner von Los Angeles. Der Brand weitet sich aufgrund starker Böen weiter aus. Die Feuerwehr arbeitet mit Hockdruck gegen das Feuer. Die Stadt muss evakuiert werden. Planet-B-Industries bietet Ihnen Schutz. Ihr Gebäude ist feuersicher. Bitte bringen Sie sich unverzüglich in Sicherheit. Bitte halten Sie sich vom Feuer fern, ich wiederhole, bitte halten Sie sich vom Feuer fern und bringen Sie sich in Sicherheit.«

War ja klar, dass Planet-B-Industries wieder Held spielen muss. Und was macht Tiffany? Sie fährt direkt auf das Feuer zu. Erneut drückte sie auf das Gaspedal – dieses Mal etwas stärker. Ihr

Verstand setzte aus, sie hatte bloß ein Ziel vor Augen: diese Dreckskerle auffliegen zu lassen.

Je näher sie dem Feuer kam, desto schwerer fiel es ihr zu atmen. Die Atemschutzmaske hatte sie vergessen zu kaufen. *Alex hat mich noch darauf aufmerksam gemacht, ich Dummerchen.*

Kurzerhand fuhr sie an den Straßenrand und brachte den Wagen zum Stillstand. Umständlich kletterte sie auf den Rücksitz und durchwühlte ihre Sporttasche, die sie am Vorabend vergessen hatte auszuräumen. Sie zog ein pinkes Handtuch und ihre Wasserflasche heraus. Sie kippte das restliche Wasser über das Tuch und drückte sich dieses auf ihre Nase und den Mund. Es war nicht gerade angenehm so zu atmen, aber besser, als die volle Ladung Rauch in die Lungen zu saugen. Sie ließ sich auf den Rücksitz fallen und schaute aus dem Fenster.

Ihr Herz pochte schneller.

Nur noch ein kleines Stück der Straße konnte sie erkennen, bevor diese vom Rauch verschlungen wurde. Es war unmöglich, weiterzufahren. *Was habe ich mir nur dabei gedacht. Als ob ich die Brandleger in dieser Rauchwolke jemals finden würde.*

Plötzlich zuckte sie vor Schreck zusammen. Eine Frau, mit einem Kind im Arm humpelte über die Straße. Die Frau hatte einen verbrannten Oberarm und das Kind kahle Stellen am Kopf.

Ohne zu zögern, sprang Tiffany aus ihrem Wagen, das nasse Tuch fest an ihr Gesicht gedrückt, und rannte auf die beiden zu. »Ich helfe euch!«

Die Frau wandte ihren Kopf zu Tiffany. Erst da erkannte sie die Brandwunden in ihrem Gesicht. Die Frau weinte und streckte ihr das Kind entgegen. »Bitte, nehmen Sie mein Kind.

Ich habe keine Kraft mehr«, krächzte die Frau und blieb torkelnd vor Tiffany stehen.

Tiffany nahm ihr das weinende Kind ab und hielt es fest umschlungen in ihren Armen. Das feuchte Tuch legte sie sanft auf die Nase des Kindes. »Kommen Sie, mein Wagen steht gleich da drüben. Nur noch ein paar Schritte, dann haben Sie es geschafft«, ermutigte sie die Frau hustend.

Die Frau atmete schwer. Sie keuchte bei jedem Atemzug. »Nehmen Sie meine Tochter. Bringen Sie sie in Sicherheit. Ich …« Die Frau sackte in sich zusammen.

Tiffany konnte sie gerade noch mit einer Hand am Arm festhalten, bevor sie auf den Boden geprallt wäre. Die Frau klammerte sich an Tiffanys Arm fest und ließ sich langsam zu Boden sinken.

»Mama, komm!«, schluchzte das Kind. Es brauchte ihre Mama. Tiffany fragte sich, wie sie die beiden so schnell in ihren Wagen bringen konnte, ohne selbst noch zu kollabieren. Ihre Lungen brannten und sie fühlte sich hilflos.

Wenige Sekunden später erkannte sie blinkende Lichter, die die Rauchwolke durchbrachen. Sie vernahm eine Sirene und dann tauchte wie durch ein Wunder ein Feuerwehrauto auf der Straße auf. Wie wild wedelte Tiffany mit dem einen Arm in der Luft umher, damit die Fahrer auf sie aufmerksam wurden.

Der Feuerwehrwagen kam vor ihnen zum Stillstand. Ein Feuerwehrmann stieg aus dem Fahrzeug und rannte auf sie zu. »Was zum Teufel machen Sie noch hier draußen? Sind Sie lebensmüde?«

»Sehen Sie denn nicht, Frau und Kind sind verwundet. Bitte bringen Sie sie ins Krankenhaus.«

Ein Blick auf die beiden Brandopfer zu werfen, genügte ihm als Antwort völlig aus. Ohne zu zögern, rief er seine Kollegen zu sich. Gemeinsam trugen Sie die beiden ins Feuerwehrauto.

»Steigen Sie auch ein?«, fragte der Feuerwehrmann Tiffany irritiert, als sie neben dem Wagen stehen blieb, ohne einen Fuß darin zu setzen.

»Mein Wagen steht da drüben. Ich fahre Ihnen hinterher, okay?«

»Sie sind ja nicht ganz dicht, aber na gut.« Er sah zu seinem Kollegen am Steuer hoch. »Ey, Miles, wirf mir mal einen Atemschutzfilter runter!« Der Feuerwehrmann fing die Maske auf und legte sie Tiffany richtig an.

»Ich danke Ihnen«, sagte sie erleichtert und lief zügig auf ihren Wagen zu. Das Feuerwehrauto schaltete die Sirene wieder ein und fuhr los.

Tiffany folgte ihm.

Ihr Handy klingelte. »Alex, alles gut bei euch?«

Er klang erleichtert, als er sagte: »Gott sei Dank, dir geht es gut. Ich habe mir schon Vorwürfe gemacht. Wo bist du?«

»Ich bin im Krankenhaus in Bakersfield, alles gut.«

»Wie kann alles gut sein, wenn du im Krankenhaus bist? Bist du verletzt?«

»Mach dir keine Sorgen. Die überprüfen bloß meine Lungen und dann kann ich wieder los. Ich habe zwei Brandopfern geholfen. Ich konnte keine Beweise finden, tut mir leid.«

»Das muss dir doch nicht leidtun. Deine Gesundheit steht an erster Stelle. Plötzlich wurden die Winde stärker und ich dachte, dass ich so egoistisch bin, dass ich nicht selbst dahingefahren bin.«

»Laber kein Scheiß, Alex. Ich bin freiwillig da hin. Du hast mir die Wahl gelassen. Du bist nicht egoistisch. Wenn, dann bin ich es, weil ich die Heldin spielen wollte.« Tiffany lachte, um die Stimmung aufzulockern.

»Du bist eine Heldin.«

»Ach, das war doch nichts. Wo seid ihr jetzt? Ist irgendwie laut bei dir.«

»Ein Freund von Liz fliegt uns mit dem Helikopter nach Miami. Wir steigen gleich in die Maschine. Ich wollte zuerst wissen, ob bei dir alles in Ordnung ist. Wir wollen der Menschheit zeigen, dass Planet-B-Industries Kampfmaschinen produziert hat und nicht nur harmlose Passagierraumschiffe.«

»Alles klar, ihr könnt losfliegen. Mir geht es gut.« Tiffany warf einen Blick auf den gläsernen Bildschirm, der von der Krankenhausdecke hing.

William hielt eine Ansprache.

»Hörst du das?«

Alex hörte zu, was William zu sagen hatte: »Das tragische Ereignis von heute Morgen bedaure ich zutiefst. Hunderte Menschen wurden durch das Feuer verletzt und einige von ihnen befinden sich zurzeit in kritischem Zustand. Die Zahl der Opfer ist noch unbekannt. Unzählige Menschen haben sich in unserem Gebäude in Sicherheit gebracht. Wir kümmern uns um sie, verarzten Wunden und verteilen warmes Essen. Wenn auch Sie Hilfe benötigen, zögern Sie bitte nicht, zu uns zu kommen. Wir helfen allen – Freunden, wie auch Skeptikern unserer Arbeit. Wir wollen Mauern einreißen. In Zeiten des Notstandes, arbeiten wir zusammen. Wir, von Planet-B-Industries, sind für Sie da.«

»So ein Heuchler«, zischte Alex durch den Hörer.

»Das kannst du laut …«, Tiffany verstummte und lauschte einem Gespräch zwischen zwei jungen Männern, die nur zwei Stühle weiter neben ihr saßen. Sie tuschelten, doch Tiffany konnte das meiste verstehen.

»Tiff?«, fragte Alex, worauf sie den Anruf beendete.

»Das gibt Kooohlee«, sagte der eine mit der grünen Baseballcap auf dem Kopf.

»Was meinst du, kriegen wir für eine fette Überschwemmung?«

Tiffany biss sich auf die Unterlippe und tippte auf das Kamerasymbol auf dem Smartphone-Plättchen. Vorsichtig richtete sie die Kamera in Richtung der beiden Männer, wobei sie es so aussehen ließ, als ob sie auf ihrem Plättchen den Spiegelmodus eingestellt hätte, um ihr Make-Up zu überprüfen.

»Bestimmt noch mehr Kohle und einen Ehrenplatz im ersten Passagierraumschiff.«

Der Typ mit den eingefallenen Wangen sagte: »Ich würde es auch umsonst tun. Es macht so Spaß, alles abfackeln und verwüsten zu dürfen. Ich fühle mich wie in einem Videospiel.«

»Du sagst es, Bro«, sagte derjenige mit der Baseballcap grinsend.

Tiffany ballte hinter ihrem Rücken die Hand zu einer Faust. Am liebsten hätte sie den beiden die Hölle heiß gemacht, doch sie versuchte es dann doch lieber mit der Masche ganz nach dem Motto: *Kill them with kindness.* »Ey, seid ihr auch wegen dem Waldbrand hier?«, fragte sie die beiden mit bedrücktem Gesichtsausdruck.

Der Kerl mit der Cap drehte sich zu ihr um und fuhr sich mit der Hand über die Stirn. »Ja. Wir sind gerade noch so davongekommen. Aber mein Arm wurde verletzt.« Er streckte ihn ihr entgegen. Eine lange, rote Brandwunde erstreckte sich über seinen Unterarm.

»Ach herrjeh«, Tiffany nutzte all ihre Schauspielkünste, auch wenn sie nicht viele besaß. »Das muss ja höllisch schmerzen. Wie ist denn das passiert?« Ihr Smartphone-Plättchen hatte sie in ihren Schoß gelegt und hielt es mit ihrer linken Hand so, dass die beiden doch noch im Bild zu erkennen waren.

»Ein brennender Ast ist mir auf den Arm gefallen. Ich hatte echt Glück, dass nichts Schlimmeres passiert ist.« Er blickte betrübt zu Boden.

Es hätte der ganze Baum auf dich fallen sollen, du Arsch. »Dann hattest du wirklich Glück im Unglück. Wisst ihr, ich habe eine Mutter mit ihrem Kind hierherbegleitet. Sie sind beide in einem echt üblen Zustand. Das kleine Mädchen hat so geweint, das könnt ihr euch nicht vorstellen. Ihre ganze Kopfhaut war verbrannt. Wenn man diesen Brand doch nur irgendwie hätte verhindern können.«

Der eine schluckte geräuschvoll und warf seinem Kumpel einen beschämten Blick zu. Dieser erwiderte: »Opfer gibt es immer. Den Kampf gegen den Klimawandel werden wir verlieren. Ich sehe da nur einen Ausweg und der heißt: Mich schnellstmöglich von hier verpissen.«

Tiffany richtete sich auf und runzelte ihre Stirn. Sie war in ihrem Element. »Also, dann sagst du, dass diese Mutter und dieses Kind einfach Opfer der Naturgewalt waren? Dass wir Menschen nichts mit dieser Katastrophe zu tun haben und wir unseren Heimatplaneten einfach im Stich lassen sollen, wenn es für uns nicht mehr gemütlich ist?«

»Ey, Lady. Sind Sie von irgend so einer fucking Sekte? Ich habe keinen Bock auf solch einen Rettet-die-Welt-Scheiße.«

Tiffany lächelte höflich. »Hey, alles gut. Kein Grund zur Aufregung«, sie hielt kurz inne. »Ich dachte mir bloß gerade eben: Wie können so zwei junge, dumme Männer unbemerkt unsere Wälder in Brand setzen?«

Die Gesichter der beiden Männer liefen vor Wut rot an. Die Patienten im Wartezimmer richteten abrupt ihre Blicke auf sie. Die Stimmung kippte.

»Was sind Sie bloß für eine hinterhältige Schlange. Wie können Sie uns bloß so etwas vorwerfen!«

»Ich werfe es euch nicht vor«, sagte Tiffany energisch. »Ich habe euch zwei Vollidioten vorhin tuscheln gehört. Ihr habt diese Brände gelegt. Wegen euch liegen nun unzählige, unschuldige Menschen im Sterben! Schämen sollt ihr euch!« Nun hielt sie die Kamera direkt vor deren Nasen. »Ihr erhaltet eure Strafe schon noch, das verspreche ich euch.« Sie beendete das Video und sendete es unverzüglich an Alex. Gerade noch rechtzeitig, denn der Typ mit der Baseballcap schlug ihr das Plättchen aus der Hand. Es schmetterte zu Boden und zersprang in Einzelteile.

Tiffany grinste ihn an und hauchte: »Zu spät, Idiot.«

OTIS

»Schaut mal her, Tiffany hat uns ein Video geschickt«, verkündete Alex, kurz bevor die Maschine abhob. Sie sahen es sich alle gemeinsam an.

»Wow, diese Tiffany hat es ja echt drauf«, raunte Aaron.

»Ich mochte sie schon immer.« Liz kicherte. »Das gibt einen großartigen Post.«

Als sie in Miami gelandet waren, überprüfte Liz ihren Social Media Account. Das Video, welches Tiffany gedreht hatte, ging ab durch die Decke. Tausende Menschen likten und teilten es. Im Sekundentakt tauchten unter dem Video neue Kommentare auf:

o Verdammt, ich wusste nicht, dass diese Brände mit Absicht gelegt werden! Ich werde mich ab sofort gegen Planet-B-Industries stellen!
o Meine Mutter schwebt in Lebensgefahr, weil sie vom Feuer erfasst wurde. Diese Dreckskerle sollen dafür büßen!
o Das ist bestimmt bloß eine Inszenierung.
   Leute, kommt mal wieder runter!
o Suchst du einen Freund für heute Nacht?
   Pls send dm.
o Die Menschheit verblödet, ich sehe schon.
o Wie könnt ihr nur behaupten, dass der Klimawandel nicht real ist? Diese Brände sind echt!

- Sie sagen ja nicht, dass der Klimawandel nicht existiert, aber diese Brände werden gezielt gelegt.
- Halt deine Fresse, deine Kommentare will niemand lesen.
- Ich vertraue Mr. Hope, der will nur Gutes.
- Ich liebe deine neuen Beiträge, Liz. Gratuliere.
- Send Video @funny_videos229200/viral
- Wacht auf, unser Planet kratzt ab. Egal wer schuld an den Bränden ist, ich habe meinen sicheren Platz im Passagierraumschiff reserviert. Macht was ihr wollt, aber ich bin weg. Bye.

»Da geht ja richtig was ab«, sagte Aaron, als er einen Blick auf das Smartphone warf.

Liz zog ihre Augenbrauen hoch und nickte zustimmend. »Ich habe gehofft, dass uns nun alle glauben. War wohl etwas zu optimistisch.«

»Liebes, wir werden niemals alle Menschen auf unsere Seite holen können, das ist unmöglich. Aber immer mehr Menschen glauben uns, darauf kommt es an«, sagte Ava ruhig.

Liz griff nach ihrer warmen Hand. »Da hast du recht.«

Sie stiegen aus dem Helikopter. Einige Meter neben der Maschine, stand bereits der Wagen, welchen Liz organisiert hatte. Sie war erstaunt, wie viele ihrer Arbeitskollegen positiv auf ihren Beitrag auf den sozialen Medien reagiert hatten und ihr Hilfe angeboten haben. Klar, einige haben sie beschimpft und waren beleidigt, dass sie mit Liz keine Millionen mehr kassieren konnten, doch Liz war sich sicher, dass diese bald eine neue, schimmernde Persönlichkeit an der Angel haben würden.

Ungefähr dreißig Minuten später kam der Wagen vor einer riesigen Lagerhalle zum Stillstand. Es war ein sehr pompöses Gebäude mit silbernen Außenwänden, die wie zerknitterte Alufolie aussahen.

Über dem Eingang hing die Anschrift:

Eigentum von Planet-B-Industries.

»Ich denke, jetzt wo ich diese riesige Lagerhalle sehe, sollten wir nicht alle da rein. Was meint ihr?«, fragte Amanda in die Runde.

»Wahrscheinlich ist es besser, wenn ein Teil von uns hier draußen wartet, ich stimme dir zu. Falls etwas schiefläuft«, sagte Alex. »Hände hoch: Wer will da rein?« Aarons Hand schoss unverzüglich in die Höhe, worauf Alex schmunzeln musste. Das war ihm klar gewesen. Neben Aaron, hielten auch Liz und Alex die Hände in die Luft. »Sehr gut. Amanda und Ava, bleibt ihr im Wagen und würdet uns informieren, wenn euch hier draußen etwas Merkwürdiges auffiele?«

»Genauso machen wir es«, bestätigte Ava. »Macht es dir nichts aus, so lange zu warten?« fragte sie den Fahrer höflich.

Dieser grinste in den Rückspiegel. »Aber natürlich nicht. Ich fühle mich wie der Fluchtwagenfahrer. Ich würde alles darum geben, um diese Drecksfirma zu zerstören. Schön, ein Teil davon zu sein.«

Alex hielt den Daumen in die Luft. »Vielen Dank. Sehr gut, jetzt müssen wir nur noch auf das Zeichen von Linda warten.«

Einige Sekunden herrschte Stille im Wagen.

Ping

Die Nachricht von Linda poppte auf Alex' Handy auf:

Let's go!

»Jetzt, los, los, los!«, sagte Alex hastig.

»Passt auf euch auf!«, rief ihnen Ava hinterher.

Zu dritt stürmten sie aus dem Wagen und rannten auf das Eingangstor zu, das an ein Garagentor erinnerte, bloß in drei bis vierfach größerer Ausführung.

Es war heiß und sie schwitzten. Neben dem Eingangstor befand sich eine schmale Tür für die Mitarbeiter. Das Licht an dem Fingerabdruck-Scanner leuchtete dank Lindas Hacking-Künsten grün auf und die Tür ließ sich öffnen.

Liz hielt Aaron die Tür auf, der schwer atmend angehumpelt kam. »Danke«, keuchte er und stützte beide Hände auf seinen Knien ab, um einige Sekunden durchzuatmen. »Ich merke, ich bin nicht mehr der Jüngste.«

Alex winkte ihm zu, um zu signalisieren, dass sie weiter gehen mussten. Aaron hakte sich bei Liz ein, die ihm beim Gehen unterstützte.

Nachdem sie einen schmalen Korridor entlang gegangen waren, kamen sie in den riesigen Lagerraum. Es verschlug ihnen den Atem und für einen Moment staunten sie einfach nur und vergaßen, dass diese Maschinen Beolania zerstören könnten. Das Design der Halle war umwerfend elegant. Diese tiefschwarzen Plattenwände, mit Neonbeleuchtung in den Fugen, waren sehr bemerkenswert – und die Maschinen erst. Ungefähr zwanzig Stück waren feinsäuberlich aneinandergereiht. Sie waren, wie die Wände, tiefschwarz, hatten breite Flügel mit einer Spannweite von gut zehn Metern und ein markantes Design. Jede Maschine wurde von der Decke mit einem Scheinwerfer beleuchtet.

»An Geld mangelt es dieser Firma nicht«, nuschelte Aaron fassungslos. Alex nickte zustimmend und zückte das Smartphone, um Videomaterial zu sammeln. Gerade als er dabei war, die Maschinen aus näherer Perspektive zu filmen, hörten sie eine Tür ins Schloss fallen.

Der Knall hallte nach.

Alex zuckte zusammen und steckte sein Handy in die Jeansjacke, die er trug. Die Kamera ließ er laufen. Er winkte Aaron und Liz zu, um ihnen zu signalisieren, dass sie sich hinter einer Maschine verstecken sollten. Sofort folgten sie seinem Rat.

»So, bereit für den letzten Test?«, hörten sie eine tiefe Männerstimme sagen.

»Aber natürlich.« Mit eisernem Schritt gingen sie auf die erste Maschine in der Reihe zu.

Alex, Liz und Aaron spähten hinter ihrem Versteck hervor. Der Mann mit der tiefen Stimme war breit gebaut und trug eine polierte Glatze, die mit einem Totenkopf Tattoo versehen war. Der andere Mann war schlank und sehr groß. Beide trugen eine dunkelblaue Uniform mit dem Logo von Planet-B-Industries darauf. Der Schmale hielt seinen Daumen an den Scanner neben der Seitentür, worauf sich diese öffnete. Der Mann holte Anlauf und schwang sich in die Maschine. Er drückte ein paar Knöpfe, worauf der Motor startete. Bloß ein leises Summen war zu hören, da die Maschinen mit Elektroenergie angetrieben wurden.

»Teste die Schusswaffen!«, rief ihm der Mann mit der Glatze zu, während er einige Punkte auf einem elektronischen Tablet abzuhaken schien.

»Mit Vergnügen!«, rief der andere lachend und führte den Befehl aus. Millisekunden später schossen riesige Maschinengewehre aus dem Vorderteil des Kampfraumschiffes.

»Abfeuern!«, rief der Glatzköpfige. Ohne zu zögern ballerte der Mann in der Maschine auf die Steinwand gegenüber von ihm los. Diese hatte bereits unzählige Einschusslöcher, was bedeutete, dass solche Schusstests schon unzählige Male durchgeführt wurden.

Das Geschoss war trommelfell-zerschmetternd laut. Alex wollte sich nicht ausmalen, wie damit an seinem Volk Massenmord begangen werden könnte.

Die Kamera hielt er auf das Schauspiel gerichtet, um alles auf Band zu haben. Für alle Fälle schickte er jedes einzelne Video, das er machte, direkt an Amanda weiter. Somit war dafür gesorgt, dass die Aufnahmen auf zwei Geräten verfügbar waren.

»Ich kann diesen Arschlöchern nicht tatenlos zusehen, Alex«, flüsterte ihm Aaron ins Ohr.

Alex blickte ihm tief in die Augen. »Ich auch nicht, aber wir sagten, wir sammeln vorerst nur Beweismaterial und verschwinden wieder.«

Aaron ließ seine Augen rollen und knabberte nervös auf seiner Unterlippe. »Aber wenn wir doch schon hier sind, könnten wir wenigstens einigen Maschinen die Scheiben einschlagen oder so. Nicht?« Er schaute Alex mit hochgezogenen Augenbrauen an.

»Nein«, zischte Liz. »Ich lasse nicht zu, dass jemand von uns bemerkt wird. Wir haben bereits jemanden aus unseren eigenen Reihen verloren. Das mache ich kein zweites Mal durch. Die erschießen uns mit einem Knopfdruck, wie du siehst.«

»Sie hat recht, Aaron. So gerne ich genau dasselbe wie du tun würde – wir können es nicht riskieren.« Aaron verschränkte seine Arme und schwieg.

Die beiden Männer gingen zur nächsten Maschine und führten dieselben Tests, wie bei der Ersten durch. »Alles im grünen Bereich!«, rief der große Mann, welcher dieses Mal die Checkliste durcharbeitete. Der Glatzkopf ballerte ein weiteres Mal auf die Steinwand ein und lachte. Es bereitete ihm sichtlich Freude.

»Kommt, wir müssen weiter nach hinten. Sie kommen näher«, flüsterte Alex.

Liz folgte ihm, doch Aaron blieb wie versteinert stehen. »Worauf wartest du? Komm.« Er riss sich aus den Gedanken und folgte den beiden.

»Also, ich bin mit euch einverstanden, dass niemand zu Schaden kommen sollte …«

»Aber?«, fragte Liz, da sie wusste, dass der Satz so weitergehen würde.

Aaron zwinkerte ihr zu. »Du kennst mich anscheinend mittlerweile schon sehr gut. Ich habe da was entdeckt. Sie kontrollieren immer einige Drähte unterhalb der Maschine. Sie murmelten mal was von Energieversorgung. Wenn die Energieversorgung nicht gewährleistet ist, können die Maschinen nicht starten. Lasst uns doch hier mal diese Drähte durchschneiden und schauen, was für Auswirkungen dies bei ihrem Test hat. Was denkt ihr? Die wissen ja nicht, dass wir hier sind.«

Alex stieß Luft aus seinem Mund. Er überlegte kurz. »Das ist eine gute Idee. Wenn nur eine Maschine beschädigt ist, werden sie denken, es sei ein Produktionsfehler oder so. Was denkst du, Liz?«

»Finde ich gut.« Sie nickte.

Die Augen von Aaron leuchteten. »Juhu, ich darf etwas kaputt machen.« Er zückte sein Sackmesser, das er in seiner Brusttasche mit sich führte und kauerte sich mühsam zu Boden. Es sah ziemlich schmerzhaft aus.

»Soll ich das für dich machen?«, fragte Alex mit zusammengebissenen Zähnen, doch Aaron winkte ab.

»Ne, lass mir bitte den Spaß.«

»Okay, sei bitte einfach leise.«

Aaron grinste ihn an und verschwand unter der Maschine. Alex fuhr sich mit den Händen übers Gesicht und schaute dann Liz bekümmert an. Sie winkte mit ihrer Hand ab und signalisierte ihm so, dass schon alles funktionieren würde.

Als eine Minute verstrichen war, wurde Alex ungeduldig und spähte unter die Maschine. »Aaron, alles okay bei dir?«

»Ist extrem dunkel da unten. Ich hätte meine Lesebrille mitnehmen sollen. Ich sehe diese dummen Drähte nicht.«

Alex rollte mit den Augen, entschuldigte sich bei Liz und verschwand ebenfalls unter der Maschine. »Gib mir mal das Messer«, sagte er zu Aaron, als er sich neben ihn auf den Boden setzte.

»Ich wollte das machen«, trotzte Aaron, als Alex gerade kurz davor war, die Kabel durchzutrennen.

Dieser warf ihm einen genervten Blick zu. »Ernsthaft? Du hast nichts gesehen.«

»Aber ich habe es doch so sehr gewollt.«

Alex ließ erneut seine Augen rollen, reichte Aaron das Messer, führte dessen Hand an die Kabel heran und sagte: »Und jetzt schneiden.«

Schnips

Aaron grinste vor Freude. »Ich danke dir, dass du mir dieses Erlebnis geschenkt hast.« Alex musste schmunzeln und klopfte ihm auf die Schulter. Gemeinsam kämpften sie sich wieder unter der Maschine hervor.

»Liz, du hättest sehen müssen, wie ich …«, Aaron verstummte, als er seinen Kopf hob und bemerkte, dass da niemand war. Erschrocken schaute er zu Alex. »Wo ist Liz?«

»Was redest du denn da, sie stand doch eben noch da.«

Aaron rappelte sich auf und schaute um sich. »Das weiß ich auch, aber jetzt ist sie weg.«

Alex krabbelte zügig unter der Maschine hervor und stand auf. Hastig schaute er sich um. Die Männer waren bereits bei der nächsten Maschine angelangt – genau eine vor ihrer. »Verdammt, wo ist sie bloß?« Alex spähte an der Maschine vorbei zu den Männern. Diese waren in ihre Tests vertieft, warum also sollte sie einfach so verschwinden? Sein Blick fiel auf den Korridor, durch welchen sie hineingekommen waren. Zwei Augen spähten vorsichtig hinter der Wand hervor. »Gott sei Dank, sie ist da drüben.« Alex fasste sich erleichtert auf die Brust.

Aaron sah mit gerunzelter Stirn zu Liz, zog seine Schultern hoch und formte mit seinen Lippen das Wort »Warum«.

Liz winkte ihnen zu – dem Anschein nach wollte sie, dass sie hier verschwinden. Alex und Aaron schauten sich fragend an, waren sich aber einig, dass sie ihrer Anweisung folgen würden. Sie warteten die Schussübung ab, da dann die beiden Männer abgelenkt waren und rannten dann zu Liz.

»Warum bist du einfach verschwunden? Wir hatten Panik, als wir dich nicht mehr gesehen haben«, keuchte Aaron.

»Tut mir leid, aber ich hatte vorhin kurz niesen müssen und da hatte ich das Gefühl, sie haben sich umgesehen.«

»Ach das war dieses quietschende Geräusch. Ich dachte schon, das sei eine Ratte oder so gewesen«, sagte Alex kichernd, während sie auf den Ausgang zugingen.

»Ich klinge wie eine Ratte?«, fragte Liz empört.

»Ja weißt du, so eine süße, kleine Babyratte.«

»Das macht es nicht besser.«

Alex drückte lachend die Türklinke nach unten.

Das Herz rutschte ihnen in die Hose und er verstummte, als eine Gestalt in blauer Uniform vor ihnen im Türrahmen stand. Die Miene des Mannes mit den wasserstoffblonden Haaren verfinsterte sich.

»Was verdammt macht ihr hier?«

26.

»Ähm, wir haben und verlaufen«, stotterte Liz und setzte ein versteinertes Grinsen auf.

»Ich kenne euch. Ihr verbreitet Lügen über unsere Firma!« Der Mann packte Liz' Handgelenk und stellte sich den dreien in den Weg. »Ethan, Konstantin, kommt und helft mir, wir haben Eindringlinge!«

Alex zog seine Augenbrauen zusammen und stampfte mit voller Wucht auf den Fuß des Mannes. Zwar war dieser sehr kräftig, doch als Reflex lockerte er für einen kleinen Moment den Griff um Liz' Handgelenk. Sie nutzte den Moment, drehte ihr Gelenk einmal um die eigene Achse und schlängelte sich so aus dem Griff. Sofort kickte sie ihm mit ihrem Knie zwischen die Beine und rannte an ihm vorbei, als er sich vor Schmerz krümmte.

»Kommt!«, rief sie Alex und Aaron zu, welche einen Moment verblüfft dastanden, dann aber ihren Einsatz nicht verpassen wollten und ihr hinterherrannten.

Aus der Lagerhalle stürmten die beiden Männer. Alex, Liz und Aaron rannten so schnell sie konnten auf den Wagen zu, welcher ihnen nun definitiv wie ein Fluchtwagen vorkam.

Gerade hechteten Liz und Alex hintereinander in den Wagen, als Aaron vom glatzköpfigen Mann am Hemd von hinten gepackt wurde.

»Lassen Sie mich los!«, brüllte Aaron.

»Opa, Sie waren zu langsam«, zischte der Mann. Aus dem Augenwinkel nahm Aaron das Auto wahr. Es raste auf den Mann hinter ihm zu und schleuderte ihn zur Seite.

»Steig ein!«, rief ihm Liz zu, worauf Aaron ganz perplex aus der Wäsche guckte und dann unverzüglich in den Wagen stieg.

Kaum hatte er sich in den Sitz fallen lassen, drückte der Fahrer auf das Gaspedal. »Das war ja mal eine geile Nummer!«, jauchzte dieser auf. »Habt ihr das auf Band?«

Amanda klopfte ihm auf die Schulter. »Tut mir leid, Fred. Deine Heldentat bleibt wohl unter uns. Doch wir schätzen deine Autofahrkünste sehr.«

»Und wie!«, rief ihm Aaron erleichtert vom Rücksitz zu.

Ava strich ihm sanft über sein beanspruchtes Herz. »Ach Liebling, was hast du dir bloß dabei gedacht.«

»Du hättest mich sehen müssen, wie ich mit Alex die Kabel an einer Maschine durchtrennt habe. Wir waren erfolgreich.«

»Ihr habt was?«, fragte Ava lachend. »Und haben sie es bemerkt?«

»Noch nicht, aber das werden sie in wenigen Minuten herausfinden.« Aaron lachte sich ins Fäustchen.

Alex zwinkerte ihm zu und fragte Amanda: »hast du die Videoaufnahmen erhalten?«

»Yep, alles da. Ihr wart super.« Sie streckte den Daumen in die Luft.

»Gott sei Dank.« Alex atmete erleichtert aus und schloss für einen Moment seine Augen. Der Wagen fuhr vom Gelände.

Einige Autominuten später meldete sich Fred, der Fahrer, zu Wort: »Ähm, Leute, wir haben, glaube ich, ein klitzekleines Problemchen.«

Alex runzelte die Stirn und folgte dann der Daumenbewegung von Fred, die nach hinten deutete. Er wandte sich auf seinem Sitz um und spähte aus dem Rückfenster. »Was zum Teufel …«, flüsterte er kaum hörbar. Das Dach der Lagerhalle hatte sich geöffnet und ein Dutzend Kampfraumschiffe schossen in die Luft. Es war ein angsteinflößender Anblick.

»Nein!«, schrie Amanda fassungslos. »Dreh sofort um!«

Fred schüttelte den Kopf. »Dafür ist es zu spät. Aber warum starten diese Idioten bei Tageslicht? Da kriegen doch alle mit, was die vorhaben, nicht?«

»Du hast recht, nur bringt uns das nichts. Wir wollten verhindern, dass sie Beolania zerstören. Das ist uns misslungen«, Ava schluchzte, stürzte das Gesicht in ihre Hände und legte den Kopf auf die Schulter ihres Mannes. »Unser geliebter Heimatplanet wird bedroht und wir können nichts dagegen unternehmen.«

»Meine Tochter ist in Gefahr«, nuschelte Liz kraftlos. Tränen flossen über ihr Gesicht.

Alex schaute sich hysterisch um. *Es muss doch einen Weg geben, um diese Kampfraumschiffe aufzuhalten.* Sein Herz pochte. Er stellte sich vor, wie er auf die Straße springen und zu ihnen hoch schreien würde, dass sie auf der Stelle umkehren sollten – doch die hätten bloß auf ihn hinuntergeschaut und über ihn gelacht. Außerdem hätten sie ihn gar nicht gehört, das wäre das nächste Problem gewesen. »Aaron, was können wir denn jetzt noch tun?«, fragte er hilflos.

Dieser griff nach Alex' Hand und seufzte. »Wir können nichts mehr unternehmen. Wir hatten unsere Chance und wir haben sie nicht richtig genutzt. Jetzt müssen wir darauf vertrauen, dass Beolania sich selbst beschützen kann. Glaubst du daran, Alex?«

Er spürte diesen Kloß im Hals, der ihm die Luft zuschnürte. »Ich habe sie allein gelassen«, flüsterte er kraftlos. »Ich konnte nichts tun. Ich bin ein Versager. Ich habe es nicht verdient, ein Gott genannt zu werden.« Tränen schossen aus seinen Augen, sein Gesicht war rot angelaufen und er schlug sich mit der Faust an den Kopf.

»Moment, was«, stotterte Amanda. »Schaut mal … nach oben.« Sie zeigte mit dem Finger zum Himmel hoch.

Fred brachte den Wagen zum Stillstand. Amanda stieg aus dem Fahrzeug und die anderen folgten ihr zögerlich. Erst als sie alle draußen standen und nach oben schauten, konnten sie erkennen, was ihnen Amanda zeigen wollte. Farbige Lichtschüsse prallten auf die Kampfraumschiffe ein. Dies konnte nur eines bedeuten.

»Sie sind hier!«, jauchzte Ava erleichtert auf. »Schau doch nur, Alex. Sie kommen, um uns zu unterstützen!«

Alex fasste sich ans Herz und zuckte am ganzen Körper, da er spürte, wie die Anspannung von ihm abprallte. Er begann laut zu lachen und schrie mit aller Kraft zu den Kampfraumschiffen von Beolania hoch: »Daaankeee!«

Der Schusswechsel wurde intensiver. Die acht Schiffe von Beolania waren um einiges stärker. Zum Glück. Die Schüsse der Planet-B-Industries Kampfraumschiffe prallten fast ausschließlich von den Maschinen ab. Vereinzelte Beulen waren zu erkennen, doch die Leistung hatte deswegen keine Einbußen. Ein Kampfraumschiff von Planet-B-Industries nach dem anderen verlor die Kontrolle und sauste in einem unfassbaren Tempo auf die Erde zurück, wo sie, als sie mit immensem Krach auf dem Boden aufprallten, in tausende Einzelteile zersplitterten.

Die Lichtschüsse ballerten unermüdlich auf die noch intakten Kampfraumschiffe ein, bis keines mehr am Himmelszelt zu sehen war.

»Wuhuuuu!«, schrie Liz und applaudierte feierlich.

Alex fiel Aaron und Ava in die Arme – endlich konnten sie aufatmen. »Wo sie wohl landen werden?«

»Ich denke, ich weiß wo«, sagte Fred.

Als sie auf das weitläufige Feld, nahe den Everglades, zusteuerten, konnten sie beobachten, wie die ovalen, dunkelblauen Raumschiffe sachte auf dem Boden landeten. Kaum hatte Fred den Wagen zum Stillstand gebracht, öffnete Alex die Tür und rannte auf die Raumschiffe zu.

»Liv mein Engel, danke, dass du uns gerettet hast!«, rief er schon aus der Ferne. Er hatte ein breites Grinsen im Gesicht und sein Herz pochte vor Aufregung. Bereits knapp einen Monat war er von seiner Verlobten getrennt, der ihm wie Jahre vorkam.

»Ich habe mich auch auf dich gefreut, mein Schatz«, krächzte eine helle Männerstimme, als sich die Seitentür des Raumschiffs öffnete. Clemens streckte seinen Kopf hinaus und lachte vergnügt.

Alex prustete, da die Aktion echt witzig war, wurde dann aber ernst im Gesicht. »Bitte versteh mich jetzt nicht falsch, es ist schön dich zu sehen, aber wo ist Liv?«

Die anderen zwanzig Beolas stiegen ebenfalls aus den Kampfraumschiffen und fielen für einen Moment auf die Knie, um Alex Ehre zu erweisen. Es war noch immer ungewohnt für ihn, so wichtig behandelt zu werden.

Clemens schenkte ihm zur Begrüßung eine herzliche Umarmung. »Deine Liebste verteidigt unseren Planeten. Als wir erfahren haben, was hier los ist, habe ich mich dazu entschieden, dass es besser ist, wenn ich mich ins Gefecht stürze. Sie ist eine hervorragende Göttin und ich weiß, dass sie unseren Planeten beschützen kann.«

Alex schaute ihm tief in die Augen. »Ich danke dir.«

»Keine Ursache. Ich habe ihr versprochen, dich wieder heil nach Hause zu bringen.«

»Clemens!«, rief Aaron erfreut, als er mit Ava an der Hand auf ihn zulief. »Diese zweiundzwanzig Jahre waren viel zu lange. Endlich sehe ich meinen Bruder wieder!«

»Wer ist denn dieser schrumpelige Mann?«, spaßte Clemens und schloss seinen Bruder in eine herzliche Umarmung. »Weißt du, für mich waren es bloß etwas mehr als zwei Tage, aber du hast mir trotzdem gefehlt.«

Ava schaute den beiden mit einem zufriedenen Lächeln zu. Es war schön für sie zu sehen, dass Aaron einen Familienteil wieder bei sich hatte. Sie hatte sich oft vorgestellt, wie schwer es für ihn gewesen sein musste, sich in eine fremde Welt integrieren zu müssen, in der er niemanden, außer Ava, kannte. Aaron hatte hier keine langjährigen Freunde, keine Eltern, Geschwister oder Kinder. Oft hatte sie dies vergessen, da sie selbst doch ihr ganzes Leben auf der Erde verbracht hatte. Sie war hier nach ihrer Zeit auf Beolania geboren, hatte gelernt Mensch zu sein. Sie hatte Freunde und war bis kurz vor ihrer Bewusstseinserweiterung verheiratet gewesen. Ava war Mutter von zwei Kindern. Das war wohl das Schwerste für Aaron gewesen, denn er selbst hatte sich noch gut an den Verlust ihres gemeinsamen Kindes erinnern können und als er erfahren hatte, dass Ava ohne ihn Kinder auf die Welt gesetzt hatte, hatte er dies erst einmal für einige Tage verarbeiten müssen. Erst da war Ava damals bewusst geworden, was sie ihm mit der Entnahme seiner Kräfte alles zugemutet hatte. Und obwohl sie diese Tat nicht bereute und Aaron dankbar war, seine geliebte Frau wieder bei sich zu haben, hatte es einige Tage gegeben, an denen

Ava ihren Mann einfach nur traurig erlebt hatte. Daher war es für sie umso schöner, ihn in jenem Moment vereint mit seinem Bruder zu sehen. Es war herzerwärmend.

Clemens grinste Ava an. »Hat er sich benommen?«

Ava musste lachen. »So gut er eben kann. Nein im Ernst, er ist wieder zu seinem Wesen zurückgekehrt. Aaron hat viel durchgemacht und ich bin so dankbar, seine Liebe wieder spüren zu dürfen.«

Clemens strich ihr sanft über den Arm. »Das freut mich aufrichtig zu hören.« Er ließ seinen Blick über die restlichen Anwesenden schweifen. Bei der Frau mit dem graumeliertem, gekraustem Haar hielt er inne. »Du musst Amanda sein, so wunderschön wie du bist.«

Sie kicherte verlegen. »Das ist ja richtig schmeichelhaft, dies von einem … Außerirdischen zu hören.«

»So bin ich nun mal«, scherzte er. Danach lenkte er seinen Blick auf Liz. »Du bist die Mutter von Liv … also Leona?«

Liz nickte eifrig. »Mit dir muss ich noch ein ernstes Wörtchen reden.«

»Nicht jetzt, Clemens«, flüsterte ihm Alex zu.

»Na gut und wo ist Tom? Bist du Tom?« Clemens deutete auf Fred, der ganz perplex neben Amanda stand. Ihr schossen wie auf Knopfdruck Tränen in die Augen. Sie hatte in den letzten Stunden durch die ganze Ablenkung ihren Verlust verdrängen können, doch in jenem Moment kamen die ganzen Emotionen wieder hoch.

Clemens hielt sich die Hand vor den Mund. »Habe ich was Falsches gesagt?«

Alex legte seine Hand auf Clemens' Arm. »Ich muss dir da was erzählen. Tom …« In jenem Moment wurde plötzlich die Stille durch ein lautes Brummen durchbrochen. Unzählige

Hubschrauber flogen blitzschnell auf sie zu, kreisten über ihre Köpfe und Waffen wurden auf sie gerichtet.

»Hier spricht die Polizei. Bleiben Sie stehen und halten Sie Ihre Hände in die Luft. Sie haben Eigentum von Planet-B-Industries zerstört und eine weltbewegende Mission gefährdet!«, rief eine tiefe Männerstimme durch ein Megafon. Der Mann hielt sich an einer Stange im Hubschrauber fest und lehnte sich aus der Maschine, während er sprach. Die Beolas richteten reflexartig ihre kugelförmigen Waffen auf die Hubschrauber.

»Die Polizei? Deren Ernst?«, quietschte Liz fassungslos.

Fred hielt zögerlich seine Hände in die Luft.

»Was machst du da? Wir haben nichts Falsches gemacht, nimm deine Hände wieder runter«, befahl ihm Alex.

Fred zuckte zusammen und nuschelte: »Ja aber, das ist die Polizei.«

»Waffen runter und Hände in die Luft oder wir schießen!«, brüllte der Mann mit dem Megafon.

Aaron fuchtelte mit seinen Armen in der Luft und rief so laut er konnte zu den Polizisten im Hubschrauber hoch: »Bitte kommen Sie runter, wir können Ihnen alles erklären! Die wollen unseren Planeten zerstören!«

Unterdessen kamen von allen Richtungen Polizeiwagen mit heulenden Sirenen angerast. Einige Meter vor ihnen kamen diese zum Stillstand, Polizisten stürmten auf das Feld und richteten ihre Waffen auf sie.

»Bleibt alle dicht bei mir und haltet die Hände in die Luft«, sagte Clemens leise und sah sich in der Umgebung um.

»Was hast du vor?«, fragte Alex.

»Vertraut mir.« Clemens streckte seine langen Arme in die Luft. Der Rest der Gruppe tat ihm gleich. Die Beolas legten ihre Waffen zu Boden und folgten seiner Anweisung. »Wir kommen in Frieden. Bitte hören Sie sich an, was wir zu sagen haben.

Gemeinsam finden wir eine Lösung, die für alle stimmt und bei der keiner sterben muss!«, rief Clemens.

Einen Augenblick herrschte Stille. Abgesehen vom ohrenbetäubenden Lärm der Hubschrauber.

Plötzlich sprang eine Tür von dem größten Polizeifahrzeug auf und ein Mann stieg aus. Ein glatzköpfiger Mann mit einem schneeweißen Vollbart und giftgrünen Augen.

»William?«, flüsterte Alex fassungslos und warf Liz einen besorgen Blick zu. »Was hat der denn bei der Polizei zu suchen?«

Liz wurde blass und hielt sich an Freds Arm fest, der wie versteinert dastand.

»Hände in die Luft!«, hatte ein Polizist Liz zugerufen, worauf sie zusammenzuckte und die Hände wieder nach oben hielt.

William trug ein breites Grinsen im Gesicht und weitete seine Arme aus. »Wie sehnsüchtig ich doch auf diesen Moment gewartet habe. Schön, dass ihr alle so zahlreich erschienen seid.«

»Wer ist das?«, fragte Clemens seinen Bruder leise, der direkt neben ihm stand.

»Das ist William Hunt, auch Mr. Hope genannt. Der Chef von Planet-B-Industries und der Mann von Liz. Letzteres wissen wir erst seit Kurzem.«

Clemens nickte. »Verstehe.«

William lief auf die Gruppe zu. »Wie ich höre, wollt ihr einen Deal mit der Polizei eingehen. Dazu müsst ihr aber zuerst etwas wissen: Ich bin die Polizei. Wenn ihr also ein Problem habt, müsst ihr direkt mit mir sprechen. Also: Wie lautet euer Angebot?«

Die korrupte Polizei, schoss es Liz durch den Kopf. Sie war sauer.

»Dürfen wir dazu bitte die Hände runternehmen?«, schnaubte Alex.

William grinste. »Aber natürlich, ich bin doch kein Unmensch. Nur zu. Aber Hände weg von den Waffen, ja?«

Alex rollte mit den Augen und ließ dann erleichtert seine Arme fallen, worauf das Blut wieder zu zirkulieren begann.

Clemens ergriff das Wort: »Wir haben zurzeit noch kein Angebot, jedoch eine große Bitte. Lassen Sie unseren Planeten in Ruhe. Wenn wir sehen, dass Sie das Wohl von Beolania respektieren, dann kommen wir Ihnen entgegen und helfen der Erde aus dieser Krise zu entkommen.«

William kratzte sich am Bart. »Das klingt doch wundervoll, natürlich. Wir wollten in den letzten Jahren bloß aus Spaß solche Raumschiffe bauen. Aber klar, wenn ihr sagt, dass wir euch in Ruhe lassen sollen, dann machen wir das natürlich. Es ist ja nicht so, dass ihr einfach durch ein Portal abzischen und uns hier verrotten lassen könntet.«

Clemens kratzte sich am linken Horn auf seinem Kopf und sah zu Alex runter. »Meint der das ernst? Das wäre doch super, nicht?«

Alex verzog seine Mundwinkel. »Nope, der meint das zu hundert Prozent sarkastisch.«

William prustete laut los, zeigte mit dem Finger auf Clemens und krümmte sich vor Lachen. »Der hat das wirklich gerade ernst genommen und dachte, ich würde einfach aufgeben? Denen vertrauen?« Die Polizisten um ihn herum begannen ebenfalls zu lachen. »Mein Lieber, wir gehen keine Kompromisse ein. Wir werden einen Weg finden, um auf euren Planeten zu gelangen.« William hielt kurz inne und brüllte dann: »Erledigt sie!« Die Polizisten in den Hubschraubern und auf dem Feld drückten auf den Abzug und ballerten auf sie ein.

Ava schrie: »In Deckung!«

Liz kreischte und kauerte sich zu einem kleinen Paket zusammen. Gerade noch rechtzeitig hatte Clemens seine Arme im

Kreis um und über sich bewegt, wodurch eine Lichtkuppel entstanden ist, die er um die gesamte Gruppe ausweitete.

»Ich will noch nicht sterben, ich will noch nicht sterben, ich …«, Liz verstummte, als sie bemerkte, dass sich der Lärm der Geschosse plötzlich dumpf anhörte. Sie wagte sich aus ihrer Päckchen-Stellung zu befreien und guckte über ihre Arme, die sie vor ihre Augen gedrückt hatte.

»Wir sind vorerst in Sicherheit, Liz«, flüsterte ihr Ava sanft zu.

Verwirrt stand sie auf und torkelte im Kreis umher. »Was, wie«, stotterte sie, während sie die wundervolle Lichtkugel von innen bestaunte. Eine riesige, violette Hülle erstreckte sich um sie alle. Sie konnte alles sehen, was sich da draußen abspielte. Jeder Schuss, der auf die Lichthülle einprallte, wurde umgeleitet und flog mit doppelter Geschwindigkeit an ihren Ursprung zurück. Ein Schütze nach dem anderen fiel zu Boden, als sie von ihren eigenen Schüssen getroffen wurden. Die meisten standen danach jedoch wieder auf, da sie schusssichere Westen trugen.

Alex atmete schnell und eine dicke Schweißperle kullerte über seine Stirn. »Ich danke dir, Clemens. Du hast uns allen soeben das Leben gerettet.«

Clemens klopfte ihm sanft auf die Schulter. »Das war leider erst der Anfang. Die werden nicht aufgeben.«

Amanda setzte sich erschöpft auf den weichen Boden. »Habt ihr einen Plan?«

Durch die Lichtkugel konnten sie beobachten, wie William den Schützen befahl das Feuer einzustellen. Er flüsterte ihnen irgendwas zu, worauf die Schützen nickten und die Waffen zu Boden legten.

William kratzte sich an der Nase und lief langsam auf die Lichtkugel zu. »Könnt ihr mich hören?«, rief er so laut er konnte.

»Du musst nicht brüllen. Kannst ganz normal sprechen«, sagte Alex zynisch.

William lachte auf. »Immer auf Provokation aus, lieber Alex. Ganz ruhig. Ich habe einen Vorschlag.«

»Und was soll das bitte für ein Vorschlag sein?«, fragte Alex misstrauisch.

William lief einige Schritte rückwärts und weitete seine Arme aus. »Ihr habt mich überzeugt! Ihr seid stärker als wir. Ihr wisst, wie ihr euren Planeten zu verteidigen habt. Ich habe eure Spezies unterschätzt und ihnen nicht die Würde entgegengebracht, die ihr verdient hättet. Es tut mir leid.« William fasste sich an die Brust. Es war das erste Mal, dass Alex etwas Reue im Gesichtsausdruck von Will wahrnehmen konnte.

Alex sah zu Aaron, der mit den Schultern zuckte. Sie wussten nicht, ob sie ihm glauben konnten oder ob dies bloß wieder ein durchdachter Schachzug war.

»Was willst du?«, fragte Clemens mit zusammengekniffenen Augen.

William fuhr sich übers Gesicht und seufzte: »Ich will bloß die Menschheit nicht enttäuschen. Ich habe mein Versprechen gegeben, dass ich sie retten würde. Was, wenn ich versage?«

Clemens neigte seinen Kopf leicht zur Seite und sah ihm direkt in die Augen. »Wir wollen nicht, dass die Menschheit untergehen muss. Es gibt für alles eine Lösung. Wenn wir zusammenarbeiten, finden wir einen Weg. Ich habe bloß diese eine Bitte, dass ihr unseren Heimatplaneten in Frieden lasst. Kannst du mir dies versprechen?«

William blickte aus wässrigen Augen tief in jene von Clemens. »Ich verspreche es.«

Clemens war überrascht, von dieser Wendung und blinzelte einige Male etwas schneller. In der Lichtkugel herrschte Stille. Sie wussten nicht, ob sie erleichtert oder besorgt sein sollten.

»Geben wir uns die Hand auf dieses Versprechen?«, fragte William demütig.

Clemens nickte zögerlich und wandte sich daraufhin zur Gruppe in der Lichtkugel um. »Ihr bleibt hier drin«, flüsterte er. »Ich weiß nicht, ob ich ihm trauen kann, aber ich kann mich verteidigen, falls etwas passieren sollte. Die Lichtkugel wird für ungefähr fünf Minuten halten, bis sie in sich zusammenfällt. Die Hälfte der Soldaten bleibt bei euch, die andere Hälfte kommt mit mir. Einverstanden?« Die Soldaten nickten ihm zu.

»Sei wachsam«, flüsterte ihm Ava zu.

»Das bin ich. Hoffen wir, dass er hält, was er verspricht.«

Aaron klopfte seinem Bruder auf die Schulter, dann schritt Clemens aus der Lichtkugel, gefolgt von seinen bewaffneten Soldaten. Vorsichtig setzte er einen nackten Fuß vor den anderen und blieb vor William stehen. Die zehn Soldaten standen hinter Clemens, die Waffen auf William gerichtet.

»Wir wollen Frieden, oder? Bitte nehmt die Waffen runter.«

»Warum sollten wir dir plötzlich blind vertrauen? Bis vor einigen Minuten sagtest du noch, dass du unseren Planeten um jeden Preis stürmen würdest. Wir nehmen die Waffen erst runter, wenn wir ganz sicher sind, dass du keine Spielchen mit uns spielst«, Clemens wählte einen ruhigen, aber bestimmten Tonfall.

William packte sein bestes Zahnpasta Lächeln aus. »Ich habe meine Meinung geändert. Mir war nicht bewusst, was für eine Willensstärke ihr habt. Ich habe nun Achtung vor euch.«

Clemens nickte schwach und streckte ihm dann langsam seine blaue Hand entgegen. »Bitte halte dein Wort.«

William griff nach Clemens' Hand. William hatte kräftige Hände, doch im Vergleich zu Clemens waren sie schwach. Clemens zuckte zusammen, als sich ihre Handflächen berührten. Ein merkwürdiges Gefühl durchströmte seinen Körper. Reflexartig zog er seine Hand zurück.

»Was hast du denn plötzlich?«, fragte William lachend.

Clemens' Miene verfinsterte sich. »Diese Dunkelheit, die du in dir trägst. Wie kannst du bloß mit ihr leben?«

William runzelte die Stirn. »Was plapperst du denn da. Ich bin nicht finster, ich symbolisiere Hoffnung. Komm, schlag ein.«

»Ich hege kein Vertrauen in dich. Verdiene es dir oder lasse deine Maske auf der Stelle fallen«, zischte er. Die Beolas rückten näher an ihn heran und vermittelten ihm Schutz.

William verzog seine Mundwinkel und begann zu nicken. »Verstehe.« Er wandte Clemens den Rücken zu, fing etwas auf, dass ihm ein Polizist zuwarf, setzte es sich auf den Kopf und zückte etwas aus seiner Hosentasche, während er sich innert Millisekunden wieder zu Clemens umdrehte. William trug eine Gasmaske und zog am Schnürchen eines kleinen Gegenstandes, den er zwischen Clemens und die Beolas warf. Gas strömte aus dem Gehäuse und verteilte sich rasend schnell in der Luft. Die Polizisten feuerten auf Clemens und seine Soldaten ab, nun trug die gesamte Mannschaft Gasmasken.

Es war so geplant gewesen. Clemens brüllte, streckte seine Arme nach vorne und feuerte aus beiden Händen einen weißen Lichtstrahl nach dem anderen ab, in der Hoffnung, William zu treffen. Doch dieser wich flink aus und verschanzte sich hinter einem Fahrzeug.

Die Beolas feuerten unermüdlich Lichtschüsse aus deren kugelförmigen Waffen auf die Polizisten ab, welche in hohem Bogen nach hinten geschleudert wurden.

Von überall schmetterten Schüsse auf das Schlachtfeld ein, auch aus den Hubschraubern, die noch immer über ihre Köpfe kreisten. Eine der Maschinen wurde von einem Lichtschuss erfasst und fiel krachend zu Boden.

In jenem Moment sah es so aus, als würde sich der Kampf zu Gunsten von Clemens und seinen Soldaten wenden, als sie plötzlich zu torkeln begannen und die Schüsse unkontrolliert abfeuerten. Clemens hatte Doppelbilder und in seinen Ohren vernahm er ein grelles Pfeifen. Die Kraft verließ ihn und er knallte zu Boden.

Alles um ihn herum wurde schwarz. Auch die Beolas sackten ein und blieben regungslos am Boden liegen.

Das war Williams Einsatz. Er stürmte hinter dem Wagen hervor und rannte auf Clemens zu. Der Stein hing um dessen Hals und funkelte William verführerisch entgegen.

»Neein!«, schrie Alex und wollte aus der Lichtkugel stürmen.

Gerade noch rechtzeitig wurde er von einem der restlichen Soldaten am Arm zurückgehalten. »Bleib hier. Wir beschützen dich. Beolania braucht dich als Gott.« Die Beolas stürmten aus der Lichtkugel und gerieten in den Schusswechsel.

William griff nach der Kette und riss sie Clemens vom Leib. Die Beolas feuerten auf William ab. Mit voller Wucht wurde er zu Boden geschleudert und prallte mit seinem Kopf auf einen harten Gegenstand. Polizisten stürmten zu ihm, hoben ihn auf und brachten ihn im Wagen in Sicherheit. Sie setzten sich ans Steuer und fuhren William aus der Gefahrenzone.

Die Lichtkugel löste sich in Luft auf. Liz, Alex, Fred, Ava, Aaron und Amanda waren nun ungeschützt.

Die restlichen Polizisten versuchten den Lichtschüssen von den Beolas auszuweichen – manche erfolgreich, andere vergebens. Kurz darauf rasten unzählige Wagen vom Feld davon und die Hubschrauber suchten ebenfalls das Weite.

Was zurückblieb war ein Schlachtfeld. Unzählige Todesopfer, Blutlachen und Clemens mit seiner halben Armee, die regungslos am Boden lagen.

Aaron stürmte zu seinem Bruder und kauerte sich neben ihm zu Boden. Clemens hatte ein paar Schüsse in die Schulter abgekriegt – weißes Blut triefte aus den Wunden und wurde von seinem orangefarbenen Seidengewand aufgesogen.

»Clemens, wach auf!«, schrie ihm Aaron weinerlich zu. Der Brustkorb bewegte sich langsam auf und ab, doch die Kiemen öffneten sich nur mühevoll, was Aaron Sorge bereitete. Es erinnerte ihn zu sehr an damals – der Moment, bevor Ava auf Beolania verstorben war. »Hörst du mich, mein Bruder? Bitte wach auf!« Obwohl er der Legende nach wusste, dass bloß die Patunia Götter und Halbgötter töten konnte, so hegte er in diesem Moment Zweifel.

Ava saß neben ihrem Mann am Boden. Sie riss sich einige Streifen ihres T-Shirts ab und drückte diese auf die Wunden von Clemens. Alex lief besorgt zwischen den ohnmächtigen Beolas umher und fühlte an jedem einzelnen Hals, ob sich die Pulsschlagadern noch bewegten.

Die meisten taten es nicht mehr.

Amanda stand erschüttert nebenan. Sie zückte ihr Telefon und wählte den Notruf.

Ein Krankenwagen musste her – schleunigst.

27.

»Wie geht es ihm? Ich bin so schnell gekommen, wie ich konnte«, keuchte Tiffany, als sie im Krankenhaus eintraf. Alle, bis auf Fred und Amanda, hatten sich im Wartezimmer versammelt und warteten darauf, Neuigkeiten über den Zustand von Clemens und den anderen überlebenden Beolas zu erhalten. Fred und Amanda hatten die restlichen, überlebenden Beolas an einen sicheren Ort gebracht. Somit konnten sie etwas Zeit schinden, bis sie wussten, wie es weiter ging.

Alex griff nach Tiffanys Händen. »Wir wissen bloß, dass sie noch atmen. Ich hoffe, wir erhalten bald mehr Informationen. Das Krankenhaus ist etwas überfordert mit der Lage. Sie hatten schließlich noch nie eine andere Spezies in Behandlung und nun sind es gleich fünf an der Zahl.«

Tiffany senkte ihren Blick zu Boden. »Das alles läuft total aus dem Ruder.«

»Du sagst es. Wenigstens weiß die Welt nun von den Kampfraumschiffen. Meine Hoffnung liegt darin, dass sich die Menschheit nun endgültig gegen das Vorhaben von Planet-B-Industries stellt. Sie wissen von den Bränden, von den Kampfraumschiffen und sie kennen unsere Geschichte.«

»Aber sie wissen nichts von dem Stein«, nuschelte Tiffany.

Alex fuhr sich verzweifelt über das Gesicht. »Wir müssen ihn dringendst zurückerobern. Neue Kampfraumschiffe werden im Handumdrehen fertig sein, denke ich. Er könnte jederzeit Beolania stürmen.«

Eine Krankenschwester trat in den Wartebereich. »Alex Miller, Sie dürfen nun zu ihnen.« Er sprang vom Stuhl auf und folgte ihr. »Dürfen meine Freunde auch mitkommen?«

»Nein. Sie brauchen vorerst noch Ruhe.«

Alex nickte verständnisvoll.

»Der Wirkstoff des Gases sollte nun vollständig aus dem Organismus raus sein. Die Schusswunden waren sehr tief. Wir haben die Wunden gesäubert und genäht. Es wurden keine lebenswichtigen Organe beschädigt. Sie hatten großes Glück.« Alex atmete erleichtert aus.

Im Krankenzimmer angekommen, erblickte Alex zwei violett und vier blau schimmernde Körper in Einzelbetten liegen. Es war ein surrealer Anblick hier auf der Erde.

»Otis, bist du es?«, fragte Clemens mit schwacher Stimme.

»Sie sind noch etwas benommen. Ich lasse Sie einen Moment allein. Wenn Sie etwas brauchen, drücken Sie auf den Knopf neben dem Bett, okay?«, flüsterte die Krankenschwester.

Alex nickte, worauf sie das Zimmer verließ. Er setzte sich auf den Stuhl neben dem Bett von Clemens und griff nach seiner Hand.

»Ich habe versagt, Otis. Ich hatte euch versprochen, dass ich mich wehren könnte. Hätte ich geahnt, was für grausame Waffen die Menschen hier auf der Erde besitzen, wäre ich nicht so leichtsinnig gewesen. Ich schäme mich.« Es war herzzerreißend, Clemens in diesem Zustand zu sehen. Sonst hatte er immer einen Spruch auf Lager, doch in jenem Moment war er einfach nur energielos und redete sich schlecht.

»Clemens, hör mit diesem Unsinn auf. Du hast uns allen das Leben gerettet, indem du uns in diese Lichtkugel gehüllt hast. Hättest du dies nicht getan, könnte ich nun mit dir diese Unterhaltung nicht führen.«

»Ich weiß, dass du es nur gut meinst, doch mir ist gleichzeitig bewusst, dass ich nicht alle retten konnte.« Sein Adamsapfel bewegte sich. Er traute sich kaum die Frage zu stellen. »Wie viele unserer geliebten Beolas sind von uns gegangen?«

Tränen schossen in Alex' Augen. Er konnte Clemens nicht ansehen, denn er wusste, dass ihn die Antwort betäuben würde.

»Sag schon«, schluchzte Clemens.

Alex hatte einen Kloß im Hals und Tränen flossen über seine Wangen. »Sieben.«

Clemens schnappte nach Luft. Er fasste sich mit der Hand auf die Brust und schloss seine Augen. »Nein«, stotterte er. »Das darf nicht sein. Sie wollten uns helfen, sie … waren reine Wesen.«

»Ich weiß«, flüsterte Alex sanft und zückte ein Taschentuch, um es unter seine Augen zu drücken.

»Sie sind wegen mir gestorben. Ich konnte sie nicht beschützen.«

»Du weißt, dass das nicht stimmt. Die korrupten Cops von William haben sie auf dem Gewissen, aber ganz bestimmt nicht du. Hörst du?«

»Er hat recht«, keuchte ein Beola im Bett nebenan. »Wir sind hier, um euch zu dienen – um unser Volk zu schützen. Wir waren gemeinsam im Kampf. Du hast uns beschützt, sonst wären wir auch nicht mehr hier.« Die andern vier Beolas stimmten ihm zu.

Clemens rappelte sich vorsichtig auf und schaute jedem Beola im Zimmer in die Augen. Er lächelte schwach und nickte. »Ich danke euch im Namen von Beolania für euren Dienst. Ich stehe in eurer Schuld und gebe nicht auf. Gemeinsam sind wir stark und gemeinsam können wir diesen Kampf noch immer gewinnen. Es ist noch lange nicht vorbei.«

Alex klopfte Clemens auf die Schulter. »Gute Einstellung.«

Zwei Tage verstrichen, in denen sich Otis und die verwundeten Beolas im Krankenhaus noch etwas regenerieren mussten. In dieser Zeit kam viel Bewegung ins Spiel. Die Menschheit spaltete sich recht akut in einzelne Gruppen: jene, die Planet-B-Industries folgten und den Planeten verlassen wollten und die andere Gruppe, welche sich gegen das Unternehmen stellte und keinesfalls das Leben einer anderen Spezies aufs Spiel setzen wollte. Solche, die keiner Seite zugehörten gab es kaum. Entweder man wollte fort oder bleiben – etwas dazwischen hätte sich etwas schwierig gestaltet.

Riesige Menschenmassen versammelten sich und protestierten erneut vor dem Gebäude von Planet-B-Industries. Weltweit tauchten im Netz Videos von Menschen auf, die davor warnten, den Planet Erde zu verlassen. Andere wiederum behaupteten genau das Gegenteil. Es war ein richtiges Kopf-an-Kopf-Rennen und niemandem war klar, welche Seite gewinnen würde.

Von Mr. Hope war seit dem Vorfall auf dem Feld nichts mehr zu hören gewesen. Man munkelte sogar schon, dass er gestorben sei und sein Vermächtnis vollendet werden müsse.

Die Kampfraumschiffe von Beolania waren direkt nach dem Massaker auf dem Feld spurlos verschwunden. Alex befürchtete, dass Mr. Hope sie hat beschlagnahmen lassen, während sie damit beschäftigt gewesen waren, sich in der Lichtkugel in Sicherheit zu bringen. Ihnen war dies erst aufgefallen, nachdem Amanda den Notruf gewählt hatte und die übrigen acht Soldaten zurück nach Beolania hatten fliegen wollen, um ihre Heimat zu warnen. Doch ohne Raumschiffe und ohne den Stein war dies ein Ding der Unmöglichkeit. Also hatte die Gruppe beschlossen, sich aufzuteilen. Amanda und Fred brachten die acht Beolas vorübergehend in einer alten Sporthalle unter und trieben genügend Lebensmittel für sie alle auf. Amanda wusste unterdessen, dank dem damaligen Besuch von Suri, was Beolas gerne aßen.

Auf vereinzelten, elektronischen Herdplatten kochten sie am ersten Abend zusammen einen Gemüseeintopf mit Hülsenfrüchten und Kräutern. Die Beolas waren überrascht, wie ähnlich sie zu Hause kochten – auch wenn die Lebensmittel auf Beolania um ein Vielfaches intensiver und frischer schmeckten als hier auf der Erde.

Fred war sichtlich überfordert von den vielen Kräutern und Gewürzen gewesen, da er selbst eine einfache Küche mit viel Fastfood gewöhnt war. Umso positiver überrascht war er, wie wach er im Geiste nach solch einer nahrhaften Speise war und wie lange sie sättigte.

»Pflege deinen Körper, als wäre es dein geliebtes Kind«, flüsterte ihm eine Beola, während dem Abendbrot zu, als sie bemerkte, wie neu diese Art von achtsamem Essen für Fred war. Fred musste schmunzeln und war überwältigt von der Weisheit dieser wundervollen Wesen. Ihm wurde in jenem Moment bewusst, wieviel er doch noch zu lernen hatte.

Die Nacht gestaltete sich ruhig. Die Beolas waren erschöpft und fielen sehr schnell in den Schlaf. Amanda lag noch eine ganze Weile mit offenen Augen auf ihrer Matratze und wickelte sich mit dem Schlafsack wie eine Mumie ein. Es war kühl in der Sporthalle und ihre Gedanken kreisten.

Fred lag neben ihr und schlief tief wie ein Stein. Ab und an atmete er laut auf, schnarchte für einige Sekunden und schlief dann wieder ruhig weiter.

Es war dieser Moment der Stille, des nichts tun, den Amanda zu schaffen machte. Es gab keine Ablenkung mehr – bloß ihre Gedanken. Sie dachte an ihren Mann. Tränen kullerten über ihre Wangen. Das Wissen, ihren Mann nie wieder umarmen und seinen warmen Duft nie wieder einatmen zu können, machte sie wahnsinnig. Sie wollte es nicht wahrhaben und stellte sich vor, wie es wäre, wenn er plötzlich mit seinem breiten Grinsen vor ihr stehen würde.

Es war zu schön, um wahr zu sein.

Und auch, wenn sie dankbar für all die vielen gemeinsamen Jahre war, so waren es doch viel zu wenige gewesen. Wie würde sie jemals über diesen Schmerz hinwegkommen können? Wahrscheinlich niemals. Sie musste lernen, damit zu leben. Wie Aaron sagte, war Tom immer noch bei ihr. Das spürte sie. Niemals würde er sie allein lassen. Nun war er ihr Schutzengel.

»Bitte wach über uns, mein Schatz«, flüsterte sie ins Leere. Sie schaute zur Decke und atmete ruhig. Für einen klitzekleinen Moment leuchtete ein Lichtchen auf, das über ihren Kopf hin und her tänzelte, bevor es wieder in der Dunkelheit verschwand. Amanda lächelte. »Danke, Tom.« Sie schloss ihre Augen, drehte sich zur Seite und schlief ein.

28.

»Was wird als nächstes passieren? Die Menschen sind scheinbar bereit alles zu geben, um ihren Willen durchzusetzen. Bei
den Demonstrationen von heute Morgen vor dem Gebäude von
Planet-B-Industries in Los Angeles, wurden mehrere junge
Menschen von der Gegnerseite erschossen«, die Nachrichtensprecherin wahrte einen ernsten Gesichtsausdruck. »Laut Angaben eines Augenzeugen, war der Schütze Befürworter von
Planet-B-Industries. Er habe ohne zu zögern abgedrückt und
nach dem Massaker den Rest der Demonstranten angebrüllt. Er
habe ihnen mitgeteilt, dass sie die Nächsten sein würden, wenn
sie nicht gehorchten.«

Clemens starrte mit wässrigen Augen auf den Bildschirm im
Krankenzimmer. »Sie müssen sich das nicht anschauen. Sie
sollten sich lieber noch etwas erholen«, sagte die Krankenschwester sanft und legte ihre Hand auf seine Erhebungen auf
der Schulter.

Clemens lächelte sie dankend an. »Das ist sehr lieb von Ihnen
gemeint, doch ich kann nicht einfach wegsehen. Es geht hier
um unseren Heimatplaneten. Wir werden gebraucht. Wir können nicht mehr länger hierbleiben. Dürfen wir gehen?«

Die anderen Beolas schauten sie mit riesigen Augen an und
hofften auf eine positive Antwort.

Sie musste schmunzeln und legte ihren Kopf zur Seite. »Ich
werde mich für Sie einsetzen, aber der Oberarzt muss dies

zuerst absegnen. Bitte warten Sie einen Moment, ich bin gleich wieder zurück.«

»Haben Sie vielen Dank«, sagte der eine Beola.

»Wir müssen uns langsam überlegen, wie wir vorgehen wollen«, sprach Clemens in die Runde.

»Mir war nicht bewusst, wie grausam diese Menschen sein können. Aber diese Bilder zeigen mir gerade auf, wie die bittere Wahrheit aussieht.«

»Du sagst es, Daiki. Deshalb sind wir hier. Vielleicht können wir die Menschen umstimmen, vielleicht müssen wir kämpfen. Was wir auf jeden Fall tun müssen, ist unseren geliebten Planeten mit unserem Leben zu beschützen«, sagte Clemens.

»Haben wir noch Lichtgeschosse?«, fragte der etwas kleinere Beola namens Akos.

»Alex sagte mir, dass sie einige Lichtgeschosse hatten einsammeln können. Sie sind bei unseren Freunden in Sicherheit. Aber die Kampfraumschiffe sind uns anscheinend abhandengekommen.«

»Wer ist Alex?«, fragte Akos.

»Alex ist Otis, bitte entschuldige. Ich habe mir seinen irdischen Namen auch einprägen müssen.«

»Stimmt, das habe ich wohl durch den Kopfschlag vergessen.« Akos wich Clemens' Blick verlegen aus.

Die Krankenschwester kam ins Zimmer und lächelte. »Ich habe gute Neuigkeiten. Sie dürfen gehen. Jedoch sollten Sie es nicht überstürzen und auf Ihre Gesundheit achtgeben. Verstanden?«

Daiki nickte. »Verstanden.«

»Sehr schön.« Sie lächelte. »Es war mir eine große Ehre, Sie kennengelernt zu haben. Ich werde alle in meinem Umfeld bitten, sich gegen das Vorhaben von Planet-B-Industries zu stellen. Ihr seid wundervolle Geschöpfe und ich wünsche mir für euch, dass euer Planet so einzigartig bleibt, wie er zu sein scheint.«

»Diese Worte bedeuten uns viel«, sagte Clemens demütig und legte seine Hand behutsam auf ihren Arm. Er räusperte sich kurz. »Ähm, mir fällt gerade ein … können wir einfach so rausspazieren? Ich meine, in Anbetracht unserer Lage, würden wir sehr viel Aufmerksamkeit auf uns ziehen, nicht?«

Die Krankenschwester stimmte Clemens zu. »Ich werde Mr. Miller für Sie kontaktieren. Er kommt Sie bestimmt abholen.«

»Haben Sie vielen Dank.«

Knapp eine Stunde später kamen Alex und Amanda in einem gelben Schulbus vor dem Krankenhaus angerollt und empfingen die sechs Beolas mit ausgebreiteten Armen.

Das Krankenhaus hatte für Sicherheitspersonal gesorgt. Denn auch wenn die Beolas direkt vor dem Eingang abgeholt wurden, Aufmerksamkeit wurde unvermeidlich generiert, wenn Wesen mit Hörnern auf der Stirn und den Schultern barfuß aus einem Krankenhaus spazierten. Sie trugen ihre Seidengewänder, welche während ihrem Aufenthalt frisch gewaschen wurden.

»Schön, dass es euch allen wieder gut geht«, sagte Alex erfreut und half ihnen beim Einsteigen. Hinter die Fenster hatten sie blickdichte Gardinen geklebt, damit nicht jedermann sehen konnte, wer in diesem Schulbus transportiert wurde.

Nach der halbstündigen Autofahrt kamen sie schließlich bei der Sporthalle an, wo sie herzlich von ihren Freunden empfangen wurden. Aaron und Clemens fielen sich in die Arme und waren sichtlich dankbar, dass sie wieder vereint waren.

Gemeinsam betraten sie die Sporthalle, wo sich die Beolas sofort umarmten und weinend den Tod ihrer geliebten Freunde bedauerten. Es war herzzerreißend, sie so trauernd zu sehen und es zeigte einmal mehr, wie wertvoll die Gemeinschaft auf Beolania war.

»Wie geht es dir?«, fragte Aaron seinen Bruder empathisch.

»Nicht besonders. Das alles nimmt mich sehr mit. Habt ihr auch die Nachrichten von heute Morgen gesehen?«

Aaron legte seine Hand auf Clemens' Schulter. »Das haben wir. Die Lage gerät außer Kontrolle. Wir müssen die Menschen daran hindern, sich gegenseitig zu bekämpfen.«

»So leid es mir tut dies sagen zu müssen, aber das ist unmöglich«, sagte Alex. »Unser Fokus sollte darauf liegen, Planet-B-Industries davon abzuhalten unseren Planeten zu stürmen. Sie haben es bereits einmal beinahe geschafft.«

Amanda stellte sich neben ihn und band sich ihr grau meliertes Haar zu einem Dutt hoch. »Er hat recht. Wir brauchen einen Plan, und zwar schnell.«

Die ganze Gruppe versammelte sich inmitten der Sporthalle und sie setzten sich in einem Kreis auf den Boden. Jeder einzelne teilte seine Idee mit den anderen. Jeder Vorschlag wurde angehört und für wertvoll gehalten. Niemand wurde ausgelassen oder ausgelacht – auch wenn gewisse Ideen schlichtweg unlogisch waren.

Schnell wurde klar, dass sie sich in kleinere Gruppen aufteilen mussten, um agil zu bleiben. Fred erklärte sich freiwillig bereit, um herauszufinden wie weit Planet-B-Industries mit der Herstellung der neuen Kampfraumschiffe war und ob sie noch am selben Ort wie neulich untergebracht wurden. Liz bot Fred an, ihn zu begleiten, da sie beim letzten Mal bereits in der Halle gewesen war. Er nahm ihre Hilfe dankend an.

Amanda rief Linda an und bat sie darum, ihr bei der Suche nach William zu helfen. Sie wollte William für seine Taten an Tom büßen lassen, wobei ihr Linda liebend gern zur Seite stand. Außerdem mussten sie herausfinden, wo er den Stein hingebracht hatte.

Clemens und die Beolas sahen sich als die Kampf- und Schutzeinheit. Wo auch immer Unterstützung gebraucht wurde, wollten sie in kleineren oder größeren Gruppen zur Stelle sein. Aaron und Ava war es bewusst, dass sie weder zur Kampfeinheit passten noch bei einer anderen Gruppe wirklich eine große Hilfe sein würden. Daher entschieden sie sich dazu, die Hotline für jegliche anfallende Fragen zu sein und die Erste Hilfe Station, wenn es zu Verletzungen kommen sollte, was niemand hoffte.

Allen war klar, dass Alex der Anführer war. Er war der Gott von Beolania und er sollte die wichtigen Entscheidungen treffen. Für den Anfang schloss er sich der Gruppe von Amanda und Linda an, da es ihm Bauchschmerzen bereitete, dass William den Schlüssel zu seinem geliebten Planeten in den Händen hielt.

»Wir dürfen keine Zeit verlieren. Geht euren Aufgaben nach, kontaktiert Ava und Aaron bei Fragen oder wendet euch in Notfällen an mich. Passt auf euch auf und denkt daran: Gemeinsam sind wir stark!« Die Beolas knieten sich hin, hielten sich an den Händen und streckten sie zusammen in die Luft.

»Gemeinsam«, sagten sie im Chor und schauten Alex direkt in die Augen. Er hatte Gänsehaut, schloss seine Lider für einen kurzen Moment und nickte ihnen dankend zu. Der restliche Teil der Gruppe tat den Beolas gleich, da sie dieses Ritual als sehr schön empfanden.

»Ich danke euch. Und jetzt heißt es: Ran an die Arbeit.«

Die nächsten Tage waren turbulent. Clemens und seine Armee versuchten auf den Straßen von Los Angeles für Frieden zu sorgen. Sie hielten Ansprachen und wollten den Menschen erklären, weshalb sie nicht auf Planet-B-Industries hören sollten. Leider fanden sie noch immer einen viel zu geringen Anklang und mussten sich körperlich verteidigen. Sie wurden bespuckt, mit Tomaten beschmissen und geschlagen. Zum Glück waren die Beolas sehr stark und sie kamen stets bloß mit leichten Prellungen davon.

Es waren nicht die äußeren Narben, die sie plagten, sondern jene, die niemand zu Gesicht bekam. Sie waren gekränkt, durch die schlimmen Aussagen, welche ihnen viele Menschen an den Kopf warfen: »Ihr wollt so scheinheilig eure Scheißrede halten. Egoistisch seid ihr!«

»Ekelhafte Wesen!«

»Man, euch sollte man doch einfach vernichten. Ihr seid richtig dumme, öde Kreaturen. Nichts als gut reden könnt ihr. Nichts unternehmt ihr gegen unser Leid.«

Natürlich waren nicht alle Menschen so blind und auf sich fokussiert. Es gab durchaus immer mehr Menschen, die eigentlich auf der Seite der Beolas waren, doch die gefallenen Schüsse, welche keine Seltenheit mehr waren, ließen sie nicht laut genug werden. Wenn jemand in der Menge dann doch laut wurde und den Planet-B-Industries Anhängern Kontra gab, kippte die Stimmung und die Leute begannen auf sich einzuprügeln.

Clemens musste schon viele Lichtschüsse abfeuern, um die Menschen zu zähmen. Die anderen Beolas hatten keine Waffen zur Hand, doch stärkten sie Clemens den Rücken und packten die Unruhestifter an Hand und Fuß. Sie waren nicht immer größer als die Menschen. Gerade so kleine Beolas wie Akos wären in der Masse schnell untergegangen, abgesehen von der auffällig, blau schimmernden Farbe. Er kämpfte sich wacker durch.

Alex, Linda und Amanda waren auch drei Tage später noch immer nicht fündig geworden. William hielt keine öffentlichen Reden und auch im Fernsehen war er nicht mehr erschienen.

»Er führt etwas im Schilde, ich spüre es«, hatte Amanda gepflegt zu sagen und Alex war sich sicher, dass sie damit bestimmt nicht Unrecht hatte.

Linda nutzte ihre Verbindungen zu alten Arbeitskollegen, die noch immer bei Planet-B-Industries arbeiteten, um an Informationen zu gelangen. Doch es schien, als hätte William bemerkt, dass er seinen eigenen Mitarbeitern nicht mehr vollends vertrauen konnte, denn auch jene hatten keine Ahnung, wo er sich zu jener Zeit aufhielt und was seine nächsten Schritte sein würden. Es war ein Suchen nach der Nadel im Heuhaufen - und dies im Dunkeln.

Doch dann, ein weiterer Tag war vorbeigezogen, erhielt Alex eine Nachricht von Liz und Fred. Die Lagerhalle, in welcher beim letzten Mal die Raumschiffe untergebracht gewesen waren, war leergeräumt, doch schon einige Male hatten sie etwas weiter südlich, Mitarbeiter von Planet-B-Industries in einen Bunker ein- und aussteigen sehen.

»Was denkt ihr, verbirgt sich in diesem Bunker?«, fragte Alex am Telefon.

»Das wollen wir heute herausfinden. Fred und ich wollen … dort rein«, Liz klang angespannt.

»Okay, seid ihr sicher, dass ihr dies allein unbemerkt hinkriegt oder braucht ihr Unterstützung?«

Liz schluckte geräuschlos. »Wir denken, dass es besser ist, wenn wir nicht zu viel Aufsehen erregen. Sollte es Neuigkeiten geben … oder etwas schieflaufen, würde ich dich sofort kontaktieren.«

»Darum bitte ich. Haltet mich auf dem Laufenden. Sobald sich offenbart hat, was sie in diesem Bunker verbergen, wird einiges ins Rollen kommen. Bitte seid vorsichtig, ja?«

»Aber natürlich, Alex. Du wirst von uns hören.« Liz beendete den Anruf.

Alex fuhr sich mit beiden Händen über den Mund.

»Was ist?«, fragte Amanda mit zusammengekniffenen Augen. Sie saßen in der Sporthalle an einem der vielen Laptops, die Linda für sie dort installiert hatte.

»Sie haben einen Bunker gefunden und wollen da rein. Ich kontaktiere Clemens, er soll einige Beolas in deren Nähe schicken, damit sie im Notfall abrufbereit wären.«

Amanda stimmte ihm zu.

LIZ

Fred nickte ihr zu, als sie den Anruf mit Alex beendet hatte.

»Bist du bereit?«, fragte er.

Liz schluckte leer. Sie hatte große Angst. Ihr ganzes Leben lang fühlte sie sich in Sicherheit gehegt und nun bereitete ihr diese Ungewissheit plötzlich Bauchschmerzen. Was würde sich in diesem Bunker befinden? Würde man sie entdecken? Könnte ihnen etwas zustoßen? Ihr Herz pochte so stark, dass es sich anfühlte, als würde es jeden Moment aus der Brust springen.

»Klar, es kann los gehen«, sagte sie mit zittriger Stimme.

»Ich bin auch nervös. Aber denk daran, dass wir dies für deine Tochter tun.«

Liz presste ihre Lippen zusammen und atmete tief durch die Nase ein. Ihre Augen schloss sie dabei für einen kurzen Moment. »Du hast recht. Packen wir es an.«

Sie stiegen aus dem Auto, welches sie hinter einem großen Busch geparkt hatten und liefen auf den Pinienbaum zu. Liz liebte diese Bäume, da sie so majestätisch in die Höhe ragten. Häuser waren so nahe den Everglades keine zu sehen.

Sie hatten den Bunker in den letzten Tagen beobachtet und ihnen fiel eine Routine auf: Immer morgens um 07:00 Uhr stiegen jeweils einige Männer aus einem schwarzen Range Rover, öffneten den Bunker und stiegen hinab. Wo der Bunker hinführte, wussten sie nicht.

Jeweils um 09:00 Uhr kamen andere Männer mit Dokumenten in den Händen aus dem Bunker hinaus und fuhren mit dem Range Rover wieder davon.

Dasselbe Spektakel wiederholte sich zwei bis dreimal am Tag, immer im selben Rhythmus. Daher wussten Liz und Fred, dass sie zu jener Zeit, um 15:00 Uhr, freie Bahn hatten und ihnen niemand entgegenkommen würde – das hofften sie zumindest.

Sie sahen sich in der Umgebung um. Keine Menschenseele war zu sehen. Vorsichtig schritten sie an den Einstieg des Bunkers heran, der von Orchideen umzingelt war.

Fred ging vor und kletterte die kurze Leiter hoch. Oben angekommen drehte er an dem großen, silbernen Metallrad, wodurch der Deckel des Bunkers nach oben gekippt werden konnte. Fred kletterte über den Rand und winkte Liz mutmachend zu. Sie hielt sich zitternd an der Leiter fest, während sie in den Schacht hinunterschaute. Die Höhenangst machte ihr zu schaffen, denn es war kein Ende in Sicht. Die Leiter führte hinunter in die Dunkelheit und sie hatte keine Ahnung, wie lange sie hinunterklettern mussten, um wieder festen Boden unter ihren Füßen zu spüren.

»Ich habe Angst«, flüsterte sie Fred zu, der bereits einige Stufen nach unten geklettert war.

Er schaute zu ihr hoch, seine glasklaren, blauen Augen funkelten sie an. »Komm Liz, du schaffst das. Du bist eine Powerfrau. Ich bin bei dir, du musst keine Angst haben.«

Sie spähte noch immer über den Rand. »Was, wenn ich runterfalle?«

»Du wirst nicht runterfallen. Setze einfach einen Fuß nach dem anderen auf die Stufen und schau nach oben. Ich werde dir sagen, wenn wir unten angekommen sind, ja?«

Liz nickte schwach und atmete einige Male tief durch. Dann nahm sie all ihren Mut zusammen und kletterte über den Rand des Bunkers. Zum Glück trug sie Sneakers mit guten Sohlen.

»Sehr gut, Liz. Und nun Schritt für Schritt. Ich passe mich deinem Tempo an. So, wie es für dich stimmt.«

Liz schlug sich wacker und tat genau das, was Fred ihr sagte. Sie war überrascht, wie gut er sie beruhigen konnte, wenngleich er doch sonst immer so eine schlaksige und unbeholfene Art an sich hatte.

Je weiter sie nach unten stiegen, umso mehr Lichter gingen an, was die Trittsicherheit um einiges verbesserte.

Es wurde kühler.

»Noch drei Stufen, dann hast du es geschafft.«

Liz war froh, diesen Satz zu hören und als sie endlich wieder festen Boden unter ihren Füßen hatte, konnte sie sich wenigstens für einen Moment entspannen. Doch lange hielt die Entspannung nicht an, denn nun ging es darum, an möglichst viele Informationen zu gelangen und dabei bestenfalls nicht entdeckt zu werden.

»Nach dir«, sagte Fred höflich und deutete auf die Tür mit dem kleinen Fenster auf Augenhöhe. Liz nickte ihm zu und spähte durch das Fenster.

Die Luft war rein. Sie atmete tief durch, drückte dann den Türgriff nach unten und öffnete die schwere Metalltür. Vorsichtig schritten sie in den langen Korridor, der sich vor ihnen erstreckte. Der Boden war spiegelglatt und die Wände sahen aus wie zerknitterte Alufolie – so, wie in allen Gebäuden von Planet-B-Industries.

Einige Meter weiter vorne entdeckten sie auf der rechten Seite eine weitere Tür. Wenige Schritte später, standen sie in einem Raum voller Computer und Sideboards, auf denen Skizzen und Berechnungen gekritzelt waren.

»Sind das die neuen Kampfraumschiffe?« Liz deutete auf die Zeichnung.

»Ich befürchte es, ja.«

Liz hielt die Hand vor ihren Mund. »Das ist ja scheußlich.« Sie erkannte die Raumschiffe. Es waren jene, mit denen die

Beolas vor einigen Tagen auf die Erde gekommen waren, jedoch trugen sie nun auf dieser Skizze ein Vielfaches an Waffen.

Fred tippte ihr sanft auf die linke Schulter. »Komm Liz, wir müssen uns weiter umsehen.«

Sie riss ihren Blick von dem Sideboard und verließ gemeinsam mit Fred den Raum. »Wo sind denn alle hin?« Sie sah sich im leeren Korridor um. »Irgendetwas stimmt hier nicht, oder?«

»Du hast recht, das ist wirklich sehr merkwürdig.« Vorsichtig setzten sie einen Fuß vor den anderen und entdeckten dann am Ende des Flurs einen Aufzug.

»Folge mir«, flüsterte Fred und rannte dann zum Aufzug und drückte auf den Knopf. Liz tat ihm gleich. Die Tür öffnete sich und sie stiegen ein.

»Hm, da gibt es wohl nur einen weiteren Stock«, murmelte Fred und drückte auf den einzigen Knopf im Aufzug. Doch statt nach oben oder unten zu fahren, bewegte sich dieser Aufzug seitlich fort.

Durch die Glasscheibe konnten sie an eine bemalte Wand schauen, auf der sich eine Kurzgeschichte abspielte. Durch die tausend kleinen Gemälde und die schnelle Bewegung des Aufzugs, sah es aus wie ein Film. Zu Beginn sah man einen Mann auf einer verschmutzten Erdkugel stehen. Er überlegt sich, was er gegen dieses Elend unternehmen könnte. Dann kommt ihm die zündende Idee: Er möchte einen neuen Planeten finden. Er gründet eine Firma und lässt große Maschinen anfertigen, mit welchen die Menschheit umgesiedelt werden kann. Er findet einen geeigneten Planeten und ihm gelingt es, die Menschheit zu retten. Der Planet, auf welchem er zu Beginn gestanden hatte, zerbricht in jenem Moment, als die letzte Maschine die Erde verlässt. Die Menschen jubeln, als sie auf dem neuen, wunderschönen Planeten ankommen und der Mann strahlt bis über beide Ohren.

Der Fahrstuhl kam zum Stillstand und Liz starrte fassungslos ins Leere. Eine Träne kullerte über ihre Wange.

»Liz, meine Liebe, was ist denn los?«, fragte Fred besorgt, als er ihren traurigen Gesichtsausdruck wahrnahm.

»Er hat das schon so lange geplant und ich Dummerchen habe nichts davon mitgekriegt. Wie blöd muss man nur sein«, schluchzte sie.

Fred legte seine Hand auf ihre Hüfte und begleitete sie aus dem Fahrstuhl. »Das konntest du doch nicht wissen. Er ist nun mal ein guter Schauspieler und er spielt nach seinem eigenen Drehbuch.«

Liz wischte sich die Träne aus dem Gesicht und lächelte ihm schwach zu. »Ich danke dir.«

»Aber gerne doch. Komm.«

Vor ihnen ragte ein riesiges, silbernes Tor in die Höhe, das sich gemächlich öffnete, als sie darauf zugingen. Trotz all der Missachtung, die Liz in diesem Moment gegenüber ihrem Noch-Ehemann verspürte, war sie verblüfft von diesem Anblick. Hinter dem Tor offenbarte sich ihnen eine riesige Werkstatt.

Unzählige Kampfraumschiffe standen auf einer riesigen, quadratischen Platte inmitten der Halle.

Liz lief ein Schaudern über den Rücken, als ihr etwas klar wurde. »Moment, in welche Richtung sind wir soeben gefahren?«

Fred sah sie fragend an. »Warum meinst du? Ich denke … Richtung Norden.«

Liz packte Fred an seinen beiden Schultern und schaute ihm direkt in die Augen. »Erkennst du denn nicht, wo wir uns befinden? Wir sind so blind, wir befinden uns genau unter *dieser* Lagerhalle!«

Fred fasste sich an die Stirn und sah sich um.

»Das muss ich sofort Alex berichten.« Liz zückte das Smartphone-Plättchen und wählte seinen Kontakt. Kaum hatte sich die Verbindung aufzubauen begonnen, da packte Fred das Plättchen, beendete den Anruf und ließ es in seine Hosentasche gleiten.

»Moment, was?« Liz war irritiert und starrte Fred misstrauisch an. Einen Wimpernschlag später ertönte hinter ihr ein Klatschen. Ruckartig wandte sie sich um – ihr Herz rutschte in die Hose.

»William?«

29.

Applaudierend und mit seinem künstlichen Zahnpasta-Lächeln kam William auf sie zugelaufen. Er trug einen blauen Anzug und sah so lebendig aus, wie nie zuvor. »Ich bin überrascht, meine Teuerste. Ich hätte nicht gedacht, dass du dies so schnell kapierst. Fred hat super mitgespielt, vielen Dank.«

Fred grinste ihn an.

Liz machte einen Schritt von ihm weg und zeigte mit ihrem Finger auf Fred. Ihre Miene verfinsterte sich. »Du … arbeitest für ihn?«

Er lachte und stellte sich dicht neben William. »Schon wieder so scharfsinnig. Heute hast du ja einen richtigen Lauf.«

Liz zog ihre Augenbrauen zusammen. »Und all das Geschwafel vorhin war nur Show? Du bist nicht besser als Will.«

»Ich nehme das mal als Kompliment«, sagte Fred und schaute Will vergnügt in die Augen. Fred hatte plötzlich eine tiefere und dominantere Stimme und seine Körperhaltung war selbstbewusster. Der Fred, den Liz zu kennen glaubte, war plötzlich verschwunden.

Hinter William tauchten immer mehr Männer und Frauen auf, die ihm seine Kraft untermauerte und ein Gefühl von Unsterblichkeit und Macht vermittelte. »Was soll das Ganze?«, schrie Liz William zu. Ihre Stimme hallte in der weitläufigen Werkstatt nach.

Er machte einen Schritt auf sie zu. »Ich habe euch in den Händen. Meine Augen und Ohren sind überall, wie du siehst. Ich werde siegen und du kannst nichts daran ändern«, er hielt kurz inne. »Du wirst mir sogar helfen, ist das nicht schön?«

Die Augen von Liz blitzten ihn abschätzend an. »Pff, du bist doch wahnsinnig. Ich und dir helfen? Niemals!«

In diesem Moment klingelte Liz' Smartphone in der Hosentasche von Fred. »Es ist Alex. Was soll ich tun?«

»Geh ran. Er soll keinen Verdacht schöpfen. Sei so, wie er dich kennt. Dumm und ahnungslos.«

Fred nickte ihm mit einem verschmitzten Lächeln zu und nahm den Anruf entgegen. »Hallo Alex, was gibt's?«

»Fred, warum … hast du Liz' Handy? Alles okay bei euch?« Er stellte den Anruf auf Lautsprecher.

Liz wollte gerade losschreien, als ihr William seine Hand auf ihren Mund drückte und sie grob von hinten anpackte. Sie konnte sich kaum mehr bewegen, doch strampelte so fest mit ihren Beinen umher, wie sie konnte.

»Ja, alles gut bei uns. Mein Handy hat keinen Akku mehr und Liz hat mir ihres für die Zwischenzeit geliehen.«

»Ach so, okay. Ich hatte eben einen Anruf von Liz erhalten. Habt ihr schon etwas herausgefunden im Bunker? Was wollte sie mir sagen?«

»Wir haben tatsächlich etwas herausgefunden. Dieser Bunker ist nicht der Ort, wo die Kampfraumschiffe untergebracht werden. Wir haben eine Notiz auf einem Sideboard entdeckt. Kennst du einen Militärflugplatz in der Nähe? Es sieht so aus, als wären sie dort untergebracht. Könnt ihr dort mal vorbeischauen? Wir brauchen hier wohl noch eine Weile.«

»Das sind gute Neuigkeiten, danke für eure gute Arbeit.«

»Habt ihr auch schon etwas Neues über William herausgefunden?« Fred richtete seinen Blick auf Will, der ihm stolz zunickte.

»Noch nicht, nein. Aber er wird sich wohl nicht weit von den Kampfraumschiffen aufhalten.«

»Ich denke auch. Also, wir müssen weiter. Danke für den Anruf.«

»Warte, steht Liz neben dir?« Fred zögerte. »Fred?«

»Ja natürlich, sie steht neben mir.«

»Darf ich sie kurz sprechen, bitte?«

Fred weitete seine Augen und wusste nicht, was er sagen sollte.

William flüsterte Liz ins Ohr: »Du wirst nun so mit Alex sprechen, als wäre nichts passiert.« Liz wehrte sich mit ihrem ganzen Körper gegen seinen festen Griff. »Wenn du auch nur ein klitzekleines Wörtchen über das hier verrätst, wirst du bald keine Tochter mehr haben.« Will ließ Liz los, die sich ruckartig zu ihm umdrehte und ihren Zeigefinger drohend auf ihn richtete.

Ihr Kopf war vor Zorn rot angelaufen. »Sag sowas nie wieder, Dreckskerl«, zischte sie leise. Sie sah ihm an, dass seine Worte kein Bluff waren.

»Natürlich, ich gebe sie dir«, sagte Fred scheinheilig und reichte Liz mit ernstem Blick den Hörer.

»Hallo Alex, schön dich zu hören, was gibt's?«

»Geht es dir gut? Du klingst … irgendwie … anders als sonst.«

»Nein, alles im grünen Bereich. Ich hoffe bloß, dass ihr diesen Militärplatz schnell findet und dieser Albtraum bald ein Ende hat.«

»Okay. Wir werden da sein, ja? Sei unbesorgt.«

»Ich danke dir, Alex. Bye.« Sie beendete den Anruf.

William klatschte in die Hände. »Na geht doch, oder?«

Liz biss sich nachdenklich auf die Unterlippe.

OTIS

»Was ist? Du bist ja ganz blass«, sagte Amanda, als Alex den Anruf mit Liz beendet hatte.

Er ließ sein Smartphone auf den Tisch gleiten und wandte seinen Blick zu ihr. »Liz ist in Gefahr.«

Amanda war irritiert. »Wie … meinst du das? Sie sagte doch, dass alles im grünen Bereich sei, oder?«

»Und genau hier haben wir das Problem. Fred ist nicht der, für den wir ihn gehalten hatten. Liz hatte es von Anfang an gespürt.«

Amanda setzte sich neben ihn auf den Drehstuhl und legte ihre Hand auf die seine. »Du musst mir sagen, was hier vor sich geht, lieber Alex. Ich verstehe nicht, was du mir damit sagen willst.«

»Nach dieser Sache auf dem Feld hatte mir Liz am Abend gesagt, dass sie bei Fred ein mulmiges Gefühl hat. Sie kannte ihn schließlich nicht, er wurde uns bloß als Fahrer von einer ihrer früheren Agenturen geschickt. Sie sagte mir, dass sie sich vielleicht täuscht, aber dass sie ihn nicht aus den Augen lassen würde und dass sie mir sagen würde, dass alles im grünen Bereich sei, wenn es dies eben nicht war. Das war unser Codewort.«

Amanda fasste sich an den Mund. »Ich verstehe. Alex, was sollen wir nun tun?«

Er überlegte einen Moment und sagte dann: »Sie erwarten uns auf dem Militärflugplatz. Sie wissen nicht, dass wir etwas wittern. Ich habe bereits ein Teil der Beolas mit Waffen in die Nähe vom Bunker geschickt. Sie werde ich informieren, was vorgefallen ist. Clemens und ich müssen auf den Flugplatz. Der Rest bleibt hier.«

»Aber, was ist, wenn euch etwas zustößt?«

»Das wird nicht passieren.«

Alex und Clemens fuhren mit einem alten Schulbus auf den verlassenen Militärplatz zu. Die Zufahrt stand weit offen.

»Was, wenn sie Liz etwas angetan haben?«, fragte Clemens, als Alex den Bus vor dem Hangar zum Stillstand brachte.

»Dann würden sie unseren Zorn zu spüren bekommen. Komm, wir müssen wachsam bleiben.« Alex zog den Schlüssel aus der Zündung und stieg aus dem Bus.

Stille.

Es war keine angenehme Stille. Sie witterten die Gefahr.

Vorsichtig liefen Clemens und Alex auf den Hangar zu und versuchten herauszufinden, wie sie dieses mächtige Tor öffnen könnten – vergebens. Die Sonne brannte auf ihre Köpfe, die Hitze war kaum auszuhalten. Der Teerboden war so heiß, dass Clemens mit seinen nackten Füßen kaum ruhig darauf stehenbleiben konnte. Doch er biss die Zähne zusammen und hielt die Schmerzen aus.

Plötzlich hörten sie aus der Ferne ein leises Brummen.

»Achtung, sie kommen. Bist du bereit?«, flüsterte Alex, da er dieses Geräusch mittlerweile nur zu gut kannte. Sie starrten zum Himmel empor und hielten ihre Hände über die Stirn, um ihre Augen vor den Sonnenstrahlen zu schützen. Schon kurz darauf entdeckten sie die fünf schwarzen Hubschrauber am Himmelszelt, die sich langsam niederließen und in einem Halbkreis angeordnet vor Clemens und Alex zum Stillstand kamen. Eine Armee stürmte aus den Hubschraubern und richteten ihre

Waffen auf sie. »Was haben Sie hier zu suchen? Dies ist ein Privatgrundstück!«, brüllte ihnen der eine Mann in schwarzer Uniform, und dem Totenkopftattoo auf der Glatze, zu.

Clemens hatte die Lage im Blick und bereitete sich innerlich auf einen Kampf vor, während Alex das Reden übernahm: »Wir wissen, dass Sie hier die Kampfraumschiffe unterbringen! Wir lassen es nicht zu, dass ihr unseren Planeten stürmt!« Alex stellte sich breitbeinig vor den Hangar.

»Wo ist der Rest eurer Gruppe?«, rief ihnen der Mann zu.

Alex warf einen nervösen Blick zum Schulbus. »Sie geben sich erst zu Gesicht, wenn Sie uns versichern, uns nichts zu tun und Sie die Mission abblasen!«

Der Mann lachte böswillig und teilte seiner Armee anhand einer Kopfbewegung mit, dass sie den Schulbus umzingeln sollten. Sie folgten seinem Befehl und richteten die Waffen auf den Bus.

»Wir machen hier die Spielregeln, klar?«, brüllte der Glatzkopf. »Entweder ihr ergebt euch und stellt euch uns nicht mehr in den Weg, oder eure Freunde sind in wenigen Augenblicken dem zeitlichen gesegnet!«

Alex' Gesicht war geprägt von einem grimmigen Ausdruck. »Wir werden niemals aufgeben.«

Der Mann zuckte mit den Schultern. »Na gut, ihr habt es nicht anders gewollt.« Er machte eine Kopfbewegung zu seiner Armee. »Erschießt sie!« Kaum einen Wimpernschlag später ballerten die Soldaten auf die Fenster des Busses ein.

»Neeein!«, schrie Alex und stürzte sich zu Boden.

Der Mann lachte und schnaubte: »Das habt ihr davon, wenn ihr nicht kooperieren wollt.«

Clemens legte seine Hand auf Alex' Schulter, während die Schüsse unermüdlich auf den Schulbus prasselten.

Die Scherben sprangen in alle Richtungen und die Blechwände wurden durchlöchert. Der Lärm war kaum auszuhalten.

Doch plötzlich unterbrachen die Soldaten das Schussgewitter. »Commander, es befinden sich keine Personen in diesem Bus!«

Die Miene des Kommandeurs verfinsterte sich. »Denkt ihr zwei Idioten ernsthaft, dass ihr uns verarschen könnt?«

Alex erhob sich vom Boden und setzte ein verschmitztes Grinsen auf. »Nun ja, wenn man bedenkt, dass ihr euch habt verarschen lassen und nicht kapiert, dass wir längst wissen, dass hinter diesen Toren keiner eurer verdammten Raumschiffe steht, dann seid wohl eher ihr die Idioten, nicht?«

Der Kommandeur knurrte, griff an seinen Gürtel, zückte eine Handgranate und zog den Stift hinaus. »Wo wollt ihr denn jetzt bloß hin ohne euren Bus, hm? War schön mit euch. Soldaten, bringt euch in Sicherheit!« Mit voller Wucht warf er die Handgranate zwischen Clemens und Alex. Der Kommandeur und die Soldaten rannten von ihnen davon.

Gerade wäre die Granate klimpernd zu Boden gefallen, da streckte Clemens abrupt seine Hände nach oben und formte eine Lichtkuppel um sie beide. Dann stieß er diese mit einer immensen Geschwindigkeit nach vorn - und mit ihr die explodierende Granate.

Die Explosion erwischte alles um sie herum. Den Kommandeur, die Soldaten, die Hubschrauber und den Schulbus. Alles flog in die Luft und wurde umhergeschleudert. Bloß der Hangar hinter ihnen blieb unversehrt. Was vor ihnen übrig blieb, war ein Schlachtfeld. Doch bei diesem Mal gab es auf der Gegnerseite keine Überlebenden.

Alex sah zu Clemens hoch. »Du bist unglaublich.« Er fasste sich aufs Herz, welches rasend schnell pochte. Er hatte für einen kurzen Moment daran gezweifelt, dass sie lebendig aus dieser Sache herauskommen würden.

»Das war erst der Anfang. Wir müssen unverzüglich die Kampfraumschiffe aufhalten.«

Alex schluckte geräuschlos. »Du hast recht. Komm!« Er rannte los und Clemens folgte ihm.

LIZ

Mit zur Seite geneigtem Kopf schaute William zu ihr hinunter, nachdem er Liz Handschellen angelegt und sie um eine Metallsäule gekettet hatte. »Liebling, ich hätte mir dies auch anders vorgestellt. Du solltest doch nie erfahren, dass ich dahinterstecke. Du wärst mit mir zusammen glücklich auf einem sicheren Planeten gewesen.«

Liz spuckte ihm ins Gesicht. »Für wie dumm hältst du mich eigentlich? Früher oder später hätte ich es sowieso erfahren. Du, mit deinem verdammten Ego.«

William wischte sich die Spucke aus dem Gesicht und lachte. »Du hast recht. Die ganze Menschheit wird mich kennen und mir danken. Danken für ein Leben in Hoffnung, was nun mal auf diesem Planeten nicht mehr möglich ist.«

»Weil du ihn abgefackelt hast! Die Menschen wissen jetzt Bescheid. Sie wissen von deinen Spielchen!«

»Bloß weil zwei Idioten in einem Krankenhaus behauptet haben, dass sie die Waldbrände gelegt hätten? Ich bitte dich. Das hätte genauso gut inszeniert sein können. Menschen sehen über das Übel ziemlich schnell hinweg, wenn sie aus der Sache profitieren. Aber süß, dass du so gut über die Menschen denkst.«

Liz wandte sich von rechts nach links und versuchte damit die Hände hinter ihrem Rücken irgendwie aus den Handschellen zu lösen. »Es sind zum Glück nicht alle so kaputt im Kopf wie du!«

William lachte, drehte ihr den Rücken zu und lief zu der riesigen Plattform, auf welcher die Kampfraumschiffe feinsäuberlich nebeneinander angeordnet bereitstanden.

Er winkte seine Crew herbei und hielt eine Rede: »In wenigen Augenblicken ist es so weit und die allerersten, vom Menschen umgebauten Maschinen, erreichen einen fremden Planeten in einer anderen Galaxie. Denkt daran: Ihr werdet ohne Schutzmasken nicht atmen können, lasst sie also immer auf, egal was passiert. Wir werden einen Weg finden, dieses Problem zu lösen. Sobald wir die Atmosphäre von Beolania durchdrungen haben, geht es darum aufzuräumen. Behaltet die Mission im Visier und bedauert keinen Verlust.«

Liz schrie dazwischen: »Neein! Ihr Dreckskerle! Meine Tochter ist auf dem Planeten. Wie könnt ihr nur!«

William lachte auf. »Diese Tochter, die sauer auf dich ist? Und das nur, weil meine liebe Chloé das mit der Pressemitteilung zu früh in die Wege geleitet hatte. Ich war so sauer auf sie, aber nachträglich war es das Beste, das sie hätte machen können. Mein Engel. Du hast sie noch nie gemocht, nicht wahr?«

Liz biss wütend auf ihre Zähne. »Das war sie? Und ich hatte noch gedacht, dass irgendetwas an dieser Geschichte faul war. An diesem Tag am Pool wart ihr alle so komisch und habt die Schuld auf mich geschoben, nachdem Leona und Alex gegangen waren.«

»Tja, meine Töchter und ich waren schon immer ein eingespieltes Team«, er hielt kurz inne. »Weiter geht's, jetzt zerstören wir Beolania!«

»Nein! Ihr werdet dafür büßen müssen. Ihr werdet nicht gewinnen!«, schrie Liz.

»Hört nicht auf sie. Die Beolas wollten nicht kooperieren. Sie haben nichts anderes verdient«, sprach William zu seiner Crew. »Verstanden?«

Die Crew antwortete im Chor: »Verstanden, Mr. Hope!«

William klatschte in die Hände. »Na dann, schlüpft in eure Anzüge und setzt euch in die euch zugeteilten Maschinen. In wenigen Minuten geht es los!«

Liz weinte und es zerriss ihr das Herz, nichts gegen das Übel unternehmen zu können. Sie war gezwungen zu beobachten, wie die Vorbereitungen liefen, um ihre eigene Tochter zu ermorden. Es war das Schlimmste, was sie in ihrem ganzen Leben mitansehen musste.

»Denk an ihr Lächeln! Denk daran, wie sehr sie dich gemocht hat, William! Willst du wirklich so eine schöne Seele eiskalt ermorden?« Sie sah ihm messerscharf in die Augen.

William fuhr sich durch seinen Bart. »Denk nicht immer so viel nach. In dem warst du doch immer so gut, hm?«

Liz war sprachlos und brachte ihren Mund für einen Moment nicht mehr zu. Die salzigen Tränen flossen auf ihre Zunge und trockneten ihre Lippen aus. »Arschloch«, flüsterte sie kraftlos. Das Atmen fiel ihr schwer.

Die Crewmitglieder setzten sich eine Sauerstoffmaske auf die Nase und stülpten einen Helm über, der den gesamten Kopf einschloss. Auf Augenhöhe war eine transparente Scheibe eingearbeitet, ansonsten war der Helm, wie auch das restliche Outfit, schwarz. Das Planet-B-Industries Logo war auf die Brust gestickt.

Gerade ließ Liz ihren Kopf kraftlos auf die Knie sinken, als sie aufgrund eines mächtigen Knalls zusammenzuckte.

Unzählige Beolas stürmten mit Pistolen in den Händen die Werkstatt und schritten auf die Crew zu. »Steigen Sie nicht in diese Maschinen, ansonsten fühlen wir uns gezwungen abzudrücken«, brüllte Daiki und richtete die Pistole auf William. Diese Waffen waren ungewohnt für ihn. Sie waren kleiner und Daiki fiel es schwerer den Abzug zu finden als bei den üblichen, kugelförmigen Waffen mit dem Lichtgeschoss.

William setzte sein künstliches, siegessicheres Lächeln auf und rief: »Süß, dass ihr immer noch denkt, uns aufhalten zu können. Ich muss zugeben, ich bin beeindruckt, dass ihr uns hier gefunden habt, doch dies war wohl eure letzte clevere Aktion!« Er wandte sich seiner Crew zu und sprach zu jenen, die keine Schutzanzüge und Helme trugen: »Bringt dieses Gesindel ein für alle Mal um!«

Williams Männer und Frauen setzten sich nach und nach in die Maschinen und verschlossen die Seitentüren. Daiki zielte auf ein Crewmitglied, welches gerade einsteigen wollte und drückte ab. Er traf den Mann am Bein, wodurch er schmerzverzehrt in sich zusammenfiel und fluchte.

»Das war ein Fehler«, schnaubte William und kaum eine Sekunde später ballerte die Crew auf die Beolas ein. Auch die Beolas feuerten einen Schuss nach dem anderen ab und trafen einige der Gegner.

Die Beolas wichen den Schüssen geschickt aus und auch wenn einige getroffen wurden, bissen sie sich auf die Zähne und zogen die Mission schmerzerfüllt trotzdem weiter durch.

William kämpfte sich durch den Schusshagel vor seine Maschine, zückte den Stein, welcher an der Kette um seinen Hals hing, und schwang ihn so im Kreis, wie er es schon einige Male bei Leona und Alex gesehen hatte. Das Portal erschien, worauf er in seine Maschine stieg.

»Hallo Liz.«

Sie zuckte zusammen, als sie die Stimme hinter sich hörte. »Aaron? Was machst du hier?«, flüsterte sie, während er ihre Handschellen mit einer Zange mühsam zu öffnen versuchte. Ava eilte ihm zur Hilfe. Gemeinsam drückten sie die Hebel nach unten, bis das erhoffte Klick-Geräusch ertönte und Liz ihre Hände wieder frei bewegen konnte.

»Unseren Planeten retten«, sagte er entschlossen und rannte mit Ava an der Hand, so schnell es ihre alten Körper zuließen, hinter den Beolas durch, bis zu den Kampfraumschiffen.

Liz starrte den beiden einen Moment lang verdattert hinterher, bis sie sich einen Ruck gab, vom Boden aufsprang und ihnen hinterherrannte. Sie wich den Schüssen aus, stolperte über Williams Anhänger, die regungslos am Boden lagen, und schützte ihren Kopf mit den Armen. Sie rannte so schnell sie konnte und schlüpfte gerade noch durch die Seitentür des Kampfraumschiffs, als diese Ava schließen wollte.

»Liebes, was machst du denn da?«, fragte Ava.

Liz wischte sich mit der Hand über ihren nassen Mund. »Ich helfe euch und ich beschütze meine Tochter. Na los, los, los!« Das Adrenalin schoss durch ihre Adern.

»Okay, aber wir haben nur zwei Sauerstoffmasken, ist dir dies bewusst? Du kannst auf Beolania nicht atmen.«

»Und wenn ich sterbe, ich werde meine Tochter retten. Jetzt redet nicht mehr, sondern fliegt endlich los!« Sie klang verzweifelt und zur gleichen Zeit fokussiert.

Aaron nickte und startete die Maschine. Ava reichte Liz ihre Sauerstoffmaske, doch diese winkte ab. Als ein Anhänger von Planet-B-Industries bemerkte, dass sie in der Maschine saßen, winkte er wütend mit seinen Armen und schrie, dass sie sofort anhalten sollten.

Es war schon zu spät.

Aaron, Ava und Liz flogen blitzschnell hinter den anderen Kampfraumschiffen durch das türkisfarbene Portal, bevor es sich hinter ihnen schloss.

30.

Liz konnte nicht anders als zu staunen, als sie durch das Portal auf Beolania flogen und sie von weit oben auf das wunderschöne, farbenfrohe Land blickte. Es fühlte sich für sie an, als würde sie in eine Traumwelt gleiten, aus der sie nie wieder erwachen wollen würde. Doch leider wurde sie sehr schnell aus ihrer Traumwelt gerissen, als sie den Blick nach links zum goldenen Palast wandte und mit Schrecken feststellte, dass William schon sehr viel Schaden angerichtet hatte. Die schwarzen Kampfraumschiffe verteilten sich über der Stadt und schossen auf die Bewohner.

»Wir müssen sie aufhalten!«, schrie Liz verzweifelt und griff sich mit ihrer Hand an die Brust, da sie nur schwer Atmen konnte. Kaum hatte sie fertig gesprochen, da kam eine riesige Lichtkugel auf sie zugerast, welche die Kampfraumschiffe vor ihnen zur Seite schleuderte und sie davon abhielt, auf die Beolas zu feuern. Auch ihre Maschine wurde getroffen und sie wurden im hohen Bogen über die Wälder katapultiert.

»Was war das?«, fragte Liz keuchend, als Aaron die Maschine gerade noch rechtzeitig wieder ausrichten konnte, bevor sie auf den Boden geprallt wären.

»Das war deine taffe Tochter, liebe Liz«, sagte Ava mit einem stolzen Lächeln im Gesicht und reichte Liz die Sauerstoffmaske. »Hier, nimm sie endlich. Wir wechseln uns ab.«

Liz griff danach und stülpte sie sich über die Nase. Es war ein befreiendes Gefühl, als ihre Lungen sich wieder mit Sauerstoff füllten. »Meine Tochter? Aber wie ist das denn möglich?«

»Schon vergessen? Sie ist die Göttin von Beolania. Sie ist sehr mächtig und hat besondere Kräfte, die es ihr ermöglichen, ihr Volk zu beschützen«, erklärte ihr Aaron und beschleunigte die Maschine. Ihm war bewusst, dass dies erst der Anfang eines langen Kampfes war.

Liz hatte ein Funkeln in den Augen. »Meine Tochter«, flüsterte sie und fühlte dabei wahren Stolz.

LIV

»Soldaten!«, rief Liv verzweifelt in den Palast. »Haltet sie auf und helft mir dabei, unser Volk zu beschützen!«

Unmengen an Beolas in schwarzen Seidenkleidern mit goldener Kordel um die Hüfte und kugelförmigen Waffen in den Händen stürmten aus dem Palast auf die Straßen. Für einen Moment waren keine Kampfraumschiffe mehr zu sehen, doch diese würden bald wieder kommen, dies war Liv klar.

»Wie können wir dir helfen?«, fragte Miko verzweifelt. Sein blondgelocktes Haar war zerzaust und in seinen Augen spiegelte sich die Angst.

»Bringt euch bitte einfach in Sicherheit. Ich könnte mir nicht verzeihen, wenn euch etwas zustößt. Bitte bleibt im Palast, ja?«

»Okay, meine Liebe, aber was machst du?«, fragte Almina mit zusammengezogenen Augenbrauen besorgt. Ihrer violetten Haut fehlte der Schimmer.

»Ich tu das, was man von mir verlangt. Ich beschütze mein Volk. Koste es, was es wolle.« Sie drückte Almina und Miko je einen Kuss auf die Schläfe und rannte dann an ihnen vorbei in den Palast.

»Pass auf dich auf!«, riefen sie ihr hinterher.

Ich tu mein Bestes, dachte sie sich, während sie die Wendeltreppe hinunterrannte. *Wo sind bloß Clemens und Otis? Was ist auf der Erde nur passiert, dass so etwas geschehen kann?* Sie machte sich Sorgen und hatte keine Ahnung, was als nächstes passieren würde. Wie konnte sie bloß allein ihren Planeten retten? Es schien ihr eine unmögliche Aufgabe.

Sie rannte die breite Treppe zum Eingang des Palastes hinunter und stürmte durch das riesige Tor, raus auf den Vorplatz. Sie sah zum Himmel empor und hörte aus der Ferne erneut dieses ohrenbetäubende, tiefe Brummen der fremden Kampfraumschiffe.

»Sie kommen wieder! Bleibt in euren Häusern!« Sie rannte die Straße runter, Richtung Feld. Von dort aus hatte sie einen guten Überblick und konnte sich frei bewegen. Außerdem kannte sie sich dort blind aus, da sie als Kind stets im und um das Moos-Haus gespielt hatte. Jenes, in welchem Otis sie damals gefunden hatte.

Eines der Kampfraumschiffe kam näher. Sie stellte sich umgehend breitbeinig hin und schoss aus ihrer rechten Hand einen weißen Lichtstrahl, den die Maschine traf und wirr in der Luft umherfliegen ließ, bis es sich wieder hätte fangen können. Doch Liv ließ dies nicht zu und feuerte einen weiteren Lichtstrahl darauf ab. Die Maschine verlor die Kontrolle und fiel im Sturzflug vom Himmel. Krachend fiel es einige hundert Meter weiter im Wald zu Boden und explodierte.

Die Bäume fingen Feuer und Rauch stieg in die Luft. Sie sah sich verzweifelt um und erblickte den See hinter dem Feld. Sie formte mit ihren Händen eine Lichtkugel, die oben nicht ganz verschlossen war und schickte sie mit Hilfe ihrer Kräfte zum See, wo sie sich mit Wasser füllte. Sie beobachtete die Lichtkugel genau und steuerte sie mit ihren Händen aus der Ferne. Als die Kugel mit reichlich Wasser gefüllt war, ließ sie diese verschließen und schleuderte sie zu dem brennenden Wald. Dort ließ sie die Kugel platzen und das Wasser über die Bäume verteilen. Das Feuer war gelöscht.

Für einen kurzen Moment huschte ein Lächeln über ihre Lippen. Ihr war nicht bewusst gewesen, was sie mit ihren Kräften alles anstellen konnte. Sie war ja schließlich erst dabei, diese kennenzulernen. Umso stärker war sie über sich selbst erstaunt, zu was sie im Stande war.

Doch lange konnte sie sich nicht erfreuen, denn einen Moment später tauchten fünf Kampfraumschiffe über ihrem Kopf auf, die allesamt gleichzeitig auf die Stadt abfeuerten. Sie selbst hatten sie anscheinend nicht entdeckt. Doch das änderte sich, als sie versehentlich, anstelle eine große Lichtkuppel zu erzeugen, einen einzelnen Lichtstrahl abfeuerte. Zwar wurde eine der Maschinen in hohem Bogen davongeschleudert, doch die restlichen vier richteten nun ihre Visiere direkt auf Liv.

Soldaten eilten ihr zur Hilfe und schossen unzählige Lichtschüsse auf die Maschinen ab. Liv versuchte erneut eine Lichtkuppel zu kreieren, doch sie wurde von einem Schuss an der Schulter getroffen und war daher in der Bewegung eingeschränkt. Weißes Blut triefte über ihren goldenen Arm und wurde von ihrem rosafarbenen Seidengewand aufgesogen. Es brannte höllisch, doch sie durfte sich von dem Schmerz nicht beirren lassen.

»Hört auf!«, schrie sie zu den Maschinen empor. »Das ist unsere Heimat. Lasst uns in Frieden!« Doch das schien niemanden zu kümmern. Der Schusswechsel wurde immer heftiger und Liv bemühte sich zwischen all den Lichtschüssen, die sie abfeuerte, ein Kraftfeld zu formen.

Gerade hätte sie es geschafft, als ein schwarzes Kampfraumschiff mit Höchstgeschwindigkeit auf die anderen Maschinen zuraste, auf diese abfeuerte und schließlich rammten.

Liv war so perplex, dass die Lichtkuppel in sich zusammenbrach, sie jedoch gemeinsam mit den Soldaten weitere Schüsse abfeuerte und dadurch eine Maschine nach der andern zu Fall bringen lassen konnten.

Perplex beobachtete sie dieses Kampfraumschiff, welches ihr soeben geholfen hatte. Es wurde langsamer und verlor an

Höhe. Liv war vorsichtig und stellte sich breitbeinig hin – bereit zum Abfeuern. Auch ihre Soldaten stellten das Feuer ein, waren jedoch bereit zum Schießen.

Als das Kampfraumschiff auf dem Feld landete und Liv erkannte, wer in der Maschine saß, verschlug es ihr den Atem. Sie rannte auf das Raumschiff zu und fiel Ava weinend in die Arme. »Was macht ihr denn hier? Seid ihr verrückt?«

»Ach Liebes, ich bin so froh, dass es dir gut geht. Wir wollten dich nicht im Stich lassen.« Liv strich sanft über ihre weiche Wange. Als sie kurz darauf Aaron in die Arme schließen wollte, fiel ihr auf, dass er im Gegensatz zu Ava keine Sauerstoffmaske trug.

»Aaron, was machst du denn da, du erstickst doch noch!« ohne zu zögern wandte sie ihren Blick einem der Soldaten zu, der einen Stoffbeutel um seine goldene Kordel gebunden hatte. Es war ein Notfallset. Der Beola warf es ihr zu und sie griff nach der Sauerstoffkugel, welche sie Aaron über Nase und Mund platzierte.

Erleichtert atmete er auf. »Da hat jemand anderes den Sauerstoff dringender benötigt als ich«, keuchte er und fasste sich an die Brust.

Liv runzelte die Stirn und schaute dann dort hin, wo Aaron hindeutete. »Mom?«, Liv war überrascht, verwirrt und erfreut zugleich.

»Ach meine Prinzessin, schau dich doch bloß an.« Sie konnte die Tränen nicht zurückhalten und fiel ihrer Tochter um den Hals. Liv schluchzte und strich ihrer Mutter liebevoll über den Rücken.

»Was führt dich hier her?«

Gerade wollte Liz ihr alles erklären, als sie durch einen mächtigen Knall aus ihrer Unterhaltung gerissen wurden. Beolas kreischten vor Schreck, es klang herzzerreißend.

»Soldaten, folgt mir! Mom, Aaron und Ava, bringt euch in dem Haus in Sicherheit.« Sie zeigte auf das Moos-Haus in der Ferne.

Ohne zu zögern, rannte sie gemeinsam mit den Soldaten zu dem Ort, an dem sich das Übel abspielte. Sie rannten so schnell sie konnten und kamen kurze Zeit später wieder vor dem Palast an.

Hausfassaden waren abgebröckelt, Glaskuppeln eingeschossen und verwundete Beolas versuchten sich aus den Trümmern zu befreien. Eine dicke Sandwolke verdeckte Liv für einen Moment die Sicht, bis sie erkannte, wer für dieses Übel verantwortlich war.

Ihr Herz rutschte in die Hose, als sie den Mann im schwarzen Anzug und der Sauerstoffmaske erkannte. Diese grünen Augen waren ihr vertraut. »William, was um alles in der Welt machst du bitte auf meinem Planeten?«, sie klang noch nicht einmal verärgert, denn viel mehr war sie verwirrt und verstand rein gar nichts mehr von all dem.

William streckte seine Arme aus und lief auf sie zu. »Meine liebe Leona, es ist wirklich so schön hier, wie du mir immer erzählt hast. Und dieser Palast – wow, du hast ja richtig untertrieben!«

»Was?«, entwich ihrer trockenen Kehle.

»Ich komme dich beschützen. Ihr werdet angegriffen. Du musst dein Volk dringendst in Sicherheit bringen.«

»Glaub ihm nicht, Liv! Er hat auf uns geschossen!«, rief eine feine, weibliche Stimme. Die Beola umklammerte ihre beiden kleinen Kinder mit ihren violetten Armen, um sie zu beschützen.

Liv fiel das blaue Logo von Planet-B-Industries auf Williams Brust auf. Plötzlich fiel ihr wieder ein, woher ihr dieser Firmenname so bekannt vorkam. An jenem Morgen, als die Paparazzi vor Toms Haus aufgetaucht waren und ihr Vater am Esstisch gearbeitet hatte, war ihr das Logo auf einem der Unterlagen neben dem Laptop aufgefallen. Hatte ihr Vater etwas geahnt?

Die Miene von Liv verfinsterte sich. »Warum hast du auf sie geschossen, William?« Misstrauisch machte sie einen Schritt zurück, als er ihr näher kommen wollte.

William lachte. »Ich und auf jemanden schießen? Also bitte, du kennst mich. Die spinnt doch.«

Liv richtete ihren Zeigefinger drohend auf ihn. »Das war das letzte Mal, dass du so abschätzend über mein Volk gesprochen hast. Ich glaube ihnen, wenn sie mir sagen, dass du auf sie geschossen hast. Sie sind reine Wesen. Also, raus mit der Sprache: Was machst du hier, verdammt?« Ihre Stimme wurde laut und kräftig.

»Böser Mann.« Liv wandte ihren Blick nach rechts, wo die verängstigte Stimme herkam. Es war Suri, die mit zittrigem Finger auf William zeigte. Sein Augenlid begann zu zucken, auch wenn er dies zu unterdrücken versuchte. Suri war wie erstarrt und ließ ihren Blick nicht von Will los. Liv runzelte die Stirn.

»Er will unsere geliebten Beolas auslöschen, um die Menschheit auf diesen Planeten umzusiedeln!«, rief Aaron hinter ihr.

Sie sind mir gefolgt. Für einen kurzen Moment schloss Liv ihre Augen, da sie das Gesagte erst einmal sacken lassen musste, drehte sich dann zu Aaron um und erblickte Liz neben ihm. Die Beolas starrten irritiert auf die menschlichen Gestalten.

»Stimmt das, Mom?«

Liz nickte. Ihre Augen waren wässrig.

Gerade richtete Liv ihren Blick wieder auf William, als dieser seine Waffe zückte und auf sie richtete. Seine Armee zückte ebenfalls die Waffen und richteten diese auf die Beolas. Sie

atmeten erschrocken auf – ihre Kiemen bewegten sich wie wild
auf und zu.

»Wenn du das tust, William … Ich werde dir das niemals verzeihen können«, sagte Liv mit bestimmtem Tonfall und nahm
ihre Kampfposition ein. Die Soldaten hinter ihr, richteten die
kugelförmigen Waffen auf ihre Gegner.

William brüllte: »Es gibt nichts zu verzeihen, da ihr alle ab-
kratzen werdet. Feuer!« Seine Armee drückte auf den Abzug
und ballerten darauf los.

Liv überwand ihren Schmerz und formte mit aller Kraft eine
riesige, goldene Lichtkuppel, die sie alle umschloss und es unmöglich machte, dass die Schüsse der Gegner auf die Beolas, sie
selbst und ihre Liebsten abgefeuert werden konnten. Die
Schüsse prallten von der Kuppel ab und trafen die Schützen
mitten auf der Brust.

»Sie zieht dieselbe Nummer wie dieser Clemens ab. Wie ein-
fallslos.« William ließ seine Augen rollen, trat einige Schritte
zurück und drehte ihnen den Rücken zu.

Liv wandte sich hastig Ava zu. »Wo sind Otis und Clemens?
Ich brauche mehr göttliche Kräfte. Das schaffe ich nicht allein.«

»Sie sind noch auf der Erde. Es ist unmöglich, dass sie es in
kürzester Zeit hierher schaffen ohne den … Stein. Wir müssen
an den Stein kommen!«

»Das mache ich. Ich werde diesem Dreckskerl den Stein ab-
nehmen und die beiden auf der Erde holen gehen«, sagte
Aaron. Er klang zielsicher.

»Aber Aaron, das ist sehr gefährlich. Sollte dies nicht lieber
ich tun?«, fragte Liv besorgt.

Aaron verneinte mit einer Kopfbewegung. »Vergiss es. Ich
gebe alles für meinen Planeten. Ich lasse ihn nicht noch einmal
im Stich, du hast mein Wort.«

»Liv, sie … stürmen den … Palast!«, rief ihr Suri mit schwacher Stimme zu.

Liv zuckte zusammen und richtete ihren Blick auf das Eingangstor. Es war ein schmerzlicher Anblick, diese bewaffneten Männer in ihr Zuhause stürmen zu sehen. »Ava, bring die Beolas in Sicherheit. Soldaten, folgt mir!« Sie stürmten gemeinsam aus der Lichtkuppel, welche in sich zusammenfiel, und rannten so schnell sie konnten auf den Eingang des Palasts zu.

Liv feuerte einen Lichtschuss nach dem anderen ab, in der Hoffnung, jemanden zu treffen, doch die Gegner waren zu schnell.

Schüsse fielen.

»Schießt bloß auf die Beolas, lasst alles andere unversehrt. Dies gehört bald alles uns!«, die kräftige Stimme von William hallte durch die Gänge. Die schweren Stiefel stapften auf den Marmorboden ein, eine düstere Energie breitete sich im inneren des Palasts aus.

Liv rannte so schnell sie konnte die Treppen empor. Ihre Beine brannten. »Sie wollen zum Deck!«, rief sie ihren Soldaten zu und beschleunigte. Ihr Herz pochte und ihr Verstand war messerscharf. Sie nahmen jede, ihnen bekannte Abkürzung und holten die Armee vor ihnen immer schneller ein.

»Hört auf! Lasst unseren Planeten in Frieden!«, schrie Liv ihnen aus der Ferne immer wieder zu, doch niemand der Gegner schenkte ihr Aufmerksamkeit. Sie hatte auch nichts anderes erwartet.

William stürmte mit seiner Armee auf das Raumschiff-Deck zu. Liv und ihre Soldaten waren dicht gefolgt und feuerten Lichtschüsse auf sie ab. Einige Männer wurden getroffen und an die Wand geschleudert. Dessen Sauerstoffmasken wurde ihnen durch den Aufprall vom Gesicht geschleudert, worauf sie keuchend am Boden liegen blieben und erstickten. Andere verteidigten sich mit Gegenfeuer und Liv verteidigte ihre Soldaten so gut sie konnte mit Lichtschildern, die sie jeweils kurz aufbringen konnte. Ihr Seidengewand war zerrissen, ihr dunkelblondes Haar zerzaust und ihr Gesicht trug einen finsteren Ausdruck.

»William! Warum tust du uns das an?«

»Es sollte nichts Persönliches sein«, rief er ihr zu und zuckte mit den Schultern, wandte sich dann einem der Raumschiffe zu und wollte gerade einsteigen, als er von einem Lichtschuss getroffen wurde, den Liv aus ihrer goldenen Hand abgefeuert hatte. Er wurde von der Stufe geschleudert und prallte mit dem Helm auf den Boden. Seine Crew stellte sich, mit den Waffen auf Liv und die Beolas gerichtet, vor ihn hin.

Für einen Moment herrschte Stille.

Jeder hatte seine Waffen auf den Gegner gerichtet und wartete darauf, was im nächsten Augenblick passieren würde.

William rappelte sich vom Boden auf und blieb torkelnd stehen. »Du wirst mich nicht aufhalten können, Leona. Ich werde das kriegen, was ich will«, flüsterte er.

Der Aufprall hatte ihn für einen Moment aus dem Konzept gebracht, das konnte ihm Liv ansehen. Sie machte mit ihren Soldaten einen Schritt auf die Gegner zu, welche die Waffen reflexartig etwas höher hielten. »Jetzt hörst du mir gut zu, William«, sagte Liv mit kräftiger Stimme. »Hier, auf diesem Planeten bin ich nicht bloß die süße, unschuldige Leona. Hier bin ich Liv, die Göttin von Beolania, und ich schwöre dir, ich werde dich umbringen, wenn es sein muss. Also hör mir jetzt gut zu.« Sie richtete ihren goldenen Zeigefinger auf ihn und schaute ihm direkt in seine Augen. Sie waren keine zehn Meter mehr voneinander entfernt. »Entweder du verschwindest jetzt auf der Stelle mit deiner Armee von meinem Planeten, oder du wirst meine dunkelste Seite kennenlernen müssen. Ich werde siegen und das sollte dir mittlerweile bewusst sein.«

Sie hörte ihn zwar Lachen, doch durch den kleinen Spalt in seinem Helm, konnte sie die Angst von seinen Augen lesen. Er blinzelte einige Male etwas schneller, was seine Unsicherheit untermauerte.

Liv streckte ihre Hand aus und richtete die Handfläche nach oben. »Gib mir den Stein. Der gehört dir nicht.« Sagte sie bestimmt.

Er hielt einen Moment inne. Ein Crewmitglied fragte ihn, ob sie feuern sollten. Der Blick von William veränderte sich. Ein stechender Blick durchbohrte Livs Augen und ein Schaudern lief ihr den Rücken entlang hinunter.

»Lasst keine Überlebenden zurück«, sagte er eiskalt und wandte Liv den Rücken zu. In dem Moment setzte der Schusswechsel ein. Seine Armee war noch aggressiver als zuvor und kannte keine Gnade. Unzählige Beolas wurden getroffen und fielen zu Boden. Gewisse standen wieder auf, andere blieben regungslos liegen.

»Neeeeein!« Liv feuerte einen Lichtschuss nach dem anderen ab. Gerade hatte sie William aus den Augen verloren, da ihre Sicht durch die trübe Luft beeinträchtigt war, als eine zierliche Beola direkt aus der Mitte der Armee auf sie zu gerannt kam.

»Mama?« Sie sah Suri verdattert an, welche sie nur ganz kurz anlächelte und dann so schnell sie konnte den Gang entlang hinunterrannte.

»Haltet dieses Miststück auf, sie hat den Stein!«, brüllte William, worauf Liv erst zu begreifen begann, was ihre Mutter da soeben geleistet hatte. *Wie zum Teufel hat sie das geschafft?* Doch lange Zeit zum Grübeln blieb ihr nicht, denn die Armee von William rannte ihr ohne Rücksicht auf Verluste hinterher, genau wie Liv und ihre Soldaten.

Der Boden bebte, alle rannten der blitzschnellen Suri hinterher. Erst bog sie nach links, dann nach rechts ab. Sie beschleunigte immer noch mehr und wurde noch schneller, auch wenn sie gedacht hatten, dass sie nicht mehr schneller werden konnte.

Plötzlich blieb Suri stehen und schaute sich verzweifelt um. Doch lange konnte sie sich nicht Zeit nehmen, denn die Armee klebte ihr am Hintern. Sofort rannte sie wieder los, diesen langen Gang entlang hinunter.

Erst als Liv in den Gang abgebogen war, wurde ihr klar, weshalb sie sich hilflos umgesehen hatte. Dieser Weg hatte keine weitere Verzweigung - da war bloß ein riesiges Fenster am Ende des Ganges.

Das Herz von Liv machte einen Aussetzer, denn sie wusste, was Suri vorhatte. »Mama, nein, tu das nicht!«, schrie sie ihr verzweifelt zu. Suri schaute nicht zurück, auch wenn sie ihre Tochter sehr wohl gehört hatte. Erneut beschleunigte sie und rannte auf das Fenster zu.

»Nein, nein, neeein!«, schrie Liv und wollte gerade ein Lichtschild abschießen, das Suri davon abgehalten hätte zu springen, als sie von einem der Gegner gerammt wurde und zu Boden fiel. Gerade wollte Liv sich aufrappeln, als sie zwischen den unzähligen Beinen hindurch mitansehen musste, wie ihre Mutter durch das Fenster sprang.

Scherben zersprangen in alle Richtungen und sie wedelte mit ihren Händen in der Luft, um sich irgendwie während dem Fall aufrecht halten zu können.

»Mooooom!«, schrie Liv mit Tränen in den Augen und rannte auf das Fenster zu. Sie schoss einen mächtigen Lichtstrahl ab, der sich durch den gesamten Gang bahnte und schleuderte damit alle Gegner zur Seite. Für einen Moment blieben sie regungslos am Boden liegen.

Am Fenster angekommen, beugte sich Liv über den Abgrund und blickte in die Tiefe. Ihre Soldaten stellten sich hinter sie und richteten die kugelförmigen Waffen auf William und sein Gefolge, die sich gerade wieder vom Boden aufrappelten.

Livs Herz brannte. Dort unten sah sie Suri liegen.

Regungslos.

In zehn Metern Tiefe. Gebettet in einem Beet aus Solilias.

Aaron kam auf Suri zu gerannt. Fassungslos hielt er seine Hände vor den Mund und ließ sich neben ihr kraftlos niedersinken. Er richtete seinen Blick nach oben und starrte Liv direkt in ihre wässrigen Augen.

»Nimm …«, ihre Stimme überschlug sich. Sie räusperte sich und rief Aaron zu: »Nimm den Stein! GEH!«

Er zögerte einen Moment, griff dann aber nach dem türkisfarbenen Stein, der in Suris kleinen, violetten Hand lag, und verschwand durch das Portal.

Liv stand ohne zu zögern auf und nahm gerade Anlauf, um nach unten zu springen, als sie einen der Beolas verzweifelt rufen hörte: »Was machst du da? Wir brauchen dich!«

Liv wandte ihren Kopf zu ihm um und sah in seine saphirblauen Augen. »Ich kann sie nicht einfach aufgeben. Ich muss es zumindest versuchen.« Kurz darauf sprang sie in die Tiefe.

Mit einem mächtigen Wumms prallte sie neben ihrer Mutter mit nackten Füßen auf den kühlen Boden. Sofort kniete sie sich neben sie hin und legte ihre Hände auf den Körper ihrer Mutter. Die rechte Hand legte sie auf Suris Herz, die linke auf Höhe Leber. Sie versuchte den Lärm des Schusswechsels im Palast auszublenden und atmete tief durch.

Vor ihrem inneren Auge stellte sie sich vor, wie die Lebenskraft im Herzen ihrer Mutter wieder wie eine Blume aufblühte und sich der Blütenstaub durch den Blutfluss in ihrem gesamten Körper verteilte. Sie lenkte die Energie so, dass jede Zelle ihres Körpers die Information erhielt, wieder zu erwachen. Sie flüsterte jedem Organ liebevoll zu, dass es gebraucht würde und noch lange leben dürfe.

Suris gesamter Körper begann anfangs nur schwach und dann immer stärker zu pulsieren. Ihr Herz begann langsam zu pochen, ihre Kiemen hoben sich sanft an und Sauerstoff füllte ihre Lungen, womit das Blut angereichert wurde und durch ihren gesamten Körper strömte. Jedes einzelne Organ erwachte und Liv spürte, wie die Lebenskraft ihrer Mutter zurückkehrte.

Vorsichtig nahm sie ihre Hände von Suris dürren Körper und öffnete vorsichtig die Augen. Sanft strich sie ihr eine geflochtene Haarsträhne von der Stirn und küsste sie dann zwischen ihre Augenbrauen. »Wach auf, Mama. Du bist meine Heldin«, flüsterte sie ihr ins Ohr.

Suris Atemzüge wurden immer kräftiger, bis sie plötzlich abrupt aufatmete und ihre Augen ruckartig öffnete. »Bin ich gestorben?« Sie richtete sich auf.

Liv half ihr dabei und stütze sie am Rücken. »Nein Mama, du lebst. Zum Glück«, schluchzte Liv. Sie weinte Tränen der Erleichterung.

Suri sah sich um, blickte zum kaputten Fenster hoch, wo ein Lichtschuss nach dem anderen nach draußen schoss. »Du hast … mich geheilt«, sagte Suri mit weit aufgerissenen Augen und grinste bis über beide Wangen. »Und sieh nur, ich kann wieder normal sprechen.«

Liv strich ihr sanft über den Arm. »Schön, dass du da bist, Mama.« Suri rappelte sich auf ihre Beine hoch und tastete sich dann panisch am Körper ab - suchte am Boden. »Aaron hat den Stein. Er ist in diesem Moment auf der Erde. Dank dir.«

Suri schaute ihre Tochter erleichtert an.

»Aber es ist noch nicht zu Ende, Mama. Bring dich bitte in Sicherheit. Ich hülle dich in eine Lichtkugel. Dann suchst du Ava. Ich bringe das zu Ende.«

Suri sah sie besorgt an und griff nach Livs Hand. »Aber nein, mein Kind. Ich stehe in deiner Schuld. Nur wegen mir schwebt Beolania in Gefahr. Was kann ich für dich tun?«

»William hätte dies wahrscheinlich auch sonst getan. Du hast mir sehr geholfen, indem du ihm den Stein entwendet hast. Ich verstehe jetzt noch nicht, wie du dies angestellt hast. Bring dich in Sicherheit, so hilfst du mir am meisten.«

Suri blickte ihr tief in die Augen. »Sicher?«

»Sicher. Versprich es mir, ja?«

Suri nickte.

»Danke Mama.« Liv hielt beide Hände über den Kopf ihrer Mutter und formte um ihren Körper eine goldene Lichtkugel. »Sie wird dich beschützen. Und jetzt geh.«

»Pass auf dich auf«, flüsterte Suri, wandte ihr den Rücken zu und rannte Richtung Wald.

Liv blickte nach oben und war sich nicht sicher, ob sie diesen Sprung noch einmal hinbekommen würde. *Runter ist bestimmt einfacher als hoch.* Sie atmete kräftig durch, um ihre Nervosität zu lindern.

In ihrem linken Blickwinkel meinte sie ein Raumschiff durch die Atmosphäre fliegen zu sehen. Verwundert schaute sie zum Himmel hoch – doch da war nichts. *Bestimmt habe ich mir das nur eingebildet.*

Um sich wieder zu konzentrieren, schüttelte sie ihren Kopf. Sie sah zum Fenster hoch, holte Anlauf und sprang mit aller Kraft nach oben. Für einen Moment herrschte Stille. Liv fehlte die Sprache, als sie in den Gang starrte. Unzählige Beolas lagen regungslos am Boden. Es war ein trauriger Anblick. Liv hatte einen dicken Kloß im Hals, als sie einen Schritt in den Gang machte.

Ich habe sie im Stich gelassen. Sie wusste, dass sie keine Zeit hatte, um jeden einzelnen zu heilen. Sie zitterte am ganzen Körper und schrie durch den Palast: »Wiiilliaaam, du verdammter Scheißkerl. Komm und steh deinen Mann!« Sie wischte sich die Tränen aus dem Gesicht und kniete sich zum Beola mit den saphirblauen Augen runter.

Sanft berührte sie ihn auf der Stirn – dies tat sie bei jedem einzelnen Beola, der am Boden lag. Ava hatte ihr einst von dieser schnellen Heilmethode erzählt, als sie auf der Erde bei ihr zu Besuch waren. Ava hatte ihr gesagt, dass diese Methode nicht immer greife, aber in gewissen Situationen das Einzige sei, was man tun könne. Dies war solch ein Moment.

»Es tut mir leid«, flüsterte sie dem letzten Beola zu, den sie auf der Stirn berührte, bevor sie den Gang verließ und sich auf die Suche nach William machte.

Ein herzzerreißender Schrei bahnte sich plötzlich durch den Palast, der Liv durch Mark und Bein ging. Ohne zu zögern, rannte sie los und stürmte in den Saal, wo die Schreie herkamen. Als sie durch den Türrahmen schritt, blieb sie beim Anblick wie versteinert stehen.

»Geh«, stotterte Almina, die gemeinsam mit Miko und drei weiteren Beolas am Boden knieten und die Hände über ihre Köpfe hielten. Sie hatten ein tränendurchnässtes Gesicht und Liv war klar weshalb. Die Soldaten von William hatten die Waffen auf sie gerichtet und wollten Informationen aus ihnen herauskriegen. Wer nicht sprechen wollte, wurde erschossen. Zwei Beolas lagen bereits tot am Boden.

Liv brüllte zornig in den Raum: »Lasst sie frei!« Sie stellte sich breitbeinig in den Türbogen – bereit zum Abfeuern. Sie hätte gerne eine kräftige Lichtkugel abgeschossen, aber damit hätte sie auch die Beolas getroffen und sie im schlimmsten Fall verwundet. Dies wollte sie nicht riskieren.

William lachte auf. »Ich kann mich daran erinnern, dass Alex hier auf Beolania genauso blond gelocktes Haar haben soll, wie dieses mickrige Wesen da. Habe ich recht?« Er zeigte mit seiner Waffe auf Miko.

Liv trat einen Schritt in den Raum, worauf die Soldaten ihre Waffen auf sie richteten, und ihr signalisierten, dass sie keinen Schritt weiter machen solle. Sie blieb stehen und zischte William zu: »Sprich nicht so abschätzend über sie. Das sind wundervolle, reine Seelen, die es nicht verdient haben, so grausam behandelt zu werden.«

»Süß, wie du sie verteidigst. Was ich damit sagen wollte: Ich denke, dass ist der Vater von Otis. Habe ich recht?«

Liv blitzte ihn mit ihren Augen an und biss sich auf die Zähne. »Wage es nicht, ihm etwas anzutun.«

William lief im Kreis um die Geiseln und schaute zu Liv. »Ich deute dies als *Ja*. Was würde die ach so heilige Göttin von Beolania wohl lieber wollen. Das Leben ihres künftigen Schwiegervaters oder jenes aller anderen Bewohner dieses Planeten retten.« Er blieb wieder vor Miko stehen und zuckte mit den Schultern.

»Rette Beolania, Liv. Ich ergebe mich freiwillig. Ich möchte, dass ihr in Frieden leben könnt!«, rief ihr Miko zu.

»Kein weiterer Beola wird sterben«, sagte Liv energisch und feuerte auf William einen kräftigen Lichtstrahl ab, der ihn durch den gesamten Saal schleuderte. Unzählige weitere Lichtschüsse feuerte sie auf die Soldaten ab. Sie rief Miko, Almina und den anderen drei Beolas zu, dass sie nach den Waffen greifen sollten, die zu Boden gefallen waren, was sie kurz darauf taten, um sie im Kampf zu unterstützen. Es war ein intensiver Schusswechsel und viele Gegner wurden getroffen.

Plötzlich hörte Liv, wie unzählige Raumschiffe über den Palast hinwegflogen. Sie rannte ins Zentrum des Saals und schaute durch die Glaskuppel zum Himmel hoch.

»Ich habe dir gesagt, dass ich siegen werde. Wir werden jedes einzelne eurer mickrigen Wesen rund um den Planeten auslöschen. Du wolltest ja keinen Deal eingehen«, sagte William, der auf Liv zugelaufen kam. Er humpelte ein wenig. Weitere seiner Soldaten stürmten den Saal und richteten die Waffen auf Liv, Miko, Almina und die anderen Beolas. »Weißt du, Liv, es wäre nicht so schlimm gewesen, wenn ich Miko erschossen hätte.«

»Du bist krank, William. Ich schütze meine Familie, koste es, was es wolle.«

Er lief um Liv herum. »Weißt du, ich glaube es wäre *wirklich* nicht *so* schlimm für dich, wenn Miko tot wäre. Es ist ja nicht dein Vater – obwohl«, er hielt kurz inne.

Liv machte diese geheimnistuerische Art von William Angst. »Was … willst du mir damit sagen?«

»Nun ja, *dein* Vater ist ja schon tot.«

Liv runzelte die Stirn. Sie hatte ihm nie davon erzählt, wie konnte er das bloß wissen. Wahrscheinlich von Liz. »Das stimmt, mein Vater auf Beolania ist gestorben, als ich noch sehr klein war.«

William lachte auf und klatschte in seine Hände. »Ach stimmt! Der ja auch.«

Livs Herz begann zu rasen, das Blut sackte in ihre Füße und sie konnte nur schwer atmen. »Was verdammt willst du mir sagen, Will?«

»Tom ist tot.«

Liv begann zu torkeln und machte einen Schritt zurück. Diese Worte trafen sie mitten ins Herz. »Nein«, stotterte sie. »Nein, du lügst. Das ist bloß eines deiner Psychospielchen. Du kriegst mich nicht klein.«

William starrte ihr tief in die Augen. »Ich habe deinen Vater ermorden lassen, da er seine Nase in meine Angelegenheiten gesteckt hatte. Du hast keine Chance gegen mich. Ich bin der mächtigste Mann auf Erden und nun auch der mächtigste Mann auf Beolania. Du hast verloren, Liv.« Seine Worte hallten in ihrem Kopf nach. Es piepte in ihren Ohren und sie fühlte sich wie damals, auf diesem Kindergeburtstag, als sie kollabierte. Sterne tanzten vor ihren Augen und ihre Beine wurden von der Kraft verlassen.

»Liv, bleib bei uns!«, hörte sie aus der Ferne die Stimme von Almina rufen - kurz bevor sie bewusstlos auf den Boden prallte.

31.

»Liebling!« Otis war die Angst ins Gesicht geschrieben, als er gemeinsam mit Clemens, Aaron und den restlichen Beolas durch das türkisfarbene Portal in den Palast schritt.

Aaron richtete seine Sauerstoffmaske im Gesicht richtig aus, welche er von der Erde mitgenommen hatte, und steckte den Stein in seine Hosentasche.

Sofort rannte Otis auf Liv zu und stürzte sich neben ihr zu Boden »Was ist passiert?«, fragte er Almina besorgt, die mit Miko neben Liv saßen und sie versuchten aus ihrem komaähnlichen Schlaf zu befreien.

Almina schluchzte und wischte sich eine Träne aus dem Gesicht. »William … hat ihr gesagt, dass er Tom umgebracht hat. Sag uns bitte, dass dies nicht wahr ist.«

Otis schossen Tränen in die Augen und wich dem Blick seiner Eltern aus, was ihnen Antwort genug war. Miko nahm seine Frau in die Arme, um sie zu beruhigen. Die Situation nahm beide stark mit, doch Miko war gut darin, seine Emotionen für einen Moment beiseitezuschieben.

»Wo ist dieser Mistkerl?«, schnaubte Otis und hob Livs Kopf sanft an.

»Er hat, kurz bevor ihr aufgetaucht seid, den Saal verlassen, da unsere Beolas auf ihn geschossen haben. Er sah trotzdem sehr siegessicher aus«, schluchzte Almina.

Clemens hatte einen energischen Gesichtsausdruck und rannte in den Gang. »Ich werde ihn aufhalten. Kommt mir helfen, wenn Liv wieder auf den Beinen ist!«

Otis nickte ihm zu, worauf Clemens zusammen mit den anderen Beolas aus seinem Gesichtsfeld verschwand.

»Meine Liv, bitte wach auf. Ich bin bei dir. Alles wird gut.« Er küsste sie vorsichtig auf die Stirn und strich ihr eine dunkelblonde Haarsträhne aus dem Gesicht. »Jetzt bin ich bei dir. Gemeinsam sind wir stark.«

Liv hörte seine Worte nur schwach - sie hallten in ihrem Kopf nach. Sie fühlte sich benommen und konnte nicht klar denken. Vorsichtig versuchte sie ihre Lider zu öffnen. Zwei besorgte Augen sahen sie an. Sie sah verschwommen, versuchte die trübe Scheibe vor ihren Augen durch mehrfaches Blinzeln wettzumachen.

»Liebling, kannst du dich aufsetzen?«, fragte Otis sanft. Eine blond gelockte Haarsträhne hing ihm in seinem wunderschönen Gesicht und seine hellgrünen Augen funkelten sie an.

»Mein Dad …«, stotterte Liv. »Ist er …«, ihre Stimme klang schwach.

Otis schloss für einen Moment seine Augen und atmete tief durch. »Tom hat sich für uns eingesetzt und sich gegen William gestellt.« Tränen kullerten über seine Wangen und er drückte Liv einen Kuss auf die Schläfe. »Es tut mir leid. Es tut mir leid, es … dies hätte nicht passieren dürfen.«

Liv zuckte an ihrem ganzen Körper, Tränen flossen über ihre Wangen und ihr Herz brannte. »Nein, das kann nicht sein. Nicht mein Dad.« Vorsichtig setzte sie sich auf, Otis half ihr dabei und nahm sie in seine Arme.

»Ich störe nur ungern, aber William greift die Stadt mit unseren Kampfraumschiffen an. Clemens braucht euch!«, rief ihnen

Aaron plötzlich zu, der am Fenster klebte und erschrocken nach draußen schaute.

Liv horchte auf und wischte sich die Tränen aus dem Gesicht. »Dieser Mistkerl hat schon meinen Vater getötet. Ich lasse nicht zu, dass er auch noch unsere Heimat zerstört«, schnaubte sie und stützte sich an Otis' Arm beim Aufstehen ab. Ihre Beine waren noch schwach.

»Geht es wieder?«, fragte er.

»Es muss wieder gehen. Danke, dass du zurückgekommen bist.« Liv küsste Otis auf den Mund, strich ihm sanft über die feuchte Wange und rannte dann mit ihm gemeinsam aus dem Saal. Aaron folgte ihnen etwas langsamer. Miko und Almina blieben zurück.

Es war ein grässlicher Anblick, als Liv und Otis den Palast verließen und zum Himmel emporblickten. Unzählige ihrer Kampfraumschiffe wurden von Williams Armee in Beschlag genommen und hatten sich über die Stadt, und weit darüber hinaus, verbreitet. Sie feuerten auf die Bewohner ab und wollten strategisch Schritt für Schritt jedes einzelne Lebewesen auslöschen.

Ein Lichtschuss nach dem anderen prallte auf den Boden ein und sprang Stein und Erde in die Luft. Diejenigen Beolas, welche noch zurückgeblieben und nicht mit Ava mitgegangen waren, kreischten verzweifelt, weinten und wussten nicht, wo sie hingehen sollten.

Liv und Otis zögerten nicht, rannten los und schossen aus ihren Händen Lichtschüsse auf die Raumschiffe ab, welche dadurch abgelenkt wurden und sich zuerst wieder neu ausrichten mussten, bis sie weiter schießen konnten.

Von weitem sahen sie Clemens, der ebenfalls unermüdlich auf die Kampfraumschiffe abfeuerte. Er wurde von einem Teil der Armee unterstützt, die mit den kugelförmigen Waffen schossen.

Sie haben überlebt, realisierte Liv und war froh, zumindest einen Großteil der Armee gerettet haben zu können, die zuvor regungslos im Gang gelegen hatten.

»Wir müssen alle zusammen eine Lichtkugel erzeugen!«, rief Liv Otis zu. Es war schwer, den Lärm des Schusswechsels zu übertönen.

»Was sagst du?«, fragte Otis mit zusammengekniffenen Augen.

Liv rannte zu ihm. »Wenn wir zu dritt eine Lichtkugel erschaffen, wird dies so viel Energie erzeugen, dass sie keine Chance mehr gegen uns haben können.«

Otis überlegte kurz, während er unermüdlich Schüsse aus seinen Händen abfeuerte. »Das sollte funktionieren. Wir müssen Clemens informieren!«

Liv hatte ihm gerade zugestimmt, als die Kampfraumschiffe wendeten und in alle Richtungen des Planeten ausschwärmten.

»Verdammt!«, brüllte Otis und schaute zu Liv. »Wir brauchen ein Kampfraumschiff!«

»Meinst du, wir können so hoch springen?«, fragte sie und sah zur Plattform hoch, auf welcher sich die Raumschiffgarage in dreißig Metern Höhe befand.

Otis schluckte und fuhr sich über seinen goldenen Arm. Sein weißes Seidengewand flatterte im Wind. »Wir müssen es versuchen.«

»Eins, zwei …« Gerade wollten sie losspringen, als Liv unterbrochen wurde.

»Was denkt ihr euch bloß dabei?«, keuchte Aaron, der aus dem Palast auf sie zu humpelte.

Liv und Otis schauten ihn verdattert an. »Können wir Götter denn nicht so hoch springen?«

»Nein, Otis. Das könnt ihr nicht! Was denkt ihr denn?«

»Na, ich bin vor kurzem zehn Meter in die Höhe gesprungen. Hat geklappt«, nuschelte Liv.

»Und dann denkt ihr, dass dreißig Meter auch klappen?« Aarons Stimme überschlug sich.

»Hätte ja sein können«, murmelte Otis.

Aaron schüttelte den Kopf. »Ich war auch einmal ein junger Gott. Aber so dumm war ich nicht.«

»Und was schlägst du stattdessen vor?«, fragte Otis genervt. Sie hatten keine Zeit für solche Gespräche.

Aaron rollte mit den Augen und warf ihm den Stein zu. »Geht durch das Portal. Kann ich mitkommen?«

Otis fing den Stein auf und zuckte mit den Schultern. »Klar.«

Aaron lief auf sie zu und wartete darauf, bis das Portal geöffnet wurde. »Bring uns zur Raumschiffgarage im Palast«, flüsterte Liv. Darauf stiegen sie zu dritt durch das Portal und kamen Millisekunden später auf dem Deck an.

»Und ein Sprung hätte es wirklich nicht auch getan?«, fragte Otis, der noch immer nicht glauben konnte, dass das Portal wirklich nötig gewesen war. Er drückte auf den Knopf an der Wand, worauf sich der Boden öffnete und weitere Kampfraumschiffe hochgefahren wurden.

»Kann schon sein«, sagte Aaron und schmunzelte.

»Wie bitte?« Liv war entsetzt. »Eben noch sagtest du, wir seien dumm.«

»Ich habe noch nie versucht so hoch zu springen. Wahrscheinlich geht es schon. Aber ich wollte mitkommen.«

Liv schüttelte den Kopf und stieg in eine der Maschinen. »Bitte konzentriert euch auf die Mission. Und passt auf euch auf.«

Jeder nahm eine andere Maschine, damit sie agiler im Kampf sein konnten. Liv startete als erste das Kampfraumschiff und hob vom Deck ab. Otis und Aaron folgten ihr.

»Geht schon einmal vor. Ich mache noch kurz einen Umweg zu Clemens. Wir brauchen ihn«, sagte Liv über den Funkspruch, der nur für die beiden anderen Raumschiffe freigeschaltet war.

»Sehr gut. Bis gleich. Ich liebe dich.«

»Ich liebe dich auch«, antwortete Liv und bog dann nach rechts ab. Die anderen beiden Maschinen flitzten an ihr vorbei.

Flink lenkte sie die Maschine und setzte zur Landung an. Clemens rannte Richtung Westen und bemerkte nicht, dass ihn seine Mitfluggelegenheit verfolgte – im Gegenteil, er wurde immer schneller. Liv drückte auf den Knopf für die Lautsprecher und rief ihm zu: »Clemens, ich bin es!« Verwundert drehte er sich um und blieb stehen, als er sie erkannte. Endlich konnte sie die Maschine zum Stillstand bringen.

»Steig ein!« Ohne zu zögern, schwang sich Clemens in die Maschine und verschloss die Seitentür. Kaum einen Wimpernschlag später, brachte Liv die Maschine wieder zum Fliegen und eilte in die Richtung, in welche soeben Aaron und Otis geflogen waren.

»Wie geht es dir?«, fragte Clemens besorgt.

Liv hielt ihren Blick auf die Flugbahn gerichtet, während sie ihm antwortete: »Miserabel. Aber wenn wir diese Dreckskerle von unserem Planeten vertrieben haben, geht es mir zumindest ein kleinwenig besser.«

Clemens legte seine Hand auf ihren Oberschenkel. »Gemeinsam schaffen wir das. Du bist nicht allein. Ich hoffe, du weißt das.«

Liv wischte sich eine Träne unter ihrem Auge weg und griff nach seiner kräftigen Hand. »Du bist ein wahrer Freund, Clemens. Ich danke dir für deine aufmunternden Worte.«

Er nickte und nahm seine Hand wieder von ihrem Bein. »Da vorne sind sie.«

Liv beschleunigte und steuerte direkt auf die Maschinen zu, in welchen William und dessen Armee saßen. Sie befanden sich direkt über dem großflächigen See.

»Hör mir zu, Clemens. Otis und ich haben einen Plan. Wir müssen alle zusammen eine Lichtkugel erschaffen. Wir denken, dass wir so genügend Energie aufbringen können, um sie endgültig auszulöschen.«

Clemens nickte. »Das klingt machbar, aber nicht von hier drin.«

Liv atmete schwer. »Du hast recht. Wir müssen den passenden Zeitpunkt abwarten.«

Für einen Augenblick herrschte Stille.

»Ich habe eine Idee. Lenk sie zur Bucht«, sagte Clemens plötzlich. Liv hinterfragte seinen Plan nicht, sondern vertraute ihm und gab Otis und Aaron die Information über den Funkspruch durch.

»Spart nicht mit Schüssen«, ergänzte sie zum Schluss. Alle drei lenkten ihre Raumschiffe neu aus und rasten mit Höchstgeschwindigkeit auf die Gegner zu. Dabei ballerten sie einen Lichtschuss nach dem anderen auf sie ab. Die Raumschiffe vor ihnen wurden schneller und änderten ihren Kurs – so, wie es gedacht war.

»Warum feuern sie denn nicht zurück?«, fragte Otis über den Funk.

»Sie wollen schnellstmöglich in die nächste Stadt gelangen, um dort weitere Beolas umzubringen«, sagte Aaron.

»Hat denn auf der Erde niemand was gegen diese Organisation unternommen?«, fragte Liv Clemens, während sie die Maschinen verfolgten.

»Es hat in der Tat Aufstände gegeben und viele Menschen haben sich uns angeschlossen, doch die meisten wurden wohl von der Angst getrieben. Spätestens nachdem sie gesehen haben was passiert, wenn man sich wie dein Vater gegen William stellt, wurden sie wohl etwas vorsichtiger. Wir haben wirklich versucht sie aufzuhalten, Liv. Es tut mir leid, dass uns dies nicht gelungen ist.« Sie feuerte weitere Lichtschüsse mit der Maschine ab.

»Ich bin bestimmt nicht diejenige, welche euch Vorwürfe macht. Ich frage mich bloß, wie es so eine korrupte Organisation überhaupt so weit bringen kann. Und was ich am wenigsten verstehe, ist, wie ein scheinbar guter Mann wie William so hinterhältig und gefühlskalt sein kann, um meine Mutter anzulügen. Ich hätte es merken müssen, doch habe mich blenden lassen.«

»Liv, dich trägt keine Schuld, hörst du? Rede dir dies bitte nicht ein. Du tust so viel für dein Volk und deine Familie.« Clemens versuchte sie zu beruhigen, doch dies brachte nichts.

»Ich hätte meinen Dad beschützen müssen!«, schrie sie, beschleunigte die Maschine, öffnete das Seitenfenster und feuerte energisch einen Lichtschuss aus ihrer Hand auf das Kampfraumschiff vor ihr ab, welches zur Seite katapultiert wurde, auf eine andere Maschine einprallte und explodierte. Die Trümmer fielen zischend ins Wasser.

»*Bam*! Das ist meine Verlobte!«, rief Otis stolz durch den Funkspruch. Nun ließ auch er das Fenster runter und konnte somit einige Lichtschüsse abfeuern. Immer mehr Maschinen wurden getroffen.

»Da vorne ist die Bucht! Wir müssen landen!«, rief Clemens durch den Funk, damit alle Bescheid wussten. Sie verringerten die Flughöhe und flogen auf den kleinen Sandstrand zu, der von hohen Felsen umgeben wurde. Die Armee von William erkannte den Kurswechsel und steuerte die Maschinen so, dass sie direkt über den Köpfen von Aaron, Otis, Liv und Clemens umherkreisten. Ganze vierzehn Maschinen waren noch in der Luft. Es fühlte sich an, als seien sie umzingelt von einem Schwarm Killerhornissen.

Liv sprang aus der Maschine und klatschte mit ihren nackten Füßen auf den nassen Sand. Es wehte ein warmer Wind. Sie stellte sich in Kampfposition hin und wartete darauf, bis die anderen drei sich zu ihr stellten.

Die Armee von William zeigte keine Geduld und feuerten auf sie ab. Liv formte ein Schutzschild, um die Lichtschüsse von ihnen abzuwehren. Außerhalb der Maschine war sie viel freier in ihrer Bewegung, weshalb sie von ihren Kräften viel besser Gebrauch machen konnte. Otis eilte ihr zur Hilfe und vergrößerte mit vereinten Kräften das Schild.

Die Armee bemerkte, dass sie gegen die göttlichen Kräfte keine Chance hatten und stellten für einen Moment das Feuer ein.

»William!«, schrie Liv zu den Kampfraumschiffen hoch, während sie stets das Schild aufrechterhielt. »Wir geben dir eine letzte Chance, um lebend von unserem Planeten zu kommen. Wir öffnen für dich das Portal zur Erde und verbannen dich für immer von Beolania. Du kannst nicht siegen!«

Die Maschinen flogen zur Seite, damit ein Kampfraumschiff ganz nach vorne fliegen konnte. Es war jenes, in dem William saß. »Ich habe der Menschheit etwas versprochen. Ich kehre nicht als Versager zurück. Aufgeben ist nicht«, sprach er durch die Lautsprecher der Maschine.

»Nur zu dumm, dass du ohne den Stein keinen einzigen Menschen auf unseren Planeten umsiedeln kannst. Deine Mission ist schon lange gescheitert!«, rief ihm Otis zu.

Einen Augenblick herrschte Stille.

Dann begann William zu lachen. »Für wie dumm haltet ihr mich eigentlich? Unsere Maschinen hatten ein CPS-System. In jenem Moment, als wir auf euren Planeten geflogen sind, wurde das Signal an die Zentrale gesendet.«

Liv warf Otis einen ängstlichen Blick zu. Umso mehr war sie irritiert, als er sie liebevoll anlächelte und ihr zuzwinkerte. Liv runzelte die Stirn.

Aaron blieb neben Otis stehen und blickte zu William hoch. »Ich lasse meinen Planeten kein zweites Mal im Stich. Du hast in jenem Moment verloren, als du den Stein aus deinen Händen gegeben hast.«

William lachte erneut auf. »Träum weiter, Opa.«

»Von was weiß ich nicht Bescheid?«, fragte Liv leise. »Kann mich bitte jemand einweihen?« Otis griff nach ihrer Hand.

»Kennst du das Sprichwort: Wer lügt der leidet. Wer Leid verbreitet, dem geschieht Unheil und wer Unheil über unschuldige Seelen bringt, schmort in der Hölle?«, rief Clemens grinsend zu William hoch.

»Was soll der Unsinn. So ein Sprichwort existiert nicht.«

»Stimmt, ist mir soeben eingefallen, da es so gut auf dich zutrifft!«

William feuerte einen Schuss auf Clemens ab, welchen Liv geschickt von ihm ableitete.

»Siehst du?«, sagte Clemens. »Du hast keine Chance. Die Erde blüht neu auf, seit du weg bist.«

»Pff, genau. Die Erde wird untergehen. Ich bin der einzige Hoffnungsschimmer am Horizont und meine Männer werden in Kürze kommen, um mir zu helfen«, rief William.

»*In Kürze* ist ein relativer Begriff«, sagte Otis. »Nun sind genau fünfundachtzig Minuten auf Beolania vergangen, seit Aaron durch das Portal gestiegen ist, um Clemens und mich auf der Erde zu holen. Wieviel Zeit ist wohl auf der Erde seither vergangen?«

William sagte kein Wort.

Er schien zu realisieren, auf was Otis hinauswollte.

»Keine Ahnung? Ein halbes Jahr, William. Wie viele neue Wälder wohl in dieser Zeit durch göttliche Kraft haben heranwachsen können. Was denkst du? Deine Armee wird nicht kommen, dafür haben wir gesorgt.«

Liv weitete ihre Augen begeistert und sah Otis an. Im nächsten Moment runzelte sie jedoch irritiert ihre Stirn. »Aber … du warst doch die ganze Zeit als Mensch auf der Erde, oder? Wie konntest du von deiner göttlichen Kraft Gebrauch machen?«

Otis zwinkerte ihr zu. »Wer sagt denn, dass ich keinen Abstecher hierher gemacht und ein Raumschiff gekapert habe, um als Beola zurück auf die Erde zu fliegen?«

Liv hatte ein Funkeln in den Augen und plötzlich wurde ihr eines klar. *Das Raumschiff, welches ich gesehen habe, … darin saß Otis.* »Du bist wundervoll.« Sie legte ihre beiden Handflächen aneinander und küsste sie. *Endlich ein Hoffnungsschimmer.*

»Liv, pass auf!«, rief Aaron. Ein Lichtschuss, welchen William aus seinem Kampfraumschiff abgefeuert hatte, raste auf Liv zu. Aus lauter Freude hatte sie vergessen, dass sich ihr Schutzschild aufgelöst hatte. Sie sprang zur Seite, rollte sich auf dem Sand ab und stand wieder auf.

Otis schluckte den Kloß im Hals hinunter. In seinem Kopf herrschte Chaos. Der Mann da oben, welcher diese Armee anführt, hatte für lange Zeit zu seiner Familie gehört. Otis konnte stets auf ihn zählen, wenn er einen Beziehungsratschlag oder aufmunternde Worte gebrauchen konnte. William war für Liz lange ein guter Ehemann gewesen und Leona hatte er auf Händen getragen. Es zerriss Otis innerlich und er musste sich zwingen, all das Gute zu vergessen – auch wenn es sich so falsch anfühlte. Doch so viel Gutes William auch für die Familie scheinbar getan hatte, es verzieh nicht die Taten, die er in der Gegenwart ausübte. Er hatte Leid und Dunkelheit über die Familie gebracht. Und er hat Tom getötet. Nun wusste Otis, was Aaron auf der Holzbank in Zürich gemeint hatte, als er ihm sagte, dass man manchmal etwas opfern muss, um sein Volk zu beschützen – auch wenn es einem schwer fallen würde.

»Jeeeetzt!«, schrie Liv und schaute zu Clemens und Otis, welche die Botschaft verstanden haben. Ohne zu zögern, streckten alle drei ihre Hände in die Luft und schossen mit vereinten Kräften eine riesige Lichtkugel auf Williams Armee ab.

»Das ist für meinen Dad!«, schrie Liv. Jeder einzelne Lichtschuss der Gegner, wurde von der Lichtkugel aufgesogen und wurde damit umso größer und kräftiger. Sie raste mit immenser Geschwindigkeit auf die Armee zu und explodierte, als sie auf die Maschinen prallte. Liv, Clemens, Aaron und Otis wurden durch diese geballte Kraft nach hinten geschleudert und blieben am Boden liegen.

Ein riesiges Feuerwerk aus glühenden Metallteilchen ereignete sich am Himmel. Zischend fielen die Teilchen ins Wasser. Von den Feinden war keine Spur mehr.

Stille.

Otis fasste sich an den Hinterkopf. Er pochte.

»Du blutest.« Liv rappelte sich auf und lief zu ihm rüber. Sie ließ sich neben ihn in den Sand fallen und hielt ihre Hand an die verwundete Stelle. Er war auf einen Felsvorsprung geknallt. »Alles wird gut«, flüsterte sie sanft. Langsam wuchs die Wunde zusammen und der Schmerz ließ nach.

Otis lächelte sie an. »Du bist meine Heldin.« Er ließ seine Hand in ihren Nacken gleiten und zog sie an sich heran. Zärtlich küsste er sie auf ihre weichen Lippen.

»Ihr seid so süß«, sagte Clemens mit lustiger Stimme, worauf Liv und Otis lachen mussten und sich aus ihrem Kuss lösten.

»Kommt her und drückt mich. Ich brauche jetzt auch ein bisschen Liebe.« Clemens weitete seine Arme aus. Liv und Otis folgten seinem Wunsch und fielen ihm in die Arme. »Du auch, Bruderherz. Auch wenn ich Angst habe, diesen gebrechlichen Mann kaputt zu machen.«

Aaron musste lachen und schloss sich der Umarmung an.

»Wir haben es geschafft, oder? Wir haben Beolania gerettet!« Liv konnte es kaum fassen, diese Worte aussprechen zu können.

»In der Tat, das haben wir wohl«, sagte Otis erleichtert.

Plötzlich zuckte Clemens zusammen und löste sich aus der Umarmung. »Achtung, William kommt!«

Ruckartig wandten sich Liv und Otis um und feuerten eine weitere Lichtkugel in jene Richtung ab, wo Clemens hindeutete.

Doch da war niemand.

Hinter ihnen prustete er los. »Ihr hättet euch sehen müssen!« Clemens krümmte sich vor Vergnügen und lachte von ganzem Herzen.

»Du kannst so ein Ekelpaket sein, wenn du willst«, sagte Liv lachend und verpasste ihm einen sanften Klaps auf den Oberarm.

»Lasst mir doch den Spaß. Ich dachte, in euren Hollywood Filmen ist der Bösewicht auch nie klein zu kriegen und taucht am Schluss nochmals auf.«

Otis zuckte mit den Schultern und schmunzelte. »Wo er recht hat, hat er recht.«

Liv kicherte.

»So, ich möchte nun gerne meiner Frau sagen, dass ich nicht zu alt für Action bin. Seid ihr bereit, um nach Hause zu fliegen?«

Otis klopfte Aaron auf die Schulter. »Klar, gehen wir.«

32.

Ein lauer Wind wehte und die Sonne war gerade dabei, hinter den Hollywood Hills zu verschwinden. Die Lampions waren um weiße Holzbalken gewickelt und leuchteten in warmen Farben. Die Gäste saßen auf aneinandergereihten Stühlen, welche am Stuhlrücken mit einer fliederfarbenen Masche beschmückt waren.

Alex stand schon vor dem Altar, der mit unzähligen Blumen dekoriert war. Viele Kerzen flackerten rechts und links davon und verlieh dem Ambiente eine romantische Stimmung.

Er zupfte noch einige Male an seinem dunkelblauen Anzug herum, bis er sich wohl fühlte. Er war nervös. Aber es war eine schöne Nervosität.

»Gut siehst du aus, mein Junge«, flüsterte ihm seine beolanische Mutter Almina zu, die gemeinsam mit Miko und Amanda in der vordersten Reihe saß.

Dann ertönte Musik. Eine Violinistin spielte melodische Töne, bis Ava mit dem Gesang einsetzte.

Es war so weit. Begleitet von ihren beiden Müttern, schwebte Leona im schlichten, weißen Hochzeitskleid über den fliederfarbenen Teppich, zwischen den Freunden und Familienmitgliedern hindurch. In den Händen hielt sie einen zarten Blumenstrauß und ihre Haare trugen leichte Wellen. Rebecca, ihre damalige Babysitterin, hatte ihr bei Haar und Makeup geholfen.

Vor dem Altar küsste Liz Leonas rechten, und Suri ihren linken Handrücken, bevor sie ihre Tochter zu ihrem künftigen Mann gehen ließen.

Lächelnd schritt sie auf Alex zu. Freudentränen brachten ihre Augen zum Glitzern und sie fühlte sich von Avas wundervollem Gesang geborgen. Als sie bei Alex ankam, nahm er ihre Hände in die seinen.

»Du siehst wunderschön aus«, flüsterte er.

Leona lächelte. »Danke, mein Schatz. Das kann ich dir nur zurückgeben.«

Sam hielt seine beiden Handflächen in die Luft. Er führte die freie Zeremonie durch. »Liebe Familie und Freunde. Schön, dass ihr so zahlreich erschienen seid. Wir sind hier, um die einzigartige Liebe dieser zwei wundervollen Menschen zu feiern. Wie ihr alle sicherlich wisst – also, ich hoffe doch schwer, dass ihr dies wisst«, ein herzliches Lachen ging durch die Menge, »haben Leona und Alex auf magischem Weg zueinander gefunden.« Er erzählte ihre Geschichte in einer kurzen Zusammenfassung, die alle Herzen erwärmen ließ. »Heute stehen sie hier nicht nur als Liebespaar, sondern auch als Helden vor uns.«

Leona und Alex lächelten verlegen.

»Nein wirklich. Seht, wie bescheiden sie sind. Das müsst ihr nicht sein. Ihr habt unseren und euren Planeten gerettet. Da darf man ruhig stolz sein.« Er schenkte ihnen beiden ein liebevolles Lächeln. »Leona und Alex haben mich darum gebeten, eine rührende Zeremonie mit einzubauen, bevor sie sich, hoffentlich, das Ja-Wort geben werden.«

»Wer sagt da hoffentlich!«, rief Clemens lachend.

Sam grinste. »Da hast du natürlich recht. Ich wollte die Spannung etwas aufrechterhalten, aber ich sehe – das war überflüssig. Leona, meine Schwester, ich übergebe dir das Wort.«

»Ich danke dir, Sam. Du machst das wundervoll. Ich möchte die Gelegenheit nutzen, wenn wir gerade alle versammelt sind, denjenigen eine Schweigeminute zu widmen, die heute leider nicht hier sein können.« Sie wischte sich eine Träne unter den Augen weg.

Alex strich sanft über ihren Handrücken. »Mein Dad, Tom, hat sich für Beolania stark gemacht und wurde zu Unrecht aus unserem Leben gerissen. Ich wünschte, er hätte heute hier sein und mich als seine Tochter zum Altar begleiten können.« Sie musste kurz innehalten und den Tränen ihren Lauf lassen. »Bitte entschuldigt«, schluchzte sie. »Ich will nur sagen: Dad, falls du gerade von irgendwo her zuhörst, ich liebe dich und bin dir dankbar, dass du dich immer für mich stark gemacht hast. Eines Tages werden wir uns bestimmt wieder in die Arme fallen können. Du fehlst mir.«

Stille.

Alle Anwesenden gedachten Tom eine Schweigeminute.

Leona atmete tief durch. »Ich danke euch. Mein Dad war leider nicht die einzige gute Seele, die von uns gegangen ist. Auch ganz vielen Beolas wurde das Leben genommen. Auch für alle sie, möchten wir nun gerne eine Schweigeminute einlegen.«

Sam griff leise nach zwei Laternen, die er hinter dem Altar bereitgestellt hatte und reichte diese Leona und Alex. Leise zündeten sie die Laternen an und hielten sie in die Luft. Eine Laterne symbolisierte Tom, welche Leona hielt. Die andere widerspiegelte die vielen Beolas, diese Laterne hielt Alex.

»Bye bye«, flüsterten sie gleichzeitig und ließen die Laternen in die Abendluft steigen. Alle Gäste verfolgten die Laternen mit gläsernen Augen. Es war ein emotionaler Moment.

Alex strich Leona sanft über den Rücken und richtete seine Worte dann an die Gäste: »Wir wollen aber nicht nur denjenigen danken, die leider viel zu früh von uns gehen mussten, sondern auch allen, die heute hier sein dürfen. Gesund. Wir danken unseren Familien und Freunden für eure Unterstützung und euren Glauben an uns. Ohne euch hätten wir unsere zwei Welten niemals retten und gewissermaßen vereinen können.« Alex schaute dabei Suri an und musste lächeln. »Du hattest recht. Zu einem gewissen Teil konnten wir dank dir unsere beiden Welten vereinen. Sieh nur, wir sitzen heute aus zwei Welten zusammen an unserer Hochzeit. Wer hätte dies gedacht.«

Suri fasste sich ans Herz. »Danke«, flüsterte sie.

»Alex«, Leona schaute ihm tief in die Augen. »Danke, dass es dich gibt. Du baust mich auf und schenkst mir Kraft. Mit dir kann ich wahrhaftig ich sein und meinen Traum leben. Ich bin unbeschreiblich dankbar, dich, meine wahre Liebe, an meiner Seite zu haben und dich in wenigen Sekunden meinen Ehemann nennen zu dürfen. Ich freue mich auf all die schönen Jahre, die vor uns liegen. Ich liebe dich.«

»Nun werde ich ja ganz sentimental. Was machst du bloß mit mir.« Er hielt kurz inne. »Du machst mich wirklich sprachlos.«

Die Gäste stießen Laute wie: »Aww, wie süß« aus. Eigentlich waren dies genau Tiffanys Worte.

»Nein im Ernst, du machst mich sprachlos.« Alex schluchzte und schämte sich ein kleinwenig, dass er kein weiteres Wort rausbrachte, insbesondere, weil er ein langes Gelübde für sie vorbereitet hatte.

»Ach Schatz, dafür liebe ich dich. Komm her.« Leona wollte ihn gerade küssen, als Sam dazwischen ging.

»Mooment. Willst du, Leona Parker, Alex Miller zu deinem Ehemann nehmen?«

Leona warf Sam einen liebevollen Blick zu. »Danke, Seelenbruder. Natürlich will ich Alex heiraten.«

»Du bist so süß, meine liebe Seelenschwester.« Er fuhr ihr sanft über den Arm. »Und willst du, Alex Miller, Leona Parker zu deiner Ehefrau nehmen?«

»Unbedingt. Ich kann es kaum erwarten, diese schöne Frau zu küssen.«

»Ja, los! Küss sie, du Hengst!«, rief ihm Isaak zu. Claudio klopfte ihm lachend auf die Schulter und steckte die Gäste mit seinem Lachen an. Alex war dankbar, dass seine beiden langjährigen Freunde diesen Tag miterleben durften. Mittlerweile hatten die beiden Spaßvögel eigene Familien. Isaak war mit einem liebevollen Mann verheiratet und Claudio mit einer Regisseurin, die seinen Roman vor vielen Jahren verfilmt hatte. Sie war die Muse jeder seiner Romane.

»Ich ernenne euch hiermit zu Mann und Frau. Auf eure wundervolle Liebe«, sagte Sam feierlich und trat einen Schritt zurück.

»Komm her, mein Engel«, flüsterte Alex und nahm Leonas Kopf sanft in seine warmen Hände. Ihre Lippen kamen seinen näher. Sie schmeckten nach Kirsche. Es war ein kleines Detail und er fand es hinreißend von ihr, dass sie diesen Lipgloss aufgetragen hatten, den er so sehr an ihr mochte. *Ich liebe diese Frau.*

In beiden Herzen explodierte ein Feuerwerk der Glücksgefühle. Dieser Kuss war so viel mehr als nur ein Kuss. Er symbolisierte den Beginn einer wundervollen Zeit. Einer Zeit, in der sie sich einfach nur lieben durften. Eine Zeit, in der sie ihre Familien und Freunde in Sicherheit wissen durften und eine Zeit, in der die Erde ein Ort des Friedens werden konnte, sofern die Menschheit dazu bereit war.

Beolania durfte zur Ruhe kommen und endlich wahrhaftig aufatmen und sowohl Alex als auch Leona wurde nun eines klar: Solange noch Hoffnung besteht, muss man nichts Neues erschaffen. Es lohnt sich, für etwas zu kämpfen, das neu aufblühen kann. Einen Planeten B hatte es nie gebraucht – es bleibt immer beim geliebten Planet A.

»Hallo Ehemann«, sagte Leona lächelnd, als sich die beiden tief in die Augen blickten. Zärtlich fuhr sie ihm mit dem Daumen über die Lippen. Ihr Herz pochte wie wild.

Alex strich ihr eine blonde Haarsträhne aus dem Gesicht und hauchte ihr ins Ohr: »Daran kann ich mich gewöhnen.«

Die Geschichte von Otis und Liv ist noch nicht zu Ende.

Weiter geht's in Band 3.

Danksagung

Es erfüllt mich mit Liebe, dass ein Buchprojekt so verbinden kann, wie es Beolania tut. Auch beim zweiten Teil haben mir liebe Menschen geholfen, das Beste aus dem anfänglichen Manuskript herauszukitzeln. Deshalb möchte ich auch dieses Mal wieder einigen Menschen meinen besonderen Dank aussprechen:

Ich bin unbeschreiblich dankbar, so tolle Eltern zu haben, die mich in meiner Passion des Schreibens unterstützen. Danke, dass ihr euch auch dieses Mal wieder die Zeit zum Lesen und Feedback geben genommen habt. Ihr seid wunderschöne Menschen – innerlich und äußerlich. Ihr habt mir im Verlauf des Lebens unfassbar viele Weisheiten auf den Weg gegeben, die mich tagtäglich inspirieren. Danke!

Zu lieben und geliebt zu werden ist das größte Geschenk. Danke, mein Lebenspartner Marco, dass du mich so liebst, wie ich bin und dass du mich bei jedem meiner Schritte liebevoll begleitest, unterstützt und mich stärkst. Du bist mein Anker in wirren Zeiten und mein Lichtblick an regnerischen Tagen. Danke, dass du mein Leben seit mehr als einem Jahrzehnt bereicherst.

Ein riesiges Dankeschön geht an meine tolle Lektorin Gesine raus. Du hast innert kürzester Zeit mein komplettes Manuskript unter die Lupe genommen und mich auf wichtige Fehler aufmerksam gemacht. Du bist toll und hast alle Pralinen der Welt verdient.

Danke Juli, dass du gegenliest, mitfieberst und mir Gesine empfohlen hast. Ich danke auch Dani und Martin, dass ihr die Freude für meine Buchprojekte mit mir teilt. Ich schätze es sehr, in so einem tollen Team arbeiten zu dürfen und dass ihr meine Passion fürs Schreiben unterstützt. Das ist nicht selbstverständlich.

Herzlichen Dank, Roland, dass du mir auch dieses Mal wieder innert wenigen Tagen ein umfassendes Feedback geschrieben und mir damit mächtig geholfen hast. Ich schätze es sehr, dass du meine Arbeit unterstützt und ich dir meine Manuskripte stets anvertrauen darf.

Ich kann nicht genug schwärmen. Lilly C. Zwetsch hat es verdient, dass ihre höchst professionelle Arbeit anerkannt und bewundert wird. Du bist zuverlässig, effizient und eine wahre Künstlerin. Danke, für dieses wunderschöne, zweite Cover.

Danke auch an alle anderen Testleser/innen. Dank eurem Feedback durfte dieser Roman wachsen.

Und zum guten Schluss bedanke ich mich bei jedem meiner Leser. Es ist ein riesiges Geschenk, dass du ein Teil deiner wertvollen Lebenszeit meinem Werk widmest. Wenn du meinem Werk eine Sternebewertung und / oder Rezension hinterlässt, freue ich mich sehr darüber.

Leseprobe:

Beolania 3
Geteilte Macht

Prolog

Der Tag war gekommen. Dieser Tag, als Liv und Otis durch das Portal auf die Erde eilten, da sie bereits zu viel irdische Zeit hatten verstreichen lassen.

Aaron lag im Sterbebett. Ava hielt seine Hand und sah ihn durch wässrige Augen an. Sie flüsterte: »Ich werde wieder bei dir sein, sobald meine Zeit gekommen ist. Ich liebe dich, mein Miovit.« Aaron war schwach, das Gesicht kreideweiß und sein Blick gläsern.

»Wir sind bei euch«, flüsterte Alex und legte seine Hand behutsam auf Avas linke Schulter.

Sie griff nach seiner Hand und atmete erleichtert aus. »Danke, dass ihr gekommen seid. Ich stehe das Ganze nicht allein durch.«

Leona ließ sich neben ihr zu Boden sinken und legte ihre beiden Hände, auf Höhe der Leber, an Aarons rechte Rippen. »Du bist müde, Aaron. Das spüre ich. Du darfst in Frieden einschlafen. Wir werden immer an dich denken. Danke für alles, was du uns gelehrt hast.« Sie vernahm eine leichte Zuckung an seinem Körper. Er versuchte sich zu räuspern, doch er war zu schwach.

Ava beugte sich zu seinen Lippen vor und flüsterte: »Du musst nichts sagen, Liebling. Lass einfach los.« Sie küsste ihn auf seine dünnen Lippen, auf welchen sich ihre Tränen sammelten.

»Ich … kann nicht … ohne dich gehen, mein Miovit«, keuchte er schwach. Seine Augen füllten sich mit Tränen.

»Es ist okay, Aaron«, flüsterte Alex. »Wir passen auf Ava auf. Wir gehen erst wieder auf Beolania zurück, wenn sie bei dir ist. Versprochen.«

»Aber«, flüsterte Aaron.

»Clemens ist auf Beolania. Dein Planet ist in Sicherheit.« Aaron leckte sich über die Lippen und schloss dann langsam seine Augen. »Sag … meinem Bruder, dass ich ihn liebe.«

Liv kullerten unzählige Tränen über die Wangen. Sie zückte ein Taschentuch. »Das werden wir ihm sagen, doch er weiß das längst.«

Es herrschte Stille im Zimmer.

Die Sonne schien auf Aarons Körper und die grünen Blätter des Baumes neben dem Fenster, wurden durch den Wind sanft auf und ab bewegt. Es sah aus, als würde ihm der Baum zuwinken - als würde ihn die Natur rufen.

Ava strich die ganze Zeit sanft über seinen Handrücken und ließ den Blick auf seinem Gesicht ruhen. Am liebsten hätte sie die Augen geschlossen, doch sie wollte ihren Mann noch so lange wie möglich anschauen. Sie wusste, dass sie am nächsten Morgen ohne ihn erwachen würde. Lediglich der Gedanke daran, zerriss ihr das Herz.

»Was das sterbliche Leben so besonders macht«, sagte Ava mit trauriger, aber dennoch warmer und ruhiger Stimme, »ist die Tatsache, dass wir gelernt haben, jeden Tag noch mehr zu schätzen. Denn man weiß nie, wenn es der Letzte ist. Ich hoffe, du verzeihst mir, dass ich dir das ewige Leben genommen habe, Liebling.«

Aaron atmete ruckartig auf. »Entschuldige dich nicht … für deine richtigen Taten. Ich habe jeden einzelnen Tag mit dir genossen. Auch wenn … ich nur einen sterblichen Tag mit dir hätte verbringen können, hätte er sich gelohnt, da du bei mir gewesen bist. Ich liebe dich … mein Miovit«, flüsterte Aaron. Die letzten Worte wurden immer leiser. Sein Kopf war zu Ava gedreht. Er sah sie eine Weile an. Sie spürte die Liebe in seinem Blick, auch wenn seine Augen sehr müde waren. Langsam schlossen sich seine Lider.

Leona strich behutsam über seine Rippen und spürte, wie mit jeder weiteren Sekunde das Leben aus seinem Körper entwich. Seine Gliedmaßen wurden kalt und seine Hand, die in jener von Ava lag, schwer.

Alex küsste Ava fürsorglich auf die Schläfe. »Sieh nur, wie friedlich er einschlafen durfte«, flüsterte er, kurz bevor er in Tränen ausbrach. Er hatte gehofft, stark bleiben zu können, doch das war unmöglich. Alle drei hielten sich fest und ließen ihren Tränen freien Lauf. Es war das Einzige, zu was sie in diesem Moment im Stande waren.

Als die tiefe Trauer verarbeitet werden konnte und sanfte Lichtstrahlen die Tränen liebevoll getrocknet hatten, durfte Dankbarkeit und Demut in die Herzen der Familie strömen. Dankbarkeit, für die nicht selbstverständliche Verbunden- und Vertrautheit.

Die Erde war schon lange vor Aarons Tod zu einem friedlichen Ort geworden. Die Menschheit wurde von der beolanischen Mentalität gelehrt in Achtsamkeit zu leben, was einen globalen Heilprozess eingeleitet hatte. Menschen sorgten sich um einander, pflegten ihre Umwelt und einen respektvollen Umgang mit ihren Tieren. Es war ein langer Weg gewesen, die eigenen Ängste und Unsicherheiten abzulegen. Das schwerste war, sich seine eigenen Fehler einzugestehen. Die ältere

Generation gab ihre Weisheiten an die jüngere Generation weiter. Sie arbeiteten Hand in Hand.

Liv und Otis hätten sich gewünscht, ihren Familienmitgliedern und Freunden den Tod ersparen zu können, doch dies war ein natürlicher und unaufhaltsamer Prozess, wie sie sich schmerzhaft eingestehen mussten. Und so groß auch der Schmerz war, als auch Ava friedlich ins Jenseits glitt, so lehrte es die Menschheit – und ja, auch Liv und Otis, dass man vor dem Tod keine Angst haben musste. Ava war bereits zuvor einmal gestorben und durfte dennoch weiterleben, als ihre Zeit gekommen war. Es durfte für jeden wieder diese Zeit kommen, wenn es das Universum so wollte.

Unterhaltungen über den Tod, die Liv und Otis in dieser Zeit fast täglich führten, lehrte sie, dass das Leben ein Kreislauf war. *Alles wurde zu etwas und wird wieder zu allem.* Diesen Satz sprachen sie sich immer zu, wenn sie Trauer aufkommen spürten. Sie flüsterten es sich schluchzend zu, als Leonas Mutter Liz in den ewigen Schlaf tauchte, Alex sang ein Lied darüber, als sein bester Freund Isaak mit der geistlichen Welt verschmolz und Leona dekorierte eine Moosplatte mit dem Schriftzug aus Blütenköpfen, als Tiffany sich von ihr in den ewigen Schlaf verabschiedete. Bei jedem einzelnen, geliebten Menschen waren dies die tröstenden Worte.

Alles wurde zu etwas und wird wieder zu allem.

Auch auf Beolania gehörte diese ab da an zu jeder Zeremonie dazu, wenn ein Beola wieder mit der Natur verschmelzen durfte.

Die Besuche auf der Erde nahmen über die Jahre ab. Liv und Otis fühlten, dass sie dort nicht mehr so sehr gebraucht wurden, obwohl jeder Besuch von ihnen freudvoll empfangen wurde.

Es war schön zu beobachten, wie über die Jahre die Kinder und Enkelkinder ihrer verstorbenen Freunde heranwuchsen und Inspiration in die Welt zauberten. Ganz ungezwungen und aus tiefstem Herzen. Ein Teil ihrer Freunde und Lieblingsmenschen durfte in ihnen weiterleben und dies machte einfach nur glücklich und zeigte auf, wie unendlich die Kraft der Liebe und Güte war.

Beolania entwickelte sich Jahr für Jahr in Harmonie weiter und hatte sich von den Strapazen der alten Geschichten prächtig erholt. Der Planet war wieder zu dem geworden, der er einst war: Eine Welt, gesegnet mit unbegrenzter Schönheit, Gleichberechtigung, Reinheit und Harmonie.

Liv und Otis hatten über die Jahre ihre göttlichen Kräfte immer besser kennenlernen dürfen. Clemens kitzelte gekonnt das Beste aus ihnen heraus und motivierte sie, auf ihre innere Stimme zu hören, um ihre individuellen Kräfte erkennen zu dürfen. Denn beide waren zu Beginn davon ausgegangen, dass sie ganz einfach die Kräfte ihrer Vorgänger, Aaron und Ava, erlernen mussten. Doch dem war nicht ganz so. Die göttlichen Kräfte waren nicht in Stein gemeißelt, sondern wurden durch die Persönlichkeit des Gottes erweckt.

So konnte Otis zum Beispiel besonders gut mit seinem Zwerchfell Kraft erzeugen und Laute in Schwingungen umwandeln, die so kräftig werden konnten, dass er Gegenstände zerspringen lassen konnte.

Liv hingegen war geistig sehr stark und konnte anhand ihrer Gedanken Lichtkugeln, Schilder und Strahlen erzeugen, ohne dabei ihre Hände benutzen zu müssen. Immer wenn sie dies tat, glitzerte sie am ganzen Körper. Sie besaßen viele Kräfte und waren dankbar für ihre Gaben. Doch eine Frage poppte immer wieder in ihren Köpfen auf: *Was geschieht mit Beolania, wenn uns etwas zustößt?* Denn ihnen war bewusst, dass sie, auch wenn sie als Götter unsterblich waren, dennoch mit dem Gift der Patunia getötet werden konnten. Man wusste nie, was die Zukunft bereithielt und genau aus diesem Grund fällten sie eines Tages einen Entschluss.

Die Autorin

Ramona Zürcher, geboren im Jahr 1996, lebt mit ihrem Partner und zwei Katzen am Zürichsee. Sie ist gelernte Augenoptikerin und Ernährungsberaterin. Schon seit sie denken kann schreibt sie Geschichten und verliert sich gerne in selbstkreierten Welten.